文獻與詮釋研究論叢 6

臺日學者論經典詮釋中的語文分析

鄭　吉　雄
佐藤鍊太郎　主編

臺灣 學生書局 印行

導言

鄭吉雄[*]、佐藤鍊太郎[**]

> 夫文以行立，行以文傳，四教所先，符采相濟。
> 勵德樹聲，莫不師聖，而建言修辭，鮮克宗經。
> ——《文心雕龍·宗經》

　　經典是哲理思維的載體，語文則是傳達抽象理念的工具。就悠遠的東亞經典傳統，語文早已不止是一種工具。它不但具有獨立發展的法則規律，蘊涵飛沈雅懿的藝術境界，同時它也是思維的產物，受到思維的型塑。但它也同時會反過來對於思維產生制約、規範的力量。語文既是文化現象，同時也是行為的實踐。

　　傳統經典的研究與詮解，原本就是一門至為複雜、難以用一兩種方法即盡其奧妙的學問，而「哲學」與「語言學」（約略等於傳統的「義理」和「訓詁」）則是其中兩個重要的部門，也是兩種重要的方法。東西方數千年人文傳統中，無數經典構築了豐富的思維世界。而新詞彙不斷出現，舊語義持續轉變，哲理思想也不斷在承繼舊傳統，演繹新內容。經典的精神世界拓展著，語

[*] 現任國立臺灣大學中國文學系教授。
[**] 現任北海道大學大學院文學研究科中國文化論講座主任教授。

言文字自身也經歷如許的變化。人文學者心繹口詮,從未停止撰述,藉由經典的研究,探索文化生命的意義。

　　2006 年 8 月 22 至 25 日,我們分別代表國科會整合型專題研究計畫「經典詮釋中的語文分析研究計畫」(2005-2007)與北海道大學中國文化論講座,假北海道大學百年紀念館合辦「東亞經典詮釋中的語文分析學術研討會」,希望從「義理」和「訓詁」兩方面切入探討經典詮釋之學。廣義的訓詁學實即文獻研究,重視的是實證;而義理的探討則關心抽象思維,重視精神層面的開展。如果說「訓詁」的研究像在地上爬行,「義理」的工作就是在天上飛翔。「上下无常,非為邪也」(《周易‧乾‧文言傳》),我們的目的不是浮誇地示人以博,而是希望能在經典研究上,探討義理訓詁並用的可能性。歷代經典研究者都知道,真正的文獻研究,從不離開玄理考索;而經典義理的詮釋,也很難不以文獻工夫為根柢。倘要在中國經典傳統中提揭出一套具有理論意義的詮釋理論,以與西方詮釋學傳統交流對話,那麼首要之務,應該是先深入中國經典傳統,尋找其特性。我們認為,「比較」的工作宜先觀察二者的「同」中之「異」,否則很容易流入生搬硬套的弊端;而要在「異」中考求其「同」,更不能化約到「一言以蔽之」。事實上,同中求異、異中求同的方法在研究工作中是常常互用的。據此而論,當我們抉發中國經典詮釋方法與理論而特別著意於其特色之「異」時,心裡面其實應該同時存在著一種超越文化界限的東西方人文學普遍之人文精神;而當我們進行跨文化、跨領域的融通東西方詮釋經典之相同點時,也需要在心裡面保存「每種文化均有其獨特性」這樣的自覺。關鍵在於:「經典」

作為實際的文獻,自有其客觀的形貌結構;而「詮釋」作為抽象的理論,則自有其主觀的藝術造境。思維絕對離不開傳統,傳統也永遠隨著思維變幻。以中國思想的歷史為例說明,一部思想史,其實即係一部經典詮釋的歷史;思想透過對經典的詮釋與再詮釋,隨著歷史背景推移,興衰變幻,而成為眾多觀念連續性的發展軌跡。研究者撰寫思想史,又等於重新將此一軌跡以自身之個性與背景為基礎進行新的理解與敘述。而此種新的理解與敘述,又必然奠基於舊經典與舊詮釋基礎所形成的詮釋傳統之上,故斷裂之中有連續,連續之中有新創;詮釋就是創新,但創新也蘊藏舊義。其間新舊夾雜,主客相融,曾不知何者是舊義,何者是新詮。

本書共收錄了會議論文十三篇,在本書中歸屬為三個範疇,分別是「經典、語言與概念」、「經典詮釋問題與方法」、「經典、思想與宗教」。各篇著作要旨分別介紹如下:

鄭吉雄〈試從詮釋觀點論易陰陽乾坤字義〉從中國經典傳統以文字語言為核心的詮釋觀點,考訂「易」、「陰」、「陽」、「乾」、「坤」五字,認為「易」為日照之象,與「易」字字義相同。《周易》之用「易」為書名,當與該字字義有關,後世演繹而產生「日月合文」、「交易變易」等新義。「陰陽」字本作「侌昜」,其義分別為「雲覆日」與「雲開見日」,《詩》、《書》之「陰陽」多用指地理方位,《易》家則取二字用以指乾坤氣化之德,其影響及於戰國諸子。「倝」為「乾」的聲符兼義符,「坤」從「立」從「申」而為閃電之形體。出土《易》卦及數字卦陰爻作「ハ」、「ㄥ」,可能是「巛」、「川」、「水」字字形的重要來源,傳統學者指「坤」

字古作「巛」,恐非誤說。綜合而言,上述五個字均與日光照射有關,均奠基於《易經》的自然宇宙論。

　　楊秀芳〈從詞族研究論「天行健」的意義〉利用詞族研究的成果,比較傳世和出土文獻,認為乾卦卦名本為「鍵」或「楗」,作為名詞是日常所見撐持之物,作為動詞是撐持使不墜之義。《象傳》「天行健」原本為「天行,鍵(楗)」,說的是日月星辰高懸不墜,運行不輟,如有鍵(楗)撐持。後來語義發展,產生了表示「人能撐持」的概念,後來通行本寫為人旁的「健」,其字的強壯義(內動詞)是從撐持義(外動詞)轉化而成。「天行」則是物理現象,本無所謂撐持或強壯之說。但「天行健」一語則發展成為儒家人格養成教育中一句最重要的話,影響人心至為深遠。作者從詞族的觀念,提出了一個解讀《象傳》文本的可能。

　　近藤浩之〈「神明」的思想——以《易傳》為中心〉討論了《易傳》、〈太一生水〉和其他先秦文獻中「神明」概念的內涵。作者經過考證後認為:先秦古書中本來只有「通於神明」而沒有「通於神明之德」,據此,則今本《周易》的「通神明之德」是錯誤的,帛書本的「達神明之德」是對的。「達神明之德」是「使如神的明智之德播及(到了天下)」,「通於神明」則是「(某種道德)播及到於神靈(或精神)境界」之意。「神明」合言原是「鬼神之明智」的意思,然後派生為「神靈的世界」、「神靈的總稱」,再派生為「神聖、高超」(動詞)之意,又派生為「明智之精氣」、「人的精神、心思」、「明智如神」的意思。作者通過比較異文和分析語句而對「神明」的思想發揮了他的獨特見解。

　　魏培泉〈《關尹子》非先秦作品之語言證據〉首先指出《關

尹子》之為偽書已是學術界共識，本文是從語言現象，指出這部書異於先秦的語言現象既多且廣，即可證明它應非先秦作品。這種現象包括：「即」字用作繫詞，「是」用作繫詞，「所以」用作結果連詞、「可 V（動詞）＋O（賓語）」、「不 V（動詞）之」、「我之＋NP（名詞組）」與「吾之＋NP」、「無一物」（或「無有一物」）、「殊不知」帶子句賓語、詞「認」（其中「認黍為稷，認玉為石」最為特殊）、「無我」的「我」非指別詞、異常押韻等十一項，除最後一項所討論之文句是否押韻容或有爭議外，前十項作為檢驗標準應該問題都不大。其中有幾項雖然先秦文獻已有見例，但都罕見；再就項目來說，先秦任何一種文獻也很少有同時出現兩項以上的。因此無論是就項目還是見頻而言，《關尹子》都是遠遠超過先秦的任何文獻的。

松江崇〈略談《六度集經》語言的口語性──以疑問代詞系統為例〉主要討論三國時期吳康僧會所編譯，融合儒釋思想的《六度集經》的語言問題。語言學者習知該經典富有魏晉時期的許多口語成分，而該經典的文言成分，則很容易被誤會為受到先秦文獻的影響。作者則透過語料和案例的比較研究，發現康僧會在編輯時原則上從自己所使用的口語（即「口語成分」，還包括只在比較正式的談話中使用的「書面語成分」）中選擇了在先人文獻中已經出現過的疑問代詞，而對先人使用過且脫離他的口語的疑問代詞（純粹書面語成分），未給予使用。此一現象以及其他種種證據，反映了該經典文言成分是受到南方方言保留較古老語言特徵的緣故，所以是地域影響的結果，而不是來自古老文獻的遺留。通過本文的探討，學術界有望窺見早期佛經翻譯的用詞機制。

　　徐富昌〈論簡帛典籍中的異文問題〉透過個案的分析與考證，指出「異文」在簡帛研究中的重要性。作者認為文本在創作之初，原無所謂異文。古籍母本原應只有一種，但在流傳、尤其是手寫的過程中，因各種因素而致誤。上古書籍大都抄寫在竹簡上，以篇為單位而成書，聚若干篇而為一部。抄手未必忠於原著，而往往將內容相類的篇章集在一起，或各取所需，造成了典籍傳布的不穩定性。因此要正確釋讀典籍，則須掌握典籍在流傳遞變中所產生的異文。這篇論文，提醒了經典詮釋研究者注意「異文」在研究經典的傳世版本與出土版本的重要性。

　　弥和順〈《論語鄭氏注》的思想特色〉以清儒編撰之《鄭氏注》輯佚本以及新出文獻敦煌本、卜天壽本為基礎資料，融合包含金谷治論著在內之先行研究成果，針對《論語鄭氏注》之思想特色深入研究探討。誠如金谷氏所提出的《論語鄭氏注》有部分解說性文章超脫《論語》本文此一見解，經作者考察，發現編撰出這些解說性注釋的背後，存在著鄭玄對孔子懷才不遇、未獲明君重用、對世態民風深感不滿之個人認知，而這種認知反映在《鄭氏注》中，隨處可見。

　　水上雅晴〈明經博士家的《論語》詮釋——以清原宣賢為考察中心〉一文主要考察日本中世時期明經博士清原家經學，尤其是《論語》學的詮釋。作者指出日本中世時期，明經博士家占經學詮釋之主流地位，而其經說以「家說」的形式，只在家內進行獨占性的繼承。這在東亞經典詮釋史上是極為特異的現象。這時期清原家的經說流傳甚多，其中又以清原宣賢的著述，傳下來較諸其家人為特多。故作者著眼於宣賢及其《論語》詮釋，以闡明

清原家經學，特別是《論語》學之內容和特徵。作者以嚴謹考據的態度與方法重新勾勒了這個日本中世經學考據的方法與現象，並且廣博地討論了清原家的訓點本與抄物的種種問題，包括點本的版本、與《經典釋文》的關係、吳音漢音的採擇、抄物中對宋儒經說的利用、《論語聽塵》中的三教一致思想及其與日本神道宗教背景之關係等。

劉文清〈從惠棟《九經古義》論其「經之義存乎訓」的解經觀念〉旨在還原惠棟承其父祖之家學，提出「經之義存乎訓」之論，為清代倡議明訓詁以明經義之嚆矢。作者透過文獻的分析，認為此一命題已區分「經訓」與「經義」為兩階段，並未含有「訓詁明即義理明」的意思，抑且惠棟治經亦重視引述先秦諸子文獻，故其推崇漢學，僅以漢為近古，並未認「漢」即是「古」，而其治學方法，既開戴震的先聲，王念孫、王引之父子亦推擴其學術。經由本文的研究，清代經學吳派、皖派的分立互動問題，也許需要更精細地重新考慮。

羅因〈漢譯說一切有部兩種佛傳中對於佛陀的不同詮釋〉指出，佛陀的慈悲與智慧所產生極大的人格感召力量，隨著時代的推移，表現得越為強烈，後代佛徒對於佛陀一生的神話化詮釋也就日益濃厚，最終產生了現實佛（歷史的佛陀觀）和理想佛（超越的佛陀觀）之歧異。《根本說一切有部毘奈耶破僧事》代表了現實佛觀念，《方廣大莊嚴經》則是過渡到理想佛的產物。透過對照二者對於佛陀事跡的不同詮釋，可看出「示現說」是整個過渡過程中，在詮釋上的重大突破。它賦予釋尊剛毅而平實的一生完全不同的色彩，讓釋尊成為全然超越的聖者，苦行、降魔、成

道不再是一步一腳印的求道歷程，而是為了降伏外道的方便示現。此說之產生，與印度傳統文化背景、部派傳承、詮釋者的價值與信仰都有關係。

林啟屏〈儒家思想中的知行觀──以孟子為中心的討論〉以孟子為主，分析他在「知行」觀念上的想法，再配合象山、陽明兩位不同時代的儒者為參照對象。作者首先以「內向型的冥契經驗」與「外向型的冥契經驗」，說明了「知行」思想的兩個可能方向。接著從「體知」角度，分析孟子思想中的「知行」說，討論其「內向型」的知行觀點及其意義。最後，作者以象山與陽明為例，簡要說明了宋明儒家「知行合一」主張的內涵，並進一步指出儒家思想中的「知行」課題，在象山、陽明的發展之下，其內向型的冥契色彩，繼續成為一個重要的特徵。

三浦秀一〈王門朱得之的師說理解及其《莊子》注〉透過朱得之的案例，探討陽明後學之所以兼攝佛道思想的背景。陽明致良知之說原重視的是「心」，而「儒佛老莊」等任何說法都不過只是「吾之用」而已，然而其弟子仍然對佛道之說深感興趣，愈近於晚明而三教合一之說愈烈，顯然別有複雜的原因。作者透過探討朱得之師從陽明，逐步領悟「無」的境界的歷程，進而考察《莊子通義》的義理架構，並就「無」境界所開展出「坐忘」、「無心」、「無用」、「無意」、「無知」等命題，提出解釋。他以「良知」解釋莊子的「無知」，以「通」字解「格物」之「格」，說明了朱得之視萬物來去無窮，吾心感通卻不留痕跡，印證了主客無別的實踐主體。

佐藤鍊太郎在〈「心外無法」之系譜──王陽明「心外無理」

與山岡鐵舟「心外無刀」〉中，開宗明義提出禪宗傳承譜系裡「漸」、「頓」之別，與陽明「心外無理」的心學譜系，以及日本劍術修行中「心外無刀」教旨之間的密切關係，藉以重新考察黃宗羲在《明儒學案》以漸修論述陽明學史的問題。作者先縷述陽明宗旨的發展與承傳，返回日本傳統考察澤庵宗彭、柳生宗矩、山岡鐵舟對於朱子、陽明、禪宗宗旨共同指向心體絕對自由無心之教的發揮，最後指出山岡鐵舟根據六祖慧能「一心內外本來無一物」的「三界唯一心」之教，標舉「心外無刀」而創立「無刀流」。作者發現，黃宗羲為了配合康熙年間盛行的朱子學，而用了朱子學漸修之教來描繪陽明學的發展譜系，遂將王畿為代表的左派王學視為引起明末君臣頹廢甚至明亡的主因。

這部書的出版，最重要的意義，在於它標誌了臺灣與北海道人文學研究者對話與交流的一個重要里程碑。已故羅宗洛教授在 1930 年於北海道大學取得農業博士學位，十五年後（1945）來臺灣擔任臺灣大學首任校長，兩校因羅校長而首次結了緣；直至 2006 年我們舉辦「東亞經典詮釋中的語文分析學術研討會」，成為兩校歷史上首次在人文學上進行嚴肅的學術合作；但上距羅校長的時代，已歷半個世紀以上。現在本書刊行，上距我們舉辦研討會，又已有四年之久。歷史的印記，充分證明了兩校學術合作承先啟後的深遠意義。書中收錄各位參會學者的論文，都已經過嚴謹的修訂，並補充了新的論點，各篇作者們自身在學術研究的路上，也有了更深的研究、更多的積累、更廣的開拓。我們要特別感謝北海道大學大學院中國文化論講座和臺灣大學、政治大學等多位參會教授，沒有他們的熱心支持與耐心寬容，這樁因緣必

定難以圓滿。我們也要向全程參與研討會、給予我們實質指導的老前輩松川健二教授致謝。最後，我們更要感謝擔任翻譯工作的中央研究院中國文哲研究所廖肇亨博士，日本京都女子大學文學部石立善博士，北海道大學文學研究科博士後專門研究員張阿金博士、博士生胡慧君同學，以及執校讎之役的臺大中文研究所博士生傅凱瑄、碩士生謝雪浩和簡均儒同學。沒有他們的努力，這部書將很難問世。

臺日學者論經典詮釋中的語文分析

目　次

經典詮釋問題與方法

經典、思想與宗教

試從詮釋觀點論易陰陽乾坤字義

鄭吉雄[*]

一、前言

　　個人近十年來研究中國經典詮釋理論與詮釋傳統，多從語言文字的角度，關注經典觀念內蘊的意義，如何逐涉演繹成整個經典的意義世界。要而言之，面對以漢字漢語構成的中國經典，要推求其內蘊意義，既須追溯其文字形音義的本誼，同時又不能囿限於本義，而必須延伸探索其意義發展的過程。主要原因在於，由漢語聯字綴辭而成篇章的中國經典，其字詞篇章聯綴而成的意義群，是在傳抄（rewrite）、講述（discourse）、改寫（adaptation）、注釋（annotation）的過程中，經由語言的演繹，逐步發展出來，而其呈現的結果，有時是一字形體不變，而兼攝二義；[1]有時字體變易，成為「異文」，而反映其所兼有的一種以上的意義。[2]有時則在一篇之中，透過音義的聯繫，而發展為另一字。[3]

---

[*] 現任國立臺灣大學中國文學系教授。

[1] 如《周易》「乾」卦卦辭「元亨利貞」，「亨」字本義為「享」、「烹」，但於卦辭中則兼用「通」義；「貞」字甲骨文與「鼎」相同，本義為「占問」，但於卦辭則兼為「守常不變」。

[2] 如傳本《周易》「坤」字，長沙馬王堆帛書《周易》寫作「川」；傳本《周易》「井」卦初爻「舊井無禽」，王引之讀「井」為「阱」，上博簡《周易》寫作「汬」，都可考察出新意義。

[3] 如「蠱」卦，據王引之《經義述聞》，「蠱」之為言「故」，「故」又訓「事」。雄按：上九爻辭「不事王侯，高尚其事」，即以兩個「事」字演繹「蠱」字。

　　作為《六經》之一的《周易》也不例外。《易》由「經」發展至「傳」，「傳」的作者擷取「經」中某一、二字，創造為新觀念，如「乾：元亨利貞」、「坤，元亨」，「元」字原屬二卦卦辭首字，《彖傳》作者以之與卦名「乾」、「坤」字結合，成為「乾元」、「坤元」兩個新觀念，而稱「大哉乾元」、「至哉坤元」。或如《坤·象傳》以「含弘光大」四字演繹卦辭「元」字，以「品物咸亨」四字演繹「亨」字，都屬此例。

　　關於「周易」原義的問題，學者多泛指「陰」、「陽」之理，以說其義。至於「易」、「乾」、「坤」等三字的本誼，傳世說法多可爭議，當世《易》學家亦往往不能徵實而言。本文提出一個假設，認為「易」、「乾」、「坤」、「陰」、「陽」五個字，字義實相關聯，均與日光照射、陰雨雷電之自然現象有關。此從甲骨文、金文即可考察其義。殷易《歸藏》立「坤乾」為首，[4] 可見殷商之世，「乾坤」之義已經確立。「坤」被列為《歸藏》首卦，就其字源而言，含義與水、地均有關係；《周易》立「乾」為首，「乾」字字源則起於以太陽為中心的宇宙論。基於上述「字義演繹」為主旨的經典詮釋理論，我們有理由相信：由「經」、「傳」而發展出整個《周易》詮釋傳統，研究者既不能只講究一字一詞的本義，也不能只注意戰國以降漸次發生的新的引申義，而應該以經典字

　　相關論述，請詳拙著：〈從卦爻辭字義演繹論《易傳》對《易經》的詮釋〉，《漢學研究》第 24 卷第 1 期（2006 年 6 月），頁 1-33。

[4]　《禮記·禮運》：「我欲觀殷道，是故之宋而不足徵也，吾得《坤乾》焉。」鄭《注》：「得殷陰陽之書也，其書存者有《歸藏》。」《禮記注疏》（臺北：藝文印書館影印嘉慶二十年〔1815〕重刊宋《十三經注疏》本，1979 年），卷21，頁 415。

詞為核心，注意其由字形之「本義」、漸次演繹出「引申義」的
整個過程所構成的龐大「意義群」。故本文討論「易」、「乾」、「坤」、
「陰」、「陽」之字義，有一方法論的預設，即認為此五個字字義
之原始與變遷，均以《易》理太陽為中心之宇宙觀為基礎。因此，
本文對於此五字形音義之探討，論據相互支持，而不作孤立的討
論。至於《周易》以太陽為中心之宇宙論的哲理基礎，本人兩年
前已發表〈論易道主剛〉[5]加以論述，由於其中旨趣與本文相發明，
故盼讀者以該文與本文合觀為幸。

二、「易」字義探源

　　近世治《易》的學者，於「易」字字義的說解，頗多爭議，
章太炎甚至認為「易」名義不可解，而僅能就後世的諸多訓釋中
歸納出「易簡」、「變易」二義。[6]但就《易》學界提出的說解而言，

5　拙作：〈論易道主剛〉，《臺大中文學報》第 26 期（2007 年 6 月），頁 89-118。

6　章太炎說：「《易》何以稱《易》，與夫《連山》、《歸藏》，何以稱《連山》、《歸
　藏》，此頗費解。鄭玄注《周禮》曰：『《連山》似山出內氣變也；《歸藏》者，
　萬物莫不歸而藏於中也。』皆無可奈何，強為之辭。蓋此二名本不可解。周
　易二字，周為代名，不必深論；易之名，《連山》、《歸藏》、《周易》之所共。
　《周禮》「太卜掌三易之法」，《連山》、《歸藏》均稱為《易》。然易之義不可
　解。鄭玄謂易有三義：易簡，一也；變易，二也；不易，三也。「易簡」之說，
　頗近牽強，然古人說《易》，多以易簡為言。《左傳》：南蒯將叛，以《周易》
　占之，子服惠伯曰：「《易》不可以占險。」則易有平易之意，且直讀為昜（去
　聲）矣。易者變動不居，周流六虛，不可為典要，唯變所適，則變易之義，
　最為易之確詁，惟不易之義，恐為附會，既曰易，如何又謂之不易哉？又《繫
　辭》云：生生之謂易。此義在變易、易簡之外，然與字義不甚相關。故今日
　說《易》，但取變易、易簡二義，至當時究何所取義而稱之曰《易》，則不可
　知矣。」章太炎：《國學講演錄》「經學略說」（南京：鳳凰出版社，2008 年），
　頁 104。

大致有三種說法。第一種本於《說文解字》，同時從象形、會意釋「易」字，將「蜥易」、「守宮」之形以及「日月為易」之意並列，又進一步引《緯書》證明「日月合文」之說。第二種是參考《禮記·祭義》「易抱龜南面」及《國語·楚語》：「在女曰巫，在男曰覡」之說，認為「易」為官名，為「覡」之假借，引申又為筮書之名。第三種是參酌「易」本變易之說，而推論古文字「易」為交易、貿易之形，用以證明其說。

關於第一種說解，許慎《說文解字》釋「易」字：

> 易，蜥易，蝘蜓，守宮也。象形。祕書說曰：「日月為易，
> 象陰陽也。」

據段玉裁《注》，「祕書」指的是「緯書」。並引《周易·參同契》說：

> 日月為易，剛柔相當。[7]

「蜥易」、「日月為易」都是漢儒相傳的古義。[8]前者以象形解說，因與《周易》意義沒有直接關係，後儒採此一說者不多；後者以會意解說，則影響較大。今天治《易》的學者，以及眾多《周易》的辭典字書，仍然多取「日月為易」的說解以釋「易」，以符合《說文》乾坤並建、陰陽相濟的《易》理。

7　段玉裁《注》：「祕書，謂緯書。『目』部亦云：『祕書，瞋从戍。』按：《參同契》曰：『日月為易，剛柔相當。』陸氏德明引虞翻注《參同契》云：『字从日下月。』」（〔漢〕許慎著，〔清〕段玉裁注：《說文解字注》〔臺北：漢京文化事業有限公司，1983 年〕，卷 9 下，頁 459）

8　《爾雅·釋魚》「蜥蜴蝘蜓」《疏》：「《說文》云：在草曰蜥蜴；在壁曰蝘蜓。」《爾雅注疏》（臺北：藝文印書館影印嘉慶二十年〔1815〕重刊宋《十三經注疏》本，1979 年），卷 9，頁 167。

　　第二種是「易」為官名說。《禮記‧祭義》說：

> 昔者聖人建陰陽天地之情，立以為《易》。易抱龜南面，
> 天子卷冕北面，雖有明知之心，必進斷其志焉，示不敢專，
> 以尊天也。

鄭玄《注》：

> 「立以為《易》」，謂作《易》；「易抱龜」，易，官名。[9]

這是明確以「易」為官名。又《周禮‧春官‧簭人》：

> 掌三易以辨九簭之名：一曰連山，二曰歸藏、三曰周易。
> 九簭之名，一曰巫更、二曰巫咸、三曰巫式、四曰巫目、
> 五曰巫易、六曰巫比、七曰巫祠、八曰巫參、九曰巫環，
> 以辨吉凶。[10]

「巫」亦為官名。掌《易》之官，而從事占卜之事，且「九簭」
以「巫」為名，則綜合而又有「覡」之名。《國語‧楚語》：

> 在男曰覡，在女曰巫。[11]

然則「巫」、「覡」是同一類人。故尚秉和即以官名而定「易」本
詁「占卜」。[12]其後高亨確認金文「易」字「並象蜥蜴之形」。又

9　《禮記注疏》卷48，頁826。

10　《周禮注疏》（臺北：藝文印書館影印嘉慶二十年〔1815〕重刊宋《十三經
　　注疏》本，1979年），卷24，頁376。

11　《國語‧楚語下》（臺北：里仁書局，1980年），卷18下，頁559。

12　尚秉和《周易尚氏學》亦說：「吳先生曰：『易者，占卜之名。〈祭義〉：「易
　　抱龜南面，天子卷冕北面。」是易者，占卜之名，因以名其官。』……簡易、
　　不易、變易，皆易之用，非易之本詁。本詁固占卜也。」尚氏認為「易」本
　　詁「占卜」，實即承上所引〈祭義〉之說，而牽合「易，官名」的說解。尚
　　秉和：《周易尚氏學》（北京：中華書局，1998年），頁1。

說：

> 其用作書名，當為借義。余疑「易」初為官名，轉為書名。

他認為「易」本象蜥蜴之形，假借為官名，又依官職所司掌，而轉為筮書通名，[13] 復引《說文》「覡」字：

> 覡，能齊事神明者也。在男曰覡，在女曰巫。

再引《荀子·正論》「出戶而巫覡有事」楊倞《注》：

> 女曰巫，男曰覡。

高亨接著解釋說：

> 卜筮原為巫術，遠古之世，實由巫覡掌之。《周禮》卜筮之官有大卜、卜師、占人、筮人等，非初制也。巫覡掌筮，尤可論定。……巫掌筮，故筮字從巫，其證一也。……巫掌筮，故九筮之名皆冠筮字，其證二也。《世本》作篇曰：「巫咸作筮。」《呂氏春秋·勿躬》篇文同。作筮者巫，則掌筮者其始必亦巫，其證三也。覡與巫同義，易與覡同音。筮官為巫，而《禮記》稱《易》，則《易》蓋即「覡」之借字矣。筮官之易，既為覡之借字，則筮書之易亦即覡之借字矣。朱駿聲曰：「三易之易讀若覡。」說雖無徵，確有見地。《周易·繫辭上》曰：「生生之謂易。」以變易之義釋筮書之名，恐不可從。鄭玄《易贊》及《易論》云：「易一名而含三義：易簡一也，變易二也，不易三也。」更屬駢枝矣。

細推上述分析，「覡」字字義僅限於「男巫」，並未見有「掌《易》」
職掌的記載；「巫」與「易」是否有關係，文獻上亦無確據。唯
「筮官之易，為覡之借字」一項，高亨提出朱駿聲《說文通訓定
聲》（以下簡稱《定聲》）之說以為據，定「易」為「覡」之假借，
遽睹似可相信。然而上古文字音韻近同相甚多，「易」「覡」古音
近同，本亦不能證明「易」必為「覡」，更何況高亨所引朱駿聲
的原文，尚有重要部分被略去。《定聲》「解」部十一「易」字云：

> 駿謂：「三易」之「易」讀若「覡」，《周易》之「易」讀
> 若「陽」。夏后首「艮」，故曰《連山》；商人首「坤」，故
> 曰《歸藏》；周人首「乾」，故曰《周易》。「周」者，「匇」
> 之借字；「易」者，「易」之誤字也。[14]

朱駿聲將「三易」與「周易」截然區別，分判而觀，認為「三易」
為「太卜」所掌，故為「覡」之「別義」；[15]《周易》之「易」，
則為『『易』之誤字。此足可說明高亨引朱駿聲原文，截斷後文，
讀者遂不知不覺中將《周易》之「易」聯繫上「覡」字。此一做
法頗有故意隱瞞原典內容，以證成己說之嫌。然則高亨所列諸
證，歸結最後，實只有一個論據，就是認定《易經》其實源出於
巫術，所謂「卜筮原為巫術，遠古之世，實由巫覡掌之」。然而
以今天回顧，此一說法，並無文獻或考古之確據，恐怕係二十世
紀初學者對於上古社會常識性的臆測而已。

---

[14] 朱駿聲也討論到《說文解字》「蜥蜴」與「日月為易」兩義，認為前者為本
義，後者特加按語，稱「此說專以解義經」。詳〔清〕朱駿聲：《說文通訓定
聲》（臺北：藝文印書館，1975 年），頁 562。

[15] 雄按：此段文字置於「別義」而非「假借」之下。

　　上引朱駿聲認為《周易》之「易」為「昜」字之誤。其實此一論點極重要，如不細讀，易被忽略。按：《定聲》「壯」部第十八「昜」字云：

> 開也，从日、一、勿，一曰飛揚，一曰長也，一曰彊者眾兒。按：此即古「暘」，為會易字。会者，見雲不見日也；昜者，雲開而見日也。从日，「一」者，雲也，蔽翳之象；「勿」者，旗也，展開之象。會意兼指事。或曰「从旦」，亦通。經傳皆以山南水北之「陽」為之。[16]

朱駿聲確定《周易》之「易」字，本為指「雲開見日」的「昜」字，其意極為明確。關於「『一』者，雲也，蔽翳之象；『勿』者，旗也，展開之象」云云，其說是否合乎「昜」字的形義，讀者可參看本文「三」所引「昜」字形體，即可判斷。

　　第三種說法的基礎是《易》一名而有三義之說，取其「易」本變易之義，而推論古文字「易」為交易、貿易之形，用以證明其說。原本學者殆無異議之處，就是都將「易」字的意義，釋為「變易」或「簡易」。[17]如《周禮·春官·太卜》：「掌三《易》之灋，一曰連山，二曰歸藏，三曰周易。其經卦皆八，其別皆六十有四。」賈公彥《疏》說：

> 《連山》、《歸藏》皆不言地號，以義名《易》；則周非地號，以《周易》以純乾為首，乾為天，天能周匝於四時，

---

16 朱駿聲：《說文通訓定聲》，頁899。

17 雄按：《易緯》所謂「易」有三義，其中的「不易」就是「不變易」之意。這個「易」字亦是「變易」的意思

故名易為周也。[18]

賈《疏》似是配合「易」字字義而釋「周」為「周匝」。又《易緯·乾鑿度》：

孔子曰：「易者，易也、變易也、不易也。」[19]

孔穎達《周易正義·序》：

夫易者，變化之總名，改換之殊稱。……謂之為易，取變化之義。[20]

「易」「取變化之義」可以說明治《易》者的另一種意見。貿易、變易的說解，當與陰陽的交替轉變有關。近當代古文字學家或認為「易」與「益」字字形有密切關係，本義為「變易」，用例上則多用為「錫」，義為「賜給」。如季旭昇《說文新證》列舉「易」字甲金文諸形，分析其本義說：

本義：變易、賜給。假借為平易、容易、暘。釋形：甲骨文從兩手捧兩酒器傾注承受，會「變易」、「賜給」之義。或省兩手、或再省一器，最後則截取酒器之一部分及酒形，而作「𢓊」形（原注：參郭沫若〈由周初四德器的考釋談到殷代已在進行文字的簡化〉、徐中舒《甲骨文字典》1063 頁）。師西簋字形漸漸訛變，與蜥蜴有點類似，《說文》遂誤釋為蜥蜴。中山王𧤌鼎作二「易」相對反，強調上下

---

[18] 《周禮注疏》卷 24，頁 370。

[19] 《易緯·乾鑿度》（臺北：成文書局影印「無求備齋易經集成」本，1976 年）卷上，頁 1。

[20] 《周易注疏》（臺北：藝文印書館影印嘉慶二十年〔1815〕重刊宋《十三經注疏》本，1979 年），頁 3。

　　變易之義（原注：四訂《金文編》1595 號謂「義為悖」，
　　學者多主張當釋「易」）。秦文字「易」、「昜」有相混的現
　　象。[21]

何琳儀《戰國古文字典》：

　　甲骨文作「益」，從二益，會傾一皿之水注入另一皿中之
　　意，引申為變易，益亦聲。易、益均屬支部，易為益之準
　　聲首。西周早期金文作「益」，省左益旁，甲骨文或作「㕣」
　　截取右益之右半部分。金文或作「㕣」於器冊鍪手之內著
　　一飾點。……戰國文字承襲兩周金文之省文，多有變化。
　　或從二易，似與甲骨文初文有關；或作「昜」，則與昜字
　　相混。[22]

無論是「兩手捧兩酒器傾注承受」抑或「傾一皿之水注入另一皿
中」，固然有交易、轉易的意義。但再引申到講「易」字，似乎
仍有未達之一間。季旭昇以「變易、賜給」來解釋「易」字本義，
因為與《周易》的原理沒有直接關係，因此亦難以厭學者之心。
《德鼎》作益之形，即「益」字，用為「錫」字，是古文字學家
以「易」之㕣形為「益」之省的主要依據之一。然而也有學者不
同意此一看法。鄧佩玲〈《詩·周頌·維天之命》「假以溢我」與

---

[21] 季旭昇：《說文新證》（臺北：藝文印書館，2004 年），卷 9 下，下冊，頁 96。

[22] 何琳儀：《戰國古文字典》（北京：中華書局，1998 年），上冊，頁 759。本
文承張光裕教授來信賜示，提醒何琳儀教授「『昜』與昜字相混」之說，應
係引自睡虎地 82「相易」字例，無非指出秦文字之地域特點，應屬特例。如
欲用為印証，似宜多搜尋實例以作說明，否則書為「昜」之「易」字，與義
指為「易」之「易」並不一定相涉。謹轉引張教授之說，俾供讀者參考，並
致謝忱。

金文新證〉一文，[23]論證「益」乃「溢」之初文，又從西周早期「德」鑄諸器，如〈德鼎〉、〈德簋〉等說明「益」或可讀為金文習見之「易」，通今之「賜」字。而「益」與「易」在字形上相關，在用法上相通，卻不代表這兩個字相互間完全相等。張光裕說：

> 金文的𠃓，是否就是𤳯字的省形，卻還是值懷疑的。因為甲骨文中𤳯、𠃓二字顯然有著不同的用法。……易字的三小點都是朝下，其方向也與𤳯字小點寫法是相反的。因此我們暫時只能相信「益」、「易」的通假只是古音同部的關係而已。[24]

郭沫若說：

> 易（𠃓）字作益（𤳯），可以看出易字是益字的簡化。但易字在殷墟卜辭及殷彝銘中已通用，結構甚奇簡，當為象意字，迄不知所象何意。[25]

郭沫若認為「易」字結構奇簡，嚴一萍〈釋𠃓〉更直接指出「易」與日光照射的形象：

> 「德鼎」之用「益」為「錫」當是音同相借，為偶發現象，決非字形演變之簡化。故其他銘文所見，益自益，𠃓自𠃓，

23　鄧佩玲：〈《詩·周頌·維天之命》「假以溢我」與金文新證〉，經學國際學術研討會（香港嶺南大學中文系與中央研究院中國文哲研究所合辦，2009 年 5 月 29-30 日）。此處微得作者同意引用。

24　張光裕：《先秦泉幣文字辨疑》（臺北：國立臺灣大學文學院，1970 年），頁 96。

25　郭沫若：〈由周初四德器的考釋談到殷代已在進行文字簡化〉，《文物》1959 年第 7 期，頁 1。

> 而益皆从 ⚎，未有絲毫混同之跡象可尋。且金文之 易，
> 更有作 易 者，明其右半从日，正象雲開而見日出；左半
> 之 彡，象陽光之下射也。[26]

根據嚴一萍的看法，「易」字右半从日，左半「彡」象陽光下射，那麼「易」的本義，就是象陽光的照射。此一基於甲骨文字形的分析，竟無意中與前引朱駿聲以《周易》之「易」原本是義為「雲開而見日」的「易」字之說，結論吻合。

綜合而言，「易」字甲骨文字形象為陽光照射，在六書應屬「會意」。《說文》以小篆形體釋「易」為守宮，則視本字為象形字；但用祕書說釋為「日月合文」，則仍屬「會意」的解釋。戰國以降，陰陽氣化觀念已極成熟，《易傳》釋《易》即多用陰陽氣化觀念，後世儒者以新的「日月合文」之說論述「易」字本誼，其遠源應可推至戰國。

總之，讀者若以嚴一萍釋甲骨文「易」字為「雲開日出、陽光下射」象形之說，與清代文字學家（朱駿聲及段玉裁）「『易』為『易』之誤」和以「雲開見日」之義釋「易」二說互相印證，「易」字與陽光的關係，已相當明顯。讀者如再參考拙著〈論易道主剛〉之說，以及本文第二、三、四節所論「陰」、「陽」、「乾」、「坤」字義系統均源本於日光顯隱的自然道理，則「易」字字義的大方向益可確定。上述這些論據，不約而同均指向相同的結論，恐非偶然。然而，論者可能會認為，「易」字甲骨文字形源

---

[26] 嚴一萍：〈釋易〉，《中國文字》第 40 輯（臺北：臺灣大學文學院古文字學研究室，1972 年），頁 3。

於殷商，[27]而戰國之世始有《周易》及《易》之名，上距甲骨文年代已數百年，故即使「易」字字義為陽光照射，《易》之取名，亦未必上用甲骨文文字的本義。對於此一問題，謹說明如下：

　　《周易》之取名為《易》，固未必沿用數百年前甲骨文文字的本義；但反過來說，除非反駁者有確據，否則又何以肯定後人取「易」以稱《周易》必定與甲骨文之字義毫無關聯？《周易》之名，首見於《左傳》，即莊公二十二年記「周史有以《周易》見陳侯者」；[28]而以《易》為名，與《詩》、《書》等並列為儒家六種經典，則首見於《莊子・天運》所孔子謂老聃「丘治《詩》、《書》、《禮》、《樂》、《易》、《春秋》六經，自以為久矣」一語。然而，吾人只能藉《左傳》、《莊子》來確知戰國之世學者已經習用《易》

27　其實《周禮》所記太卜三《易》之法，已知《易》有《連山》、《歸藏》、《周易》，則《易》之源流，在周代以前，已極悠遠。近代《易》學界且早已有學者提出《易》起源於殷商甲骨卜辭之論，其說最早可能是明義士（James M. Menzies），其所著《柏根氏舊藏甲骨文字考釋》說謂「甲骨卜辭……其文或旁行左讀，或旁行右讀，亦不一律。惟各段先後之次，率自下而上為序，幾為通例；而於卜旬契辭，尤為明顯。蓋一週六旬，其卜皆以癸日，自下而上，與《周易》每卦之六爻初二三四五上之次，自下而起者同。而《周易》爻辭，亦為六段，與六旬之數尤合。疑《周易》為商代卜辭所衍變，非必始於周也。」屈萬里自張秉權處得睹明義士之說，頗贊同其說，但認為易卦應該是源於龜卜，而著成於周武王時，與明義士稍異。屈先生評論明義士說：「明義士此書，成於二十餘年前，已知《周易》為商代卜辭所衍變，可謂獨具隻眼。惟謂《周易》非必始於周，則與予說有間耳。又，勞貞一先生亦以為《易》筮之術，雖完成於周初，而由龜卜演變為《易》筮，當需一長時間之演變，非一人、一時、一地之事。其說與明義士之說暗合。」詳屈萬里：〈易卦源於龜卜考〉，原刊中央研究院《歷史語言研究所集刊》第 27 本，後收入屈萬里：《書傭論學集》（臺北：聯經出版事業公司《屈萬里全集》第 14 種，1984 年），頁 69。

28　《春秋左傳注疏》（臺北：藝文印書館影印嘉慶二十年〔1815〕重刊宋《十三經注疏》本，1979 年），卷 9，頁 163。

或《周易》來稱名此書，並不能據以確定「易」名出現年代的上限在於戰國。換言之，《易》之名究竟首出於何時？是否西周初年已有？抑或晚至戰國中期以後始有？此均不能據《左傳》、《莊子》以確定。如以清代以迄近代文字學家的分析為基礎，再參考「易道主剛」之義，而推斷甲骨文「易」字字義的血脈本於日光照射的「基因」，流傳百年，遂被採用以訂定《周易》之名。吾人又何能證其事之必無？

三、「陰陽」字義探源

「陰、「陽」二字，據先儒之說，原作「会」、「昜」。《說文解字》釋「昜」字字義為「開也」，段玉裁《注》：

> 此陰陽正字也。陰陽行而会昜廢矣。「闢戶謂之乾」，故曰「開也」。[29]

段玉裁特別指出「陰陽行而会昜廢」，又特引《繫辭傳》「闢戶謂之乾」以解釋「昜，開也」之義，無異引「乾」之「闢戶」來證明「昜」字為雲開而見日之意。可見清代著名小學大師如段玉裁與朱駿聲，均已意識到「乾」、「陽」、「昜」字義均本日光照射。至於「黔」字，段《注》云：

> 今人陰陽字，小篆作「黔昜」。「黔」者，雲覆日；「昜」者，旗開見日。引申為兩儀字之用。今人作「陰陽」，乃其中之一耑而已。

《說文》「『会』，古文『黔』省」下段《注》云：

> 古文「雲」本無雨耳，非省也。[30]

前引朱駿聲指「陰」與「陽」，一表「見雲不見日」，一表「雲開而見日」；今段玉裁指「黔」「昜」二字，一表「雲覆日」，一表「旗開見日」，意正相同。那麼這兩位清代著名小學大師均以陽光的照耀與隱沒以說解「黔」「昜」二字，是顯而易見的。

「陰」字西周金文左半從阜，與山陵有關，如《量伯子盨》「其陰其陽」，字形作 $\bullet$；《敔簋》「衰敏陰陽洛」字形作$\bullet$。又或從水，如《永盂》「錫失師永氒田陰昜洛疆」，字形作$\bullet$。在金文的用例，「陰」字多與「陽」字同用，十分明顯，均指相對的地理位置。故《說文解字》「陰」字云：

> 闇也，水之南，山之北也。從阜，会聲。[31]

參考段玉裁「陰陽行而会昜廢」一語，徐中舒評其說為「近是」。[32]「会昜」為本字，其義為雲覆日及旗開見日；後用為方位，「陽」為山之南、水之北，「陰」為山之北，水之南。故有「其陰其陽」等用法，無論是從阜或從水，均用為南北地理方位之指稱。故《說文解字》「陽」字段玉裁《注》說：

> 不言「山南曰昜」者，陰之解可錯見也。山南曰陽，故從阜。《毛傳》曰：「山東曰朝陽，山西曰夕陽。」[33]

---

30 《說文解字注》卷 11 下，頁 575。
31 《說文解字注》卷 14 下，頁 731。
32 徐中舒編：《甲骨文字典》（成都：四川辭書出版社，1995 年），卷 9，頁 1045。
33 《說文解字注》卷 14 下，頁 731。葛兆光認為「陰」字金文从「阜」部，可能最初與地理有關；但從甲骨文「陽」字象陽光而看，再參考《詩‧大雅‧

從上述的分析考察，段玉裁對於指稱日光顯隱的「会易」字，與指稱地理方位的「陰陽」字，區分是很清楚的。

「易」字甲骨文有「𐀀」（甲3343，商代）、[34]「𐀁」（宅簋，周代早期）[35]等形，李孝定釋為「日」在「𛀀」上，象日初昇之形；[36]徐中舒認為金文增「彡」，殆象初日之光綫；[37]季旭昇釋其本義為「日陽」，何琳儀《戰國古文字典》「易」字：

> 甲骨文……從日，從示，會日出祭壇上方之意。……《說文》：「暘，日出也，從日，易聲。《虞書》曰：日暘谷。」又《禮記・祭義》「殷人祭其陽」，《注》：「陽讀為日雨日暘之暘，謂日中時也。」亦可證易與祭祀太陽有關。[38]

然則學者均認為「易」本義為日陽，陰「陽」字及「暘」谷字都與日光有關。

公劉》「相其陰陽，觀其流泉」，則「至少在殷商西周時代，它就已經與天象發生聯繫了。」（葛兆光：《中國思想史》〔上海：復旦大學出版社，2001年〕，第1卷，頁74-75）他又說：「如果《尚書・周官》還有西周的歷史的影子的話，那麼，『論道經邦，燮理陰陽』這句話似乎透露了，早在西周，『陰陽』就不只表示山水南北方位，而且包括了『見雲不見日』和『雲開而見日』的天象，包括了單與雙的數字，甚至包括了世上所有對立存在的一切事物的總概念，儘管這時也許還沒有自覺的歸納和理智的闡述，而只是一種普遍的無意的觀念存在。」（同上）此一推論，與本文的看法相近。以『『見雲不見日』和『雲開而見日』的天象」說解「陰陽」二字，尤其精到；但造字本義樸素，似不可能在造字之初即包括單雙數字與世上對立的總概念。

34　參孫海波編：《甲骨文編》（臺北：藝文印書館，1963年），卷9，頁382。

35　參周法明主編：《金文詁林》（香港：香港中文大學，1975年），卷9，頁5816。

36　李孝定編：《甲骨文字集釋》（臺北：中央研究院歷史語言研究所，1991年），卷9，頁2973。

37　徐中舒編：《甲骨文字典》卷9，頁1044。

38　何琳儀：《戰國古文字典》，上冊，頁661。

　　「陰、陽」本誼，正如上述；但在經典的用法，此二字多用於指涉地理方位。劉長林論「陰陽」概念來源，統計了《尚書》、《詩經》和《周易》陰陽字出現的次數以及意義，[39]亦發現其多指地理方位；但劉氏亦直指地理方位的用法主要和日光照射有關：

> 在早期文獻中，陽字表示受到日光照射而顯示出來的性態，陰字則表示未受到日光照射而呈現出來的性態。在古漢語中，日代表太陽的實體，太陽則標示日這一天體所具有的性能。因此當指稱此一天體時，用「日」；當描述其對地球表面的作用時，則稱「陽」。……總之向日為陽，背日為陰。[40]

劉氏的理解，與拙見相同；唯一尚未注意到的，是拙著〈論易道主剛〉所推論至於地軸傾斜、地球與太陽的關係而已。

　　「陰陽」一詞的源流，倘以義為日光顯隱的「会易」定為第一階段，用為地理方位之「陰陽」可定為第二階段（即段玉裁所謂「陰陽行而会易廢」）；至第三階段，則「陰陽」已發展為「氣」

39　他說：「《尚書》中，『陽』字六見，『陰』字三見，均為分別使用。其義，陽字大部解作山之南，如『岳陽』、『峰陽』、『衡陽』、『華陽』、『岷山之陽』（〈禹貢〉）等。陰字或為山之北，或以『暗』作解。如『南至于華陰』（〈禹貢〉），『唯天陰騭下民』（〈洪範〉）等。《詩經》，『陽』字十六見，『陰』字十見，個別地方『陰陽』連用。如〈大雅・公劉〉：『既溥既長，既景迺岡。相其陰陽，觀其流泉。』此詩歌頌公劉為農作考察地利。『陰陽』指岡之北和岡之南兩面。《易經》僅『陰』字一見。中孚卦九二：『鳴鶴在陰，其子和之。』陰借為蔭，意鶴鳴於樹蔭之下。」劉長林：〈陰陽原理與養生〉，《國際周易研究》第 2 輯（北京：華夏出版社，1996 年），頁 102。

40　同前注，頁 102-103。

的觀念。如《春秋》僖公十六年《左傳》：

> 春，隕石于宋，五隕星也；六鷁退飛過宋都，風也。周內
> 史叔興聘過宋，宋襄公問焉，曰：「是何祥也，吉凶焉在？」
> 對曰：……退而告人曰：「君失問，是陰陽之事，非吉凶
> 所生也。」[41]

《春秋》昭公元年《左傳》：

> 天有六氣，降生五味，發為五色，徵為五聲，淫生六疾。六
> 氣曰陰、陽、風、雨、晦、明也，分為四時，序為五節。[42]

上述兩段《左傳》文辭，「陰陽」都已非指地理方位，亦與日光
照射與雲覆日無關，而指的是一種抽象的氣化宇宙觀念：前者認
為隕星、鷁飛均屬「陰陽」自然之事；[43]後者強調「陰陽」與「風
雨晦明」共為宇宙間重要的「氣」。則正如前引劉長林說：

> 古人……將凡是能與日光照射所顯性能發生「相應」、「相
> 聚」、「相召」關係的現象，統以「陽」概括之；將凡是能
> 與背對日光所呈性能發生「相應」、「相聚」、「相召」關係
> 的現象，統以「陰」概括之。其中最為重要的是將天歸於
> 陽，將地歸於陰，道理很明顯，陽光來源於日，日高懸於

---

[41] 《春秋左傳注疏》卷14，頁236。其後《國語·周語》亦有近似於《左傳》
的用法，如「陰陽分佈，震雷出滯」（卷1，頁20）、「陽伏而不能出，陰迫
而不能蒸，於是有地震。今三川實震，是陽失其所而鎮陰也。陽失而在陰，
川源必塞」（卷1，頁26-27）、「陰陽序次，風雨時至」（卷3，頁128）等均
是。

[42] 《春秋左傳注疏》卷41，頁708-709。

[43] 杜《注》：「陰陽錯逆所為，非人所生。」孔《疏》：「若陰陽順序，則物皆得
性，必無妖異，故云『陰陽錯逆所為，非人吉凶所生也。』」同前注，卷14，
頁236。

天；而當夜幕降臨，四野呈「陰」，此時此狀，方顯大地
本色。另外，向日之陽處，雲所蒸騰升天；背日之陰所，
氣化為水歸地，等等。故天為陽，地方陰。由是陰陽概念
其外延得到擴展，但並非無限；其內涵變得抽象，卻更為
豐富。[44]

劉氏解釋之方向，與個人見解頗一致，故不煩徵引，以見時賢之
先我而發。唯戰國以降，下迄秦漢，「陰陽」作為氣化之概念益
形明顯。其中如《莊子》、《淮南子》等書，稱引尤多。[45]至《荀
子・禮論》：

　　天地合而萬物生，陰陽接而變化起。[46]

亦係以「陰陽」配「天地」，而視為天地氣化絪縕相合的元素、
促進萬物生而變化起的根源。除了配「天地」外，也有以「陰陽」

---

[44] 劉長林：〈陰陽原理與養生〉，頁 102。楊超〈先秦陰陽五行說〉似乎認為氣
化之「陰陽」觀念是由天地對立的觀念進一步發展出來，並未注意到「以陽
為天，以陰為地」的觀念，必然是在陰陽氣化思想成熟了後才會有。他僅引
《左傳》以為說，並未注意到「會易」、「陰陽」字義的演變問題。參楊超：
〈先秦陰陽五行說〉，《文史哲》（1956 年 3 期），頁 49-56。

[45] 如《莊子・則陽》：「是故天地者，形之大者也；陰陽者，氣之大者也。」最
為明顯。（〔清〕郭慶藩：《莊子集釋》〔北京：中華書局，1997 年〕卷 8 下，
頁 913）《素問・太陰陽明論》：「陽者，天氣也，主外；陰者，地氣也，主內。」
亦以陰為地氣，陽為天氣，以陰陽配天地。（《素問》〔北京：中醫古籍出版
社，1999 年〕卷 9，頁 32）餘如《淮南子》發揮精氣的思想，認為陰陽是天
地之氣之精。如〈本經〉：「陰陽者，承天地之和，形萬殊之體，含氣化物，
以成坏類。」（何寧：《淮南子集釋》〔北京：中華書局，1998 年〕，卷 8，頁
583）又〈天文〉：「天地之襲精為陰陽，陰陽之專精為四時，四時之散精為
萬物。」高誘《注》：「襲，合也；精，氣也。」（卷 3，頁 166）

[46] 《荀子・禮論》，〔清〕王先謙：《荀子集解》（北京：中華書局，1997 年），
卷 13，下冊，頁 366。

配「日月」的。《禮記・禮器》說：

  大明生於東，月生於西。此陰陽之分，夫婦之位也。[47]

「大明」即太陽，「月」即太陰。故謂「陰陽之分」，而恰好昭示了自然陰陽調和而成夫婦的形象。

  眾所周知，「陰陽」一詞之在《易經》，「陽」字未見，「陰」字則僅「中孚」九二「鳴鶴在陰」一見，且用為「蔭」字，並無抽象「陰陽」之義。「陰陽」作為《易》學概念，最早出現在《易傳》。其間歷經變化，略如上文所示。但歸根究柢，甲骨文與金文「易」字字義，與「易」字同有日光照射的含義（「会」則指雲蔽日），是清代以迄近當代古文字學家共所贊同，略無異議，而本人及劉長林等當世治《易》者亦已有所闡述，其意義可以確定。至「陰陽」一詞在《詩經》、《尚書》，則多用為地理方位之指示，嚴格而言，與《易經》陰陽爻、《易傳》陰陽氣化之「陰陽」，均沒有直接關係。就《易傳》而言，「陰、陽」兩觀念的意義發展至為豐富，既汲取了「日光顯隱」的原理，亦推擴至於「氣」的宇宙論。[48]至戰國下迄秦漢，則陰陽作為天地形象之表述，益形閎大。除前引《禮記・禮器》外，〈禮運〉亦謂「天秉陽垂日星，地秉陰竅於山川」，[49]即日星亦為陽氣之所化。

---

47 《禮記注疏》卷 24，頁 471。

48 《繫辭傳》：「一陰一陽之謂道。」又說：「乾，陽物也；坤，陰物也。陰陽合德，而剛柔有體，以體天地之撰，以通神明之德。」又說：「精氣為物，游魂為變。」《繫辭傳》作者之意，陰陽之精合撰而生萬物，屬乾者為陽物，屬坤者為陰物。至後二句尤在於解釋「生死」的問題（包括一切動植飛潛），認為陰氣陽氣變幻，促使具有生命萬物，有始有終，有聚有散。

49 《禮記注疏》卷 22，頁 432。

龐樸在〈《周易》古法與陰陽觀念〉說：

> 天之陰陽的認識，如時之晝夜、地之向背、年之冬夏、氣
> 之冷暖，諸如此類的感性認識，當然也會很早便有，但由
> 之上升到理性的對立，上升為陰陽一般，則絕非輕而易舉
> 之事。《易傳》上大量使用的陰陽二字，《詩經》中早就用
> 了；但陰陽在《易傳》上是一對牢籠天地的範疇，在《詩
> 經》中只不過是表示山岡和太陽關係的兩個名詞而已。這
> 裡的差別，不是源於人的智慧高低，而僅僅是由於時間的
> 先後不同。認識領域裡的事，尤其是無法一蹴而就的。[50]

泛觀古代經典中觀念的發展，龐樸的解釋似乎相當有道理。然而
這個問題仍需另一層考慮。《周易》雖然與《詩經》、《尚書》同
屬周王朝重要冊籍，並列儒家經典，[51]但其書顯而易見，是獨立
於《詩》、《書》之外的另一套知識體系。《周易》中許多占斷語，
如悔亡、貞吝之類，都不是《詩》、《書》的尋常語言，尤可證明
此經之獨特。因此，以《詩》、《書》用「陰陽」為地理方位，以
證明《易》中牢籠天地的「陰陽」觀念必然興起於《易傳》之後，
並不一定能成立。我的推斷，三《易》的傳統，指涉「時之晝夜、
地之向背、年之冬夏、氣之冷暖」的「會易」觀念，必然早在揲
蓍定數的方法之前即已出現，而這樣的觀念，也未必像龐樸所說

---

[50] 龐樸：〈周易古法與陰陽觀念〉，《文化一隅》（鄭州：中州古籍出版社，2005
年），頁 407。

[51] 如上文引述，《易》與《詩》、《書》等並列《六經》之名始見於《莊子·天
運》，立於學官則更晚至西漢；然而《左傳》記韓宣子聘魯，見《易》象與
魯《春秋》，曰「周禮盡在魯矣」。那麼《易》象為西周禮文之屬，亦即周朝
政治教化之權威性典冊，是不容置疑的。

的那樣「感性」。古人見日光顯隱的循環，而推想到春秋代易、冷暖循環，甚至影響到自然與人文生命的各種變幻如生死、禍福、順逆等，遂而悟出一番道理，其間豈能說全無「理性」的認識？孔子說：「逝者如斯夫，不舍晝夜。」後世也沒有解經者認為孔子此語純為感性喟嘆，而沒有理性思考在其中。至於運用揲蓍之法，運數而成卦，而「歸奇於陽、納偶入陰」（用龐樸語），那恐怕是在單純的「會易」觀念發展為較複雜的「陰陽」觀念以後的事。但這也不會太晚，因為最晚在殷《歸藏》已有的六十四卦，其背後必然已有一套成卦的揲蓍定數之法，或為大衍，或為六爸，[52]雖不可知，但其事卻應可確定。

四、「乾坤」字義探源

「乾」、「坤」二字，《易經》首卦「乾」（純陽卦）字，不見於甲骨文和金文，而首見於戰國文獻，似出現頗晚。但古代文獻對於《歸藏》首「坤乾」歷有明文，[53]似又顯示殷商時期即已有

---

[52] 關於「六爸」的討論，並參龐樸：〈周易古法與陰陽觀念〉「三六爸中的數謎」，頁 399-400。

[53] 《禮記‧禮運》：「我欲觀殷道，是故之宋而不足徵也，吾得《坤乾》焉。」鄭《注》：「得殷陰陽之書也，其書存者有《歸藏》。」（《禮記注疏》卷 21，頁 415）被研究者直接視為《歸藏》的王家臺出土簡本《易》，卦名大致與清儒輯佚《歸藏》相同。然而「坤」卦卦畫「⚏」旁有「豫」字，似即「坤」卦卦名，形體未有「土」或「申」之部件；「乾」卦卦畫旁則有「天目」二字，未見「乾」之名，故王明欽列表，即以該卦卦名為「天目」。詳王明欽：〈王家臺秦墓竹簡概述〉，收入艾蘭、邢文編：《新出簡帛國際學術研討會論文集》（北京：文物出版社，2004 年），頁 26-49。則《坤乾》之名，尚未有地下實物以為證。

「坤」、「乾」之名。《說文解字》釋「乾」為「上出也」，季旭昇認為「不知其義為何」。段玉裁解釋：

> 此乾字之本義也。自有文字以後，乃用為卦名。而孔子釋之曰：「健也。」健之義生於「上出」。上出為乾，下注則為溼。故乾與溼相對。俗別其音，古無是也。[54]

段《注》的解釋非常清楚。季旭昇引《睡虎地秦簡》50.92：「比言甲前旁有乾血。」釋「乾」字本義為「乾燥」，也可能是參考了段《注》「上出為乾，下注則為濕。故乾與濕相對」解釋的緣故。但細究「乾」字，亦疑與日光有關。「乾」字從「倝」為聲符，而「倝」字金文作「𠦝」（《金文詁林》889）、《包山楚簡》作「𠦝」，《說文解字》釋「倝」字：

> 日始出光倝倝也。從旦、㫃聲。凡倝之屬皆從倝。[55]

季旭昇解釋其形體，說：

> 「倝」字始見戰國，從易，「㫃」聲。易為日在丂上，和「倝」義近，因此可以做「倝」的義符。[56]

「倝」以「易」為義符，「乾」以「倝」為聲符，[57]而其意義，都和日光有關。考慮《易經》之「易」、「易」二字，都是日照之象形，以及《易經》以「乾」列首卦，則「倝」不應只是「乾」的聲符，而應該是聲符兼義符。

---

[54] 《說文解字注》卷 14 下，頁 740。

[55] 《說文解字注》卷 7 上，頁 308。

[56] 季旭昇：《說文新證》卷 7 上，上冊，頁 541。

[57] 如果「乾」字本義亦為日光的話，那麼「倝」字應該兼為「乾」字的義符。

　　故綜合上文，「昜」、「易」、「乾」三字字義均與日光之照射的自然現象有關。此三字之字義，與拙文〈論易道主剛〉意旨恰相符合。《易》理關鍵，主要在於白天與黑夜的區別，即決定於日光的顯現與隱沒，故指涉太陽的「昜」、「易」、「乾」三字，均反映《易》理最核心的概念。《易經》以「乾」為首卦，「乾」六爻皆陽。「乾」字字義，與「昜」、「易」、「軋」本義又皆指日光。「昜」、「易」、「乾」、「軋」顯現隱沒的循環，所構成的白天黑夜的變易，即成為《易》的基本原理。段玉裁和季旭昇以「乾燥」解釋「乾」字，自是合理的推斷，因為萬物乾燥，主要即由日光曝曬所致；[58]《莊子・逍遙遊》所謂「十日並出，萬物皆照」，與自然現象中旱季日照猛烈而導致山林之火，可以互喻。古今中外各民族通用保存食物防止腐敗的方法，即利用日光曝曬蔬菜與肉類，脫除水分，也有助於理解「乾」本兼有日光軋軋及乾燥之義。

　　「乾」有日光之義，以詮釋角度考察，尚有餘義，可以論述。如拙著〈從卦爻辭字義演繹論《易傳》對《易經》的詮釋〉及本文所述，中國經典傳統，多依緣於經典中一字一詞之核心義理，加以發揮演繹，而創造新義。故字書所指之本誼，在經典中往往有新義，而未必謹守本義。以《周易》「乾」卦而論，「乾」之為卦名，全卦即圍繞「乾」之意義發展，而引申出「龍」、「君子」之象。以《彖傳》「乾元」、「坤元」二概念考察，卦名之出現，

58　《詩・小雅・南有嘉魚之什・湛露》「湛湛露斯，匪陽不晞」，《毛傳》：「陽，日也；晞，乾也。」（《毛詩注疏》〔臺北：藝文印書館影印嘉慶二十年（1815）重刊宋《十三經注疏》本，1979 年〕，卷 10 之 1，頁 350）這兩句詩的意思是：沒有陽光的話，露水就不會乾。恰好可以作為旁證。

亦決不晚至戰國。[59]即就「乾」卦而言,「元亨利貞」四字,亦不用本義。「元」字甲骨文字形 $\overline{\overline{?}}$(一期,前 4.32.4)、$\overline{?}$(一期,林 2.28.11)、$\overline{?}$(一期,前 4.32.5),應為會意字,會「人首」之意。故該字字義有生命元首、開始之意,《說文》即釋為「始也」;但用為「元亨」一詞,則必不可能指人首,而必引申為「大」或至尊至貴至為重要之事物。

次如「亨」字,甲骨文作 含、舍,原與「享」字相同,本作「亯」,或謂象宗廟之形狀,[60]假借則作「饗」字。[61]《說文解字》:「亯,獻也,从高省,曰象孰物形。《孝經》曰:『祭則鬼亯之。』」段玉裁《注》:

> 《禮經》言「饋食者薦孰也」。……亯象薦孰,因以為飪物之偁,故又讀普庚切。亯之義訓薦神,誠意可通於神,故又讀許庚切。古音則皆在十部;其形,薦神作亨,亦作

---

[59] 「乾」卦《彖傳》:「大哉乾元」,即是作者截取卦名「乾」字與卦辭「元亨利貞」之首字,合而成「乾元」此一新概念;「坤」卦《彖傳》:「至哉坤元」,即是作者截取卦名「坤」字與卦辭「元亨」之首字,合而成「坤元」此一新概念。此充分證明,《彖傳》撰著之時,卦辭之前已有卦名;而卦名之起,決不晚於戰國。

[60] 其上之三合形狀,似與「命」「令」字之上部結構相同,為口部的倒形,則會鬼神受亯之意。

[61] 參段玉裁〈亯饗二字釋例〉:「凡字有本義,有引伸之義,有假借之義。《說文解字》曰『亯者,獻也。从高省,曰象進熟物形』,引《孝經》『祭則鬼亯之』,是則祭祀曰『亯』,其本義也。故經典『祭亯』用此字。引伸之,凡下獻其上亦用此字。而燕饗用此字者,則同音假借也。《說文解字》又曰『饗者,鄉人飲酒。从食,从鄉,鄉亦聲』,是則鄉飲酒之禮曰『饗』。引伸之,凡飲賓客亦曰『饗』,凡鬼神來食亦曰『饗』。而祭亯用此字者,則同音假借也。」《經韻樓集》卷 5,《段玉裁遺書》(臺北:大化書局,1977 年),下冊,頁 1084。

> 享。飪物作亨，亦作烹。《易》之元亨，則皆作亨，皆今
> 字也。[62]

祭祀以鼎烹肉，以飪物之香氣上達鬼神是為「亯」，下亯上達，故「亨」、「享」、「烹」均有通達之意，即段《注》所謂「誠意可通神」。

「利」字甲骨文 ⿰禾勿 （一期，人 1094）、⿰禾勿 （三期，通 733），本會以耒翻耕泥土之意，耒耜須鋒銳，始利於翻土播穀種禾，故引申為便利之意。故甲骨卜辭除人名、地名之用法外，多用為「有利於」、「不利於」之意，均有「吉利」的含義，如「不利其伐 ⿰禾刀 利」（前 2.3.1）、「庚戌卜王曰貞其利又馬」（後下 5.15）。《說文解字》：「利，銛也，刀和然後利。從刀，和省。」[63]則是據篆體字形以為說。

「貞」字甲骨文 ⿱卜貝 （一期，南南 2.9）、⿱卜貝 （一期，鐵 45.2）、⿱卜貝 （二期，京 3133），本即「鼎」字，而在卜辭中常用為「占問」之義。但其後於《周易》中，語義發展為守常不變，或貞定不移。[64]據屈萬里考定，在卦爻辭中，「貞」字即不能釋為「占問」，而應釋為「守其素常不變」。揆諸事實：《易》道尚剛，《易經》主變，唯人類生活，必於變遷之中求其不變之規則，如陰陽變化，

---

[62] 《說文解字注》卷 5 下，頁 229。

[63] 《說文解字注》卷 4 下，頁 178。

[64] 關於「貞」字不釋為「占問」而應釋為「守其素常不變」之義，說詳屈萬里〈說易散稿〉，《書傭論學集》，頁 29-32。《釋名·釋言語》：「貞，定也，精定不動惑也。」（〔漢〕劉熙：《釋名》〔北京：商務印書館影印《文津閣四庫全書》本，2006 年〕，卷 4，頁 390）《荀子·不苟》「行無常貞」（《荀子集解》，卷 2，頁 51），亦素常不變之意。

往來消息，無時或已；但知其往來消息循環不已之法則，則可以趨吉避凶。故「貞」字「守其素常不變」之義，應該是源出於「占問」的原理。

正如「元亨利貞」四字在卦爻辭中並不用本義而是用引申義而言，[65]「乾」字的情形大致相同。故「乾」字本義為日光，但用於本經，六爻均沒有提及日光之義，而均闡述「龍」德的變化，以喻象君子剛健不息的精神，呼應太陽往復循環、亙古不息的原理。這種情形與「元亨利貞」四字之義均發揮文字的引申之義而非用字源之本義，是相同的。

以上分析「乾」、「易」、「陰」、「陽」諸字皆與日光有關，唯獨「坤」字首出現於戰國，字義似與以上四字無關，古文字學家亦多不知其本義。《說文解字》稱：

> 坤，地也，《易》之卦也，从土从申，土位在申也。[66]

只能說「坤」是《易》之卦名。王家臺出土《歸藏》「坤」卦亦未見「坤」字的形體（詳本文注 38），傳統說《易》者認「坤」本字為「〈〈〈」，王引之《經義述聞》提出異議。王氏首先引諸家說解云：

> 坤，《釋文》：「本又作『〈〈〈』，『〈〈〈』，今字也。」毛居正《六經正誤》曰：『『〈〈〈』字三畫作六段，象小成坤卦。『〈〈〈』，古坤字。陸氏以為『今字』，誤矣。」鄭樵「六書略」曰：「坤卦之☷，必縱寫而後成『〈〈〈』字。」

---

[65] 關於「元亨利貞」的說解，黃慶萱先生亦有精闢的說解。讀者可參黃慶萱：《乾坤經傳通釋》（臺北：三民書局，2007 年），頁 3-6。

[66] 《說文解字注》卷 13 下，頁 682。

接著以「引之謹案」的按語說：

> 《說文》：「坤，地也。《易》之卦也，從土從申，土位在
> 申。」是乾坤字正當作「坤」。其作「巛」者，乃是借用
> 「川」字。考漢孔龢碑、堯廟碑、史晨奏銘、魏孔羨碑之
> 「乾坤」，衡方碑之「剝坤」，郙閣頌之「坤兌」，字或作𝕀𝕀，
> 或作𝕀𝕀、或作𝕀𝕀，皆隸書「川」字。是其借「川」為「坤」，
> 顯然明白。「川」為「坤」之假借，而非「坤」之本字。
> 故《說文》「坤」字下無重文作「巛」者。《玉篇》「坤」
> 下亦無「巛」字，而於「川」部「巛」字下注曰：「注瀆
> 曰川也。古為坤字。」然則本是「川」字，古人借以為「坤」
> 耳。

王氏考釋字形後，又從八卦字形相同的基礎，指出：

> 淺學不知，乃謂其象坤卦之畫，且謂當六段書之。夫「坤」
> 以外，尚有七正卦，卦皆有畫，豈嘗象之以為「震」、「巽」、
> 「離」、「坎」等字乎？甚矣其鑿也！[67]

王氏的分析，犖然清楚而有據。且以七正卦均無象三爻之形狀的
寫法，以證明「坤」卦不得獨異，以內證法說明，尤具有比較方
法的基礎。然而近世出土的《易》卦或數字卦材料，陰爻皆作「八」
或「八」。如係「坤」卦，即作「㸞」，如《上博簡》《周易》「師」
卦即作 㸞 。[68]外卦的形體，恰好是「巛」的側傾。參考「坤」字
在出土文獻中的形體，王引之「『巛』本為『川』」、「借『川』為

---

67 詳王引之：《經義述聞》（南京：江蘇古籍出版社，2000 年），卷 1，頁 4-5。

68 馬承源主編：《上海博物館藏戰國楚竹書（三）》（上海：上海古籍出版社，
   2003 年），頁 19。

有「乾」，故「坤」上六有「龍戰于野」之象。《周易》原為古代政典，為《六經》之一種，故經文多含教化意義。其意義則多以字詞為核心，由字詞「本義」漸次演繹出「引申義」，以申教化之種種理論，敷章揚厲，排比辭藻，合為篇章，遂成龐大繁複的「意義群」。故《易經》經文，字義適可反映其自然哲理；但經文則多用引申義，申述政治教化的義涵。二者宜比合並觀，庶可考察經典詮釋傳統的演變。

五、結論

本文考訂「易」、「陰」、「陽」、「乾」、「坤」五字，認為「易」為日照之象，與「易」字字義相同。古人當然不可能先確認「易」字本義，然後稱《周易》為「易」；但即使《易》之名出現很晚，其書之所以稱「易」，亦絕非象守宮之形，也不是日月合文，更不是部分古文字學者所說的「交易」的意思的引申，而是沿襲了甲骨文「易」字本為陽光照射的本義。「陰陽」字本作「霒昜」，其義分別為「雲覆日」與「雲開見日」，《詩》、《書》之「陰陽」多用指地理方位，《易》家則取二字用以指乾坤氣化之德。至於「軋」則為「乾」的聲符兼義符，「坤」從「立」從「申」而為閃電之形體。出土《易》卦及數字卦陰爻作「八」、「𠃌」，可能正是「巛」、「川」、「水」字字形的重要來源，傳統學者指「坤」字古作「巛」，恐非誤說。

綜合而言，「易」、「昜」、「陽」、「乾」、「軋」諸字均與日光照射有關；「坤」、「陰」二字，字義相喻，共為陰雨雷電之象。「天

尊地卑，乾坤定矣」，乾坤為天地之象，而陰陽則為乾坤氣化之體。乾坤、陰陽，以日光顯隱之理為基礎。一陰一陽，決定了自然的循環。一天由白天與黑夜構成，四季日光的強與弱（陰陽老少）則標誌了一年的循環。太陽照耀的力量，為大地四季冷暖交替的樞紐；而陰雨雷電的力量，也是大地動植飛潛所賴以生存的元素。以此觀察《易經》「乾」、「坤」二卦，並立為六十四卦之首，為《易》之「門戶」的原理，均與「陰」、「陽」有關。從字義上理解《易經》的宇宙論，與戰國以降《易傳》及諸子文獻相印證，以考察經典觀念的演繹，實其宜也。

從詞族研究論「天行健」的意義[**]

楊秀芳[*]

一、前言

楗本為抵拒門戶的直木，與橫持門戶的關合組成一個不易撼動的鎖門裝置。拙著〈論動詞「楗」的語義發展〉指出「關」、「楗」都兼有名詞、動詞的性質，作為動詞的「楗」表示豎立抵門之義，語義擴大後表示一般的支持之義，又發展出心理層面的堅持之義。這樣的「楗」，從空間來看，維持一種不墜的形勢；從時間來看，保持一種不中斷、不改變的狀態。[1]

古代「鍵」與「楗」互通，「楗」、「鍵」、「腱」、「犍」、「揵」、「建」都有豎立撐持之義，它們在語言上同屬一個詞族（word family）。由此出發，本文懷疑「健」最初也有撐持之義。

「健」字最早出現於乾卦《大象傳》「天行健」中。依《易傳》體例，「健」字應是卦名，而「天行健」字不作「乾」。帛書則卦名為「鍵」。本文根據這些線索，判斷卦名本作「鍵（楗）」。「天行健」原作「天行，鍵（楗）」，說的是日月星辰高懸不墜，運行不輟，如有鍵（楗）撐持一般，因此卦名定為「鍵（楗）」。

[*] 現任國立臺灣大學中國文學系教授。

[**] 承小幡敏行教授賜知，伊東倫厚教授曾就乾、坤卦名作過相關研究，後得水上雅晴博士及胡慧君同學贈送伊東教授著作，受益良多，謹此一併申謝。

[1] 詳參拙著：〈論動詞「楗」的語義發展〉，《中國語言學集刊》第 1 卷第 2 期（2007 年 6 月），頁 99-115。

　　《象傳》「天行，鍵（楗）。君子以自強不息」是要君子效法天行之道，能像支拄天體的鍵（楗）一樣撐持。這樣的教育，會引導產生「人也要像鍵（楗）一樣能撐持」的概念，因此這個詞族後來滋生新詞，表示「人能撐持」，文字上並添增義符，造為新字「健」；「健」後來又進一步由撐持義發展出強壯義。

　　本文第二節說明古漢語「楗」的語義用法。第三節說明「楗」、「鍵」、「腱」、「鞬」、「犍」、「建」音義相近，同屬一個詞族。第四節根據這個詞族共有的豎立撐持義，以及《易傳》體例、帛書異文等，討論「天行健」的意義問題。第五、六節說明「健」的引申用法，第七節結論。

二、從「楗」說起

　　根據拙著（楊秀芳 2006）的研究，「楗」有名詞、動詞兼類的抵門義，又有由此引申的撐持義、阻塞義等。抵門的目的在於關閉門戶，抽掉楗將失去閉門的作用，因此典籍註解所見，「楗」又有鑰匙義。

　　以「楗」字表示抵門之木者，例如：

　　　1.　善閉無關楗而不可開。（《老子校詁》引范應元：楗，
　　　　　拒門木也；或從金傍，非也。橫曰關，豎曰楗。）（《老
　　　　　子・二十七章》）[2]

楗是抵在關下的直木，與關合作，組成關閉門戶的一種裝置。

---

[2]　蔣錫昌：《老子校詁》（臺北：明倫出版社，1971 年），頁 182。

「楗」、「關」都兼有名詞、動詞的性質。《說文解字》「楗」下曰「距門也」，這個解說似以「楗」為動詞，表示抵拒門戶之義。「楗」作動詞的文獻用例如：

> 2. 咄咄陳生在，相逢尚黑頭。風傳中散弄，月照廣寒遊。
>   纖屨長楗戶，擔簦不臥樓。醉來雙眼白，未懾武安侯。
>   （胡應麟〈贈陳生即席〉）[3]

「楗戶」言閉門，與「臥樓」同是述賓結構。「楗」正是用楗抵拒門戶之義。

根據傳統建築來看，門由左右兩扇門板組成，門板固定在左右兩牆的地方設有樞紐，使門板可以開闔活動，或由內向外推出而闔，或由外向內推入而開。

兩扇門板由內向外推出並排合攏後，用橫木穿過兩扇門板上的鑄環，可以阻擋由外而來的推力，這橫木就是關。如果外來的推力持續不斷，關將會滑開脫落，這時只有靠關下撐拒的楗來阻止向內的推力，纔能避免這個問題。

楗與關一起作用，抗拒外力，阻擋入侵的力量，撐持門板於不墜。因此就外力來說，它有阻擋之義；就門板來說，它有撐持之義。

除了表示抵拒門戶之義，「楗」又有支持物體使成為障蔽物的用法。如：

> 3. 夫絳之富商，韋藩木楗以過於朝。唯其功庸少也，而能
>   金玉其車，文錯其服，能行諸侯之賄，而無尋尺之祿，

---

[3] 〔明〕胡應麟：《少室山房集》卷29。

無大績於民故也。（注：韋藩，蔽前後。木楗，木檐也。
言富商之財，足以金玉其車，文錯其服；以無爵位，故
不得為耳。則上韋藩楗木是也。）（《國語・晉語八》）[4]

「韋藩木楗」是個並列結構，表示用皮革障蔽車體，並且用直木
來撐持皮革，使皮革成為障蔽物，不致滑落。以直木來撐持皮革
的做法，類似於以直木撐拒門戶，因此同用「楗」字。

文獻中，「楗」還常見有「堵塞河堤決口，以阻止水流潰堤
而出」的用法。如：

4. 以楗東土之水，以利冀州之民。（《墨子閒詁》引埼允
   明之說曰：楗，樹竹塞水之決口，以草塞裹其上，以
   土填之也。）（《墨子・兼愛》）[5]

例 4「楗」是動詞的性質。這是用竹子堵塞河堤決口，並且用雜
草和泥土填滿鞏固，堵住決口，以阻止水流潰堤而出。它一方面
撐持河堤，使免於崩塌；一方面阻擋水流，使免於外洩。這個裝
置的作用和直木撐持門戶以抵拒外來推力的作用相似，因此也同
用「楗」字。

從撐持、阻擋具體事物的用法發展而下，「楗」還作內動詞，
表示抽象的阻塞之義。例如：

5. 老子曰：「汝自洒濯，熟哉鬱鬱乎！然而其中津津乎猶
   有惡也。夫外韄者不可繁而捉，將內楗；內韄者不可繆
   而捉，將外楗。外內韄者，道德不能持，而況放道而行

---

[4] 〔三國吳〕韋昭注：《國語》（臺北：藝文印書館，1969 年），卷 14，頁 343。
[5] 〔清〕孫詒讓：《墨子閒詁》（臺北：河洛圖書出版社，1975 年），卷 4，頁 12。

者手！」（郭象注曰：楗，關楗也。耳目，外也；心術，內也。夫全形抱生，莫若忘其心術，遺其耳目。若乃聲色鞭於外，則心術塞於內；欲惡鞭於內，則耳目喪於外；固必無得無失而後為通也。成玄英疏曰：鞭者，繫縛之名。楗者，關閉之目。繁者，急也。繆者，殷勤也。言人外用耳目而為聲色所鞭者，則心神閉塞於內也；若內用心智而為欲惡所牽者，則耳目閉塞於外也；此內外相感，必然之符。假令用心禁制，急手捉持，殷勤綢繆，亦無由得也。夫唯精神定於內，耳目靜於外者，方合全生之道。）（《莊子・庚桑楚》）[6]

「將內楗」是說將使內心閉塞，「將外楗」是說將使外界受到障蔽。全段大意是說：如果人陷溺於外在聲色，為聲色所縛，內心便不得自由；另一方面，內心如果陷溺於主觀好惡之情，為好惡所牽制，人也就無法清楚的認識外界。聲色好惡使人心中產生「拒門之木」，阻塞了人本該在智慧上能夠內外相通的道路。

　　例 5 抽象的阻塞義，從另一面來說，也正是支持之義。以「內楗」為例，內心閉塞不自由的原因是不肯放棄對外在聲色的執著；執著就是支持一種不放棄的意見。這個心中的拒門之木，一方面支持一種意見，不放棄這個執著；一方面因這個執著而產生了阻塞義，阻塞了大道暢行的可能。可以說，這兩個看似矛盾的阻塞義和支持義，其實就是主觀堅持義的一體兩面：主觀必然帶有對自我意見的支持，而因此受到的蒙蔽就是一種阻塞。從對立面不同的角度來看同一個詞，會得到正反矛盾不同的語義。

6　〔清〕郭慶藩：《莊子集釋》（臺北：世界書局，1970 年），卷 23，頁 341。

這種持心令固的「楗」，文獻所見或寫為「健」。如：

> 6. 至於大道之要，去健羨，絀聰明。釋此而任術。夫神
>   大用則竭，形大勞則敝。形神騷動，欲與天地長久，
>   非所聞也。（《集解》引如淳曰：知雄守雌，是去健也。
>   不見可欲，使心不亂，是去羨也。）（《史記・太史公
>   自序》）[7]

如淳以「知雄守雌」解釋「去健」，因為「健」是剛強之道，是
心中橫梗的主觀。矜著不肯放棄主觀是一種取強的做法，能夠「知
雄守雌」，便是把頂在心上的拒門之木放下。這個「健」的用法
可說和《莊子・庚桑楚》的「楗」相同。

文獻所見，「楗」與「建」也關係密切，例如《左傳》有名
「建」字「子木」者：

> 7. 楚蒍子馮卒，屈建為令尹。（屈建，子木。）（《左傳・
>   襄公二十五年》）[8]

> 8. 楚大子建之遇讒也，自城父奔宋。……晉人使諜於子
>   木，請行而期焉。（子木，即建也。）（《左傳・哀公十
>   六年》）[9]

古人名、字往往語義相關，名「建」而字為「子木」，大概因「建」、
「楗」相通，因此以「子木」為字。

---

[7] 〔日〕瀧川龜太郎：《史記會注考證》（臺北：藝文印書館，1972 年），卷 130，
頁 1334。

[8] 〔唐〕孔穎達：《春秋左傳正義》（北京：北京大學出版社《十三經注疏》整
理本，2000 年），卷 36，頁 1172。

[9] 同前注，卷 60，頁 1947。

三、論「楗」、「鍵」、「腱」、「韃」、「犍」、「建」為同族詞

《老子》二十七章「抵門之木」的「楗」，王弼本作「楗」，另有多種版本作「鍵」，或作「揵」、「犍」。據《說文解字》，「鍵」自有其本義，而其本義與「抵門之木」相關，如此則「楗」寫為「鍵」乃因音義相近遂字形相通。至於「揵」、「犍」，從下文的討論，可知它們也是因為音義相近而通寫。

擴大來看，從「建」得聲的「鍵」、「腱」、「韃」、「犍」等都有豎立撐持之義；「建」字亦然。這一組詞音義關係密切，它們應屬同一個詞族。

（一）「鍵」

《說文解字》曰「鍵，鉉也。一曰車轄。」又曰「鉉，所以舉鼎也。易謂之鉉，禮謂之鼏。」「鍵」字下段注說：

> 謂鼎扃也。以木橫關鼎耳而舉之，非是則既炊之鼎不可舉也。……〈門部〉曰「關，以木橫持門戶也。」門之關，猶鼎之鉉也。此以木為，而字從金者，系於鼎而言之也。抑《易》言金鉉，則鍵有金飾之者矣。[10]

《說文解字》又曰「鼏，以木橫貫鼎耳舉之。」段注：

> 按：扃者假借字，鼏者正字，鉉者音近義同字也。以木橫毌鼎耳是曰鼏，兩手舉其木之耑是曰扛。鼎鼏橫於鼎蓋之上，故禮經必先言抽扃，乃後取鼏，猶扃為戶外閉之關，

---

10 〔清〕段玉裁：《說文解字注》（臺北：藝文印書館，1999 年），卷 14 上，頁 711-712。

> 故或以扃代之也。[11]

段注說鍵是用來貫穿鼎耳以舉鼎的器具，在作用上像是橫持門戶的關。這段話藉關解釋鍵，這是因為關和鍵兩者都有貫穿撐持的功能，因此渾言不別。

段氏在「一曰車轄」下說：

> 各本作轄，今正。轄雖亦訓鍵，而非正字也。〈舛部〉曰「舝，車軸耑鍵也。」謂鐵貫於軸耑，如鼎鉉之貫於鼎耳。[12]

「舝」下則說：

> 以鐵豎貫軸頭而制轂，如鍵閉然。……據許說，則每耑為兩穿，每穿鍵以一鐵，兩穿相對，故其字從舛。[13]

在車輛的設計上，車軸橫貫車轂，軸端垂直穿孔，以豎鐵貫之，可抵住車轂，防止車輪向外脫落。這種裝置和關、楗橫豎相抵，避免門板被推開，在作用上可說是相同的。因此豎鐵「鍵」也具有撐持義，撐持使車輪不至於脫落。

（二）「腱」

腱和筋都是肌肉組織的一部分。《說文解字》曰「筋，肉之力也。从肉力，从竹。竹，物之多筋者。」[14]「力」下曰「筋也」，段注「筋者其體，力者其用也。非有二物。」[15]筋肉富有收縮力，

---

[11] 同前注，卷 7 上，頁 322。

[12] 同前注，卷 14 上，頁 711。

[13] 同前注，卷 5 下，頁 236。

[14] 同前注，卷 4 下，頁 180。

[15] 同前注，卷 13 下，頁 705。

附著在骨骼周圍者為隨意肌，藉隨意肌筋肉收縮之力，可以牽制相連的關節，拉動骨頭。

　　至於腱，《說文解字》曰：

　　　笏，筋之本也。从筋省，夗省聲。腱，笏或从肉建。

段注：

　　　王逸注《招魂》曰「腱，筋頭也。」建，聲也。[16]

腱是筋頭，因此小篆「腱」字「从筋省」，造為「笏」字，立意在其結構多筋。「笏」又寫作「腱」，許慎以之為會意，段氏補充說「腱」還兼為形聲字。所謂會意兼形聲，換一種說法，就是「腱」「建」音義相關，具有同族詞的關係。

　　從身體的組織結構來看，隨意肌呈紡錘形，腱是隨意肌兩端細長的部分，又稱肌頭，又稱筋頭，附著於骨頭上。在功能上，筋肉收縮時，腱帶動骨頭，使之以關節為樞紐，隨之而動。由於隨意肌兩端附著在骨頭上成為著力點，因此整條隨意肌像是抵門之木，藉著兩端的著力點撐持，使隨意肌像抵門之木，居於骨頭活動的樞紐地位。

　　這個拉動骨頭的組織稱為「腱」，應該是由於它的作用和楗相似，都是撐持之物，都居於活動的樞紐地位。有意思的是，與腱搭配活動的組織是關節；關節與腱搭配，就像是持門的橫木關與直木楗共組鎖門裝置一樣。

　　骨頭活動的樞紐稱做「關節」，是「關」從「關門橫木」引申出來的用法。「關」從「關門橫木」引申而表示「邊境所設之

---

[16] 同前注，卷 4 下，頁 180。

門」，此門因為是阻擋關閉之門，因此又成為入境的要道。有關有楗之處就是可以啟閉之處，因此引申還可以表示「運作活動的樞紐」。《後漢書‧張衡傳》「施關設機」的「關」、「機」並列，便是以「關」指稱機關樞紐。

關、楗組合為持守門戶的裝置，這個裝置是門戶啟閉的樞紐。語言中稱呼人身體的關節、筋腱為「關」、「腱」，當是因為人身的關節、筋腱與啟閉門戶的關、楗作用相似，都是活動的樞紐。由此來看，具有撐持之義的「腱」也是滋生自這個詞族；新詞滋生後，為區辨語義，再添增義符為「腱」。

（三）「鞬」

《說文解字》曰：「鞬，所以戢弓矢。」段注：

> 《左傳》：左執鞭弭，右屬櫜鞬。杜曰：櫜以受箭，鞬以受弓。《方言》：弓謂之鞬。《釋名》：受矢之器，馬上曰鞬。鞬，建也。言弓矢並建立其中也。《廣韻》曰：馬上藏弓矢器。[17]

根據《方言》與《說文解字》的記錄，鞬是收藏弓矢之器，而《釋名》以馬上藏弓矢之器為「鞬」。《廣韻》承《釋名》之說，也以「鞬」指稱馬上藏弓矢之器。

《釋名》說明馬上藏弓矢之器所以稱為「鞬」，是因為它可以讓弓矢「建立其中」。這個「建立其中」說的是「弓矢豎立收藏在其中」。劉熙探討語源，「鞬」字如此分析，應該是因為「鞬」和「建」音義相近，屬同一個詞族。

　　從事物之理來看，馬上藏弓矢之器不能打橫，如此弓矢或將滑落，取用也不方便，因此馬上使用的藏弓矢之器一定要能直立撐持。由此來看，韃之所以稱為「韃」，正是因為韃能夠直立撐持，因此命名為「韃」。換言之，具有撐持之義的「韃」也是滋生自這個詞族；新詞滋生後，為區辨語義，再添增義符為「韃」。

（四）「犍」

　　「犍」字《說文解字》未收，《說文新附》曰「犍，犗牛也。」「犍」字又作「劇」。《通俗文》記錄有：

> 以刀去陰曰劇。《正法念經》卷四十八、《音義四分律》卷三十五。《音義》「劇」作「犍」。[18]

據《通俗文》，「劇」、「犍」作為動詞，表示以刀去陰。《廣韻》元韻「居言切」下有「犍」、「劇」二字，「犍」字釋義「犗牛名」，「劇」字釋義「以刀去牛勢。或作犍。」[19]據《廣韻》，「犍」有動詞、名詞兩種用法，表示以刀去牛勢，也指稱去勢的牛。

　　根據《說文解字》，去勢的家畜有特殊名稱：

> 犗，騬牛也。从牛害聲。[20]
> 騬，犗馬也。从馬乘聲。[21]
> 羠，騬羊也。从羊夷聲。[22]

---

[18] 〔漢〕服虔：《通俗文》，收錄於《黃氏逸書考》（臺北：藝文印書館《叢書集成三編》本，1972年），頁8。

[19] 〔宋〕陳彭年：《校正宋本廣韻》（臺北：藝文印書，1970年），卷1〈上平聲〉，頁115。

[20] 《說文解字注》卷2上，頁51。

[21] 同前注，卷10上，頁472。

> 羯，羊羖犗也。从羊曷聲。[23]
>
> 犄，犗犬也。从犬奇聲。[24]
>
> 豶，羠豕也。从豕賁聲。（段注：羠，騬羊也。騬，犗馬也。犗，騬牛也。皆去勢之謂也。或謂之劇，亦謂之犍，許書無此二字。）[25]

犗是去勢的牛，騬是去勢的馬，但在許慎的訓解中，可以用「騬」修飾「牛」，用「犗」修飾「馬」，又可以用來指稱羊、犬。用段玉裁的話說，這是「其事一，故其訓互通」。[26]

《廣雅疏證》曰「犗之言割也，割去其勢，故謂之犗。」又說「劇之言虔也。方言：虔，殺也。」[27]王念孫認為「犗」取義於「割」，「劇」取義於「虔」。「犗」、「劇」命名之義都和去勢有關。

「騬」一語取義如何，未見字書記載。就豢養家畜來說，牛馬未去勢是為了留作育種，這種牛馬容易衝動，難以控制，通常較少作為勞役之用。去勢的牛馬較為溫馴，形體較為壯碩，方便於騎乘勞作。本文懷疑「騬」便取義於去勢的馬匹便於騎乘。

「劇」又寫作「犍」。從「鍵」、「腱」、「鞬」等都有豎立撐

---

[22] 同前注，卷 4 上，頁 147。

[23] 同前注。

[24] 同前注，卷 10 上，頁 478。

[25] 同前注，卷 9 下，頁 459。

[26] 同前注，卷 10 上，頁 472。

[27] 《廣雅‧釋獸》，〔清〕王念孫：《廣雅疏證》（北京：中華書局，1983 年），卷 10 下，頁 386。

持義來看，可能因為去勢的牛具有能撐持的特性，可託付勞役重任，因此寫為「犍」，和騸之因便於騎乘而稱「騸」是一樣的道理，都取義於溫馴可用的特性。

「犗」、「㸚」、「犍」都用來表示去勢的牛，前二者以其去勢的緣故命名，後者取義於能撐持的特性；取義的角度不同，因此造字之義不同。

「犗」、「㸚」、「犍」雖定為不同的文字，但音義相近，三者應該有語源上的關係。《廣韻》「犗」讀「古喝切」，[28]「㸚」、「犍」讀「居言切」。[29]上古「犗」屬祭部，「㸚」、「犍」屬元部。祭、元二部有陰陽對轉的關係，「犗」、「㸚」、「犍」聲母又相同；音義俱近，說明「犗」、「㸚」、「犍」語源相同。

「犗」、「㸚」直陳其去勢，推想可能是命名的原意。「犗」、「㸚」語源相同，分讀祭、元二部應是方言音轉的緣故，並因此造為不同的字形。讀為元部的「㸚」，由於語音與「建」相近，去勢之牛又有能撐持的特性，符合「建」這個詞族的語義條件，因此古人為這個語詞造了從「建」得聲的「犍」字，使「鍵」、「腱」、「鞬」這個詞族再增一個同族詞。

（五）「建」

甲骨文似未見「建」字。金文從「辵」從「聿」，為《說文解字》篆文所本。《說文解字》曰「建，立朝律也。从聿，从廴。」

---

[28] 《校正宋本廣韻》卷 4〈去聲〉，頁 387。
[29] 同前注，卷 1〈上平聲〉，頁 115。。

段注「今謂凡豎立為建」。[30]

　　十三經所見的「建」，或後接具體名詞，或後接抽象名詞。所接具體名詞多為旗鼓之物，例如：

> 9. 之子于苗，選徒囂囂。建旐設旄，搏獸于敖。（疏：既選車徒，王言當建立旐於車，而設旄牛尾於旐之首，與旐同建，我當乘之，往搏取禽獸於敖地也。）（《詩·車攻》）[31]

> 10. 建鼓在阼階西，南鼓。應鼙在其東，南鼓。（注：建猶樹也。以木貫而載之，樹之跗也。疏：按〈明堂位〉云：「殷楹鼓，周縣鼓。」注云：「楹，為之柱，貫中上出也。縣，縣之於簨虡也。」此云以木貫而載之，則為之柱，貫中上出，一也。周人縣鼓，今言建鼓，則殷法也，若醮用酒之類。）（《儀禮·大射》）[32]

「建旐」即樹立旗幟，「建鼓」即置立鼓。所謂「建」，常常需要底下設跗以使之能站立撐持。《詩·那》鄭箋提到「植鼓」：

> 11. 猗與那與，置我鞉鼓。（傳云：猗，歎辭。那，多也。鞉鼓，樂之所成也。夏后氏足鼓，殷人置鼓，周人縣鼓。箋云：置讀曰植。植鞉鼓者，為楹，貫而樹之。美湯受命伐桀，定天下而作濩樂，故歎之。多其改夏

---

[30] 《說文解字注》卷 2 下，頁 78。

[31] 〈小雅·南有嘉魚之什〉，〔唐〕孔穎達：《毛詩正義》（北京：北京大學出版社《十三經注疏》整理本，2000 年），卷 10，頁 761。

[32] 〔唐〕賈公彥：《儀禮注疏》（北京：北京大學出版社《十三經注疏》整理本，2000 年），卷 16，頁 348。

之制，乃始植我殷家之樂鞉與鼓也。鞉雖不植，貫而
搖之，亦植之類。)(《詩‧那》)³³

賈公彥在《儀禮‧大射》「鼗倚于頌磬西紘」疏中提到《那》箋
之意，說：

以其殷人植鼓，以木貫之，而下有拊。鼗亦以木為柄而貫
之，但手執而不植為異，故云亦植之類。³⁴

「殷人植鼓」亦即例 10 之「建鼓」，是利用豎立的直木載鼓而成。

抵拒門戶的「楗」，在《墨子‧備城門》中又稱為「植」：

12. 門植關必環鎖。(植，持門直木；關，持門橫木。詳〈非
儒〉篇。《說文‧金部》云「鎖，鑄塞也」。畢云「言
扃固之環，與扃音相近」。)(《墨子‧備城門》)³⁵

從「建鼓」、「植鼓」、「植關」、「楗關」動詞用法相似來看，「建」、
「楗」其實無別。

除了豎立旗鼓之外，《儀禮‧士冠禮》表示將匕插在酒中也
用「建」字。如：

13. 冠者即筵坐，左執觶，右祭脯醢，以柶祭醴三，興。
筵末坐，啐醴，建柶，興。(注：建柶，扱柶於醴中。)
(《儀禮‧士冠禮》)³⁶

---

33 〈商頌‧那〉，〔唐〕孔穎達：《毛詩正義》(北京：北京大學出版社《十三經
注疏》整理本，2000 年)，卷 20，頁 1685。

34 〔唐〕賈公彥：《儀禮注疏》(北京：北京大學出版社《十三經注疏》整理本，
2000 年)，卷 16，頁 350。

35 《墨子閒詁》卷 14，頁 18。

36 《儀禮注疏》卷 2，頁 41。「建」字《經典釋文》誤作「捷」。云「本又作『插』，

匕其實無法豎立，但插入酒中，靠在容器口，形同站立。

「建」所接賓語還可以是邦國、家室、都邑、官位、基業等抽象名詞，金文材料常見這類用法，如《蔡侯鐘》有「建我邦國」之語。[37]文獻用例如：

> 14. 天命降監，下民有嚴。不僭不濫，不敢怠遑。命于下國，封建厥福。（箋云：降，下。遑，暇也。天命乃下視，下民有嚴明之君，能明德慎罰，不敢怠惰自暇於政事者，則命之於小國，以為天子，大立其福。謂命湯使由七十里王天下也。）（《詩·殷武》）[38]

> 15. 王曰叔父，建爾元子，俾侯于魯。大啟爾宇，為周室輔。（箋云：叔父，謂周公也。成王告周公曰：叔父，我立女首子，使為君於魯。謂欲封伯禽也。）（《詩·閟宮》）[39]

「建」的賓語也可以是言論這類抽象名詞，如：

> 16. 上士聞道，勤而行之；中士聞道，若存若亡；下士聞道，大笑之。不笑不足以為道。故建言有之：（林希逸曰：建言者，立言也。言自古立言之士有此數語。）明道若昧，進道若退，夷道若纇……。（《老子·四十一章》）[40]

亦作『扱』」。

37 方述鑫等：《甲骨金文字典》（成都：巴蜀書社，1993 年），頁 154。

38 〈商頌〉，〔唐〕孔穎達：《毛詩正義》（北京：北京大學出版社《十三經注疏》整理本，2000 年），卷 20，頁 1723。

39 〈魯頌·駉之什〉，同前注，頁 1661。

40 〔宋〕林希逸：《老子鬳齋口義》，收錄於嚴靈峰輯：《無求備齋老子集成初編》（臺北：藝文印書館，1965 年），頁 4-5。

「建」後接抽象名詞時，表示抽象的設立、建立、成立之義。

《毛公鼎》有「勿壅建庶人貯」之語，董作賓（1952）以「建」為「楗」，釋「壅建」為壅阻楗塞之義，翻譯這段文字為「不要阻撓了庶民的積蓄」。[41] 由此來看，「建」不僅與「楗」一樣可表示豎立撐持之義（見例 3、9、10），也與「楗」一樣可有阻塞義的用法（見例 4）。究極來說，「建」、「楗」既同屬一個詞族，它們在古文獻中互通也就是可能的了。

根據以上說明，我們看到「鍵」、「腱」、「鞬」、「犍」、「建」與「楗」一樣，都具有豎立撐持之義。音韻上，各字《廣韻》讀音及主要釋義如下：

> 楗：阮韻。其偃切。關楗。[42]
>
> 鍵：仙韻。渠焉切。鑰也。[43]
>
> 　　阮韻。其偃切。同楗。[44]
>
> 　　獮韻。其輦切。管籥。[45]
>
> 腱：元韻。居言切。筋也。一曰筋頭。[46]
>
> 　　願韻。渠建切。筋本也。[47]

---

[41] 董作賓：〈毛公鼎釋文註釋〉，《大陸雜誌》第 5 卷第 9 期（1952 年 11 月），頁 13-19；〈毛公鼎考年〉，《大陸雜誌》第 5 卷第 8 期（1952 年 10 月），頁 3-6。

[42] 《校正宋本廣韻》卷 3〈上聲〉，頁 280。

[43] 同前注，卷 2〈下平聲〉，頁 142。

[44] 同前注，卷 3〈上聲〉，頁 280。

[45] 同前注，頁 292。

[46] 同前注，卷 1〈上平聲〉，頁 115。

[47] 同前注，卷 4〈去聲〉，頁 398。

鞬：元韻。居言切。馬上盛弓矢器。[48]

犍：元韻。居言切。犗牛名。又犍為郡。[49]

　仙韻。渠焉切。犍為縣，在嘉州。[50]

建：願韻。居萬切。立也。樹也。至也。[51]

各字古音同屬元部，聲母則均為牙音，具有音近的關係。在音義俱近的條件下，可以判斷它們同屬一個詞族。

　　從我們的研究看來，這個詞族以「豎立撐持」為核心語義，滋生同族詞。但是它們在文字上都以「建」為聲符，而《說文解字》又以後接抽象名詞的「立朝律也」為「建」的本義，這容易引發一種想法：以為這個詞族是以「立朝律也」為核心語義，滋生同族詞。

　　一般而言，語詞發生的次序是語義具體的發生在前，語義抽象的發生在後；但語詞發生的先後次序不一定反映在文字的制定或文獻的著錄上。由於文字的制定晚於語言，在文字制定當時若早已衍生出了或具體、或抽象的各種語詞，則文字的制定不見得反映語詞發生的次序。先秦時期「建」可以後接具體名詞，表示「豎立撐持」之義；也可以後接抽象名詞，表示「設立、建立」之義。許慎不以「豎立撐持」作為「建」字本義，可知他的本義之說未必反映語詞衍生的先後關係。因此研究詞族問題時，我們最好擺脫文字的形體，從語言的音義關係來探討。

---

[48] 同前注，卷 1〈上平聲〉，頁 115。

[49] 同前注。

[50] 同前注，卷 2〈下平聲〉，頁 142。

[51] 同前注，卷 4〈去聲〉，頁 398。

四、論「天行健」的意義

《周易》乾卦《大象傳》曰「天行健，君子以自強不息。」
《正義》解釋為：

> 天行健者，行者運動之稱，健者強壯之名。乾是眾健之訓，
> 今大象不取餘健為釋，偏說天者，萬物壯健，皆有衰息，唯
> 天運動日過一度，蓋運轉混沒，未曾休息，故云天行健。[52]

在孔穎達的解讀中，「健」與「天行」連讀，作「天行」的補語，
說明天體運行強壯，未曾休息。這樣的解法是否即《大象傳》原
意，基於以下兩個理由，本文認為可以再作檢討：

（一）「健」字未見於甲骨卜辭、銅器銘文，在十三經中也
只見於《易傳》，乾卦《大象傳》「天行健」是所見最早的資料。
換言之，在《大象傳》之前，沒有文獻顯示「健」具有強壯義，
這個語詞如何而來，有從頭探討的必要。

（二）根據《象傳》體例，「天行健」的「健」應該就是卦
名，而今本乾卦《大象傳》作「健」不作「乾」，帛書《周易》
乾卦卦名則為「鍵」，可知卦名是「乾」或「健」或「鍵」有重
新檢討的必要。根據卦名多取義於日常事物來看，帛書「鍵」可
能纔是原來的卦名。卦名若原為「鍵」，「天行健」的原始意義恐
怕就不是如《正義》所說，而應當由「鍵」字索解。

以下分別就上述兩方面說明本文的看法。

---

52 〔唐〕孔穎達：《周易正義》（北京：北京大學出版社《十三經注疏》整理本，
2000 年），卷 1，頁 11。

（一）乾卦卦名疑本為「鍵（楗）」

近年出土的楚竹書《周易》無《易傳》內容，也沒有留下乾卦的殘簡，因此沒有線索可供我們研究「天行健」的問題。[53]至於帛書《周易》，不論經、傳，卦名「乾」「坤」都分別寫作「鍵」「川」。《繫辭》中「乾坤」亦均寫為「鍵川」。乾卦九三爻辭「君子終日乾乾」，帛書則寫作「君子終日鍵鍵」。

本文懷疑帛書作「鍵」是《周易》原來的卦名，古代「鍵」「楗」互通（說詳第二、三節），因此卦名也可能是「楗」。至於通行本的卦名「乾」，《廣韻》音渠焉切，[54]與「鍵（楗）」音近，它們之間可有假借的關係。

「乾」之可能假借而來，學界早有懷疑。例如韓仲民（1992）曾說：

> 乾字既不見於甲骨卜辭，也不見於銅器銘文。在文獻資料中，《尚書》裡也沒有乾字，「國之大事，唯祀與戎。」祭祀和出征都要有占卜活動，但是從來沒有提到卦名，到春秋時代才作為卦名引用，如《左傳·閔公二年》記載「過大有之乾」，《國語·周語》記載「遇乾之否」。乾卦本義是什麼？乾為天、為健，都是引申義，依《說文》「乾，上出也，軋聲。」則為乾溼之乾，也有人說本當為幹，為星名。……《象傳》解釋卦名有一定的體例，即卦象＋卦名＋卦義，如屯卦象辭為「雲雷。屯。君子以經綸。」……

---

53 馬承源主編：《上海博物館藏戰國楚竹書（三）》（上海：上海古籍出版社，2003 年），頁 131-260。

54 《校正宋本廣韻》卷 2〈下平聲〉，頁 142。。

> 乾卦的象辭「天行健，君子以自強不息」好像是一個例外。
> 這句廣為流傳的格言，其實應斷句為「天行。健。君子以
> 自強不息。」……健就是卦名，君子以自強不息是如何進
> 德修業的問題。[55]

韓仲民一方面基於「乾」的本義難以說明卦象，因此提出質疑，
另一方面則根據《象傳》體例而認為卦名是「健」。伊東倫厚
（1990、1991）、黃沛榮（1998）、廖名春（2004）也都懷疑卦名
「乾」可能是借字，本名當為「健」。[56]

　　段玉裁以「乾」的本義對卦象提出說明，鄭吉雄（2006）
從乾坤陰陽字義比較宏觀的角度論述，也以「乾」的本義說明
卦象。[57]《說文》曰「乾，上出也。从乙。乙，物之達也。倝聲。」
段注曰：

> 此乾字之本義也，自有文字以後乃用為卦名，而孔子釋之
> 曰健也。健之義生於上出，上出為乾，下注則為溼，故乾
> 與溼相對。俗別其音，古無是也。……倝者日始出光倝倝
> 也。然則形聲中有會意焉。[58]

---

[55] 韓仲民：《帛易說略》（北京：北京師範大學出版社，1992 年），頁 75-77。

[56] 伊東倫厚：〈釋乾坤〉，收入《中國學論集（山下龍二教授退官紀念）》（東京：研文社，1990 年），頁 175-190。伊東倫厚：〈學易一得〉，收入《中國哲學》第 20 號（北海道中國哲學會，1991 年），頁 31-41。黃沛榮：《易學乾坤》（臺北：大安出版社，1998 年），頁 316。廖名春：《周易經傳十五講》（北京：北京大學出版社，2004 年），頁 71。

[57] 鄭吉雄著、近藤浩之譯：〈「易」占に本づく儒道思想の起源に關する試論——併せて易の乾坤陰陽の字義を論ず〉，收入《中國哲學》第 34 號（北海道中國哲學會，2006 年 3 月），頁 1-48；鄭吉雄：〈從卦爻辭字義的演繹論《易傳》對《易經》的詮釋〉，收入《漢學研究》第 24 卷第 1 期（2006 年 6 月），頁 1-33。

[58] 《說文解字注》卷 14 下，頁 747。

段玉裁認為聲符「倝」同時也是義符，以「倝」的本義「日始出」
來說明日照使水氣上升為一種陽剛的力量。

　　雖然以「乾」的本義來理解命名之意也頗為合理，不過我們
在《楚辭・天問》中看到古人對於日月星辰能夠高懸不墜，運行
不輟，有一份好奇與敬畏之心：

> 17. 曰遂古之初，誰傳道之？上下未形，何由考之？冥昭
> 瞢闇，誰能極之？馮翼惟象，何以識之？明明闇闇，
> 惟時何為？陰陽三合，何本何化？圜則九重，孰營度
> 之？惟茲何功，孰初作之？斡維焉繫？天極焉加？
> （斡，轉也。維，綱也。言天晝夜轉旋，寧有維綱繫
> 綴？其際極安所加乎？）八柱何當？東南何虧？（言
> 天有八山為柱，皆何當值？東南不足，誰虧缺之也？）
> 九天之際，安放安屬？隅隈多有，誰知其數？天何所
> 沓？十二焉分？日月安屬？列星安陳？出自湯谷，次
> 于蒙汜。自明及晦，所行幾里？夜光何德，死則又育。
> 厥利維何，而顧菟在腹。……[59]

屈原問：若無綱維繫綴，或是八山為柱撐持，日月星辰如何能夠
穩固的陳列於上？又如何能夠穩定的終則又始，循環不息？在屈
原的認知中，天體以八山為柱，這和《周易》作者用鍵（楗）撐
持天體的思維方式是一樣的。

　　如果卦名為具有豎立撐持義的「鍵（楗）」，則《大象傳》的
卦象和卦名之間可有很好的聯繫，符合古人的思維方式，由此展

---

[59]　〔宋〕洪興祖：《楚辭補註》（臺北：藝文印書館，1968 年），卷 3，頁 146。

開卦義「君子以自強不息」的教訓也順理成章。因此本文懷疑卦名原是「鍵（楗）」，而非「乾」。

關於卦名是否為「健」，以及卦名有無可能為「鍵（楗）」，本文看法如下：

（一）《周易》卦名主要用來表現卦象，孔穎達說明命名的體例如下：

> 聖人名卦，體例不同，或則以物象而為卦者，若否、泰、剝、頤、鼎之屬是也，或以象之所用而為卦名者，即乾、坤之屬是也。如此之類多矣。雖取物象，乃以人事而為卦名者，即家人、歸妹、謙、履之屬是也。所以如此不同者，但物有萬象，人有萬事，若執一事，不可包萬物之象；若限局一象，不可總萬有之事。故名有隱顯，辭有踦駁，不可一例求之，不可一類取之。[60]

命名體例雖然未必完全一致，但作為卜筮之書，卦名或根據物象，或根據人事，所命之名必須能起譬喻或啟發的作用。根據六十四卦卦名來看，大多數都是日常熟悉的事物或觀念，因此它們能達到譬喻或啟發的目的。「健」字在甲骨卜辭、銅器銘文都未見用例，十三經中也只見於《易傳》，最早的用例為「天行健」一語，此外就是戰國中期以後的諸子散文有少數用例。換言之，《易經》若以「健」作卦名，這是用了一個大家都陌生的字，如何引喻是令人懷疑的。

（二）卦名若是「鍵」或「楗」，作為名詞，「鍵」是用來抵

60　〈乾卦〉，《周易正義》（北京：北京大學出版社《十三經注疏》整理本，2000年），卷1，頁1。

拒車輪的豎鐵，「楗」是用來抵拒門戶的直木；作為動詞，都有豎立撐持義。語義具體，而且為日常熟悉的器物或觀念，可以達到譬喻或啟發的目的。

（三）卦名若為「鍵（楗）」，則與《楚辭・天問》對天體不墜的看法一樣，這是古代一種常見的思維方式。

卦名「鍵（楗）」在通行本《大象傳》寫為「健」，這是後來語詞衍生，文字偏旁添增改易的結果。《大象傳》原本要君子效法天行之道，能像支拄天體的鍵（楗）一樣撐持。這樣的教育，引導產生了「人也要像鍵（楗）一樣能撐持」的概念，因此這個詞族後來滋生新詞，表示「人能撐持」之義，文字上並添增義符，造為新字「健」。

乾卦九三爻辭「君子終日乾乾」，帛書作「君子終日鍵鍵」。上古動詞重疊表示動作的重複，例如《詩・周頌・有客》「有客宿宿」表示宿而又宿，《詩・周南・卷耳》「采采卷耳」表示採而又採。根據這個句法規則來看，「君子終日鍵鍵」表示君子終日像鍵一樣撐持又撐持，努力不敢懈怠。這段九三爻辭的內容，應該就是後來《大象傳》論卦義之所本。

帛書《周易》與漢石經、王弼本、通行本屬一個底本，然而在流傳過程中，各有錯亂或混淆，形成了寫法不同的本子。[61]帛書和漢石經坤卦都作「川」，據《經典釋文》「坤，本又作巛。巛今字也，同」[62]來看，「坤」為「巛」之後起寫法，而「巛」或寫

---

61 張立文：《白話帛書周易》（鄭州：中州古籍出版社，1992 年），頁 20-21。

62 〔唐〕陸德明：〈周易音義〉，《經典釋文》（臺北：鼎文書局，1972 年），卷 2，頁 19。

為「川」。

　　卜筮刻痕亦見於地下出土物。依據出土資料來看，最初的卦畫並非用代表陰陽的「- -」、「—」構成，而是用一、五、六、七、八、九等六個數字組成。[63]數字畫可以橫畫，也可以豎畫。河南安陽殷墟卜骨的數字卦畫「≋」，左旁有「田」字，而田與地相通，是坤卦的卦象。[64]《經典釋文》所見或本的坤卦「巛」，和殷墟卜骨「≋」只是橫畫豎畫之異。

　　殷墟卜骨卦畫「≋」由「六六六」組成，從橫寫的「≋」與豎寫的「巛」可通來看，帛書《周易》坤卦作「川」，應該是由古代數字卦畫「巛」演變為《周易》名稱的結果。換言之，六十四卦命名之時，據「巛」之形而寫為「川」，帛書與漢石經都承繼這個寫法。「川」只是卦畫「巛」的文字形體，與殷墟卜骨卦畫「≋」一脈相承。殷墟「≋」卦的卦爻辭為「田」，帛書川卦所論亦為大地之德，與河川無關。

　　從殷墟卜骨卦畫「田≋」來看，[65]本文懷疑晚出的「坤」字偏旁「申」為「田」之形誤，卦名本應從「土」從「田」，這纔符合論大地之德的坤卦性質。

　　從陝西長安張家坡出土的西周卜骨來看，刻有「一一六一一一」等六個數字的卦畫，相當於《周易》的小畜卦，卦體為上巽下乾。[66]如此，乾卦卦畫乃由三個「一」組成。這樣的卦畫代表

---

[63]　張立文：《白話帛書周易》，頁 4。

[64]　同前注，頁 7。

[65]　同前注，頁 6。

[66]　同前注。

什麼意義？卦畫「一」是否象車轄或直木之形？六十四卦命名之
時，是否據「三」之形而命為「鍵（梍）」，並踵事增華，取義於
鍵（梍）的撐持義，鋪陳出九三爻辭「君子終日鍵鍵（梍梍）」
之說？

　　由數字卦畫演進到《周易》六十四卦，我們看到卜筮的系統
化；由卦爻辭演進到《易傳》，我們看到卜筮系統的愈趨哲理化。
從數字卦畫到六十四卦，再到《易傳》的哲學思想，這一條文明
發展的軌跡，記錄了古人的生活經驗和面對天命的智慧，我們必
須追溯語詞的原始意義，纔能比較確實的了解古人想法。

（二）「健」的強壯義後起

　　如上所述，我們認為乾卦卦名本為「鍵（梍）」，而通行本《大
象傳》寫為「天行健」，孔穎達將「健」字解為強壯之義。《大象
傳》原作「天行，鍵（梍）」，「鍵（梍）」表示車轄或直木的豎立
撐持義，孳生出「人能撐持」的「健」之後，由「人能撐持」發
展到強壯義，其間變化的關鍵何在，這是本節探討的重點。

　　首先說明「健」字最早見於通行本「天行健」一語，[67]「健」
字最初義涵如何，應就《大象傳》索解。

　　甲骨文、金文似未見「健」字。據中央研究院漢籍電子文獻
資料庫檢索所得，十三經中，「健」字只出現在《周易》，共有 13
段。內容如下：

---

[67] 《說文》「乾」下段注說「孔子釋之曰健」，指的應是《繫辭下傳》「夫乾，
　　天下之至健也」這類孔門弟子傳述之說。因為是傳述之語，我們只能將之歸
　　於七十子的時代（韓仲民 1992：105；嚴靈峰 1994：24；黃沛榮 1998：
　　182-210）。

18. 象曰：天行健，君子以自強不息。(乾卦《象傳》)[68]

19. 文言曰：……大哉乾乎，剛健中正，純粹精也。六爻發揮，旁通情也。時乘六龍，以御天也。雲行雨施，天下平也。(乾卦《文言傳》)[69]

20. 象曰：需，須也，險在前也。剛健而不陷，其義不困窮矣。(需卦《象傳》)[70]

21. 象曰：訟，上剛下險，險而健，訟。(訟卦《象傳》)[71]

22. 象曰：小畜，柔得位而上下應之，曰小畜。健而巽，剛中而志行，乃亨。(小畜卦《象傳》)[72]

23. 象曰：泰，小往大來，吉亨，則是天地交而萬物通也，上下交而其志同也。內陽而外陰，內健而外順，內君子而外小人。君子道長，小人道消也。(泰卦《象傳》)[73]

24. 象曰：同人，柔得位得中而應乎乾，曰同人。同人曰：同人于野，亨，利涉大川。乾，行也。文明以健，中正而應，君子正也。唯君子為能通天下之志。(同人卦《象傳》)[74]

25. 象曰：大有，柔得尊位大中，而上下應之，曰大有。

---

[68] 〈乾卦〉，《周易正義》(北京：北京大學出版社《十三經注疏》整理本，2000年)，卷1，頁11。

[69] 〈乾卦〉，同前注，卷1，頁25。

[70] 〈需卦〉，同前注，卷2，頁50。

[71] 〈訟卦〉，同前注，卷2，頁54。

[72] 〈小畜卦〉，同前注，卷2，頁69。

[73] 〈泰卦〉，同前注，卷2，頁78。

[74] 〈同人卦〉，同前注，卷2，頁86。

其德剛健而文明，應乎天而時行，是以元亨。（大有卦《彖傳》）[75]

26. 彖曰：無妄，剛自外來而為主於內。動而健，剛中而應。（無妄卦《彖傳》）[76]

27. 彖曰：大畜，剛健篤實，輝光日新其德。剛上而尚賢，能止健，大正也。（大畜卦《彖傳》）[77]

28. 彖曰：夬，決也，剛決柔也。健而說，決而和。（夬卦《彖傳》）[78]

29. 夫乾，天下之至健也，德行恆易以知險。夫坤，天下之至順也，德行恆簡以知阻。（《繫辭下》）[79]

30. 乾，健也。坤，順也。（《說卦》）[80]

31. 震為雷，為龍，為玄黃，……其于稼也為反生。其究為健，為蕃鮮。（《說卦》）[81]

這些語料都來自《易傳》，無一來自《易經》卦爻辭。例 18 為乾卦《大象傳》，例 19 以下則皆為《文言傳》、《彖傳》、《繫辭傳》、《說卦傳》內容。

《繫辭傳》說「易之興也，其當殷之末世、周之盛德邪？當

---

[75] 〈大有卦〉，同前注，卷 2，頁 91。

[76] 〈無妄卦〉，同前注，卷 3，頁 135。

[77] 〈大畜卦〉，同前注，卷 3，頁 139。

[78] 〈夬卦〉，同前注，卷 5，頁 211。

[79] 《繫辭下》，同前注，卷 8，頁 376。

[80] 《說卦》，同前注，卷 9，頁 387。

[81] 《說卦》，同前注，卷 9，頁 390。

文王與紂之事邪？」[82]廖名春（2004）根據實詞的附加成分及虛詞運用這兩方面的語言特徵，考察《易經》卦爻辭的成書年代可能如《繫辭傳》所說在殷末周初。至於《易傳》八種十篇的下限都不出戰國，其中《大象傳》「后」與「先王」並舉，其時代是《易傳》中最早的，而《序卦傳》等可能稍晚些。《文言傳》、《繫辭傳》成於七十子之世，也就是戰國初期，《彖傳》、《說卦傳》則不會晚於戰國中期。[83]

　　《大象傳》是《易傳》各篇中時代最早的作品，上引通行本諸卦《象傳》所以提到「健」，是因為它們的上卦或者下卦為乾卦，因此引「天行健」之說分析卦義。[84]另一方面來說，因為《彖傳》、《文言傳》時代較晚，當時「健」已發展出強壯義，因此屢見「剛」「健」並列。換言之，「健」字最初語義如何，應該從乾卦《大象傳》去看，而不是從《彖傳》、《文言傳》等索解。

　　根據《象傳》「卦象＋卦名＋卦義」的體例來看，這個「健」字的最初義涵應該從該卦卦名求解。卦名既為「鍵（楗）」，則這個「健」字本為「鍵（楗）」，表示豎立撐持之義。

　　從《大象傳》提出「天行，鍵（楗）。君子以自強不息」後，後學傳《易》者，都從「天行，鍵（楗）」出發，論君子要能像鍵（楗）一般撐持，以符天人合一之道。鍵作為車轄，具有能撐持的特性；楗作為直木，也有能撐持的特性。這個教育本來是要君子效法天行之道，能像支拄天體的鍵（楗）一樣撐持。這樣的

82　《繫辭下》，同前注，卷8，頁375。

83　《周易經傳十五講》，頁177-188、203-218。

84　「需」、「小畜」、「泰」、「大有」、「大畜」、「夬」卦都以「乾」為下卦，「同人」、「無妄」、「訟」卦都以「乾」為上卦。

教育，會引導產生「人也要像鍵（楗）一樣能撐持」的概念，因此這個詞族後來滋生新詞，表示「人能撐持」之義，這個概念後來通行本《大象傳》寫為加上義符「人」的「健」。

車轄、直木能抵拒撐持，作為動詞的「鍵（楗）」原本是外動詞，撐持具體之物。《易經》以「鍵（楗）」作為卦名，取之於它的，是它能撐持的特性；九三爻辭更說「君子終日鍵鍵」，要君子效法鍵（楗）一樣撐持又撐持。到了《大象傳》作者，繼承九三爻辭之意，教君子要向天行效法，使自己也像鍵（楗）一樣能撐持。「撐持」是發之於外的動作表現，而人是會疲倦懈怠的，人能撐持需要有醞之於內的強壯體質與剛強的意志，因此後來「健」更由撐持義轉化出包括體質強壯與意志剛強的強壯義。

就《大象傳》所言君子效法天行來說，必須兼有體質強壯以及意志剛強兩者，因此由撐持義轉化的強壯義兼包體質強壯以及意志剛強兩種語義。這個強壯義在後來的文獻中，有的側重其體質強壯之義，如《荀子·王制》稱「健勇爪牙之士」；至於《易》學發展出的剛健人格，則是側重意志剛強的用法。

「健」由「楗」滋生而來，原表示撐持之義，屬外動詞；後來由外動詞撐持義轉化表強壯義，屬內動詞。「健」讀願韻群母，和「鍵（楗）」有上、去聲調之異，這是一種「四聲別義」的現象，藉以區別外動詞撐持義和內動詞強壯義的不同。

「健」由外動詞轉化為內動詞，這在自然語言中是很常見的變化。另一方面來說，「君子以自強不息」的教育可能也為「健」的語義發展起了關鍵性、引導性的作用。這麼推測的原因在於這是儒家人格養成的重要教訓：「君子以自強不息」本來是效法天

行、見賢思齊之意，但因為人會疲勞懈怠，要能撐持不墜，必須有強壯的體質和剛強的意志作為條件；當「強壯」成為「撐持不墜」必要的條件，「強壯」便成為「健」的語義成分，強壯義於焉形成。[85]

自從《大象傳》對君子耳提面命，要君子自強不息後，到了戰國中期，《象傳》、《文言傳》中便「剛」、「健」並列，而戰國晚期的《荀子》、《韓非子》也有了強壯義的用例。《大象傳》「自強不息」之說可能誘導了撐持義向強壯義的轉化。

就帛書《周易》殘篇來看，未見「健」字。上文所引 13 段《易傳》文字，帛書僅有《繫辭下》「夫乾，天下之至健也」殘存可見，而「健」字帛書仍然作「鍵」。[86]帛書與通行本的用字差異，說明了通行本在輾轉傳抄中將「鍵」改寫為「健」的可能性。

《釋名・釋言語》說「健，建也。能有所建為也。」[87]劉熙明白指出「健」在語源上和「建」有關，具有豎立撐持之義。《說文》則曰「健，伉也。从人建聲。」[88]「伉，人名。从人亢聲。論語有陳伉。」段注：

> 非例也。《左傳》施氏婦曰不能庇其伉儷，杜注曰：伉，敵也。儷，偶也。[89]

---

[85] 松江崇教授曾經就此問題惠賜寶貴意見，使本文論證漸臻完善，謹此申謝。

[86] 《帛易說略》曰「帛書脫夫乾天下之至六字」（韓仲民 1992：221-223），可知此處帛書「鍵」對應的是通行本「健」，而非「乾」。

[87] 《釋名・言語》，〔清〕畢沅疏證：《釋名疏證》（上海：商務印書館，1936年），卷 4，頁 107。

[88] 《說文解字注》卷 8 上，頁 373。

[89] 同前注，頁 371。

所謂「非例」是指釋義解為人名,「非許書之舊」。從段注來看,段氏認為許慎解「健」字本義「伉也」即「敵也」,也就是「能相當」、「能分庭抗禮」之義。

「楗」字「拒門」表示「直木撐持之力和外來推力相抵拒」,是外來推力和直木撐持力的相互抗衡,也就是一種「能相當」之義。從字書的記載來看,「健」和「楗」語義相近,也可看出「健」來自撐持之義。

從古代天人合一的思想來看,君子的行為應該如自然的運行一般,因此面對日月星辰運行不輟的啟發,君子所要效法的,正是它的「能撐持於不墜」、它的有常、它的不息。「不息」是最後的目標,「自強」是為達到這個目標所需的努力。天行本來只是不懈不輟的物理現象,君子有感於天行不輟,用人的角度去看天的活動,彷彿天也和人一樣在努力,天行有常變成一種強壯之道。這個來自天行的啟迪,使乾卦《大象傳》所涵蘊的思想成為《周易》最重要的價值所在。[90]

五、其他典籍相關用例比較

戰國晚期諸子散文有少數「健」的用例,如:

> 32. 材技股肱健勇爪牙之士,彼將日日挫頓竭之於仇敵,我今將來致之,并闔之,砥礪之於朝廷。(《荀子・王

---

90 本文寫作期間拜讀鄭吉雄教授〈「易」占に本づく儒道思想の起源に關する試論——併せて易の乾坤陰陽の字義を論ず〉等文,深受啟發,敬致謝忱。

制》）[91]

33. 魯哀公問於孔子曰：「請問取人。」孔子對曰：「無取
健，無取詌，無取口嘽。健，貪也；詌，亂也；口嘽，
誕也。故弓調而後求勁焉，馬服而後求良焉，士信愨
而後求知能焉。士不信愨而有多知能，譬之其豺狼也，
不可以身尒也。語曰：桓公用其賊，文公用其盜。故
明主任計不信怒，闇主信怒不任計。計勝怒則彊，怒
勝計則亡。」（《荀子・哀公》）[92]

34. 夫欲得力士而聽其自言，雖庸人與烏獲不可別也，授
之以鼎俎則罷健效矣。故官職者，能士之鼎俎也，任
之以事，而愚智分矣。（《韓非子・六反》）[93]

例 32「健勇」是體能強壯之意。例 34「罷」、「健」相對，「罷」
同「疲」，因此「健」表示「不疲」。此二例都表示體能上「能撐
持於不墜」。至於例 33，孔子在魯哀公問取人之道的脈絡中，以
「貪」解釋「健」。「貪」是「欲物也」，[94]是擴張己欲、私念強烈
的一種取強之道。私念強烈即自私之心「撐持於不墜」，因此《荀
子・哀公》用表強壯義的「健」稱此取強之道。

類似的用法還見於《史記・太史公自序》所載司馬談〈論六
家要旨〉：

---

91 梁啟雄：《荀子簡釋》（臺北：木鐸出版社，1983 年），頁 116。

92 同前注，頁 404。

93 陳奇猷：〈六反〉，《韓非子集釋》卷 18（臺北：河洛圖書出版社，1974 年），
頁 953。

94 《說文解字注》卷 6 下，頁 284。

35. 至於大道之要，去健羨，絀聰明。釋此而任術。夫神
　　大用則竭，形大勞則敝。形神騷動，欲與天地長久，
　　非所聞也。(《集解》引如淳曰：知雄守雌，是去健也。
　　不見可欲，使心不亂，是去羨也。) (《史記‧太史公
　　自序》)[95]

此處「健羨」、「聰明」並列，而「聰」與「明」語義相關，可推
想「健」與「羨」語義也相關。「羨」是「貪欲也」，[96]與例 33「貪」
義近，因此「去健羨」的「健」和《荀子‧哀公》「健」的用法
相同，都表示主觀私慾「撐持於不墜」的堅持，因此如淳說「知
雄守雌，是去健也」。

　　司馬遷所用的「健」還可以作為動詞，表示支持或贊同：

36. 吾讀秦紀，至於子嬰車裂趙高，未嘗不健其決，憐其
　　志。嬰死生之義備矣。(《史記‧秦始皇本紀》)[97]

例 36 說司馬遷同情子嬰的處境及想法，認為子嬰車裂趙高的決
定是對的。這裡的「健」表示「支持他」、「以他為是」，也是來
自撐持之義的用法。

　　由於以上這些句例的時代晚於《大象傳》，「健」的這些用法
或表示體能強壯，或表示主觀堅持，或表示支持贊同，應該都是
從撐持之義發展而來。

---

[95] 瀧川龜太郎：《史記會注考證》(臺北：藝文印書館，1972 年)，卷 130，頁 1334。
[96] 《說文解字注》卷 8 下，頁 418。
[97] 《史記會注考證》卷 6，頁 133。

六、從經注看強壯義後起之說

十三經中，除《易傳》外，沒有用到「健」字。那麼，相當於體能強壯、意志堅定的這類概念，古代用什麼語詞表示？漢代以後經師的注解中，凡用「健」字來解釋古代的某個語詞，大體就表示這個概念的古今用語不同。不同的時代用不同的語彙，我們可以整理歸納這類註解材料，觀察古今語詞之異。

如上所述，十三經經文「健」字只有 13 段語料，但若進一步檢索十三經注解的「健」字，共可得 181 段。其中《周易》部分佔了 107 段，大體都是和乾卦之德有關的解釋；其餘近八十段，則是注經家用「健」字來解釋古代經文的資料。

這批資料中，出現比例最高的是表示體能強壯。例如：

37. 薄言駉者，有驈有皇，有驪有黃，以車袪袪。（傳云：袪袪，彊健也。）（《詩·駉》）[98]

38. 戎車既安，如輕如軒。四牡既佶，既佶且閑。（傳云：佶，正也。箋云：戎車之安，從後視之如摯，從前視之如軒，然後適調也。佶，壯健之貌。）（《詩·六月》）[99]

39. 方叔率止，乘其四騏，四騏翼翼。（箋云：率者，率此戎車士卒而行也。翼翼，壯健貌。）（《詩·采芑》）[100]

《詩經》時代馬匹體格強壯或稱「袪袪」，或稱「佶」，或稱「翼翼」等，這些語彙到了漢代已經不能為人知曉，因此毛傳、鄭玄

---

[98] 〈魯頌·駉之什〉，《毛詩正義》（北京：北京大學出版社《十三經注疏》整理本，2000 年），卷 20，頁 1636。

[99] 〈小雅·南有嘉魚之什〉，同前注，卷 10，頁 748。

[100] 同前注，頁 750。

為之注解，釋為「彊健」、「壯健」。「健」與「彊」、「壯」合為一詞，說明漢代時「健」有強壯之義；漢人以此解釋《詩經》，這說明了古今語詞不同。再如：

> 40. 初，楚范巫矞似謂成王與子玉、子西曰：「三君皆將強死。」（《正義》曰：強，健也。無病而死，謂被殺也。）（《左傳·文公十年》）[101]

《左傳》表示健康之意用「強」。稱無病為「健」顯然是後來的用法。又如：

> 41. 文王曰：「咨，咨女殷商。女炰烋于中國，斂怨以為德。」（傳云：炰烋，猶彭亨也。箋云：炰烋，自矜氣健之貌。疏：炰烋是人之形狀，故言自矜莊氣健之貌，與傳彭亨一也。）（《詩·蕩》）[102]

不論是《詩經》的「炰烋」，或是毛傳的「彭亨」，都是疊韻連綿詞，鄭玄作注說明這是自矜氣健之意。從鄭玄的「自矜氣健」之語，可知這樣的「健」和體能強壯或無病的「健」並不相同，而是表示一種主觀堅持之義。這也是從撐持之義引申而來的用法。

《爾雅》郭璞注有「健捷」一語，用來說明獼猴類動作的特徵：

> 42. 蜼，卬鼻而長尾。（蜼，似獼猴而大。黃黑色，尾長數尺，似獺，尾末有歧。鼻露向上，雨即自縣於樹，以

---

[101]　〔唐〕孔穎達：《春秋左傳正義》（北京：北京大學出版社《十三經注疏》整理本，2000 年），卷 19，頁 609。

[102]　〈大雅·蕩之什〉，《毛詩正義》（北京：北京大學出版社《十三經注疏》整理本，2000 年），卷 18，頁 1360。

尾塞鼻，或以兩指。江東人亦取養之。為物健捷。)(《爾雅‧釋獸》) [103]

《爾雅》郭璞注又以「健」為副詞，如：

43. 猶，如麂，善登木。（健上樹。《釋文》：其狀如麂，為獸健捷，善能上樹。)(《爾雅‧釋獸》) [104]

44. 䮿蹄，趼，善陞甗。（甗，山形似甑，上大下小。䮿蹄，蹄如趼而健上山。)(《爾雅‧釋畜》) [105]

郭璞用六朝語言註解《爾雅》，而例 43《經典釋文》特別拆解字義，回溯其所本，說明「健」是「健捷」，因此善能上樹。根據郭璞注來看，六朝時期既有「健捷」一語，又有以「健」為副詞的用法。「健捷」為實詞，語義具體；從陸德明根據「健捷」來解說副詞「健」之所本來看，「健」作為副詞，在當時可能是發展形成不久的用法。

這三條語料都在說明善於登高的動物的行動特徵。由於登高必須有力而敏捷，因此「健」、「捷」組合成為一個常用的語詞。從「為獸健捷，善能上樹」發展到「健上樹」，「健」從原來具體的詞彙意義「有力」發展為「善於」，這是語義的一種虛化。

「健」的「有力」之義，應是從能撐持之義發展而來，成為副詞後，修飾動詞，表示該動作能持久不中斷，因此是「善於」。今天「健談」表示「善於言說」，正是承繼這種用法而來。

103　〔宋〕邢昺：〈釋獸〉，《爾雅注疏》（北京：北京大學出版社《十三經注疏》整理本，2000 年），卷 10，頁 369。

104　同前注，卷 10，頁 366。

105　〈釋畜〉，同前注，卷 10，頁 373。

七、結論

　　本文利用詞族研究的成果，比較傳世和出土文獻，對「天行健」的義涵提出看法。本文的主要結論是：

　　（一）乾卦卦名本為「鍵」或「楗」。「鍵（楗）」作為名詞是日常所見撐持之物，作為動詞是撐持使不墜之義。

　　（二）《大象傳》「天行健」原本為「天行，鍵（楗）」，說的是日月星辰高懸不墜，運行不輟，如有鍵（楗）撐持，因此卦名取為「鍵（楗）」。這和《楚辭・天問》認為天體以八山為柱是同樣的一種思維方式。

　　（三）《大象傳》「天行，鍵（楗）。君子以自強不息。」原本是要君子效法天行之道，能像支拄天體的鍵（楗）一樣撐持。這樣的教育，引導產生了「人也要像鍵（楗）一樣能撐持」的概念，因此這個詞族後來滋生新詞，表示「人能撐持」之義，文字上並添增義符，造為新字「健」；「健」後來又進一步由撐持義發展出強壯義。

　　（四）「健」字的強壯義是從撐持義轉化而成，這是從外動詞轉化為內動詞的變化。這個強壯義的產生，可能也受到「君子以自強不息」這句話引導：「君子以自強不息」本來是效法天行、見賢思齊之意，但因為人會疲勞懈怠，要能撐持不墜，必須有強壯的體質和剛強的意志作為條件；當「強壯」成為「撐持不墜」必要的條件，「強壯」便成為「健」的語義成分，強壯義於焉形成。

　　（五）天行是個物理現象，本無所謂撐持或強壯之說。君子有感於天行不輟，從人的觀點寫下這個來自天行的啟迪，使乾卦《大象傳》成為儒家人格養成教育中一句最重要的話，影響人心至為深遠。

引用書目

（一）傳統文獻

〔漢〕服虔 1972《通俗文》，臺北：藝文印書館。

〔三國吳〕韋昭注 1969《國語》，臺北：藝文印書館。

〔唐〕陸德明 1972《經典釋文》，臺北：鼎文書局。

〔唐〕賈公彥 2000《儀禮注疏》，北京：北京大學出版社。

〔唐〕孔穎達 2000《周易正義》，北京：北京大學出版社。

〔唐〕孔穎達 2000《春秋左傳正義》，北京：北京大學出版社。

〔唐〕孔穎達 2000《毛詩正義》，北京：北京大學出版社。

〔宋〕陳彭年 1970《校正宋本廣韻》，臺北：藝文印書館。

〔宋〕邢昺 2000《爾雅注疏》，北京：北京大學出版社。

〔宋〕洪興祖 1968《楚辭補註》，臺北：藝文印書館。

〔宋〕林希逸 1965《老子鬳齋口義》（收錄於嚴靈峰輯《無求備齋老子
　　　集成初編・第六函》），臺北：藝文印書館。

〔清〕孫詒讓 1975《墨子閒詁》，臺北：河洛圖書出版社。

〔清〕王念孫 1983《廣雅疏證》，北京：中華書局。

〔清〕段玉裁 1999《說文解字注》，臺北：藝文印書館。

〔清〕郭慶藩 1970《莊子集釋》，臺北：世界書局。

〔清〕畢沅 1936《釋名疏證》，上海：商務印書館。

〔民國〕蔣錫昌 1971《老子校詁》，臺北：明倫出版社。

〔民國〕陳奇猷 1974《韓非子集釋》，臺北：河洛圖書出版社。

〔民國〕梁啟雄 1983《荀子簡釋》，臺北：木鐸出版社。

〔民國〕馬承源主編 2003《上海博物館藏戰國楚竹書（三）》，上海：
　　　上海古籍出版社。

〔日〕瀧川龜太郎 1972《史記會注考證》，臺北：藝文印書館。

（二）近人論著

方述鑫等編 1993《甲骨金文字典》，成都：巴蜀書社。

伊東倫厚 1990〈釋乾坤〉，《山下龍二教授退官記念：中國學論集》，東京：研文社，頁 175-190。

伊東倫厚 1991〈學易一得〉，《中國哲學》第 20 號，頁 31-41。

張立文 1992《白話帛書周易》，鄭州：中州古籍出版社。

黃沛榮 1998《易學乾坤》，臺北：大安出版社。

楊秀芳 2007〈論動詞「楗」的語義發展〉，《中國語言學集刊》第 1 卷第 2 期，頁 99-115。

董作賓 1952〈毛公鼎考年〉，《大陸雜誌》第 5 卷第 8 期，頁 3-6。

董作賓 1952〈毛公鼎釋文註譯〉，《大陸雜誌》第 5 卷第 9 期，頁 13-19。

廖名春 2004《周易經傳十五講》，北京：北京大學出版社。

鄭吉雄 2006〈從《易》占論儒道思想的起源〉，《中國哲學》第 34 號，頁 1-48。

鄭吉雄 2006〈從卦爻辭字義的演繹論《易傳》對《易經》的詮釋〉，《漢學研究》第 24 卷第 1 期，頁 1-33。

韓仲民 1992《帛易說略》，北京：北京師範大學出版社。

嚴靈峰 1994《馬王堆帛書易經斠理》，臺北：文史哲出版社。

「神明」的思想
——以《易傳》為中心

近藤浩之[*]

一、問題的提出
——關於〈太一生水〉中「神明」的討論

郭店楚簡〈太一生水〉：

> 太一生水，水反輔太一，是以成天。天反輔太一，是以成
> 地。天地復相輔也，是以成神明。神明復相輔也，是以成
> 陰陽。陰陽復相輔也，是以成四時。四時復相輔也，是以
> 成寒熱。寒熱復相輔也，是以成濕燥。濕燥復相輔也，成
> 歲而止。故歲者，濕燥之所生也。濕燥者，倉然之所生也。
> 倉然者，四時之所生也。四時者，陰陽之所生也。陰陽者，
> 神明之所生也。神明者，天地之所生也。天地者，太一之
> 所生也。

關於這裡的「神明」，有值得討論的問題。李零在《郭店楚簡校
讀記（增訂本）》中談到：

> 「神明」到底指什麼？（第一章：簡2、5）
>
> 在〈太一生水〉篇的第一章中，「神明」是個重要術語，
> 但它的確切含意是什麼，學者還有一些不同看法。……

---

* 現任北海道大學大學院文學研究科中國文化論講座准教授。

王博先生在介紹達慕思會議的文章中說：「該篇（指〈太一生水〉）中的『神明』，李零提到的是一種精神境界，我覺得應是指日月。《說卦傳》中曾有一句話：『幽贊於神明而生蓍』，東漢的荀爽注云：『神者在天，明者在地。神以夜光，明以晝照。』即是<u>以神為月，以明為日</u>。根據這個解釋看《莊子・天下篇》的『神何由降？明何由昇？』神明指日月的意思就更加顯豁。而且，從本文中的『神明復相輔也』來看，<u>神明不是一個，而是兩個東西</u>。」（〈美國達慕思大學郭店《老子》國際學術討論會紀要〉）

……我是這樣考慮的：「『神明』，古書多聯言，但簡文即稱『相輔』，則有分讀之義。『神明』屢見於《莊子》和《鶡冠子》，有些也是分讀。（如前者的〈列禦寇〉、〈天下〉，後者的〈環流〉、〈泰錄〉），他們或以道、器別，或以水、火異，是與天、地和陰、陽對應的兩種神靈」，當時我看重的主要是與道家文獻的比較，特別是其中屬於分讀的用法。

「神明」究竟是指象徵天地、陰陽的兩種神靈，還是日月本身？這是個很有意思的問題。……如果我們把它解釋為日月，至少在〈太一生水〉篇中，還是個合乎情理的想法。在研究〈太一生水〉時，我們也注意過「神明」在《易傳》和其他古書中的用法。在《易傳》中，有關辭例凡四見：

（1）「聖人以此齊戒，以神明其德夫。」《繫辭上》

（2）「神而明之，存乎其人。」（同上）

（3）「於是始作八卦，以通神明之德。」《繫辭下》

（4）「昔者聖人之作易也，幽贊於神明而生蓍。」《說卦》

這四個例子，前兩例是動詞，後兩例是名詞。它們除例（2）是析言，都不是分讀（「神而明之」句，馬王堆帛書本作「神而化之」，也許這一句和「神明」無關）。前人對這個詞彙也一般不做明確解釋。所以在討論時，我們沒有用它作比較材料。現在王博先生既然提到荀爽注，看來這個問題還有討論的必要。

我的看法是：

第一、《易傳》中的「神明」，它在古書中的用法一般都是泛指，其含義與我們常說的「神靈」差別不大。這種神靈可以是泛指的神，也可以是某種精神境界。比如馬王堆房中書常說「十動不瀉，通於神明」，所謂「通於神明」，其實就是指這種境界。如果我們把它解釋為「日月」，在《易傳》中是講不通的，在其他很多古書中也是講不通的。

第二、荀爽解釋的「神明」，其實祇是上述四例之一，其含義不應例外。……我們揣其文義，他想說的祇不過是，「神明」是與天地的幽明有關。其實他並沒有明確說，「神明」就是「日月」。同樣，《莊子·天下》也沒有這樣講。

當然，正如我們已經指出的，「神明」既然是與天地、陰陽等概念配套的術語，它也並不排斥用作這類概念的符號或含有這類概念在內。如果說「神明」可以代指陰陽之神或日月之神，這也不能說是錯誤。[1]

---

[1] 《郭店楚簡校讀記（增訂本）》（北京：北京大學出版社，2002年），頁36-38。

由以上的討論，我們可以總結出關於解釋「神明」的主要論點：

（一）「神明」有「聯言的用法」和「分讀的用法」。

（二）若是分讀用法的話，則其含義是與天、地和陰、陽對應的
　　　兩種神靈（比如「神明」可以指陰陽之神或日月之神）。

（三）若是聯言用法的話，則其含義與「神靈」差別不大。這種
　　　神靈可以是泛指的神，也可以是某種精神境界。

（四）但是，在《易傳》中的「神明」，前人對這個詞彙也一般
　　　不做明確解釋。所以在討論時，我們沒有用它作比較材料。

　　「神明」還有一個重要的含義，即是「明智」的意思。我認
為，聯言「神明」的含義大致有三類：（一）神靈、（二）精神、
（三）明智。

　　在下一節，試用《墨子》中的用法來說明其明智之義。

二、《墨子》之「神」、「明」和「神明」

　　我們常說的「神靈」，它在古書中一般都稱謂為「鬼神」。
「鬼神」，多見於《墨子》之中。墨家思想，在戰國中期到後期
盛行於世，當時思想界甚至二分為楊、墨或儒、墨。我認為墨家
思想對「神明」概念的發生有深刻的影響。《墨子》對「鬼神之
明」特別感興趣。《上海博物館藏戰國楚竹書（五）》也有〈鬼
神之明〉。其中提到：「鬼神有所明有所不明。」墨子必以鬼神
為明。比如《墨子‧明鬼下》說：

　　　是故子墨子言曰：雖有深谿博林、幽閒毋人之所，施行不

可以不董，見有鬼神視之。……幽閒，擬乎鬼神之明，顯明，有一人畏上誅罰，是以天下治。故鬼神之明，不可為幽閒廣澤、山林深谷，鬼神之明必知之。鬼神之罰，不可為富貴眾強、勇力強武、堅甲利兵，鬼神之罰必勝之。[2]

吳毓江在《墨子校注》中云：

《易・觀卦》曰：「聖人以神道設教而天下服矣。」《莊子・庚桑楚篇》曰：「為不善乎顯明之中者，人得而誅之；為不善乎幽閒之中者，鬼得而誅之。（明乎人，明乎鬼者，然後能獨行。）」《淮南子・氾論訓》曰：「為愚者之不知其害，乃借鬼神之威以聲其教。（而愚者以為禨祥，而狠者以為非，唯有道者能通其志。）」文義並與此相類。[3]

但是，從《墨子・天志上》來看，其實「鬼神之明」出自於「天」。比如說：

且語言有之曰：「焉而晏日，焉而得罪，將惡避逃之？」（吳毓江案：「而，並當為天。……焉，於也。惡，於何也。焉天得罪，猶得罪於天也。言於天晏之日，得罪於天，將於何避逃之？）曰：無所避逃之。夫天不可為林谷幽閒無人，明必見之。[4]

又《墨子・天志中》說：

曰：天子為善，天能賞之。天子為暴，天能罰之。天子有

---

[2] 吳毓江：《墨子校注》（成都：西南師範大學出版社，1992 年），頁 298-311。
[3] 同前註，頁 310。
[4] 同前註，頁 248。

疾病禍祟，必齋戒沐浴，潔為酒醴粢盛，以祭祀天鬼，則
天能除去之。然吾未知天之祈福於天子也，此吾所以知天
之貴且知於天子也。且吾所以知天之貴且知於天子者，不
止此而已矣。又以先王之書馴天明不解之道也知之。曰：
「明哲維天，臨君下土。」則此語天之貴且知於天子。不
知亦有貴知夫天者乎？曰：「天為貴，天為知而已矣。」
然則義果自天出矣。是故子墨子曰：今天下之君子，中實
將欲尊道利民，本察仁義之本，天之意不可不慎也。[5]

由此可以看出，「鬼神」當中還有「天鬼」，「鬼神之明」是「天
明」之一。天者「臨君下土」，若天子以下所有的人「為善」或
「為暴」，則「天能賞之」或「天能罰之」，其義或不義的判斷
是「果自天出」的。我認為「天」遍照於天下四海，如日之光，
如月之明，雖然在林谷幽閒中無人見之，而有天見之，鬼神見之
（還有自己的心眼見之），無所逃之。如此，「天」是「明哲」，
「鬼神」是「明智」也。

其實，「鬼神」真的那麼「明智」嗎？在《墨子》中，可以
看到人們對於鬼神的明不明，經常進行提問。如《墨子・耕柱》
說：

巫馬子謂子墨子曰：「鬼神孰與聖人明智？」子墨子曰：
「鬼神之明智於聖人，猶聰耳明目之與聾瞽也。昔者夏后
開使蜚廉折金於山川，而陶鑄之於昆吾。是使翁難卜於白
若之龜，曰：『鼎成三足而方，不炊而自烹，不舉而自臧，

不遷而自行，以祭於昆吾之墟，上鄉！』卜人言兆之由曰：
『饗矣！逄逄白雲，一南一北，一西一東，九鼎既成，遷
於三國。』夏后氏失之，殷人受之。殷人失之，周人受之。
夏后、殷、周之相受也，數百歲矣。使聖人聚其良臣與其
桀相而謀，豈能智數百歲之後哉？而鬼神智之。是故曰：
鬼神之明智於聖人也，猶聰耳明目之與聾瞽也。」[6]

此說明「鬼神之明智於聖人也」，子墨子以鬼神為明智。又《墨
子·公孟》說：

公孟子謂子墨子曰：「有義不義，無祥不祥。」子墨子曰：
「古者聖王皆以鬼神為神明，而為禍福，執有祥不祥，是
以政治而國安也。自桀紂以下，皆以鬼神為不神明，不能
為禍福，執無祥不祥，是以政亂而國危也。故先王之書《子
亦》有之曰：『亦傲也，出於子，不祥。』此言為不善之
有罰，為善之有賞。」[7]

這裡，我們應該注意他所說的，聖王皆以鬼神為「神明」。又說：

子墨子謂程子曰：「儒之道足以喪天下者，四政焉。儒以
天為不明，以鬼為不神，天鬼不說，此足以喪天下。」[8]

又說：

子墨子有疾，跌鼻進而問曰：「先生以鬼神為明，能為禍
福，為善者賞之，為不善者罰之。今先生聖人也，何故有
疾？意者，先生之言有不善乎？鬼神不明知乎？」子墨子

---

[6] 同前注，頁 541-547。

[7] 同前注，頁 588-589。

[8] 同前注，頁 593-594。

　　曰：「雖使我有病，何遽不明？人之所得於病者多方，有
　　得之寒暑，有得之勞苦。百門而閉一門焉，則盜何遽無從
　　入哉？」[9]

由以上看來，「古者聖王皆以鬼神為神明」之「神明」的意思是
「明智」也。而且，之所以說「儒以天為不明，以鬼為不神」，
是因為墨家以天為「明」，以鬼為「神」。若「神明」就是「明
智」的意思，那麼，在「明」前為什麼加之以「神」呢？人們在
什麼情況下，才稱之為「神」呢？《墨子·尚同中》說：

　　是以數千萬里之外有為善者，其室人未徧知，鄉里未徧聞，
　　天子得而賞之。數千萬里之外有為不善者，其室人未徧知，
　　鄉里未徧聞，天子得而罰之。是以舉天下之人，皆恐懼振
　　動惕慄，不敢為淫暴，曰：「天子之視聽也神。」[10]

　　先王之言曰：「非神也，夫唯能使人之耳目助己視聽，使
　　人之吻助己言談，使人之心助己思慮，使人之股肱助己動
　　作。」助之視聽者眾，則其所聞見者遠矣。助之言談者眾，
　　則其德音之所撫循者博矣。助之思慮者眾，則其談謀度速
　　得矣。助之動作者眾，即其舉事速成矣。[11]

由此看來，「神」就是「徧知」、「徧聞」於「數千萬里之外」，
是如「天」遍照於天下四海，如日之光，如月之明。所以「神」
之作用①周遍於天下。還可以看出，「神」還包含有一個重要的
意思，即有②知所人未知，見所人未見，聞所人未聞的意思。後

---

[9]　同前注，頁 598-599。
[10]　同前注，頁 113。
[11]　同前注，頁 113-114。

世《淮南子・兵略》說：「見人所不見，謂之明，知人所不知，謂之神。神明者，先勝者也。」[12]

三、《孟子》、《周易》的「神」、「化」和「神明」

如上所述，從《墨子》鬼神思想來看，既用「神」來表示①「周遍於天下」和②「知所人未知」的意思。如此意思的例子，在戰國時期的古書中比較多見，而且與「光」、「廣」都有關係。

比如《孟子・盡心下》說：

> 可欲之謂善，有諸己之謂信，充實之謂美，充實而有光輝之謂大，大而化之之謂聖，聖而不可知之之謂神。[13]

又《孟子・盡心上》說：

> 殺之而不怨，利之而不庸，民日遷善而不知為之者。夫君子所過者化，所存者神，上下與天地同流，豈曰小補之哉。[14]

在《孟子》中，「神」還有個重要的意思，即有「不知為之者」的意思，就是③人不知其作用的意思，而且與「化」也有關係。比如《周易・繫辭上傳》說：

> 範圍天地之化而不過，曲成萬物而不遺，通乎晝夜之道而知，故神无方而易无體①。一陰一陽之謂道，繼之者善也，成之者性也。仁者見之謂之仁，知者見之謂之知，百姓日

---

[12] 劉文典：《淮南鴻烈集解》（北京：中華書局，1989 年），頁 517。

[13] 楊伯峻：《孟子譯注》（北京：中華書局，1960 年），頁 334。

[14] 同前注，頁 305-306。

用而不知③，故君子之道鮮矣。……富有之謂大業，日新之謂盛德。生生之謂易，成象之謂乾，效法之謂坤，極數知來之謂占，通變之謂事，陰陽不測之謂神③。夫《易》、廣矣大矣，以言乎遠則不禦，以言乎邇則靜而正，以言乎天地之間則備矣。[15]

②神以知來，知以藏往，其孰能與此哉！古之聰明叡知神武而不殺者夫！是以明於天之道，而察於民之故，是興②（①③）神物以前民用。聖人以此齊戒，以②（①③）神明其德夫。是故闔戶謂之坤，闢戶謂之乾，一闔一闢謂之變，往來不窮謂之通，見乃謂之象，形乃謂之器，制而用之謂之法，①③利用出入，民咸用之謂之神。

極天下之賾「請」者存乎卦，鼓天下之動者存乎辭，化而裁「制」之存乎變，推而行之存乎通，③神而明「化」之存乎其人，默而成之，不言而信，存乎德行。[16]

上述《周易・繫辭上傳》的「神」，都包含有①「周遍於天下」，②「知所人未知」，和③「人不知其作用」的意思。我覺得，「聖人以此齊戒，以神明其德夫」，和《禮記・檀弓》的「其曰明器，神明之也」同樣，其「神明」是動詞，賓語的「其德」可能是「神物」之德也。此辭意為：明察天之道和民之事，興起神物（蓍占之物）而先導於民之用，聖人用神物修齋警戒，正是為了把神物之德作為「神明」性之作用（能夠明知變化現象在於天下四海至

---

[15] 黃壽祺、張善文：《周易譯注》（上海：上海古籍出版社，1989 年），頁 538-541。

[16] 同前注，頁 556-564。

神靈境界之作用）。在《周易·繫辭上傳》中,「神明」的重點,似乎置於「明智」的意思之上,如《墨子》的「神明」不是「神靈（鬼神）」本身,而是「鬼神」之「明智」。而且我認為,「神明」和「德」不一樣,是值得注意的。

　　夫「德」者,可以看作某種作用,本來是流行於天下和流傳於後世的東西。比如《孟子·公孫丑上》說:

　　飢者易為食,渴者易為飲。孔子曰:「德之流行,速於置郵而傳命。」當今之時,萬乘之國行仁政,民之悅之,猶解倒懸也。故事半古之人功必倍之,惟此時為然。[17]

在我的看法,「德」可以動而流行,而「神明」本身靜而不動。如馬王堆帛書《經法·名理》說:

　　神明者,處於度之內而見於度之外者也。處於度之〔內〕者,不言而信。見於度之外者,言而不可易也。處於度之內者,靜而不可移也。見於度之外者,動而不可化也。靜而不移,動而不化,故曰神。神明者,見知之稽也。[18]

「處於度之內者」就是「神明」本身,「見於度之外者」是其德,那樣的性質也稱為「神」。此「動而不可化」者,「見於度之外者」動作而「神明」本身不可化的意思。此「神明」是「見知之稽」,就屬於明智之類。此「神明」像是馬王堆帛書《老子甲本》「不出於戶,以知天下,不規於牖,以知天道」[19]那樣的「明智」

17　楊伯峻:《孟子譯注》,頁 57。

18　陳鼓應:《黃帝四經今註今譯》（臺北:臺灣商務印書館,1995 年）,頁 232。

19　高明:《帛書老子校注》（北京:中華書局,1996 年）,頁 50。

本身，也像是《莊子‧漁父》「真者，精誠之至也。……真在內者，神動於外」[20]那樣的「真」。「真」是其本身，「神」是其德（作用）。

四、「通於神明」和「達神明之德」

我們有必要注意「通於神明」在《易傳》和其他古書中的用法。其實除了《易傳》以外，「通於神明」之言在先秦古書中出現得很少，根據我的管見，僅在《荀子》、《管子》、《孝經》等書中出現了 5 例。它們的「通於神明」大致是某種作用（積善、誠化、至孝等之德）涉及於神靈（精神）境界的意思。比如《荀子‧儒效》說：

> 性也者，吾所不能為也，然而可化也。積也者，非吾所有也，然而可為也。注錯習俗，所以化性也。並一而不二，所以成積也。習俗移志，安久移質，並一而不二，則通於神明，參於天地矣。故積土而為山，積水而為海，旦暮積謂之歲，至高謂之天，至下謂之地，宇中六指謂之極，涂之人百姓積善而全盡謂之聖人。彼求之而後得，為之而後成，積之而後高，盡之而後聖。故聖人也者，人之所積也。[21]

此辭意為：「習俗移志」、「安久移質」、「並一而不二」，則「化性」、「成積」，然則可以「通於神明、參於天地」，「涂

---

[20] 郭慶藩：《莊子集釋》（北京：中華書局，1961 年），頁 1032。
[21] 王先謙：《荀子集解》（北京：中華書局，1988 年），頁 144。

之人百姓」也可「積善而全盡」，則也可以為「聖人」。《荀子‧性惡》還說：

> 「塗之人可以為禹」，曷謂也？曰：凡禹之所以為禹者，以其為仁義法正也。然則仁義法正有可知可能之理，然而塗之人也，皆有可以知仁義法正之質，皆有可以能仁義法正之具；然則其可以為禹，明矣。今以仁義法正為固無可知可能之理邪？然則唯禹不知仁義法正、不能仁義法正也。將使塗之人固無可以知仁義法正之質，而固無可以能仁義法正之具邪？然則塗之人也，且內不可以知父子之義，外不可以知君臣之正。不然。今，塗之人者，皆內可以知父子之義，外可以知君臣之正，然則其可以知之質、可以能之具，其在塗之人，明矣。今使塗之人者以其可以知之質、可以能之具，本夫仁義之可知之理、可能之具，然則其可以為禹，明矣。今使塗之人伏術為學，專心一志，思索孰察，加日縣久，積善而不息，則<u>通於神明、參於天地</u>矣。故聖人者，人之所積而致矣。[22]

此辭意為：今使塗之人「以其可以知之質、可以能之具，本夫仁義之可知之理、可能之具」，則他也「可以為禹」。又今使塗之人「伏術為學，專心一志，思索孰察，加日縣久，積善而不息」，則他也「通於神明、參於天地」。總而言之，如禹般的「聖人」，是「人之所積而致」的。此「通於神明、參於天地」的意思，是「積善」之功，達到神靈（精神）境界，而且參與於天地（自然）境界，最後終於成為如禹般的聖人，可以與天地並立也。又《管

---

[22] 同前注，頁443。

子·九守》「主賞」說：

> 用賞者貴誠，用刑者貴必。刑賞信必於耳目之所見，則其
> 所不見，莫不闇化矣。誠，暢乎天地，<u>通於神明</u>，兄姦偽
> 也？[23]

此言<u>刑賞信必（即誠）之化者推擴於耳目之所不見</u>。也就是說，
誠化，普及於天下四海，而且推擴於神靈（精神）境界，況於姦
偽之人也。此之「通於神明」，是誠化推擴到於神靈（精神）境
界的意思。

又《孝經·感應章》說：

> 子曰：「昔者明王事父孝，故事天明。事母孝，故事地察。
> 長幼順，故上下治。天地明察，神明彰矣。故雖天子，必
> 有尊也，言有父也；必有先也，言有兄也。宗廟致敬，不
> 忘親也。脩身慎行，恐辱先也。宗廟致敬，鬼神著矣。孝
> 悌之至，<u>通於神明</u>，光于四海，無所不通。《詩》云：『自
> 西自東，自南自北，無思不服。』」[24]

此言孝悌之至極，推擴於鬼神（先父兄等），廣大推衍到於天下
四海，達到所有的地方。此之「通於神明」，是至孝涉及到於鬼
神境界的意思。

那麼在《易傳》中怎麼樣的呢？我認為《易傳》完全沒有「通
於神明」，而有「通神明之德」，而且馬王堆帛書本《易傳》都

---

[23] 安井衡：《管子纂詁》，《漢文大系》第 21 卷（東京：富山房，1977 年），
頁 4。

[24] 《孝經注疏》（北京：北京大學出版社《十三經注疏》整理本，2000 年），
頁 60-64。

作「達神明之德」，有關的《禮記・樂記》也作「達神明之德」。
我認為在先秦古書中本來就有「通於神明」的說法，但沒有「通
神明之德」那樣的說法，如果有的話，應該是「達神明之德」的
說法。可是，《周易・繫辭傳》（帛書本〈繫辭〉、〈易之義〉）
的一個部分和《禮記・樂記》的一個部分大同小異的文章，除了
此兩文章之外，在先秦古書中幾乎不見「達神明之德」的說法。
「達神明之德」，是《周易・繫辭傳》（帛書本〈繫辭〉、〈易
之義〉）和《禮記・樂記》專用的。

我們應該注意，「達神明之德」確然不同於「通於神明」。
因為馬王堆帛書本《易傳》中「達」和「迥（通）」的用法有明
確地分別。比如帛書本〈繫辭〉說：

> 於是始作八卦，以達神明之德，以類萬物之請（情）。……
> 黃帝、堯、舜是（氏）作，迥（通）其變，使民不乳（亂），
> 神而化之，使民宜之。易冬（終）則變，〔變則迥（通）〕，
> 迥（通）則久。是以自天右（祐）之，吉，无不利。
>
> 〔請（精）義入〕神，以至（致）用。利用安身，以崇〔德
> 也。過此以往，未之或知也。窮神知化，德之盛也。〕[25]

看來，上面引用《繫辭上傳》的「神而明（化）之存乎其人」之
「其人」，是「黃帝、堯、舜氏」等也。他們「神而化之，使民
宜之」，「精義入神，以致用也」，其「窮神知化，德之盛也」。

又帛書本〈易之義〉說：

---

[25] 帛書《周易繫辭》三十三行上至三十五行上、四十行上，《馬王堆漢墓文物》
（長沙：湖南出版社，1992年），頁124-126。括弧裡為馬王堆帛書《繫辭
傳》之異文。

> 鍵川也者，易之門戶也。鍵陽物也，川陰物也。陰陽合德，
> 而剛柔有體，以體天地之化，（此處有錯簡）而達神明之
> 德。[26]

我認為，以上帛書本的兩個「達神明之德」，都是把「神明之德」
「達」到於天下四海的意思。此「達」，和《孟子・盡心上》說
的「達」一樣，是「及」的意思。比如說：

> 孟子曰：「人之所不學而能者，其良能也；所不慮而知
> 者，其良知也。孩提之童無不知愛其親者，及其長也，
> 無不知敬其兄也。親親、仁也，敬長、義也，無他，達
> 之天下也。」[27]

《孟子・盡心下》還說：

> 孟子曰：「人皆有所不忍，達之於其所忍。仁也；人皆有
> 所不為，達之於其所為，義也。人能充無欲害人之心，而
> 仁不可勝用也；人能充無穿（窬）〔踰〕之心，而義不可
> 勝用也；人能充無受爾汝之實，無所往而不為義也。士未
> 可以言而言，是以言餂之也；可以言而不言，是以不言餂
> 之也，是皆穿踰之類也。」[28]

孟子認為，人皆有良能、良知，聖人把「仁」、「義」等之端，
從中心發端推進，擴展到天下全面而已。相形之下，帛書《繫辭》
〈易之義〉等認為，「黃帝、堯、舜氏」等聖人把其「神而化之」

---

[26] 帛書照片〈易之義〉二四下至二五上、二七上，張政烺：《馬王堆帛書周易
經傳校讀》（北京：中華書局，2008 年），頁 25-26。

[27] 楊伯峻：《孟子譯注》，頁 307。

[28] 同前注，頁 337。

「窮神知化」之德，擴展到天下四海，如「神」之①「周遍於天下」和③「人不知其作用」。所以說「以體天地之化，而達神明之德」，其意思謂（以乾坤之道理）體會天地之化育，使如神的明智之德波及（到了天下人民），而和「通於神明」之意思謂波及到於神靈（或精神）境界不同。

五、結語

總而言之，本稿的結論為以下四點：

第一、先秦古書中本來沒有「通於神明之德」，而其實唯有「通於神明」而已。

第二、今本《周易》的「通神明之德」是錯誤的，帛書本的「達神明之德」是對的。

第三、「達神明之德」和「通於神明」確然不一樣。其意思，一個是「使如神的明智之德波及（到了天下）」，一個是「（某種道德）波及到於神靈（或精神）境界」。

第四、我認為，聯言「神明」首先是「鬼神之明智」的意思，然後派生為「神靈的世界」、「神靈的總稱」的意思，同時派生為「神聖、高超」（動詞）的意思，又分別派生為「明智之精氣」、「人的精神、心思」、「明智如神」的意思。

《關尹子》非先秦作品之語言證據

魏培泉[*]

一、前言

　　《關尹子》一書在《漢書・藝文志》中雖有著錄，但今本多有疑非原書者。有的學者疑心此書為魏晉人所偽作，有的則疑心此書為唐宋人所偽作。此書受到質疑最主要的理由是書中部分的思想內容以及用語是先秦所不能有的，如其中的佛家思想及道教用語就是東漢以後才可能產生的。此書為偽書在今日大概是近乎共識的，因為不但援引者少，企圖證明此書為真的論著也實為罕見。我們認為，此書應可斷為偽書，除了思想內容與先秦思想不類之外，還因為其中有不少語言現象和我們對先秦文獻語言的認知是有落差的。

　　根據我們的考察，《關尹子》中頗有些語言現象是先秦所未見的，也有一些語言現象是先秦罕見而在此書卻異常多見的。這種有別於先秦語言的項目不但多，有的項目（主要是句法）在此書中還是分布頗廣的。如文末的表一所列，大部分的項目在《關尹子》9 篇中的分布是超過 5 篇的。由於這種異於先秦的語言現象既多且廣，我們認為這本書應非先秦作品。以下就分從句法、詞彙（包括詞義）、語音等三方面的證據來加以證明。由於篇幅所限，《關尹子》一書中晚於上古漢語的語言現象其實遠非此文

[*] 現任中央研究院語言學研究所研究員。

所能賅盡的；[1]因此我們的證據就以句法為主，而且只舉其中見頻較高且分布較廣的幾項。[2]

二、「即」用作繫詞

《關尹子》的「即」用作繫詞 16 次，見於該書中的 3 篇。例如：

1. 非有道不可言，不可言即道；非有道不可思，不可思即道。（《關尹子‧一宇》）

2. 有即無，無即有，知此道者，可以制鬼神；實即虛，虛即實，知此道者，可以入金石；上即下，下即上，知此道者，可以侍星辰；古即今，今即古，知此道者，可以卜龜筮；人即我，我即人，知此道者，可以窺他人之肺肝；物即我，我即物，知此道者，可以成腹中之龍。（《關尹子‧七釜》）

3. 均一物也，人惑其名，見物不見道，賢人析其理，見道不見物，聖人合其天，不見道不見物。一道皆道，不執之即道，執之即物。（《關尹子‧八籌》）

上古漢語的「即」本是條件句的結果連詞，後來也可用在「A 即 B」的句式中，表示 A 和 B 的等同關係，義為「就是」，功能有如繫詞一般。上古漢語的判斷句一般不需要繫詞，而於句末以

---

[1] 本文的上古漢語指先秦到西漢的語言，中古漢語指東漢到六朝的語言，近代漢語指唐宋以後的語言。

[2] 其他非先秦的用語我們另文討論。

「也」作結,因此上古漢語這種用法的「即」事實上仍具有關連副詞的功能,而「即」和 B 之間也可以視為隱含著一個繫詞。「即」相當關連副詞的證據是:當「A 即 B」產生的初期,也還常搭配助詞「也」;後來又有與「A 即 B」語義相當的「A 即是 B」句式產生(如例 10)。當「即」不再用來聯繫動詞組,且不再搭配「也」時,性質也就很接近繫詞了。傳世文獻的「A 即 B」最早見於漢代。例如:

4. 庶民農工商賈,率亦歲萬息二千,<u>百萬之家即二十萬</u>。(《漢書・貨殖傳》)

5. <u>呂公女即呂后也</u>,生孝惠帝、魯元公主。(《漢書・高帝紀》)

例 5 的「即」在《史記・高祖本紀》作「乃」。「乃」也是一種功能相當繫詞的關連副詞。

6. 青長姊君孺,<u>即公孫賀妻也</u>。(《前漢紀・孝武三》)

拿例 6 和《史記・衛將軍驃騎列傳》的「孺為太僕公孫賀妻」以及《漢書・衛青霍去病傳》的「君孺為太僕公孫賀妻」相較,可知例 6 的「即」和「為」的作用大略相當。

上古漢語時期的出土文獻我們只見到雲夢睡虎地秦簡有例子,例如:

7. 內北有垣,垣高七尺,<u>垣北即巷殹(也)</u>。(《睡虎地秦墓竹簡・封診式》)

8. 可(何)如為「封」?<u>「封」即田千佰</u>。(《睡虎地秦墓竹簡・法律答問》)

雖然上古漢語已經有「A 即 B」的例子，但是很罕見。[3]相對而言，《關尹子》這種句例的比例可說是異常的高。

《關尹子》的「A 即 B」例也還有其他異乎上古漢語的地方。從六朝以降，有一些例子的 A 和 B 之間是反義詞或對比詞的關係。例如：

> 9. 夫言色者，但當色即色，豈待色色而後為色哉？此直語色不自色，未領色之非色也。本無者情尚於無，多觸言以實無。故非有，<u>有即無</u>；非無，<u>無即無</u>。尋夫立文之本旨者，直以非有非真有，非無非真無耳。何必非有無此有，非無無彼無？此直好無之談，豈謂順通事實即物之情哉？（僧肇〈不真空論〉）

讀者應當很容易注意到例 2 和例 9 的「有即無」形式相同。我們認為例 2 應是受到佛學影響的，因為這種思想在佛學中是成系統的，而《關尹子》的思想整體而言是相當龐雜且散漫的。

此外，隋唐以後這種對比還常以「A 即 B，B 即 A」的形式來表達分別為妄的哲學觀。例如：

> 10. 極小同大，忘絕境界；極大同小，不見邊表。<u>有即是無，無即是有</u>。若不如是，必不須守。<u>一即一切，一切即一</u>。（《三祖僧璨大師信心銘》，914b）[4]

> 11. 到恁麼時，自然與此心此性默默相契，方知昔本無迷，今本無悟，<u>悟即迷，迷即悟</u>；<u>向即背，背即向</u>；<u>性即心，</u>

---

[3] 這種句式在上古漢語只出現在非常有限的文獻中，可能和方言的分布有關。

[4] 本文所引佛典都根據《大正新脩大藏經》，各例除出典外只列頁碼。

心即性；佛即魔，魔即佛。(《大慧普覺禪師語錄》，914b)

12. 今日明日積累既多，則胸中自然貫通。如此，則<u>心即理，理即心</u>，動容周旋，無不中理矣。(《朱子語類‧大學五》)

13. 須知<u>器即道，道即器</u>，莫離道而言器可也。(《朱子語類‧周子之書》)

我們認為，例 2 的 6 組對比例應是受到這種思想與其表達方式的影響。

三、「是」用作繫詞

「是」用作繫詞最早始於何時是一個相當有爭議的問題。過去的主流觀點是認為始於西漢，[5]現在我們可以確定至少不晚於秦代，因為雲夢睡虎地秦簡中已有不少例子。例如：

1. 可（何）謂「實署」？「實署」即去殹（也），且<u>非是</u>？<u>是</u>，其論可（何）殹（也）？即去署殹（也）。(《睡虎地秦墓竹簡‧法律答問》)

2. 人毋故鬼攻之不已，<u>是是</u>刺鬼。(《睡虎地秦墓竹簡‧日書甲種》)

因為先秦的傳世文獻中「是」用作繫詞幾乎沒有什麼可靠的例子，雲夢秦簡中有較多之例有可能是屬於方言或語體的問題。然而拿《關尹子》來和語體相當的先秦傳世文獻相比較，很快就可

以看出這方面的不同，因為該書的「是」用作繫詞的有 10 例之多，且分布達 5 篇之多。[6]例如：

3. 道無人，聖人不見甲是道乙非道。道無我，聖人不見己進道己退道。(《關尹子·一宇》)

4. 不知道妄意卜者，如射覆盂。高之，存金存玉；中之，存角存羽；卑之，存瓦存石。是乎，非是乎，惟置物者知之。(《關尹子·一宇》)

5. 道無作，以道應世者，是事非道；道無方，以道寓物者，是物非道。聖人竟不能出道以示人。(《關尹子·三極》)

6. 人之厭生死超生死者，皆是大患也。(《關尹子·四符》)

7. 流者舟也，所以流之者是水非舟；運者車也，所以運之者是牛非車；思者心也，所以思之者是意非心。(《關尹子·五鑑》)

8. 天地萬物，無一物是吾之物。物非我，物不得不應；我非我，我不得不養。雖應物，未嘗有物；雖養我，未嘗有我。(《關尹子·九藥》)

四、「所以」用作結果連詞

上古漢語的「所」是關係代詞，「以」是介詞，「所」和「以」並不構成詞，甚至也不是詞組關係。「所以＋V」也相當名詞組，

---

[6] 《關尹子》的「是」還有一些置於動詞組之前的例子，這種例子很難判定是否繫詞，本文姑且不論。

10. 夫唯无知,是以不我知。(《老子》七十章)

11. 鄉長唯能壹同鄉之義,是以鄉治也。……國君唯能壹同國之義,是以國治也。……天子唯能壹同天下之義,是以天下治也。(《墨子·尚同上》)

《關尹子》「惟……,所以……」的例子共有 10 例。例如:[13]

12. 小人之權歸於惡,君子之權歸於善,聖人之權歸於無所得。惟無所得,所以為道。(《關尹子·一宇》)

13. 人師賢人,賢人師聖人,聖人師萬物。惟聖人同物,所以無我。(《關尹子·三極》)

14. 惟莫能名,所以退天下之言;惟莫能知,所以奪天下之智。(《關尹子·三極》)

15. 惟無我無人,無首無尾,所以與天地冥。(《關尹子·四符》)

16. 曰:精者水,魄者金,神者火,魂者木。精主水,魄主金,金生水,故精者魄藏之。神主火,魂主木,木生火,故神者魂藏之。惟水之為物,能藏金而息之,能滋木而榮之,所以析魂魄。惟火之為物,能鎔金而銷之,能燔木而燒之,所以冥魂魄。(《關尹子·四符》)

17. 是道也,……不可析,不可合,不可喻,不可思。惟其渾淪,所以為道。(《關尹子·八籌》)

18. 天不能冬蓮春菊,是以聖人不違時;地不能洛橘汶

---

13 請注意同段落中前後出現的「是以」或「故」。

貉，是以聖人不違俗；聖人不能使手步足握，是以聖人不違我所長；聖人不能使魚飛鳥馳，是以聖人不違人所長。夫如是者，可動可止，可晦可明，惟不可拘，所以為道。(《關尹子‧九藥》)

以上有 13 例可以依據句法來判定「所以」是連詞；其他沒有形式依據的例子，我們依據語義來判定。例如：

19. 聖人之道，本無首，末無尾，所以應物不窮。(《關尹子‧一宇》)

20. 曰：雲之卷舒，禽之飛翔，皆在虛空中，所以變化不窮，聖人之道則然。(《關尹子‧三極》)

「所以」用為連詞始自中古漢語，《關尹子》的例子卻分布既多且廣，顯非先秦人所為。

《關尹子》還有一種「以……，所以……」的特殊形式（如例 21、例 22），這種形式的「所以」雖未必是連詞（我們統計時沒有把它計算在內），但仍是與上古漢語有別的一種表達方式。上古漢語的介詞「以」詞組是直接修飾動詞的，按照當時的語法，《關尹子》這 2 例的「所以」是多餘的：

21. 聖人以有言有為有思者，所以同乎人；未嘗言未嘗為未嘗思者，所以異乎人。(《關尹子‧三極》)

22. 聖人以可得可行者，所以善吾生；以不可得不可行者，所以善吾死。(《關尹子‧一宇》) [14]

---

[14] 這個例子多少是由以下《莊子》的文字加以改造的，《莊子》的「所」仍明顯是關係代詞，因為它的前面還有一個關連副詞「乃」。

五、「可V＋O」[15]

　　先秦的「可」是一種賓語提升動詞，通常要從其子句中提取一個賓語移前作母句的主語，因此「可V」之後一般不帶賓語。先秦的例外多見於戰國晚期，而且例子不多。[16]可是《關尹子》的「可V＋O」不僅有 27 次之多，而且分布也高達 7 篇。例如：

1. 曰：無一物非天，無一物非命，無一物非神，無一物非元。物既如此，人豈不然。人皆可曰天，人皆可曰神，人皆<u>可致命通元</u>。(《關尹子・一宇》)

此例的「致命通元」是兩個並列的動賓詞組。

2. 衣搖空得風，氣呵物得水，水注水即鳴，石擊石即光。知此說者，<u>風雨雷電皆可為之</u>。蓋風雨雷電皆緣氣而生，而氣緣心生。猶如內想大火，久之覺熱，內想大水，久之覺寒。知此說者，<u>天地之德皆可同之</u>。(《關尹子・二柱》)

3. 惟以我之精，合天地萬物之精，譬如<u>萬水可合為一水</u>。以我之神，合天地萬物之神，譬如<u>萬火可合為一火</u>。以我之魄，合天地萬物之魄，譬如金之為物，<u>可合異金而鎔之為一金</u>。以我之魂，合天地萬物之魂，譬如木之為

（1）夫大塊載我以形，勞我以生，佚我以老，息我以死。故善吾生者，乃所<u>以善吾死</u>也。(《莊子・大宗師》)

[15] 本文的符號及其意義如下：V（動詞），O（賓語），N（名詞），VP（動詞組），NP（名詞組），S（句子形式）。

[16] 參魏培泉：〈上古漢語到中古漢語語法的重要發展〉，《古今通塞：漢語的歷史與發展》（臺北：中央研究院，2003 年），頁 95-97。

物，<u>可接異木而生之為一木</u>。(《關尹子・四符》)

例 3「萬水可合為一水」和「萬火可合為一火」仍可視為賓語提升之例（即「萬水」和「萬火」），因此可以視為合乎先秦語法；但「可合異金而鎔之為一金」和「可接異木而生之為一木」中的賓語並沒有提升到主語去，因此是屬於「可 V＋O」之例。

4. 物來無窮，我心有際，故我之良心受制於情，我之本情受制於物。<u>可使之去，可使之來</u>，而彼去來，初不在我。(《關尹子・五鑑》)

5. 一夫一婦，<u>可生二子</u>，形可分；一夫一婦，二人成一子，形可合。(《關尹子・六七》)

6. 曰：即吾心中可作萬物，蓋心有所之，則愛從之，愛從之，則精從之。(《關尹子・八籌》)

7. 曰：<u>不可非世是己，不可卑人尊己，不可以輕忽道己</u>，<u>不可以訕謗德己，不可以鄙猥才己</u>。(《關尹子・九藥》)

先秦的「可以 V」後面是可以有賓語的，這點和「可 V」不同。例 7 的「可以 V」和「可 V」都搭配四個字的詞組，看來這一段文字的作者已意識不到二者有何區別。

除了「可 V＋O」之外，《關尹子》還有一些「可 V」例的用法與先秦不同。例如：

8. <u>人皆可曰天，人皆可曰神，人皆可致命通元</u>。<u>不可彼天此非天，彼神此非神，彼命此非命，彼元此非元</u>。(《關尹子・一宇》)

此例中的「彼天此非天，彼神此非神，彼命此非命，彼元此非元」

是 4 個並列的複句,中間並未有任何名詞組移前,這和先秦「可 V」後必定有一個名詞組提前的規則不符。此外,「人皆可曰天,人皆可曰神」中的「人」像是由「曰」後移來的,因此看來並不違反先秦語法;但「把人稱作天」這樣的意思在先秦也未見可以用「曰人天」這樣的句子來表達,因此「人可曰天」很難說是由「可曰人天」轉成的。我們認為,相當「甲可稱作乙」的「甲可曰乙」似為時代較晚的語言現象。[17]

《關尹子》還有一些「可」後接不及物動詞的例子。例如:

9. 故聞道於朝,可死於夕。(《關尹子‧一宇》)

10. 道一而已,不可序進。(《關尹子‧九藥》)

11. 夫如是者,可動可止,可晦可明,惟不可拘,所以為道。(《關尹子‧九藥》)

12. 天下之理,捨親就疏,捨本就末,捨賢就愚,捨近就遠,可暫而已,久則害生。(《關尹子‧九藥》)

先秦「可 V」的 V 只能是及物動詞而不能是不及物動詞,除非是用作使動詞。以上 4 例的「死、進、動、止、晦、明、暫」看來都是一般的不及物動詞,因此是與先秦的語法不符的現象。[18]

---

[17] 唐宋就有「甲可曰乙」的例子(如例 1),在此之前有沒有還不能確定。

(1) 通而為說鳥,不可曰獸,獸亦可曰禽。(《禮記正義》)

[18] 這種「可」搭配不及物動詞的例子當然也可作為《關尹子》晚出的證據,只是我們暫時不把它列入表一的統計中。

六、「不 V 之」

按照先秦的語法規則，否定句的賓語如果是代詞就得往前移到否定詞之後。由於「之」也是代詞，因此基本上「不 V 之」是被排除的。[19]事實上先秦「不 V 之」的例子也確實罕見。然而在《關尹子》一書中，「不 V 之」的用例卻高達 22 個，且廣見於 6 篇中。[20]例如：

1. 方術之在天下多矣，或尚晦，或尚明，或尚強，或尚弱。執之皆事，<u>不執之皆道</u>。(《關尹子‧一宇》)

2. 惟聖人知我無我，知物無物，皆因思慮計之而有。是以萬物之來，我皆對之以性，而<u>不對之以心</u>。(《關尹子‧四符》)

3. 知夫我之一心無氣無形，則天地陰陽<u>不能役之</u>。(《關尹子‧五鑑》)

4. 人皆見之於著，<u>不能見之</u>於微，賢人見之於微，而不能任化。(《關尹子‧七釜》)

5. 然則萬物在天地間，不可執謂之萬，不可執謂之五，不

---

19 如果這個否定詞是「不」，那麼「不之」就會合併成為「弗」。可參以下二文：丁聲樹：〈釋否定詞「弗」、「不」〉，中央研究院歷史語言研究所集刊外編第一種《慶祝蔡元培先生六十五歲論文集》，下冊，1933 年；魏培泉：〈「弗」、「勿」拼合說新證〉，《中央研究院歷史語言研究所集刊》第 72 本第 1 分（2001年 3 月），頁 121-215。

20 以下的例子因為中間插了連詞「而」，難以確定是否涉及賓語的移位，我們沒有把它列入「不 V 之」的統計中。
　（1）言者能言之，<u>不能取而與之</u>，聽者能聞之，<u>不能受而得之</u>。(《關尹子‧九藥》)

可執謂之一，不可執謂之非萬，不可執謂之非五，不可
執謂之非一。(《關尹子・八籌》)

6. 惟聖人不慕之，不拒之，不處之。(《關尹子・九藥》)

七、「我之＋NP」與「吾之＋NP」

這裡的「我之＋NP」中的「我」指的是用作領位的「我」。[21]
先秦的「我」多用作賓語，用於主位和領位相對為少。即使是用
為領位，一般也是直接加在名詞組上，不需要有「之」作為中介。
然而《關尹子》「我之＋NP」卻有 23 次之多（分布在該書的 5
篇中），上古漢語時期的傳世文獻這種用例加起來的總和還沒有
這麼多。我們認為，《關尹子》的這種異常情況不大可能是先秦
人所能製造的。例如：

1. 觀道者如觀水，以觀沼為未足，則之河之江之海，曰水
   至也，殊不知我之津液涎淚皆水。(《關尹子・一宇》)

2. 以我之精，合彼之精。兩精相搏，而神應之。……形者，
   彼之精；理者，彼之神；愛者，我之精；觀者，我之神。
   (《關尹子・二柱》)

---

[21] 先秦的「我之＋VP」中的「我」有時是移前的賓語（如例 1），有時是條件
從句或時間從句的主語（如例 2）。後者有些人也視為領位，但本文計算《關
尹子》之例時並不把這種例子包括在內。
   (1) 壽子載其旌以先，盜殺之。急子至，曰：「我之求也，此何罪？請殺我
       乎！」(《左傳・桓公十六年》)
   (2) 子張曰：「異乎吾所聞：君子尊賢而容，嘉善而矜不能。我之大賢與，
       於人何所不容？我之不賢與，人將拒我，如之何其拒人也？(《論語・
       子張》)

3. 惟以<u>我</u>之精，合天地萬物之精，譬如萬水可合為一水；以<u>我</u>之神，合天地萬物之神，譬如萬火可合為一火；以<u>我之魄</u>，合天地萬物之魄，譬如金之為物，可合異金而鎔之為一金；以<u>我之魂</u>，合天地萬物之魂，譬如木之為物，可接異木而生之為一木。則天地萬物，皆<u>吾精吾神吾魄吾魂</u>，何者死，何者生？（《關尹子‧四符》）

4. 物來無窮，我心有際，故<u>我</u>之良心受制於情，<u>我之本情</u>受制於物……<u>我之一心</u>，能變為氣，能變為形，而<u>我之心</u>無氣無形。知夫<u>我之一心</u>無氣無形，則天地陰陽不能役之。（《關尹子‧五鑑》）

5. <u>我之一身</u>，內變蟯蛔，外烝蚊蚤。（《關尹子‧六匕》）

例 3 的「我之精」、「我之神」、「我之魄」、「我之魂」和「吾精」、「吾神」、「吾魄」、「吾魂」前後相應，後者是先秦通用的形式，而前者在當時是相當罕見的。

　先秦「吾」雖然常用於領位，但和「我」一樣，一般也不需要有「之」作為它和中心語間的中介。「吾」若用於對比強調有時會有例外，只是例子也是罕見的。例如：

6. 曰：「<u>吾</u>弟則愛之，秦人之弟則不愛也，是以我為悅者也，故謂之內。長楚人之長，亦長<u>吾之長</u>，是以長為悅者也，故謂之外也。」（《孟子‧告子上》）

7. 子為子之臣禮，吾為<u>吾之王禮</u>而已矣。（《戰國策‧齊六》）

《關尹子》的「吾之＋NP」有 9 次（見於該書的 4 篇中）；和其他

上古漢語文獻的用例相比,《關尹子》都是遠遠超過的。例如:[22]

8. 曰:精神,水火也。五行互生滅之,其來無首,其往無尾,則<u>吾之精</u>一滴無存亡爾,<u>吾之神</u>一欻無起滅爾。惟無我無人,無首無尾,所以與天地冥。(《關尹子・四符》)

9. 惟聖人能斂萬有於一息,無有一物可役<u>我之明徹</u>;散一息於萬有,無有一物可間<u>吾之云為</u>。(《關尹子・五鑑》)

10. 曰:無有一物不可見,則無一物非<u>吾之見</u>;無有一物不可聞,則無一物非<u>吾之聞</u>。五物可以養形,無一物非<u>吾之形</u>;五味可以養氣,無一物非<u>吾之氣</u>。是故吾之形氣,天地萬物。(《關尹子・六匕》)

11. 曰:天地萬物,無一物是<u>吾之物</u>。物非我,物不得不應;我非我,我不得不養。(《關尹子・九藥》)

八、「無(有)一物」

義為「沒有一件事物」的「無一物」和「無有一物」這種語法形式是上古漢語所未見的。上古漢語要表達這種意義的方式是「物莫……」、「物無……(者)」、「無物」。[23]例如:

1. 之人也,<u>物莫</u>之傷,大浸稽天而不溺,大旱金石流土山焦而不熱。(《莊子・逍遙遊》)

2. 無遺利,無隱治,則事無不舉,<u>物無遺者</u>。(《管子・版

---

22 部分例子的中心詞也可視為動詞(如「云為、見、聞」),我們這裡把它視為名詞化。

23 不用「物」字的「無一」在上古漢語時期也可以用來表達同樣的意思。

法解》）

3. 故苟得其養，<u>無物</u>不長；苟失其養，<u>無物</u>不消。（《孟子‧
   告子上》）

4. 天下無指者，物不可謂無指也。不可謂無指者，非有非
   指也。非有非指者，<u>物莫</u>非指，指非非指也。指與物，
   非指也。使天下無物指，誰徑謂非指？天下<u>無物</u>，誰徑
   謂指？天下有指，無物指，誰徑謂非指？徑謂<u>無物</u>非
   指？（《公孫龍‧指物論》）

「無一物」唐宋以前我們僅見《太平經》有 1 例；「無有一物」
之例則唐宋之前未見。例如：

5. 故無時雨，則天下萬物不生也。天下<u>無一物</u>，則大凶也，
   是一大急也。（《太平經‧三急吉凶法》）

6. 無何有之宮，謂玄道處所也；<u>無一物</u>可有，故曰無何有
   也。（《莊子‧知北遊》成玄英疏）

7. 惟天啟聖。<u>無有一物</u>不得其所。（顧況〈上高祖受命造
   唐賦表〉，《全唐文》卷五二八）

然而這種上古漢語未見的形式在《關尹子》不但有 16 例之多（「無
一物」10 例，「無有一物」6 例），且分見於 6 篇之中。例如：

8. <u>無一物</u>非天，<u>無一物</u>非命，<u>無一物</u>非神，<u>無一物</u>非元。
   （《關尹子‧一宇》）

9. 一陶能作萬器，終無有一器能作陶者能害陶者。一道能
   能作萬物，終<u>無有一物</u>能作道者能害道者。[24]（《關尹

---

[24] 事實上「無有一 N」的形式是上古漢語所未見的，因此「無有一器」也可用

子‧一宇》）

10. 惟其能徧偶萬物，而<u>無一物</u>能偶之，故能貴萬物。（《關尹子‧三極》）

11. 凡造化所妙皆吾魂，凡造化所有皆吾魄，則<u>無有一物</u>可役我者。（《關尹子‧四符》）

12. 惟聖人能斂萬有於一息，<u>無有一物</u>可役我之明徹；散一息於萬有，<u>無有一物</u>可間吾之云為。（《關尹子‧五鑑》）

13. 曰：<u>無有一物</u>不可見，則<u>無一物</u>非吾之見；<u>無有一物</u>不可聞，則<u>無一物</u>非吾之聞‧五物可以養形，<u>無一物</u>非吾之形；五味可以養氣，<u>無一物</u>非吾之氣。（《關尹子‧六匕》）

14. 天地萬物，<u>無一物</u>是吾之物。物非我，物不得不應；我非我，我不得不養。（《關尹子‧九藥》）

要說這些段落是先秦人所作或後人的補綴都是很難令人相信的。

九、「殊不知」帶子句賓語

古文獻中的「殊不 V」的「殊」有「極」、「猶」、「竟」等義。上古漢語這種句例的「殊」有時很難判定其實際意義，但無論是何義，「殊不 V」只有接名詞組之例，沒有帶子句賓語的；「殊不知」在上古漢語也是只帶名詞賓語的（如例 1）。中古漢語以後，

作《關尹子》晚出之例證。然而有關「無有一 N」和「無一 N」的斷代問題需要較多篇幅來論述，因此在此短文中只好縮小證明的範圍。

「殊不知」也可以帶子句賓語，有「卻不知道」之意涵，此時的「殊」具有承上啟下，表示轉折的功能（如例 2、例 3）。

1. 曰：「靜郭君之於寡人一至此乎！寡人少，<u>殊不知此</u>。客肯為寡人少來靜郭君乎？」（《呂氏春秋‧季秋紀》）

2. 世之論事者，以才高者當為將相，能下者宜為農商。見智能之士，官位不至，怪而訾之曰：「是必毀於行操。」行操之士，亦怪毀之曰：「是必乏於才知。」<u>殊不知才知行操雖高，官位富祿有命</u>。（《論衡‧命祿》）

3. 察今之君子，徒知妻婦之不可不御，威儀之不可不整，故訓其男，檢以書傳，<u>殊不知夫主之不可不事，禮義之不可不存也</u>。（《後漢書‧列女傳》）

《關尹子》的「殊不知」有 13 次之多（分布在 6 篇中），所帶賓語都是句子形式，和上古漢語的用法顯然有別。例如：

4. 曰：觀道者如觀水，以觀沼為未足，則之河之江之海，曰水至也，<u>殊不知我之津液涎淚皆水</u>。（《關尹子‧一宇》）

5. 曰：不知吾道無言無行，而即有言有行者求道，忽遇異物，橫執為道，<u>殊不知捨源求流，無時得源，捨本就末，無時得本</u>。（《關尹子‧一宇》）

6. 聖人曰道，觀天地人物皆吾道，倡和之，始終之，青黃之，卵翼之，不愛道不棄物，不尊君子，不賤小人。賢人曰物，物物不同，旦旦去之，旦旦與之，短之長之，直之方之，是為物易也。<u>殊不知聖人鄙雜厠別分居，所</u>

以為人，不以此為己。(《關尹子‧三極》)

7. 世之愚拙者妄援，聖人之愚拙自解，<u>殊不知聖人時愚時明，時拙時巧</u>。(《關尹子‧三極》)

8. 計生死者，或曰死己有，或曰死己無，或曰死己亦有亦無，或曰死己不有不無，或曰當喜者，或曰當懼者，或曰當任者，或曰當超者。愈變識情，馳騖不已。<u>殊不知我之生死，如馬之手，如牛之翼，本無有，復無無</u>。(《關尹子‧四符》)

9. 造化役之，固無休息。<u>殊不知天地雖大，能役有形，而不能役無形；陰陽雖妙，能役有氣，而不能役無氣</u>。(《關尹子‧五鑑》)

10. 世之人，以我思異彼思彼思異我思分人我者，<u>殊不知夢中人亦我思異彼思，彼思異我思，孰為我，孰為人</u>。世之人，以我痛異彼痛彼痛異我痛分人我者，<u>殊不知夢中人亦我痛異彼痛，彼痛異我痛，孰為我，孰為人</u>。爪髮不痛，手足不思，亦我也，豈可以思痛異之。世之人，以獨見者為夢，同見者為覺，<u>殊不知精之所結，亦有一人獨見於晝者，神之所合，亦有兩人同夢於夜者</u>。二者皆我精神，孰為夢，孰為覺。世之人以暫見者為夢，久見者為覺，<u>殊不知暫之所見者陰陽之炁，久之所見者亦陰陽之炁</u>。二者皆我陰陽，孰為夢，孰為覺。(《關尹子‧六七》)

11. 曰：人不明於急務，而從事於多務他務奇務者，窮困災厄及之，<u>殊不知道無不在，不可捨此就彼</u>。(《關尹子‧

九藥》)

12. 曰：人徒知偽得之中有真失，**殊不知真得之中有真失**；
　　徒知偽是之中有真非，**殊不知真是之中有真非**。(《關
　　尹子‧九藥》)

十、動詞「認」

　　上古漢語文獻未見「認」字，中古漢語始見，主要是「指認」、
「認定」之義。這個非先秦文獻的用詞，在《關尹子》卻出現了
5 例（見於〈二柱〉、〈五鑑〉）。

1. 五雲之變，可以卜當年之豐歉；八風之朝，可以卜當時
　　之吉凶。是知休咎災祥，一氣之運耳。渾人我，同天地，
　　而彼私智<u>認</u>而己之。(《關尹子‧二柱》)

2. 曰：想如思鬼，心慄思盜，心怖日識。如<u>認</u>黍為稷，<u>認</u>
　　<u>玉為石</u>者，浮游圉象，無所底止。(《關尹子‧五鑑》)

3. 而彼妄人，於至無中，執以為有；於至變中，執以為常。
　　一情<u>認之</u>，積為萬情；萬情<u>認之</u>，積為萬物。(《關尹子‧
　　五鑑》)

其中例 2 的「認黍為稷，認玉為石」顯得更為特殊，因為依照上
古漢語的語法規則，一般是會採用「以黍為稷，以玉為石」的形
式來表達這樣的句義的。

十一、「無我」的「我」非指別詞

「我」本是用來指別的稱代詞，可以與「爾」、「彼」、「人」等相對，還可而與「物」、「萬物」相對。佛學傳入中國之後，「我」也被用來指謂人身及諸法中常住之主宰者。在我們看來，《關尹子》中超出先秦意義的「我」不在少數，其中也有佛家意義的「我」。但要一一指出哪些「我」是與先秦意義有別的並不是件容易的事，因為上下文中不一定有足夠的信息可資辨別。本文只從「無我」這個語彙來看《關尹子》「我」的用法是否與先秦有別。佛家認為人身是假合而成，諸法亦無實體，所以「我」並非真實的存在，因此主張「無我」。「無我」這個詞從東漢以來就常常出現在佛經中。

上古漢語文獻「無我」的例子不多，以下是哲學思辨時所用的「無我」例：

1. 非彼無我，非我無所取。（《莊子‧齊物論》）

2. 譬吾處於天下也，亦為一物矣。不識天下之以我備其物與？且惟無我而物無不備者乎？然則我亦物也，物亦物也。物之與物也，又何以相物也？（《淮南子‧精神》）

例1中是說「我」和「彼」乃對待而起，仍不脫「我」原有的指別義；例2的「我」和「物」相對，雖用來說明萬物與我為一的觀念，但基本上也還是指別義。

以上說明，上古漢語時期，即使在哲學思辨中「無我」的「我」還是用為指別的。《關尹子》中「無我」的「我」就不同了，我們認為超出指別義的縱然不是全數，至少也是佔大多數的。以下

我們就來檢視《關尹子》所有的「無我」例：

3. 重雲蔽天，江湖黯然，游魚茫然，忽望波明食動，幸賜于天，即而就之，漁釣斃焉，不知<u>我無我</u>而逐道者亦然。（《關尹子・一宇》）

4. 聖人知<u>我無我</u>，故同之以仁；知<u>事無我</u>，故權之以義；知<u>心無我</u>，故戒之以禮；知<u>識無我</u>，故照之以智；知<u>言無我</u>，故守之以信。（《關尹子・三極》）

5. 神之所動，不名神，名意；意之所動，不名意，名魄。惟聖人知<u>我無我</u>，知物無物，皆因思慮計之而有。是以萬物之來，我皆對之以性，而不對之以心。（《關尹子・四符》）

6. <u>枯龜無我</u>，能見大知；<u>磁石無我</u>，能見大力；<u>鐘鼓無我</u>，能見大音；<u>舟車無我</u>，能見遠行。故我一身，雖有智有力，有行有音，<u>未嘗有我</u>。（《關尹子・六七》）

以上各例的「無我」的共同點就是前面都有一個名詞（含代詞），如「我」、「事」、「心」、「識」、「言」、「枯龜」、「磁石」、「鐘鼓」、「舟車」等。

「我無我」出現出多次，這顯然是以佛家人身無長存之我的思想作為基礎的，我們甚至可以在佛典中找到同樣的表達形式。如：

7. 得出家已，常倩他沙彌藏此金錢。尊者語言：「若能知<u>我無我</u>，是名出家。此五百金錢可與眾僧。」（西晉安法欽譯《阿育王傳》，124b）

略談《六度集經》語言的口語性
——以疑問代詞系統為例[**]

松江崇[*]

一、導言

　　《六度集經》[1]為三國吳康僧會所編譯，屬於所謂「本生經」的佛教文獻，現存版本共 8 卷，收錄了 91 篇本生故事與佛傳故事，原則上按照「六度」的次序編排。[2]此書旨在宣揚大乘佛教的菩薩行，但它滲透了「仁政」、「孝道」等有關儒家的思想倫理觀念。有人認為「把佛教思想如此鮮明地同儒家思想調和起來，尤其是佛教中的出世的消極頹廢因素改造成為可以容納儒家治世

[*] 現任北海道大學大學院文學研究科中國文化論講座准教授。

[**] 本文初稿於日本北海道大學「首屆東亞經典詮釋中的語文分析國際學術研討會」（2006 年 8 月 23-25 日）中宣讀，第二稿在日本創價大學「漢訳仏典の言語の諸相（Aspects of the Language of Buddhist Translations）」（2006 年 11 月 11-13 日）中發表，此篇為會後而成的修正稿。在會議召開期間承蒙魏培泉教授、楊秀芳教授、蔣紹愚教授、朱慶之教授、萬金川教授、丁鋒教授的指教，還得到了西茹小姐（北海道大學博士生）的幫助。在此特表示衷心的感謝。本研究得到了日本學術振興會平成十六年度（2004）科學研究經費・基盤研究（B）（2）:「中國語の構文及び文法範疇の歴史的變容と汎時的普遍性──中國語歴史文法の再構成」（研究代表者：東京大學木村英樹）以及三菱財團人文科學研究經費「日中兩國資料による中古漢語研究の新展開」（研究代表者：松江崇）的資助。

[1] 本文所調查的語料選用的是《大正新脩大藏經》（以下簡稱《大正藏》）所收的版本。

[2] 每「度」前面編譯者加了序文。

安民的精神，康僧會是中國佛教史上的一個很特殊的人物」（任繼愈主編 1981：436-437），又有人認為：「康僧會在佛教初傳時期將儒家社會政治倫理哲學融入佛教，此後這就一直成為中國佛教倫理哲學的重要特色」（方立天 2002：35-36）。由此可見，不管對康僧會的「編譯」態度給予什麼樣的評價，《六度集經》可以在中國佛教史研究上佔有不可忽視的地位。

很多人已指出《六度集經》的語言富有魏晉時期的許多口語成分（曹小云 2001，方一新、王云路 1993，梁曉虹 1990 等），如並列連詞「逮」（李維琦 1993：185-186）、充當直接賓語位居句末的第三人稱代詞「其」（俞理明 1993：72）、出現頻率較高的總括副詞「都」（遇笑容、曹廣順 1998）等現象，所以說它不但具有在中國佛教史研究上的價值，還具有漢語史研究上的重要價值。

《六度集經》除了含有口語性成分之外，還含有很多文言成分：如，「斯」、「厥」、「余」、「焉」、「乎」等（俞理明 1993：18）。這一點和其他東漢魏晉時期的佛教文獻相比，較為特殊。這種特殊現象，一般被認為是由於康僧會熟悉先秦儒家文獻，受到了儒家經典的影響的結果。

但筆者認為，有關《六度集經》的「文言成分」需要重新考察。因為一般所謂的「文言成分」是指模仿先秦文獻且脫離當時口語的純粹書面語成分，可是在《六度集經》中所見到的「文言成分」是否真正脫離編譯者的口語是個比較複雜的問題。之所以這麼說，主要原因是《六度集經》是在江南（可能是建業）成書的，由於理論上不能排除南方方言保留著較古老的語言特徵，所

以「文言成分」中或許存在一些反映編譯者自身的地域方言的語言成分。為了解決這個問題，筆者認為一個有效的方法是：把在中古（東漢魏晉南北朝）時期成書的其他語料作為參照系，從漢語史的角度進行比較。目前有關這項研究還沒得到充分的展開。

本文旨在以疑問代詞系統為例，通過和其他中古語料進行比較，對《六度集經》中存在的獨特的語言成分進行語體價值（stylistic value）的分析，判斷其是否是脫離實際口語的語言成分，進而探討康僧會編譯《六度集經》時詞語的使用方法。此外本文還將討論《六度集經》語言在上中古語法史上的地位。通過本文的探討，有望窺見早期佛經翻譯的用詞機制。

二、語料

（一）《六度集經》

1. 諸經錄中的記載

《出三藏記集》第二卷有：「《六度集經》九卷（或云《六度無極經》，或云《度無極集》，或云《雜無極經》），……右二部，凡十四卷。魏明帝時，天竺沙門康僧會以吳主孫權孫亮世所譯出」的記載。關於《六度集經》的譯者，《歷代三寶記》、《開元釋教錄》等經錄都認為是康僧會，這一點沒有疑義。[3]

有關康僧會傳可見《出三藏記集》第十三卷和《高僧傳》第一卷《譯經上》等。根據這些文獻的記載，康僧會的祖先為康居

---

[3] 不過就卷數的標記而言，存在一些出入。如《開元釋教錄》第二卷有「八卷」之記述，但在其注有「或九卷」之記述。

人，歷代住天竺，到其父輩遷居交趾。十歲時雙親謝世，服喪之後出家。赤烏十年（247，一說赤烏四年〔241〕）移居吳都建業，建寺譯經，弘揚佛法。

至於《六度集經》成書的具體地域和時期，《古今譯經圖記》中有「以吳太元二年歲次辛未，於楊都譯」的記載，假設此說可信的話，可推測《六度集經》是於西元 252 年在建業一帶成書的。

2. 《六度集經》語言的真實性

對文獻語言進行研究時，最重要的是先解決該文獻語言的「真偽」問題，這是不言而喻的。《六度集經》作為語法史研究上的價值不僅表現在其富有口語成分，還表現在其具有很高的真實性。有關其真實性，筆者通過與在六世紀成書的《經律異相》所引用的部分進行比較，作了下述考察。

本文末「附表 A」中羅列的是《經律異相》所引用的《六度集經》和與其對應的現存《六度集經》的文本。被《經律異相》所引用的部分至少有 18 處。具體情況請見下例（下例中的「*」表示在其後面的字存在版本上的差異）。《六度集經》卷三：

> 昔有獨母，為理家賃，守視田園。主人有*徨（宋、元、明本作「偟」），餉過食時，*時（宋、元、明本無「時」字）至欲食，沙門從乞，心存：「斯人絕欲棄邪，厥行清真。濟四海餓人，*不（宋、元、明本作「弗」）如少惠淨戒真賢*者（宋、元、明本無「者」字）。」以所食分，盡著缽中，蓮華一*枚（明本作「枝」），著上*貢（明本作「供」）焉。道人現神，足放光明。母喜歎曰：「真所謂神聖者手。願我後生百子若*茲（元、明本作「慈」）。」

母終神遷，應為梵志嗣矣。其靈集梵志小便之處，鹿*瀩（宋、元、明本作「舐」）小便，即感之生，時滿生女，梵志育焉。年有十餘，光儀庠步，守居護火，女與鹿戲，不覺火滅，父還恚之，令行索火。女至人*聚（宋、元、明本作「婦」），一*蹉（元、明本作「跬」）步*處（宋、元、明本作「跡」），一蓮華生。火主曰：「*爾（元、明本作「汝」）遶吾居三匝，以火與爾。」女即順命，華生陸地，圍屋三重，行者住足，靡不*雅（元、明本作「訝」）奇。斯須宣聲聞其國王，王命工相，相其貴賤。師曰：「必有聖嗣，傳祚無窮。」王命賢臣娉迎禮備，容華奕奕，宮人莫如。懷妊時滿，生卵百枚。后妃逮妾靡不嫉焉，豫刻芭蕉為鬼形像，臨產以髮被覆其面，惡露塗*芭（宋、元、明本無「芭」字）蕉，以之*示王，眾妖弊明，王*惑（宋、元、明本作「或」）信矣。……[4]

《經律異相》卷四十五「獨母見沙門神足願後生百兒*二（明本作「第二」)」：

> 昔有獨母，賃守田園。主人有事，餉過食時，食至欲食。沙門從乞，以所食分，盡著缽中，一莖蓮華，又以貢奉。道人即現神足，母喜歎曰：「真聖人乎。願我後生百子若茲。」

> 母終為梵志嗣，其神靈集梵志小便之處，鹿舐小便，即感有身。時滿生女，梵志育焉。年至十餘，守居護火，女與鹿戲，不覺火滅，父令索火。女至人*婦（宋、元、明、宮內

---

[4] 《大正藏》，第 3 冊，頁 14a-b。

> 省圖書寮本作「聚」),步一蓮華。火主曰:「爾繞吾居三匝,
> 以火與爾。」女即從命,華生陸*土(宋、元、明、宮內省圖
> 書寮本作「地」),園屋三重。國王聞之,召問相師。師曰:「必
> 有聖嗣,傳化無窮。」王命賢臣娉迎還宮。懷妊月滿乃生
> 百卵。后妃<u>逮</u>妾靡不嫉焉。[5]

從上述情況可以看出,雖然《經律異相》收錄《六度集經》時,
經過了省略與調整一些詞語的過程,但從整體來看,兩部文獻中
相互對應的文本是相當一致的。這就充分證明現存《六度集經》
語言的大部分至少還保留著南朝梁代的狀態。而且連詞「逮」等
這種在其他文獻中不曾出現的功能詞也出現在對比文本中,因此
我們可以認為現存《六度集經》的語言,大部分還保留著康僧會
的原文。

3. 《六度集經》語言的內部層次

上面指出了現存《六度集經》的語言大部分還保留著康僧會
的原文,但筆者認為其中部分篇章並非來源於康僧會原文。筆者
試圖在此辨別原文部分和異質部分。採用的方法是:首先將人稱
代詞系統、近指代詞系統、句末疑問語氣詞等作為分類標準進行
調查,然後再參考其他的條件進行判斷。調查結果為「表一」。

---

[5] 《大正藏》,第 53 冊,頁 235a-b。

表一：《六度集經》語言的內部層次

〔凡例〕

（A）人稱代詞系統，第一人稱「吾」或第二人稱「爾」是否能頻繁地出現。[6]

（B）近指示代詞系統，是否「斯」能出現而「此」不能出現。

（C）句末疑問語氣詞，是否「乎」能出現而「耶」不能出現。

	《六A》		《六B》		《六C》	
	第一卷 （典型部分）	一般部分	佛說蜜蜂經 （第六卷）	小兒聞法即解經 （第六卷）	薩和檀王經 （第二卷）	鏡面王經 （第八卷）
A	+/++	±/+/++	－	±	±	+
B	?/+/++	?/－/±/+/++	－	－－	±	?
C	?/+/++	?/±/+/++	?	±	－	+

＊「＋」表示肯定。「＋＋」表示高度肯定。

＊「－」表示否定。「－－」表示高度否定。

＊「？」表示語料不足，難以判斷。

＊「±」表示模稜兩可。

＊「/」是「或」的意思。比如，在表一「第一卷（典型部分）」中的「A」項為「+/++」。意思是：在第一卷中有的篇章的情況是「+」，有的篇章的情況是「++」。

＊「一般部分」是指：《六度集經》中除第一卷、《佛說蜜蜂經》、《小兒聞法即解經》、《薩和檀王經》、《鏡面王經》以外的部分。

---

[6] 筆者認為，在《六度集經》中，第一人稱代詞「吾」和「我」、第二人稱代詞「爾」和「汝」的出現條件都由語法層面的因素（可能是句法層面和話語層面的因素）來選擇（松江 2005 等）。在其他很多中古語料中，這些代詞的出現條件都由語體價值的因素來選擇（不過，第二人稱代詞「爾」在不少中古語料中已消失）。

　　從表一中可以看出：《佛說蜜蜂經》、《小兒聞法即解經》、《薩和檀王經》的語法特點和《六 A》（特別是第一卷）不同。就《薩和檀王經》而言，我們還可以找到其並非康僧會原文的其他證據。比如相當於梵文"brāhmaṇa"的詞，《薩和檀王經》中用的是「婆羅門」這一音譯詞（一共出現 5 例），其他篇章都採用的是「梵志」這一意譯詞；再如，用「解曰」來表示對前面的詞語進行解釋的形式只有在《薩和檀王經》中能看到。因此，筆者將《薩和檀王經》視為「異質部分」（稱之為《六 C》），不作語料。至於《佛說蜜蜂經》、《小兒聞法即解經》，雖然可以看出含有較多的異質成分，但是整個篇章在多大程度上保留著康僧會的原文難以判斷。因此，筆者暫時將這些篇章視為「含有較多異質成分的部分」（稱之為《六 B》），也不作語料。

　　關於《鏡面王經》，就表一中的三項語法特徵而言，看不出它與其他部分有多大差別。但是筆者參照了支謙所譯的《佛說義足經》，認為其來源於《佛說義足經》下卷所收的《鏡面王經》。[7]理由有三：一是《六度集經》中的《鏡面王經》中存在「義足經」一詞；二是《六度集經》中的《鏡面王經》中的「偈」字句和《佛說義足經》中《鏡面王經》的一致；三是在兩個《鏡面王經》中都採用了人稱代詞的複數形式「×曹」，而《六度集經》中的其他部分則原則上都採用的是「×等」。因此，筆者將《鏡面王經》視為「異質部分」，不作語料。

---

[7] 收錄在現存《六度集經》中的《鏡面王經》，可能是康僧會有意識的採用了支謙的譯文。

（二）參照系

本文將《六度集經》的語言和其他中古語料進行比較時，主要將以下三部佛教文獻作為參照系，即《中本起經》二卷，《過去現在因果經》四卷和《雜寶藏經》十卷。

關於《中本起經》，在《出三藏記集》第二卷中有：「《中本起經》二卷（或云《太子中本起經》）。右一部，凡二卷，漢獻帝建安中，康孟詳譯出」之記載。另外根據《歷代三寶記》第四卷對道安之言的引用「沙門曇果於迦維羅衛國得此梵本，來至洛陽，建安十二年翻，康孟詳度語」，可以推測此書由康孟詳等人在建安年間（可能是建安十二年〔207〕）於洛陽譯成。因此，本文視《中本起經》為東漢末魏晉時期在中原地域成書的語料。

關於《過去現在因果經》，在《出三藏記集》第二卷中有：「《過去現在因果經》四卷（宋元嘉中譯出）。……右十四部，凡七十六。宋文帝時，天竺摩訶乘法師求那跋陀羅，以元嘉中及孝武帝時宣出諸經，沙門釋寶雲及弟子菩提法勇傳譯」之記載，另外第十四卷〈求那跋陀羅傳第八〉中有：「……後譙王鎮荊州，請與俱行，安止辛寺，更創殿房。即於辛寺出無憂王、過去現在因果及一卷無量壽……等諸經，凡一百餘卷」之記載。由此可以推測此書由求那跋陀羅在劉宋元嘉年間（可能是元嘉二十一到三十年〔444-453〕）於荊州辛寺譯成。因此，本文視《過去現在因果經》為南北朝時期在南朝成書的語料。

關於《雜寶藏經》，在《出三藏記集》第二卷中有：「《雜寶藏經》十三卷，……右三部，凡二十一卷。宋明帝時，西域三藏吉迦夜於北國，以偽延興二年，共僧正釋曇曜譯出，劉孝標筆受。

此三經並未至京都」[8]之記載，另外根據《歷代三寶記》、《開元釋教錄》、《大唐內典錄》的記載，可以推測此書由吉迦夜與曇曜於延興二年（472）譯成。因此，本文視《雜寶藏經》為南北朝時期在北朝成書的語料。

三、語體價值（stylistic value）層面的定義

在開始討論《六度集經》語言的「口語性」問題之前，需要弄清楚「口語性」或「口語性強的語言成分」的內涵。我認為「口語性」是屬於語體價值（stylistic value）層面的一種標準。根據這種標準，可以將文獻中出現的語言成分歸納如下：

（一）純粹書面語成分：

是指「口語性」最弱，完全脫離實際口語的語言成分。主要包括仿效先人文獻語言的仿古成分，還包括作者獨創的語言成分。因為「純粹書面語成分」完全脫離口語，所以其出現不會受到規律性的語法條件的限制。

（二）書面語成分：

是指「口語性」較弱，一般只用於書面表達的語言成分。不過有時在口語裡也可以出現，但只限於比較正式的談話中，且帶有較強的書面語色彩。

---

8 但是筆者認為此記載中的「劉孝標筆受」一說，較為可疑。這點得到了中國社會科學院趙長才先生的指教。

（三）口語成分：

是指來自一般性口語，且「口語性」程度較為一般的語言成分，也可以出現在書面語中。其在作者所屬的語言社團（speech community）中佔「主要語言系統」的位置，可以構成較完整的系統，這一點和其他語言成分不同。

（四）土語成分：

是指「口語性」很強的語言成分。只能出現在非正式的口語中，往往缺少相應的文字，而且一般很少出現在文獻中。不過在個別帶有特殊語體價值的文獻中偶爾出現。

需要補充說明的是：「純粹書面語成分」和其他「書面語成分」、「口語成分」、「土語成分」之間可以說存在本質的區別。但後三者之間的差別只是「口語性」的程度上的差別。所以若某一個詞不是「純粹書面語成分」的話，那該詞的語體價值就會隨其用法不同而變化。比如，就《雜寶藏經》中的「何」而言，作狀語時的語體價值是「書面語成分」，而作定語時的語體價值是「口語成分」（參見第四章第三節）。

四、《六度集經》中的疑問代詞系統

（一）疑問代詞系統的概況

上古漢語（周到西漢）中的疑問代詞系統具有以下兩個明顯的特徵：一是同時存在著幾個指示對象相同或相近的疑問代詞，且這類疑問代詞之間存在聲母相同這一音韻上的共同點；二是它

們都是單音節。上古中期漢語（春秋戰國時代）中常見的疑問代詞有（為了參考，在《論語》中出現的疑問代詞加了底線）：影母系「惡」、「安」、「焉」，匣母系「何」、「曷」、「奚」、「胡」、「盍」，禪母系「誰」、「孰」。有關各系的疑問代詞的出現條件十分複雜，目前尚無令人滿意的定論。[9]

到了東漢魏晉時期，上述疑問代詞系統始被破壞。主要表現在：一、除「何」和「誰」以外的上古疑問代詞開始衰落，二、雙音節疑問代詞大量出現。

筆者對《六 A》、《中本起經》（簡稱《中》）、《過去現在因果經》（簡稱《過》）、《雜寶藏經》（簡稱《雜》）中出現的疑問代詞進行了窮盡性的調查，將前三者的調查結果作了「附表 B」、「附表 C」、「附表 D」（附在文末），有關《雜寶藏經》的調查結果，發表在拙作（松江 2005）中。根據上述調查結果，可以概括出以下三點：

一、四部語料之間存在共同點。即它們當中都存在中古以後才出現的「新式」疑問代詞，而且上古漢語中常見的有些疑問代詞已不存在。

二、四部語料中存在著時代差別。即有些東漢魏晉以後才出現的疑問代詞，在《六 A》、《中》中存在，但在《過》、《雜》中卻不存在，如「奚」、「如」、「若」等。

三、雖然《六 A》成書稍晚於《中》，但《六 A》比《中》更多地保留著古老的狀態。表現在兩個方面：一方面《六 A》比

---

[9] 筆者對上古中期的禪母系「誰」、「孰」的出現條件作過研究，參見松江（2006b）。

《中》更多地保留著上古已出現的疑問代詞，如影母系「焉」；另一方面《六 A》的雙音節化的進程也比《中》緩慢，如「何等」、「何物」、「何所」等疑問代詞沒有《中》那樣發達。

　　下面就著眼於《六 A》與其他三部文獻不同的疑問代詞使用情況，從語體價值的平面來進行分析，探討其是否反映康僧會的口語的特徵。

（二）「焉」

　　「焉」是在上古時代常用的疑問代詞，作賓語主要表示問處所意為「哪裡」，作狀語表示問理由、方法意為「怎麼」，或表示問處所意為「在哪裡」。在《中》、《雜》中未出現過，在《過》中只出現 1 例，在其他東漢魏晉南北朝時期成書的佛教文獻中罕見（魏培泉 2004）。比如，在《佛說成具光明定意經》、《修行本起經》、《賢愚經》中未出現過。

　　《六 A》中卻出現過 10 次。這容易使人認為《六 A》中出現的「焉」是仿古的現象（即「純粹書面語成分」）。

1. 鹿曰：「王重元后，勞躬副之，吾終不免矣。天王處深宮之內，焉知微蟲之處斯乎。」〔焉＝狀語，反詰〕（《六 A》，《大正藏》3-33b）

2. 人曰：「焉有窹而不聞乎。志道甚深，自今之後，願師事世尊，奉五淨戒為清信士，終身守真。」〔焉＝狀語，反詰〕（《六 A》，《大正藏》3-42c）

3. 王以慈忍心願鴿活，又命近臣曰：「爾疾殺我，秤髓令與鴿重等。吾奉諸佛，受正真之重戒，濟眾生之危厄。

雖有眾邪之惱，猶若微風，<u>焉</u>能動太山乎。」〔焉＝狀語，反詰〕（《六 A》，《大正藏》3-1c）

4. 皇孫將妃辭親而退，還國閉閤廢事相樂。眾臣以聞曰：「不除其妃，國事將朽矣。」父王曰：「祖王妻之，<u>焉</u>得除乎。」〔焉＝狀語，反詰〕（《六 A》，《大正藏》3-45c）

5. 常悲菩薩從定寤，左右顧視，不復視諸佛，即復心悲，流淚且云：「諸佛靈耀從何所來。今逝<u>焉</u>如。」〔焉＝動詞賓語（終點），詢問〕（《六 A》，《大正藏》3-43c）

值得注意的是：《六 A》中的「焉」，大部分限於作狀語，表示「怎麼」、「哪裡」的反詰用法，只有 1 例作賓語表示「哪裡」的詢問用法（例 5）。筆者認為這種情況是《六 A》中的「焉」不是完全脫離口語的「純粹書面語成分」的反映。之所以這麼說，緣於筆者歸納出來的下述看法：即上古已出現的疑問代詞，在中古語料中充當某一句法成分（如狀語）時多以反詰的用法出現，而其充當另一種句法成分時（如賓語）則保留詢問的用法。這種規律是通過詳細地研究之後才能發現的十分複雜的語言現象，這種複雜的語言現象是難以通過仿古的方法來簡單模仿使用的。<u>因此該疑問代詞的演變過程符合上述規律的話，就說明其是通過中古作者仿古而出現的「純粹書面語成分」的可能性很小（假說 1）。</u>

至於《六 A》中作狀語或賓語的「焉」是「口語成分」或「書面語成分」難以判斷。然而筆者傾向「書面語成分」。因為其作狀語時，多數以「焉得……」、「焉能……」、「焉知……」、「焉有……」等固定的形式出現，搭配的範圍比較窄；而其作賓語時，

只能和動詞「如」搭配,「如」意為「往」。[10]

（三）作狀語的「何」

「何」不管在上古還是在中古都被廣泛使用,在《六A》中也相當普遍。在《六A》中「何」作賓語時,嚴格地遵守較複雜的語法規律。即若句中存在助動詞與副詞「將」的話,一定是「『將』+助動詞(『欲』)+何(O)+動詞」的詞序。

> 6. 樹神人現,顏華非凡,謂阿群曰:「爾為無道,以喪王榮。今復為元酷,將欲<u>何</u>望乎。」〔何=動詞賓語〕(《六A》,《大正藏》3-22c)

> 7. (鴿王)謂諸鴿曰:「佛經眾戒,貪為元首。貪以致榮者,猶餓夫獲毒飲矣。得志之樂,其久若電。眾苦困己,其有億載。爾等捐食,身命可全矣。」眾對之曰:「見拘處籠,將欲<u>何</u>冀乎。」〔何=動詞賓語〕(《六A》,《大正藏》3-34b)

上述「將+助動詞+疑問代詞賓語+動詞」的這種疑問代詞賓語位居助動詞後、動詞前的詞序是上古晚期(西漢)才流行的。[11]筆

---

[10] 在《六A》中表示「往」的意思的詞,最普遍的是「之」,「如」極少且較為古老。

[11] 在上古中期,疑問代詞賓語一般位居動詞與助動詞前。如:
- 管仲曰:「公<u>誰</u>欲與。」(《莊子‧徐無鬼》)
- 管仲敬諾,曰:「公<u>誰</u>欲相。」公曰:「鮑叔牙可乎?」(《呂氏春秋‧貴公》)
而到了上古中期以後,疑問代詞賓語多數位居動詞前、助動詞後了。如:
- 二世曰:「<u>何</u>哉。夫高,故官人也。然不為安肆志,不以危易心,絜行脩善,自使至此,以忠得進,以信守位,朕實賢之,而君疑之,<u>何</u>也。且朕少失先人,無所識知,不習治民,而君又老,恐與天下絕矣。朕非屬趙君,當

者認為這種情況是《六A》中的「何」不會是完全脫離口語的「純粹書面語成分」的反映。之所以這麼說，緣於筆者歸納出來的下述看法：即若上古出現過的疑問代詞，在中古語料中遵守中古（或上古晚期）才出現的較為複雜的語法規律的話，可以推測其不會是「純粹書面語」。因為其作為仿古對象的可能性很小（假說2）。

筆者認為，在《六A》中「何」和在《中》、《雜》、《過》中的「何」，在語體價值上不完全一致。下面著眼於在四部語料中作狀語的「何」，討論其是「口語成分」還是「書面語成分」。

「何」在《六A》中作狀語時，保留著表示詢問和反詰（或感嘆）的兩種用法，且搭配的範圍很廣（即可以修飾多種詞和詞組），出現頻率很高。因此，筆者傾向於認為《六A》中的作狀語的「何」不是「書面語成分」而是「口語成分」。

   8. 諸沙門曰：「四姓貧困，常有飢色，吾等不可受彼常食。經說『沙門一心守真，戒具行高。志如天金，不珍財色，唯經是寶，絕滅六飢』故誓除饉，<u>何</u>恥分衛而不

誰任哉。……」（《史記・李斯列傳》）

- 袁盎等入見太后，太后言欲立梁王。「梁王即終，欲誰立。」太后曰：「吾復立帝子。」（《史記・梁孝王世家》褚少孫所補部分）
- 既出市，桓又遣人問欲何言。答曰：「昔晉文王殺嵇康，而嵇紹為晉忠臣。從公乞一弟以養老母。」桓亦如言宥之。（《世說新語・德行》）
- 張季鷹本不相識，先在金閶亭，聞絃甚清，下船就賀，因共語，便大相知說。問賀：「卿欲<u>何</u>之。」賀曰：「入洛赴命，正爾進路。」（《世說新語・任誕》）
- 企生迴馬授手，遵生有勇力，便牽下之，謂曰：「家有老母，將欲<u>何</u>之。」企生揮淚曰：「今日之事，我必死之。汝等奉養不失子道，一門之中有忠與孝，亦復何恨。」（《晉書・羅企生列傳》）

行乎。」共詣佛所，本末陳之，世尊默然。〔何＝狀語，表示詢問〕（《六A》，《大正藏》3-11c-12a）

9. 王抱兩孫，坐之于膝。王曰：「屬不就抱，今來何疾乎。」對曰：「屬是奴婢，今為王孫。」〔何＝狀語，表示詢問〕（《六A》，《大正藏》3-10c）

10. 阿群曰：「命危在今，何欣且笑。」答曰：「世尊之言，三界希聞。吾今懷之，何國命之可惜乎。」〔何＝狀語，表示詢問〕（《六A》，《大正藏》3-123a）

11. 有頃迴還，稽首長跪，如事啟焉。又質其原：「彼意無恒，何其疾乎。」佛即為具說如上。〔何＝狀語，表示詢問〕（《六A》，《大正藏》3-16b）

12. 妻曰：「太子求道，厥勞何甚。夫士家尊在于妻子之間，靡不自由。豈況人尊乎。」〔何＝狀語，表示感嘆〕（《六A》，《大正藏》3-10a）

而「何」在《中》、《過》、《雜》中作狀語時，原則上卻只限於表示反詰和感嘆，[12]表示詢問的用法被「云何」或「何故」代替。筆者推測在《中》、《過》、《雜》中作狀語的「何」可能已成為「書

---

[12] 《中》和《過》中存在下列例外，如：

- 梵志眾等往造求宿。美音問曰：「道士何來，今欲所之。」具陳彼澤樹神功德「欲詣舍衛，造孤獨氏，攢採法齋，冀遂本志。」〔何＝狀語，表示詢問〕（《中》，《大正藏》4-157a）
- 從者答曰：「無有蹤跡，不知何來。」〔何＝狀語，表示（間接）詢問〕（《過》，《大正藏》3-630b）

不過，這些例句中的「何」表示問起點，也許和表示問方式、理由的用法不能一起討論。

面語成分了」。[13]

> 13. 佛言：「苦哉，阿蘭迦蘭。甘露當開，汝<u>何</u>不聞」〔何＝狀語，表示反詰〕（《中》，《大正藏》4-147c）

> 14. 五人悉對曰：「吾坐悉達，更歷勤苦。悅頭檀王暴逆違道，皆由於卿。」佛告五人：「汝莫*卿（宋、元、明本作「輕」）無上正真、如來、平等覺也。無上正覺不可以生死意待也。<u>何</u>得對吾面稱父字。」〔何＝狀語，表示反詰〕（《中》，《大正藏》4-148bc）

> 15. 於其中路，心竊生念：「我今為王，王於天下，一切人民靡不敬伏。自非有大德者，<u>何</u>能堪任受我供養。」〔何＝狀語，表示反詰〕（《雜》，《大正藏》4-484a）

---

[13] 可是，「何」作定語時，在《中》、《過》、《雜》中依然保留著詢問的用法，且能修飾多種雙音節名詞，所以不將其視為「書面語成分」。如：

- 王問憂陀：「悉達每出，椎鍾鳴鼓，觀者填路。今者遊止，有<u>何</u>音響。」憂陀答王：「佛始得道，往詣波羅奈國，擊甘露法鼓。拘憐五人，逮得羅漢，八萬諸天皆入道跡。九十六種靡不欣伏，無上法音，聞于三千大千世界。」〔何＝定語，表示詢問〕（《中》，《大正藏》4-154c）
- 象王問言：「著<u>何</u>衣服。」答言：「身著袈裟。」〔何＝定語，表示詢問〕（《雜》，《大正藏》4-454a）
- 太子即問：「此為<u>何</u>人。」從者答曰：「此病人也。」〔何＝定語，表示詢問〕（《過》，《大正藏》3-630a）

需要補充的是：在《六 A》中也保留著詢問的用法，同理不將其視為「書面語成分」。

- 第一弟子鶩鶩子，前稽首長跪白言：「車匿宿命有<u>何</u>功德。菩薩處家，當為飛行皇帝，而勸棄國，入山學道，自致為佛。拯濟眾生，功勳巍巍，乃至滅度。唯願世尊為現其原。」佛歎曰：「善哉善哉。鶩鶩子所問甚善。車匿累世功勳無量。爾等諦聽，吾將說之。」〔何＝定語，表示詢問〕（《六》，《大正藏》3-44b）

16. 時摩訶羅，復問之言：「我有何罪，橫加打棒。」麥主答言：「汝遠麥潛，<u>何</u>不右旋咒言『多入』。違我法故，是以打汝。」〔何＝狀語，表示反詰〕（《雜》,《大正藏》4-480a）

17. 時白淨王，愛念情深，語車匿言：「我今當往尋求太子，不知即時定在何許。其今既已捨我學道，我復<u>何</u>忍獨生獨活。便當追逐隨其所在。」〔何＝狀語，表示反詰〕（《過》,《大正藏》3-636a）

18. 爾時魔王，左手執弓，右手調箭，語菩薩言：「汝剎利種，死甚可畏。<u>何</u>不速起。宜應修汝轉輪王業，捨出家法。」〔何＝狀語，表示反詰〕（《過》,《大正藏》3-640a）

上述看法若屬實的話，就可以認為《六Ａ》中的作狀語的「何」保留著較古老的狀態。

（四）「孰」

「孰」雖然在上古中期漢語中頻繁地出現，主要作主語，但到了中古漢語時明顯地衰落，如《中》、《過》、《雜》中未出現過，可是「孰」在《六Ａ》中卻出現了 20 次。

「孰」在上古漢語中的句法和話語功能因指示對象（人或人的集團或其他事物）不同而不同。以下對此作分別討論。

首先，「孰」指示人或人的集團時，存在兩種句式：一種是「孰〔＝S〕＋V（＋O）＋者」或「孰者〔＝S〕＋V」這種「孰」後帶「者」的句式，另一種是句中無「者」的句式。前者用於表示詢問，後者多數表示反詰。因此，按照上述「假說1」，筆者不將

這些「孰」視作「純粹書面語成分」。

　　至於前者是「口語成分」還是「書面語成分」，這種帶「者」的句式是自從上古晚期才開始出現的，且屬於前者的三例都表示詢問，由此筆者將這種句式中的「孰」視為「口語成分」。之所以這麼說，緣於筆者歸納出來的下述看法：即進入中古（或上古晚期）才出現的疑問代詞（包括表示疑問的特殊結構），在中古的某一語料中具有詢問的用法。這種現象一般可視為該疑問代詞在該語料的基礎方言中作為「口語成分」的表現。

　　　19. 王即募曰：「<u>孰能禳斯禍者</u>，妻以月光，育以原福。」
　　　　〔孰（……者）＝主語，表示詢問〕（《六 A》，《大正藏》
　　　　3-47a）

　　　20. 王以閒日，由私門出，麤衣自行，就補履翁，戲曰：「率
　　　　土之人，<u>孰者</u>樂乎。」〔孰（者）＝主語，表示詢問〕（《六
　　　　A》，《大正藏》3-51b）

就「孰」的後面無「者」字的句式而言，這種句式在上古中期漢語中已經相當普遍，而且在《六 A》中大部分表示反詰，且多數以「孰能……」、「孰有……」、「孰不……」等固定的形式出現，搭配的範圍比較窄。因此，筆者傾向於把這種句式中的「孰」視為「書面語成分」的看法。

　　　21. （普施）曰：「爾還吾珠，不者吾竭爾海。」海神答曰：
　　　　「爾言何虛。斯之巨海，深廣難測。<u>孰能盡之</u>。天日
　　　　可殞，巨風可卻，海之難竭，猶空難毀也。」〔孰＝主
　　　　語，表示反詰〕（《六 A》，《大正藏》3-4c）

22. 誨喻之曰：「睹世皆死，孰有免之。尋路念佛，仁教慈心，向彼人王，慎無怨矣。」〔孰＝主語，表示反詰〕（《六A》,《大正藏》3-12c）

23. （梵志）對曰：「吾自彼來，舉身惱痛，又大飢渴。太子光馨，八方歎懿，巍巍遠照，有如太山。天神地祇，孰不甚善。今故遠歸窮，庶延微命。」〔孰＝主語，表示反詰〕（《六A》,《大正藏》3-9c）

其次「孰」指示人或人的集團以外的事物時，作主語的例子1例，只有表示詢問（間接詢問），不過由於例子太少難以判斷其語體價值。還有1例是構成「孰如……」的特殊結構，表示問比較。這種例子似乎在《六A》以前的語料中未出現過，可視為「口語成分」。這種特殊結構在中古時期成書的其他語料中也可以看到。

24. 從寢不寐，展轉反側，曰：「吾是補蹠翁耶，真天子乎。若是天子，肌膚何麤。本補蹠翁，緣處王宮。余心荒矣，目睛亂乎。二處之身，不照孰真。」〔孰＝主語，表示詢問（間接詢問）〕（《六A》,《大正藏》3-51c）

25. 佛告胞罽：「五百車聲，孰如雷震之響。」對曰：「千車之聲，猶不比雨之小雷。豈況激怒之霹靂乎。」〔孰＝「孰如」結構，表示詢問〕（《六A》,《大正藏》3-42c）

26. 魚豢曰：「昔孔子歎顏回以為三月不違仁者，蓋觀其心耳。孰如孫、祝菜色於市里，顛倒於牢獄，據有實事哉。……」〔孰＝「孰如」結構，表示詢問〕（《三國志·魏書·閻溫傳》裴注）

（五）作介詞「緣」的賓語的「零疑問代詞」

中古佛教文獻中可以看到如下疑問形式：

27. 獵士素知太子逃逐所由，勃然罵曰：「吾斬爾首，問太子為乎。」（《六 A》，《大正藏》3-9b）

28. 母惟之曰：「斯怪甚大，吾用果為。急歸視兒，將有他乎。」（《六 A》，《大正藏》3-10a）

29. 王性妒害，惡心內發，便問道人：「何故誘他妓女。著此坐為。卿是何人。」（《中》，《大正藏》4-148c）

30. 父告子言：「汝欲作仙人也。生活之法，云何避虫。」子言：「我今望得現世安樂、後世安樂。不用我語，用是活為。」（《雜》，《大正藏》4-481b）

這種疑問形式及其來源已經受到不少學者們的關注，一般被認為是由「何（=前置賓語）+動詞」型的動詞詞組中的「何」的消失而產生的，如，「何（+以）+為」→動詞賓語「何」的消失→「（+以）+為」。這種疑問形式在上古漢語中未出現過。根據上述產生過程，筆者假定在這種疑問形式中原來存在「何」的位置上依然有缺少語音形式的疑問代詞，並稱之為「零疑問代詞」。

《六 A》中存在零疑問代詞作介詞「緣」、「從」的賓語的現象。如：

31. 婿曰：「吾貧，緣獲給使乎。」〔零代詞=介詞（「緣」）賓語〕（《六 A》，《大正藏》3-9b）

32. 兒曰：「昔為王孫，今為奴婢。奴婢之賤，緣坐王膝乎。」〔零代詞=介詞（「緣」）賓語〕（《六 A》，《大正藏》3-10c）

33. 菩薩存想，吟泣無寧。曰：「吾<u>從</u>得天師經典，翫誦執
　　行，以致為佛，愈眾生病，令還本淨乎。」〔零代詞＝
　　介詞（「從」）賓語〕（《六 A》，《大正藏》3-32a）

這種現象在《中》、《過》、《雜》中未見過，在其他中古語料中也
罕見。因此，會有人將這種現象視為不是口語而是編譯者的個人
創新（純粹書面語成分）。但是俞理明（1993：163）指出：在三
國吳的佛經中，「何緣」可以簡略成「緣」，「何從」可以簡略成
「從」，並舉出支謙《大明度經》中的 1 例和《六度集經》中的 8
例。

　　俞先生將這種現象限定在三國吳的佛經中，不過對其是否反
映方言似乎未予斷定。而筆者認為，至少就零疑問代詞作介詞
「緣」的賓語的現象而言，應是口語的反映（口語成分）。[14]因為
若將這種現象視為個人創新，難以解釋為什麼這種現象只有在吳
國出現，而且難以找到發生這種簡略的動機。假設發生這種簡略
的動機是調整字數（湊成四字句等）的話，那麼「何緣」應該簡
略為「何」。

　　因此，筆者推測這種零疑問代詞作介詞「緣」的賓語的現象，
是康僧會口語的反映（即「口語成分」）。需要注意的是：這種推
測會牽涉到一個很重要的問題，即《六 A》的基礎方言問題。如
果筆者的推測屬實，《六 A》的基礎方言可以假定是當時江南某

---

14 就零疑問代詞作介詞「從」的賓語的現象而言，因為例子太少，不排除與當
　　時口語無關的可能性。比如，「從」或許是由《六度集經》在某一個時代被
　　抄寫時，「何從」中的「何」字脫落而出現（這點得到了魏培泉教授的指教）。
　　因此，本文對零疑問代詞作介詞「從」的賓語的現象，予以迴避。

一個地域的方言，因為零疑問代詞作介詞「緣」的賓語的現象只有在三國吳或南朝成書的佛教文獻中可以看到。

（六）缺少「何等」的現象

「何等」在上古晚期（西漢）出現，《中》、《過》、《雜》中也廣泛使用，主要作賓語、定語、判斷句的主語，表示問事物或事物的類別，意為「什麼」、「什麼樣」。[15]此詞在其他中古時期成書的佛教文獻中很常見。

> 34. 王問憂陀：「吾子在國，思陳正治，助吾安民，動順禮節，莫不承風。今者獨處，思憶何等。」〔何等＝動詞賓語〕（《中》，《大正藏》4-154c）

> 35. 王見太子有如此瑞，即召諸臣，共集議言：「太子初生，有此奇特。當為太子作何等名。」〔何等＝定語〕（《過》，《大正藏》3-621a）

> 36. 女人答言：「女人還在女前而裸小便，有何等恥。一國都是女人，唯大力士是男子耳。若於彼前，應當慚愧，於汝等前，有何羞恥。」〔何等＝定語〕（《雜》，《大正藏》4-487a）

而在《六度集經》中卻只出現過 3 次，且分別出現在異質部分（《六C》）和含有較多異質成分的部分（《六 B》）。[16]

---

15 魏培泉（2004：242）指出：「『何等』的『等』原含有『等第』、『等類』的意思，到了西元前後一世紀時可能還保有實義，此時的『何等』就含有『什麼樣的』、『哪樣』、『哪個方面』的意思。無疑的，『何等』後來用如現在的『什麼』，可以是有關於事物的類別、內容、甚至行為的方式。」

16 值得注意的是：在《六》中疑問代詞「那」只出現 2 次，而且分別出現在《六

37. 王言：「大善。所欲得者，莫自疑難。今我名為一切之施，欲求<u>何等</u>。」〔何等＝動詞賓語〕（《六 C・薩和檀王經》，《大正藏》3-7b）

38. 長者問言：「此<u>何等</u>病。」比丘報言：「無有病也。但說深經，甚有義理。疑此夫人所懷妊兒是佛弟子。」〔何等＝定語〕（《六 B・小兒聞法即解經》，《大正藏》3-35c）

39. 長者問言：「此為<u>何等</u>。」比丘答曰：「真佛弟子，慎莫驚疑。好養護之，此兒後大當為一切眾人作師。吾等悉當從其啟受。」〔何等＝動詞（繫詞）賓語〕（《六 B・小兒聞法即解經》，《大正藏》3-36a）

就是說，「何等」在《六 A》中未曾出現，[17]在《六 A》中和「何等」相應的詞，多數情況下可以認為是「何」。[18]

　這種「何等」在《六 A》中未出現的現象十分罕見。為什麼出現這種現象？在此筆者提出兩種可能性推測：一是這種現象反

B》和《六 C》中。如：

• 夫人恚言：「汝為婢使，<u>那得</u>此兒。促取殺之。」《六 C・薩和檀王經》（《大正藏》3-7c）

• 長者甚愁，不知夫人<u>那得</u>此病。《六 B・小兒聞法即解經》（《大正藏》3-35c）

[17] 康僧會在《安般守意經序》中也使用過「何等」一詞，即「世尊初欲說斯經時、大千震動人天異色，三日安般無能質者。於是世尊化為兩身，一曰何等，一尊主，演于斯義出矣。」的部分。但是此段是解釋在《安般守意經》中的「世尊」為什麼「化為兩身」的理由。這裡的「何等」實際上是引用《安般守意經》中的詞語。

[18] 這並不意味著其他文獻中的「何等」都可以換成《六》中的「何」。如，作判斷句主語的「何等」不能換成「何」。此外，從意義層面來講，「何等」和「何」存在差別，「何等」是"marked"，「何」是"unmarked"。

映了康僧會的口語，即在他的口語中沒有「何等」這一詞，所以
未予使用；二是康僧會的口語中雖然存在「何等」，但因為這個
詞當時帶有很強的口語性的語體價值（即「土語成分」），所以未
予使用。

從理論上講，這兩種可能性都不能排除，不過筆者傾向於第
一種解釋。其理由是：《六 A》中存在「如」、「所」、「零疑問代
詞」等比「何等」還晚出現且在外典中少見的新式疑問代詞，從
《中》等中古語料的情況來看，我們難以判斷東漢魏晉時期的「何
等」其口語性比這些詞還強。因此，筆者推測：「何等」在《六
A》中之所以不存在，是此詞在編譯者的口語中不存在的結果。

（七）「云何」只用於謂語的現象

「云何」是在中古很流行的疑問代詞。[19]在《中》、《過》、《雜》
中也廣泛使用，可以作謂語，表示問性狀意為「怎麼樣」，也可
作狀語，表示問方式、理由意為「怎麼」、「為什麼」。[20]

40. 夫人問曰：「彼方二郡。一名迦夷，二名拘達盧。若有
   白王云，彼二國，他王劫取，王當云何。」〔云何＝謂
   語〕（《中》，《大正藏》4-160b）

41. 即各語其諸弟子言：「我今欲同大兄，於佛法中，出家
   學道。汝意云何。」〔云何＝謂語〕（《過》，《大正藏》
   3-650a）

42. 阿難白佛言：「世尊，過去之世，供養父母。其事云何。」

---

[19] 「云何」在《詩》等上古語料中已經出現過，但出現得較少（周法高 1958）。

[20] 「云何」在《雜》中可以作判斷句的主語。

〔云何＝謂語〕（《過》，《大正藏》4-447c）

43. 而問言阿難：「是諸長老比丘尼，皆久修梵行，且已見諦。云何當使為新受大戒幼小比丘僧作禮。」〔云何＝狀語〕（《中》，《大正藏》4-159a）

44. 其中眾生各得相見，共相謂言：「此中云何忽生眾生。」〔云何＝狀語〕（《過》，《大正藏》3-623b）

45. 第二夫人來受募言：「我能卻之。」問言：「云何得攘卻之。」〔云何＝狀語〕（《雜》，《大正藏》4-452a）

「云何」在《六 A》中一共出現 9 次，其用法只限於作謂語，表示問性狀。可是在《過》、《雜》中作狀語的用法比作謂語的用法多，《中》中作狀語的用法和作謂語的用法一樣多。

46. 禪度無極者云何。端其心，壹其意，合會眾善，內著心中，意諸穢惡，以善消之。〔云何＝謂語〕（《六》，《大正藏》3-39a）

47. 即輂眾寶，於上立剎，稽首白言：「願我得佛教化若今。今所立剎，其福云何。」〔云何＝謂語〕（《六》，《大正藏》3-48a）

48. 翁曰：「唯王者樂耳。」曰：「厥樂云何。」〔云何＝謂語〕（《六》，《大正藏》3-51b）

魏培泉（2004）指出：「云何」作謂語的用法比作狀語的用法出現得早。由此，我們可以判斷《六 A》中的情況比《中》中的情況更古老。筆者推測「云何」作狀語的用法可能是通過以下程序而產生的。即第一階段是：「云何」只作謂語；第二階段是充當

連動結構的第一動詞；第三階段是作狀語。這種變化可視為一種廣義的虛化過程。

筆者認為：「云何」在《六 A》中不作狀語的現象，是在編譯者口語中不存在此用法的結果。其理由是難以找到康僧會有意迴避「云何」作狀語的用法的動機。至於在《六 A》中作謂語的「云何」的語體價值，從語境來看似乎是書面色彩較強（書面語成分），不過因為難以找到其他確鑿的證據，所以本文暫不予判斷。

五、結論

對康僧會編譯《六度集經》（《六 A》）時，疑問代詞的使用方法可以歸納如下：

（一）在編譯者所使用的口語中，對在先人的文獻（不僅包括上古文獻，也包括中古時期其他佛教文獻）中已出現過的疑問代詞，不管其用法是否和先人文獻的用法一致，都沒有予以迴避。如，「何」、「孰（……）者」等。而且有時會使用帶有書面語色彩的疑問代詞（書面語成分）。如，「焉」、「孰」。

（二）在編譯者所使用的口語中，對在先人的文獻中未出現過的疑問代詞，他都予以迴避。

（三）即使在中古時期的其他佛教文獻中常見的疑問代詞，若在編譯者所使用的口語中不存在，他也不予使用。如：「何等」、作狀語的「云何」等。

由此可見，康僧會編譯《六 A》時，<u>原則上從自己所使用的</u>

口語（即「口語成分」，還包括只在比較正式的談話中使用的「書面語成分」）中選擇了在先人文獻中已經出現過的疑問代詞，而對先人使用過且脫離他的口語的疑問代詞（純粹書面語成分），則未使用。[21] 需要指出的是：他似乎不關心該疑問代詞在他本人口語中的用法和在先人文獻中的用法是否一致，所以我們在《六度集經》中可以發現一些疑問代詞在用法上的創新。這種「創新」現象可視為「口語成分」。

　　根據這種看法便可以解釋為什麼《六 A》既有較強的書面語性，同時又富有口語成分。

　　筆者認為結論（二）需要補充說明一下。（二）意味著康僧會在《六 A》中並未有意識地或者積極地使用「土語成分」。因此，我們很少看到原來沒有文字的詞語（即沒有「本字」的、詞源不明的詞）初次出現在《六 A》中的現象。[22] 這一點，和其他富有「口語成分」的語料有所不同。比如，在《六 A》中難以見到像〈子夜歌〉中出現「底」這種本沒有文字的（詞源不明的）疑問代詞。

---

[21]　但從理論上講，不能排除下述可能性：即在本文所判斷的「口語成分」當中，有些詞只不過是原來沒有文字的「土語成分」以「訓讀」形式出現，應該說這和康僧會的口語沒有直接的關係。但是因為我們對這種理論上可能性無法作實際上的判斷，所以暫時不討論。

[22]　或許有人會認為這點不符合本文指出的語言事實，因為「零疑問代詞」作賓語的「緣」在先人文獻中未出現過。但是筆者在這裡指出的是：在《六 A》中，「零疑問代詞」作賓語的「緣」存在的同時，還存在「何緣」這一形式。筆者推測：在當時人們的觀念中存在「緣」為「何緣」之變體的這種語言意識，所以不應將「緣」當作原來沒有文字的詞語。

六、餘論：《六度集經》在上中古語法史上的地位

關於《六A》的基礎方言，筆者已推測其屬於魏晉時期的建業一帶的江南方言。其根據有兩點：一是筆者認為譯經者傾向於採用自己所能使用的方言中，文化地位相對較高的方言。康僧會當時在江南從事翻譯工作，他能使用的方言中，建業方言的地位可能最高；二是《六A》與其他於江南地區成書的佛教文獻具有語言上的共同點，如零疑問代詞作介詞「緣」的賓語的現象等。

如果此推論成立的話，可以進一步推進我們對上中古語法史的認識。筆者在此提出以下三點：

（一）在魏晉時期的建業方言中，和同時期的洛陽方言（或其他中原地區）相比，上古疑問代詞系統的破壞過程進行得比較緩慢。例如在口語中，禪母系「孰」尚存在（但在後面要帶「者」）；「何」作狀語表示詢問的用法也存在；「何等」、「云何」等雙音節疑問代詞不那麼發達。

（二）有些疑問代詞在魏晉建業方言中表現出一種獨特的發展現象，如零疑問代詞很發達，出現頻率很高，而且能作介詞「緣」的賓語。

（三）不過，上述（一）、（二）現象在南北朝以後成書的語料中難以看到。

整體上看，至少就疑問代詞系統而言，三世紀的建業方言保留著比同時期的洛陽方言等中原方言更古老的狀態。但五世紀以後建業（建康）方言和中原方言的差別變得不那麼明顯了。這或許是受中原方言影響（也許和永嘉之亂等社會現象有關係）

的結果。[23]

附表 A

	《經律異相》所引用《六度集經》	現存《六度集經》
1	「羼提和山居遇於國王之所割截*四」 出《度無極集》第五卷 （53-40b-c）	第五卷（四四）〈忍辱度無極章第三〉 （3-25a-c）
2	「常悲東行求法遇佛示*道*六」 出《度無極集》第七*卷 （53-41a-b）	第七卷（八一） （3-43a-c）
3	「題耆羅那賴提*者二人共爭令五日闇冥*十」 出《度無極集》第七卷 （53-42b-c）	第七卷（八二） （3-43c-44b）
4	「幼年為鬼欲所迷*二十」 出《度無極集》第八卷 （53-45b-c）	第八卷（八五） 《菩薩以明離鬼妻經》 （3-47b-c）
5	「普施求珠降伏海神以濟窮乏*六」 出《度無極集》第一卷又出《賢愚經》 （53-47b-48a）	第一卷（九） （3-4a-5a）

---

[23] 這種疑問代詞系統在建業方言中的歷史演變情形和第一、第二人稱代詞系統的歷史演變情形很相似（松江 2005 等）。即：就第一人稱代詞系統而言，在《六 A》中「吾」和「我」這兩個詞由語法層面的某種條件來選擇，從這一點上看，這種情況可視為上古中期的延續。但在《中》中，「吾」和「我」由語體價值方面的條件來選擇（「吾」可能已經成為「書面語成分」）。就第二人稱代詞系統而言，在《六 A》中，「爾」和「汝」同樣由某種語法層面的條件來選擇，從這一點上看，這種情況也可視為上古中期的延續。但在《中》中，「爾」已經消失不再出現。這些在《六 A》中所能見到的保留著上古中期延續的現象，在《過》中沒出現，《過》中的情況更接近於在《中》。

但需要補充說明的是：我們不能排除這些現象和口語根本無關的可能性。如漢譯佛典的文體從三世紀以後（特別是鳩摩羅什以後）規範化的程度有所提高，所以上述現象或許只不過是這種漢譯佛典文體規範化的結果。

6	「坐海以救估客*十一」 《殺身濟*賈人經》又出《度無極集》 （53-48c-49a）	第六卷（六七） 《殺人濟賈人經》 （3-36a-b）
7	「釋迦為薩婆達王身割肉貿鷹*三」 出《度無極集》第一卷 （53-50c-51a）	第三卷（二） （3-1b-1c）
8	「為國王身捨國城妻子*十一」 出《度無極集》第一卷 （53-54a-b）	第一卷（六） （3-2c-3b）
9	「昔為龍身勸伴行忍*七」 出《度無極集》第五卷 （53-58b-c）	第五卷（四八） （3-27c）
10	「為*大魚身以濟飢渴*十五」 出《度無極集》第一卷 （53-60c-61a）	第一卷（三） （3-1c-2b）
11	「獨母見沙門神足願後生百兒*二」 出《度無極集》第二*卷 （53-235a-b）	第三卷（二三） （3-14a-c）
12	「女人壞潘口常誦經生兒多智為眾人所宗*十二」 出《度無極集》第六*卷 （53-237b-c）	第六卷（六六） 《小兒聞法即解經》 （3-35b-36a）
13	「恕黑王因母疾悟道大行惠施*一」 出《度*無極集經》第三卷 （53-140c-141a）	第三卷（一五） 《布施度無極*經》 （3-11b-c）
14	「為伯叔身*意不同故行立殊別*二」 出《孔雀王經》又出《無極集經》第五卷 （53-56c）	第五卷（五二） 《之裸國經》 （3-29c-30a）
15	「*為大理家身濟鼈及蛇狐*四」 出《布施度無極經》 （53-57b-58a）	第三卷（二五） （3-15a-16a）
16	「現為國王身化濟危厄十二」 （出處未註明） （53-54c-55b）	第四卷（四一） 《普明王經》 （3-22b-24a）

| 17 | 「須大*挐好施為與人白象詰擯山中七」
出《須大挐經》
（53-164c-166c） | 卷二（一四）
《須大挐經》
（3-7c-11a） |
| 18 | 「薩惒檀王以身施婆羅門作奴*九」
出《薩惒檀王經》
（53-139b-c） | 卷二（一三）
《薩和檀王經》
（3-7a-c） |

附表 B：《六度集經》（《六 A》）中的疑問代詞一覽

上古來源	疑問代詞	總數	主語	動詞賓語	介詞賓語	狀語	定語	謂語	其他	保留
影母系	安	3	0	3	0	0	0	0	0	0
影母系	焉	12	0	1	0	11	0	0	0	0
匣母系	胡	5	0	2	1	2	0	0	0	0
匣母系	奚	2	0	1		1	0	0	0	0
匣母系	何	178	0	45	16	24	73	1	/如（×）何/16 動詞2	1
匣母系	何故	1	0	0	0	1	0	0	0	0
匣母系	何所	2	0	1	1	0	0	0	0	0
匣母系?	所	8	0	4	2	0	0	0	0	0
匣母系	何物	1	0	0	1	0	0	0	0	0
匣母系	何以	5	0	0	0	5	0	0	0	0

匣母系	云何	9	0	0	0	0	0	9	0	0
匣母系?	〈零〉為(V)	9	0	9	0	0	0	0	0	0
匣母系?	〈零〉從(P)	1	0	0	1	0	0	0	0	0
匣母系?	〈零〉為(P)	2	0	0	2	0	0	0	0	0
匣母系?	〈零〉緣(P)	8	0	0	8	0	0	0	0	0
禪母系	孰	20	19	0	0	0	0	0	孰如 1	1
禪母系	誰	16	10	4	2	0	0	0	0	0
—	如	5	0	5	0	0	0	0	0	0

＊表中的數字表示出現頻率。

＊關於表中羅列的語法成分的含義：「主語」包括狹義的主語和所謂主題（Topic），「動詞賓語」、「介詞賓語」包括前置賓語和後置賓語。

＊若有的詞既表示詢問或反詰又具有代替功能的話，即使其只能作狀語，也將其視為疑問代詞，而不是其為疑問副詞。如，「何故」。

＊「／如（×）何／」包括「如（×）何」、「奈（×）何」等形式。

＊本文不把「何緣」、「何從」視為一個詞，而是將其中「何」視為介詞（「緣」、「從」）的賓語。

＊本文把「何以」視為一個詞，而將「以何」中的「何」視為「以」的賓語。

＊《六 B》、《六 C》不作語料，只有《六 A》作語料。

附表 C：《中本起經》中的疑問代詞一覽

上古來源	疑問代詞	總數	主語	動詞賓語	介詞賓語	狀語	定語	謂語	其他 (特殊結構)	保留
匣母系	奚	3	0	1	0	2	0	0	0	0
匣母系	何	84	0	28	11	16	21	5	/如（×）何/3	0
匣母系	何等	9	4	3	0	0	1	1	0	0
匣母系	何所	4	0	1	2	0	1	0	0	0
匣母系	何故	6	0	0	0	6	0	0	0	0
匣母系	何許	1	0	1	0	0	0	0	0	0
匣母系?	所	3	0	3	0	0	0	0	0	0
匣母系	何物	5	0	4	1	0	0	0	0	0
匣母系	云何	6	0	0	0	3	0	3	0	0
匣母系?	(零)為(V)	2	0	2	0	0	0	0	0	0
禪母系	誰	7	5	1	1	0	0	0	0	0
一	那	3	0	2	0	1	0	0	0	0
一	若	1	0	1	0	0	0	0	0	0
一	如	1	0	1	0	0	0	0	0	0

＊表中符號的意義，參見「附表 B」註釋。

附表 D：《過去現在因果經》中的疑問代詞一覽

上古來源	疑問代詞	總數	主語	動詞賓語	介詞賓語	狀語	定語	謂語	其他 (特殊結構)	保留
影母系	安	1	0	0	0	1	0	0	0	0
影母系	焉	1	0	0	0	1	0	0	0	0
匣母系	何	65	0	6	18	3	30	7	/如（×）何/1	0
匣母系	何處	4	1	1	2	0	0	0	0	0
匣母系	何等	15	0	7	0	0	8	0	0	0
匣母系	何所	6	0	5	1	0	0	0	0	0
匣母系	何故	12	0	0	0	12	0	0	0	0
匣母系	何許	3	0	3	0	0	0	0	0	0
匣母系	何以故	3	0	0	0	0	0	3	0	0
匣母系	何者	1	1	0	0	0	0	0	0	0
匣母系	云何	62	0	0	0	57	0	5	0	0
襌母系	誰	6	5	1	0	0	0	0	0	0

＊表中符號的意義，參見「附表 B」註釋。

引用書目

（一）傳統文獻

CBETA 線上藏經閣，中華電子佛典協會。

高楠順次郎 1924-1934《大正新脩大藏經》，東京：大藏出版社。

陳壽 1959《三國志》，臺北：中華書局。

（二）近人論著

太田辰夫 1988《中國語史通考》，東京：白帝社。

方一新 1996〈東漢語料與詞彙史研究芻議〉，《中國語文》第 2 期。

戶烈紅 2005〈佛教文獻中「何」系疑問代詞的興替演變〉，《語言學論叢》第 31 輯。

方一新、王云路 1993《中古漢語讀本》，長春：吉林教育出版社。

方立天 1988《中國佛教與傳統文化》，上海：上海人民出版社。

丘山新 1983〈漢譯佛典の文體論と翻譯論〉，《東洋學術研究》第 22 卷第 2 號。

伊藤千賀子 2006〈《六度集經》第 81 話「常悲菩薩本生」と《般若經》の異相──三十二相八十種好を手がかりとして〉、《印度佛教學研究》第 54 卷第 2 號。

任繼愈主編 1981《中國佛教史》第一卷，北京：中國社會科學出版社／丘山新、小川隆、河野訓、中條道昭譯：《定本中國佛教史Ⅰ》，東京：柏書房株式會社，1992 年。

宇井伯壽 1971《譯經史研究》，東京：岩波書店。

朱慶之 1992《佛典與中古漢語詞彙研究》，臺北：文津出版社。

李維琦 1993《佛教釋詞》，長沙：岳麓書社。

辛島靜志 1996〈漢譯佛典の漢語と音寫語の問題〉,《東アジア社會と
　　　佛教文化》,東京:春秋社。

周法高 1959《中國古代語法·稱代篇》,北京:中華書局,1990 年。

松江崇 1999〈《六度集經》《佛說義足經》における人稱代詞の複數形
　　　式──上中古間語法史の一側面〉,《中國語學》第 246 號。

松江崇 2005〈上古漢語における人稱代詞の「格屈折」をめぐって〉,
　　　《饕餮》第 13 號。

松江崇 2006a〈古漢語における匣母系疑問代詞目的語の語順變化〉,
　　　《東ユーラシア言語研究》第 1 集,東京:好文出版。

松江崇 2006b〈上古中期禪母系疑問代詞系統中句法分佈的互補現
　　　象〉,《漢語史學報》第 6 輯。

俞理明 1993《佛教文戲語言》,成都:巴蜀書社。

曹小云 2001〈《六度集經》語詞札記〉,《語言研究》2001 年第 4 期。

梁曉紅 1990〈《六度集經》語詞札記〉,《古漢語研究》第 3 期。

郭錫良 1992〈漢語歷代書面語和口語的關係〉,《程千帆先生八十壽辰
　　　紀念文集》,江蘇:古籍出版社。

郭錫良 2005《漢語史論集(增補本)》,北京:商務印書館。

遇笑容、曹廣順 1998〈也從語言上看《六度集經》與《舊雜譬喻經》
　　　的譯者問題〉,《古漢語研究》1998 年第 2 期。

魏培泉 2004〈漢魏南北朝稱代詞研究〉,《語言暨語言學》專刊甲種之
　　　六,臺北:中央研究院語言學研究所。

關　鍵 1987〈《世說新語》的疑問句〉,《鞍山師專學報》1987 年第 3
　　　期。

論簡帛典籍中的異文問題

徐富昌[*]

一、前言

「異文」是指一書的不同版本，或不同書籍記載同一事物的字句互異。典籍在流傳的過程中，會因種種情況使文字內容產生變化，造成各種不同形式的文本的異文。依傳統校勘理論，在廣羅眾本、確定底本之後，則可用對照法校出眾本間的異文。[1]而以出土和傳世典籍相互對勘比較，在字、詞、句方面往往會有一些差異，造成典籍異文。一般而言，出土典籍可以補充和修正許多關於思想及文獻的假說或論斷，同時可以幫助我們認識傳世本在古代的面貌，解決許多懸而未決的學術問題。[2]因此，如何掌握典籍文本原貌，正確釋讀文本原義，是吾人閱讀典籍、詮釋典籍時所必須審視的課題。

異文的範圍，含字、詞、句方面的歧異現象，從出土典籍與傳世典籍的歧異而言，其表現形式複雜而多樣：就「字」而言，有通假字、古今字、異體字、訛文、脫文、衍文、倒文等情形；[3]就「詞」而言，有一詞異字者，有異詞同義者，有異詞異義者，

[*] 現任國立臺灣大學中國文學系教授。

[1] 陳垣：《元典章校補釋例》，收入《勵耘書屋叢刻》（北京：北京師範大學出版社，1982年），中冊，頁85。

[2] 徐富昌：《簡帛典籍異文側探》（臺北：國家出版社，2006年），頁8。

[3] 張慎儀於〈詩經異文補釋序〉亦云：「尚有俗字、訛字、奪文、衍文、斷句、

有換用虛詞者；就「句」而言，有詞序不同者，有增減詞語者，有變換句式者。[4]異文既是文字學的術語，亦是版本學、校勘學的術語。[5]就文字學而言，它與「正字」相對，是古今字、通假字、異體字和訛誤字的統稱；[6]就版本學、校勘學而言，它既指同一典籍不同版本之間，甲書某章節、某句與他處所引該章節、該句，在本應相同的字句上所出現的差異現象；同時亦指差異的各方。嚴格地說，「異文」應是指偏離著作原貌的一方，而保留著作原貌的一方應稱作「正文」。但在文獻考察的實際運用中，並無所謂的「正文」之稱，因為相異的各方都被指為「異文」。甲是乙的異文，同時，乙也是甲的異文。[7]

　　典籍在流傳的過程中會產生異文，故「讀經必先考異，經字異同之辨明，而後解說之是非定」，[8]換言之，異文是閱讀古籍的基礎之一。

錯簡，皆與本經不無關係。」載《詩經異文補釋》（《箋園叢書》本，1916年），頁2。

[4] 吳辛丑：〈簡帛異文的類型及其價值〉，《華南師範大學學報》2000年第4期，頁37。

[5] 異文的表現形式，複雜多樣，除文字、版本、校勘外，在音韻、訓詁、詞匯、語法等方面亦具有重要的學術價值。

[6] 黃沛榮另指出與經典詮釋有密切關係的「異義字」，並云：「此類字的特點，是它可能代表著一種『異義』。」參〈古籍異文析論〉，《漢學研究》第9卷第2期（1991年12月），頁406-408。

[7] 以《老子》而言，較常見的通行本，如王弼、河上公、傅奕、范應元、景龍碑等諸本之間，都是異文。又諸本與出土本之帛書甲、乙本及郭店本之間，彼此亦皆是異文。郭店本是目前所見最早的《老子》文本，它可能是祖本，也可能是最接近祖本的文本。就算是祖本，其與諸本之間，仍互稱異文。

[8] 張慎儀：《詩經異文補釋》，頁1。

可知因異體用字不同，往往導致異文之產生。由於有些字在書手抄寫的過程中，或參照時代用字，或以己意書之，或因疏忽，無心之失，導致文本產生各種「形異字同」的異文。以《老子》一書為例，郭店本、帛書甲、乙本及傳世諸本之間，因大量使用異體，形成了許多「形異字同」的異體異文。如今本「絕」字，郭店本或作「丝」、或作「𢇛」、或作「𢇛」，彼此成為異體異文。他如〔遷／復〕、〔逡／後〕、〔遲／遲〕、〔迬／往〕、〔豪／家〕、〔箈／笱〕、〔窑／窑〕、〔海／海〕、〔旻／得〕、〔行／道〕、〔孝／教〕、〔徃／過〕、〔迆／過〕、〔敚／美〕、〔敚／美〕、〔敵／美〕、〔𡵒／美〕、〔肰／然〕、〔陞／地〕、〔雺／露〕、〔迌／起〕、〔郰／國〕、〔𦖩／聞〕、〔悳／德〕等字之間，皆因異體關係而為「異體」異文，可見異體用字亦為異文產生的原因之一。

（三）因古今字關係而形成異文

古今字是古今用字不同的現象。而所謂「古」、「今」之別，乃是相對而非絕對的。《說文》「誼」字下段《注》云：

> 凡讀經傳者，不可不知古今字。古今無定時，周為古則漢為今，漢為古則晉、宋為今，隨時異用者，謂之古今字。
> 非如今人所言古文、籀文為古字，小篆、隸書為今字也。[20]

可見古今用字不同，自會造成典籍用字上的差異。

「冬」、「終」是常見的一對古今字。在簡帛典籍中，出現率頗高，如《上博周易》：

---

20 段玉裁：《說文解字注》，頁 94。

孤于壄。少又言，冬吉。（「孤」卦）

其中，「冬」字，《帛書周易》作「同」，今本《周易》則作「終」。因古今用字不同而形成異文，故〔冬／終〕為古今字異文。又如：《上博周易》：「冬凶」（「訟」卦），《帛書周易》作：「冬兇」，今本《周易》作：「終凶」。又如《郭店老子》甲組第11簡「冬」字，他本皆作「終」字，〔冬／終〕為古今字異文。

「知」、「智」是一對常見的古今字，在簡帛典籍和傳世典籍之間，經常構成異文。如《定州論語》：

□□：「溫故而智新，可以為師矣。」（簡16）

子張問：「十世可智與？」（簡33）

吾黨之小子狂間，斐然成章，不智□□□□。（簡101）

其中，「智」字，今本《論語》皆作「知」。〔智／知〕為古今字異文。又如《郭店·緇衣》：

子曰：「為上可賹而智也，為下可穎而舒也。」

其中，「智」字，今本《禮記·緇衣》作「知」。又如《郭店老子》：

化莫大於不智足（甲組第6簡）

《帛甲本》、王弼本皆作「知」，〔智／知〕構成異文。

（四）因形近訛誤而生異文

古書在長期傳抄刻印中，因形近而訛，造成魯魚帝虎之誤是常有發生的。這種情形大抵是出於書手一時疏忽而將甲字寫成與之相近的乙字，有時則是甲部件訛為乙部件，這種現象往往來自

偶然和無心。因形體相近而造成的典籍（版本）異文數量較多，情況也相當複雜。如今本《周易》：

九二：惕號，莫夜有戎，勿恤。（「夬」卦）

其中，「惕」字，《帛書周易》作「傷」，形近訛誤，〔惕／傷〕為訛誤所構成之異文。又如《帛書周易》：

○馬勿遂，自復。（「乖」卦）

其中，「遂」字，今本《周易》作「逐」，二字形近訛誤，〔逐／遂〕為訛誤所構成之異文。又如《上博周易》：

九二：才帀审吉，亡咎，王晶賜命。（「帀」卦）

其中，「賜」字，今本《周易》作「錫」，「賜命」即「錫命」，〔錫／賜〕為異體異文。又《帛書周易》作「湯命」，「湯命」意無所解，蓋「湯」字形近於「錫」、「賜」，蓋為形近致誤之字。又如今本《周易》：

无妄之災，或繫之牛。（「无妄」卦）

其中，「繫」字，帛書《周易》作「擊」，二者形近訛誤。此外，郭店楚簡中有些字的部件互訛，如「卲」字，作「𠀌」、「𠀌」，其中部件「刀」，訛作「人」。有些由上舉諸例，可知形近訛誤亦為異文產生之原因。

（五）因避諱換字而生異文例

古時避諱嚴格，凡書寫時遇當代帝王或所尊者之名，必須迴避。避諱盛行，亦是典籍異文產生的一個重要原因。避諱改字最常見的方式，就是以同義詞替代原有之字。如《論語・八佾》：

「邦君為兩君之好。」《校勘記》卷三指出：「《漢石經》避高帝諱；『邦』作『國』。」[21]也有把某字偏旁改寫從他旁的，這時往往是因為被改換的偏旁與避諱字相同。如《詩‧衛風‧氓》序：「氓，刺時也。」「氓」，唐石經作「甿」。《校勘記》卷三云：「唐石經作『甿』者，避（『氓』的偏旁）『民』，字諱而改之耳。猶避（『泄』的偏旁）『世』字諱改『泄』作『洩』也。」[22]

　　「邦」字是最典型的避諱例。簡帛典籍中，凡屬先秦者，多不避劉邦諱；漢初以降，多改「邦」為「國」。如：《帛甲本老子》「邦」字，皆不避漢高祖劉邦諱。如：

　　　　「邦家昏亂」（第十八章）

　　　　「邦利器不可以示人」（第三十六章）

　　　　「以邦觀邦」（第五十四章）

　　　　「以正治邦」（第五十七章）

　　　　「邦家滋昏」（第五十七章）

上舉諸例，《帛乙本老子》則俱因避諱，改「邦」為「國」字。按「國」字，《說文》曰：「邦也。从口，从或。」[23]「邦」字，《說文》曰：「國也。从邑，丰聲。𨚖，古文。」[24]二者為同義

---

[21]　《論語注疏》（臺北：藝文印書館影印嘉慶二十年《十三經注疏》本，1979年），頁35。

[22]　《詩經注疏》，（臺北：藝文印書館影印嘉慶二十年《十三經注疏》本，1979年），頁142。

[23]　段玉裁：《說文解字注》，頁280。

[24]　同前注，頁285。

詞，故〔國／邦〕亦為同義變換異文。又如：《上博・紂衣》第一章：

《呰》員：「爰型文王，蠆邦复反一。」

其中，「邦」字，《郭店・緇衣》作同，《禮記・緇衣》則作「國」，〔邦／國〕形成異文。按《上博・紂衣》與《郭店・緇衣》乃先秦楚系典籍，不因避諱而改，逕用「邦」字；今本則歷漢以後，避諱易字，改「邦」為「國」。又今本《論語》「邦」字，《定州論語》多作「國」字。如：

子曰：「言忠信，行篤敬，雖縊貊之國，行矣。」（簡418）

其中，「縊貊之國」，今本《論語》作「蠻貊之邦」：〔國／邦〕為同義變換異文。〔國／邦〕同義變換，《定州論語》其例甚多。[25]《定州論語》出自西漢王室成員墓中，應屬於當時比較通行的官方抄本，[26]故簡本凡「邦」字皆因避諱易為「國」字。可見因避諱改字，亦會構成異文。

（六）因脫文或衍文而生異文例

古籍在流傳的過程中，往往因脫文、衍文或倒文而產生異文。如：《上博・紂衣》第四章：

臣事君，言冗所不能，不詈冗所能，則君不裟囗。

25 參見徐富昌：〈定州《論語》與今本《論語》異文側探〉，頁 323-326。

26 河北省物研究所定州漢墓竹簡整理小組：《定州漢墓竹簡論語》（北京：文物出版社，1997年）〈前言〉，頁 1-2；趙晶：〈淺析定州漢簡本《論語》的文獻價值〉，《浙江社會科學》2005年第 3 期，頁 150-152。又參見徐富昌：〈定州《論語》與今本《論語》異文側探〉，頁 241-242。

《郭店‧緇衣》第四章作：

> 臣事君，言亓所不能，不訂亓所能，則君不惁◻。

二者基本相應，只有用字的不同，並無字詞的增減。而今本《禮記‧緇衣》作：

> 臣儀行，不重辭，不援其所不及，不煩其所不知，則君不勞矣。

不但詞義有所變化，而涉衍多字，致生異文。又如：《上博‧紵衣》第五章：

> 《峕》員：「隹秉或◻，◻◻◻正，夋袋百眚。」

《郭店‧緇衣》第五章作：

> 《寺》員：「隹秉寁成，不自為貞，卒惁百姓。」

所引詩之對應字句相同。今本《禮記‧緇衣》則引作：

> 《詩》云：「昔吾有先正，其言明且清，國家以寧，都邑以成，庶民以生。誰能秉國成，不自為正，卒勞百姓。」

今本《禮記‧緇衣》所引詩，比《上博‧紵衣》與《郭店‧緇衣》衍引「昔吾有先正，其言明且清，國家以寧，都邑以成，庶民以生」五句。就校勘而言，先秦兩個獨立的文本其所對應字句，除了個別用字變化外，並無差別。對該獨立本而言，可以互證彼此文本的可靠。而傳世本相對於古本，後添了許多母本所無的字句。由於所添者多達五句，屬於抄錄、刊刻過程中因疏忽而誤添的可能性較低，這顯然是有意的添加。總之，由於增添誤衍，導致文本的差異，自然會產生異文。

此外，倒文也會形成異文。倒文是指的是古籍在抄錄、刊刻

過程中，因為疏忽誤將文字前後顛倒，或者誤倒了的文字。在古籍異文中，由於一方存在倒文（或者雙方互有倒文）而形成者，也不少見。[27]如《定州論語》：

> 仁者，唯告之曰：「井有仁者焉」，其從也之？（簡 131-132）

其中「其從也之」句，今本《論語》作「其從之也」此句，大部份的傳本皆作「其從之也」，僅《七經考文》所載古本、皇本武內本「也」字作「與」，[28]加強其詢問語氣，而句式與今本一樣。從這個角度看，《定州論語》很可能在抄錄時，誤將文字前後顛倒。又如《定州論語》：

> ☐而不作，信而好古，竊比我於老彭。（簡 138）

其中「竊比我於老彭」句，今本《論語》作「竊比於我老彭」。〔我於／於我〕互為異文。按趙晶云：

> 此句「老彭」向有時人、古人之說。持古人說者，或根據《大戴禮記‧虞戴德》謂老彭為商時賢大夫，或以為是老子、彭祖兩人。但也有人如楊伯峻認為，老彭是與孔子同代人，且關係密切，所以孔子會說「我老彭」，即「我那老彭」……云云。今簡本最後一句卻作「竊比我於老彭」，則楊說就難以成立。[29]

則此處異文，頗為關鍵，過去依今本立說之是否可靠，無從判斷。得此簡本與今本異文對照，則可信與否，則得以證實。

---

[27] 王彥坤：《古籍異文研究》（臺北：萬卷樓圖書有限公司，1996 年），頁 38。

[28] 陳舜政：《論語異文集釋》（臺北：嘉新水泥公司文化基金會，1968 年），頁 96。

[29] 趙晶：〈淺析定州漢簡本《論語》文獻價值〉，頁 176。

　　此外，亦有句子前後倒置者，如《定州論語》：

　　　眾好之，必察焉，眾惡之，必察焉。（簡 442）

今本《論語》作：

　　　眾惡之，必察焉；眾好之，必察焉。（〈衛靈公〉）

其中，「眾好之」、「眾惡之」前後倒置。又如《上博・紂衣》「則民咸秀，而型刓。」《郭店・緇衣》作「則民戚旎，而垈不屯。」今本《禮記・緇衣》則作「刑不試而民咸服。」其中，《上博・紂衣》、《郭店・緇衣》「民咸陷」句在前，「而型不刓」句在後，今本《禮記・緇衣》正好相反。這種因抄錄或刊刻，而將前後字句倒置而生異文的情形，在簡帛文獻中是不乏其例的。

　　也有些涉及句法變換而構成異文的，如《郭店老子》甲組第17 簡：「成□而弗居□。」《帛甲本》作「成功而弗居也。」《帛乙本》作「成功而弗居也。」王弼本作「功成而弗居□。」其中，「成功」一詞，王弼本作「功成」，句法變異，〔功成／成功〕構成異文。又如《郭店老子》丙組第 2 簡：「成事述㢤」《帛甲本》作「成功遂事」，《帛乙本》作「成功遂事」，王弼本作「功成事遂」。其中，〔事遂／遂事〕亦因句異構成異文。又此句郭店《老子》作「成事述㢤」，其中，「述」為「遂」之通假字，「㢤」為「功」之通假字。轉換之，則為「成事遂功」，其主謂式與述賓式變換更大。王弼本與帛書本之基本變異在於〔功成／成功〕與〔事遂／遂事〕之主謂式與述賓式變換；而對應郭店本，則為主謂式與述賓式二重變換，構成〔成事述（遂）㢤（功）／成功遂事／功成事遂〕異文。

　　綜上所述，可知因脫文、衍文、倒文或句法變異而構成異文者，在簡帛典籍和傳世典籍中其例頗多。此外，他如各種虛字變化、詞彙變化及句法變化，皆會構成各種不同形式的異文。

三、簡帛典籍與傳世典籍異文存在之模式

　　異文的存在的情況，以傳世古籍而言，大致有下列三種：一是同一本書的不同傳本、版本；二是記載同一事物的各種資料；三是具有引用與被引用關係的文獻之間。其中，第三種又有三種情況：其一是「一般引語與被引語」；其二是「注文與本文」；其三是「類書、書鈔與原書」。[30]而簡帛典籍大量出土後，其與傳世典籍之間所構成的異文現象，類似上述模式者，自亦存在，但有些模式則更複雜。簡帛典籍與傳世典籍之間，固然存在著異文；簡帛典籍與簡帛典籍之間，同樣亦存在著異文。此外，簡帛典籍與簡帛典籍或傳世典籍之間，亦存在著「引用」與「被引用」關係的「引用異文」。這些都是複雜的異文現象，以下針對簡帛典籍與簡帛典籍或傳世典籍之間所存在的異文模式，分別論述之。

（一）出土與傳世典籍之異文關係

　　簡帛典籍與傳世典籍之間在流傳的過程中，必然存在著許多異文。透過對照考察，可以觀察出異文的各種表現形式。如《定州論語》：

---

[30]　王彥坤：《古籍異文研究》（廣州：廣東高等教育出版社，1993 年），頁 3-9。

　　子曰：「為正以德，辟如北辰。」（簡 2）

其中，「正」字，今本《論語》作「政」，〔正／政〕互為通假
異文；[31]「辟」字，今本《論語》作「譬」，〔辟／譬〕互為通
假異文。[32]〔正／政〕通假異文之例，又如《定州論語》「子何
不為正」、「施於有正」、「是亦為正」、「奚其為為正也」（簡
29-30）、「不謀其正」（簡 205），今本《論語》皆作「政」，
透過對勘，〔正／政〕異文十分明顯。又如〔辟／譬〕通假異文
之例，《定州論語》「能近取辟」，今本《論語》皆作「譬」。
透過對照，〔辟／譬〕異文十分明顯。又如「譬如北辰」之「如」
字，《定州論語》及今本《論語》皆作「如」字，《敦煌集解本》
則作「而」，前二者與後者互為異文。又如《定州論語》：

　　子曰：「我三人行，必得我師焉。」（簡 163）

今本《論語・述而》作「○三人行，必有我師焉。」陳舜政《論
語異文集釋》中指出：《唐石經》、《蜀石經》、《敦煌集解本》、
《七經考文所載古本》、《足利本》，《皇本》、《纂喜本》、
《津藩本》、《正和本》、《正平本》、《天文本》皆作「我三

---

31 按「正」，《說文》曰：「是也。从止，一以止。凡正之屬皆从正。」（《段
　注本》，頁 70）之盛切，上古音屬「章」紐「耕」部。按「政」，《說文》
　曰：「正也。从攴，从正，正亦聲。」（《段注本》，頁 124）之盛切，上
　古音屬「章」紐「耕」部。二者雙聲疊韻，可通假。「正」、「政」本義不
　同而互為異文，故〔正／政〕為通假異文。
32 按「辟」，《說文》曰：「法也。从卩，从辛，節制其辠也；从口，用法者
　也。凡辟之屬皆从辟。」（《說文解字注》，頁 437）必益切，上古音屬「幫」
　紐「佳」部。按「譬」，《說文》曰：「諭也。从言，辟聲。」（《說文解
　字注》，頁 91）匹至切，上古音屬「滂」紐「佳」部。二者雙聲疊韻，可通
　假。「辟」、「譬」本義不同而互為異文，故〔辟／譬〕為通假異文。

人行，必得我師焉。」《群書治要》引同，《史記‧孔子世家》述此，「有」也作「得」。[33]依陳氏集校，今本之「有」字與諸本之「得」字為異文關係。「三人行」句，諸本「我」字是否為衍文，對照《定州論語》，可知陳氏判斷頗為精當。若以《定州論語》考校，則「我三人行」句，與諸本同，而與今本異文。「必得我師焉」句，與傳世諸本同，而「得」字與《敦煌鄭玄注本》及今本之作「有」者異文。

此外，《阜陽漢簡詩經》與今本《毛詩》及三家詩亦多異文。如《阜陽漢簡詩經》：

> 匽=于非，吉□□□；□□□□，遠于將之。章望□□，□□□□。（簡 21-22）

今本《毛詩》作：

> 燕燕于飛，頡之頏之；之子于歸，遠于將之。瞻望弗及，佇立以泣。（〈燕燕〉第二章）

其中，《毛詩》「燕燕」句，《阜陽詩經》作「匽=」，〔燕燕／匽=〕為異文，今存《韓詩》作「鸞」，形成〔匽／燕／鸞〕三種異文；《毛詩》「飛」字，《阜陽詩經》作「非」，〔飛／非〕為異文；《毛詩》「頡」字，《阜陽詩經》作「吉」，〔頡／吉〕為異文；《毛詩》「瞻」字，《阜陽詩經》作「章」，〔瞻／章〕為異文。

從上述諸例，可知簡帛典籍與傳世典籍間存在著大量的異文材料。而傳世典籍與傳世典籍間亦存在不少異文。

---

[33] 陳舜政：《論語異文集釋》，頁 115。

（二）出土與出土典籍間之異文關係

典籍的各種傳本[34]或版本之間，經常會因家法不同、古今各地用字不同、傳抄刻寫無意致誤、後人校讀有意訛改等因素導致出現異文。而同一種古籍不同的出土本，彼此之間，文字亦可能有差異，形成異文。如《上海博物館藏戰國楚竹書（三）・周易》[35]（以下簡稱《上易》）與《馬王堆漢墓帛書周易》[36]（以下簡稱《帛易》）、《阜陽漢簡周易》[37]（以下簡稱《阜易》）之間，就有很明顯的差異。舉例言之，今本《周易》「隨」卦：

> 隨：元亨利貞，无咎。◎◎◎。初九：官有渝，貞吉，出門交有功。六二：係小子，失丈夫。六三：係丈夫，失小子。隨有求得，利居貞。◎◎。

《上易》「陵」卦作：

> 陵：元亨利貞，亡咎。◎◎◎。初九：官又愈，貞吉，出門交又工。六二：係小子，失丈夫。六三：係丈夫，失少子。陵求又昜，利尻貞。◎◎。

《帛易》「隋」卦作：

34　就傳本言，如《詩》在漢代有毛亨（《毛詩》）、轅固（《齊詩》）、申培（《魯詩》）、韓嬰（《韓詩》）四家傳本。傳本不同，文字難免會有差異，形成異文。

35　馬承源主編：《上海博物館藏戰國楚竹書（三）》。其中《周易》部份為濮茅左所釋。

36　馬王堆漢墓帛書整理小組：《馬王堆漢墓帛書》（北京：文物出版社，1985年）。

37　《阜陽漢簡周易》釋文依韓自強《阜陽漢簡〈周易〉研究》（上海：上海古籍出版社，2004年）所釋。

　　隋：元亨利貞，无咎。◯◯◯。初九：官或諭，貞吉，出
　　門交有功。六二：係小子，失丈夫。六三：係丈夫，失小
　　子。隋有求得，利居貞。◯◯。

《阜易》「隋」卦作：

　　隋：◯◯◯貞，无咎。卜病者。◯九：官有◯，◯吉，
　　◯◯◯◯◯。六二：係小◯，◯◯◯。◯◯：◯丈夫，卜
　　失小子。隋有求得，利虛貞。卜家。

從整體上看，異文的情形十分複雜，有卦名異文，有通假異文，
有異體異文，有虛字異文，有倒置異文，有衍字或衍句異文；有
今本與出土本之間的異文，亦有出土本與出土本之間的異文，亦
有出土本與今本同，而與出土本相異者。以下循句針對各種不同
的異文對應，具體分析：

　　1.就卦名而言，今本《周易》作「隨」，《上易》則作「陵」，
《帛易》、《阜易》皆作「隋」，形成〔隨／陵／隋〕之「卦名
異文」。

　　2.今本《周易》「无咎」，《上易》作「亡咎」，與今本異
文；《帛易》、《阜易》皆作「无咎」，與今本同。〔无／亡／
无〕為異文關係。又「无咎」之下，《阜易》衍「卜病者」一句
三字，諸本皆無，亦形成衍句異文。

　　3.今本《周易》「官有渝」，《上易》作「官又愈」，《帛
易》作「官或諭」，〔有渝／又愈／或諭〕為異文關係。就出土
文獻而言，《上易》與《帛易》互為異文。

　　4.今本《周易》「出門交有功」，《上易》作「出門交又工」，

《帛易》作「出門交有功」，《阜易》殘缺。其中，〔有功／又工／有功〕為異文。就出土文獻而言，《上易》與《帛易》互為異文。

5.今本《周易》「失小子」句，《上易》作「失少子」，與今本異文；《帛易》、《阜易》皆作「失小子」，與今本同。其中，《上易》與《帛易》、《阜易》為〔少／小／小〕異文關係。

6.今本《周易》「隨有求得」句，《上易》作「陵求又昃」，與今本異文；《帛易》、《阜易》皆作「隨有求得」，與今本同。其中，《上易》與《帛易》、《阜易》為〔陵求又昃／隨有求得／隨有求得〕異文關係。而「求又」與諸本「有求」形成「倒文」異文；「昃」字與諸本「得」字為異體異文。

7.今本《周易》「利居貞」句，《上易》作「利尻貞」，《阜易》作「利盧貞」，〔居／尻／盧〕異文。《帛易》作「利居貞」，與今本同。

8.較特別者，《阜易》則除了部份殘泐外，與眾本相異者，則在「衍文」，如「失小子」句，《阜易》作「卜失小子」，衍一「卜」字，與諸本異文。

9.今本《周易》「利居貞」句，《阜易》作「利盧貞，卜家。」衍「卜家」二字，與諸本異文。

綜上所析，可知各出土簡帛本除與今本間有異文現象外，各出土本之間亦多異文。各出土本之間，彼此在同一文本的對應上，有同對應，亦有異對應。出土眾本之異，對早期文本的發展與流傳，可以提供很好的參照訊息。對同一文本或同一資料的引

用或記載，這在傳世諸本中是常見的，[38]在出土典籍中有時也可以看到類似的情況，由於同一類資料或引文，諸本之間可以互相比勘，這提供了很好的參照功能。

（三）出土與傳世典籍之引用異文

引用異文，即引文，是指原書文句因摘抄引用而保存在他書之中的書面語材料。此一類型的異文與版本異文基本上不太一樣。與版本異文比起來，古書的引文有以下三種情況：有與原書文句完全相同的；有只在詞句上有個別出入，差異不大；還有些引文，特別是中古或上古時期的古書引文，其詞句可能會與原書差別很大，甚至完全對不上。那些完全同於原書文句的引文，固然可以用來證明今本文句的真實不誤；但那些略有差異或差異很大的引文，在文獻語言的考據上才具有大的作用。因為只有這樣的引文，才能提醒人們注意原書文句上的齟齬舛互之處，提供參照比勘的依據，從而獲得古書原本字句的真實面貌。就出土典籍而言，其價值更高。出土典籍所引傳世典籍之內容、文字，每與所引今本各書有異，形成各種異文情況。以下分項說之：

1. 引《詩》異文

簡帛典籍中，同一文本引《詩》，往往出現異文。如《上博·紂衣》：

> 《告》員：「皮求我則，女不我㝡，轂我戠＿，亦不我力。」

---

38 如「古公亶父去邠」事，《孟子·梁惠王下》、《莊子·讓王》、《呂氏春秋·審為》及《淮南子·道應》四書所記內容大體相同，而文字互有差異，形成異文。

《郭店‧緇衣》作：「《寺》員：『皮求我則，女不我导。執我𢼊＝，亦不我力。』」今本《詩‧小雅‧正月》作：「彼求我則，如不我得；執我仇仇，亦不我力。」其中，《上博‧紑衣》與郭店《郭店‧緇衣》所引，與今本《詩‧小雅‧正月》內載文句基本相同，也是在個別字詞上有出入。《上博‧紑衣》與《郭店‧緇衣》之引詩及其與今本《詩‧小雅‧正月》之異文如下：〔皮／皮／彼〕為異文；〔旻／导／得〕為異文；〔𢼊／執／執〕為異文；〔𢿳＿／𢼊＝／仇仇〕為異文。

又如《上海博物館戰國楚竹書（二）》中，〈民之父母〉內容見於今本《禮記‧孔子閒居》及《孔子家語‧論禮》。今本《禮記‧孔子閒居》以「孔子閒居，子夏侍」起篇，簡本則無此句；《孔子家語‧論禮》則包含今本《禮記》中的〈仲尼燕居〉和〈孔子閒居〉的內容，以「孔子閒居，子張、子貢、言遊侍，論及於禮」起篇，並名為〈論禮〉；簡本只有〈孔子閒居〉部分。〈民之父母〉簡 1、簡 8 及簡 9 有引《詩》以證成其說之例。如：

〔子〕夏問於孔子：「《詩》曰：『凱悌君子，民之父母。』敢問何如而可謂民之父母？」（簡 1 上）

「凱悌君子，民之父母。」一句，引自今本《詩‧大雅‧泂酌》「豈弟君子，民之父母。」[39]其中，〔凱悌／豈弟〕為異文。

2. 引《書》異文

簡帛典籍中，同一文本引用《尚書》，往往出現異文。如《上

---

39 今本《詩‧大雅‧泂酌》全詩如下：「泂酌彼行潦，挹彼注茲，可以餴饎。豈弟君子，民之父母。泂酌彼行潦，挹彼注茲，可以濯罍。豈弟君子，民之攸歸。泂酌彼行潦，挹彼注茲，可以濯溉。豈弟君子，民之攸塈。」

博・紂衣》：

〈尹䎜〉員：「隹尹躬及康，咸又一惪。」

《郭店・緇衣》作：「〈尹䎜〉員：『隹尹躬及湯，咸又一惪。』」偽《古文尚書》作：「惟尹躬暨湯，咸有一德。」（〈咸有一德〉）其中，〔隹／惟〕為異文，〔躬／躬〕為異文，〔及／暨〕為異文，〔康／湯〕為異文，〔咸／咸〕為異文，〔惪／德〕為異文。又《禮記・緇衣》引作：「〈尹吉〉曰：『惟尹躬及湯，咸有壹德。』」近於偽《古文尚書》，而與《上博・紂衣》及《郭店・緇衣》大異。除〔隹／惟〕為異文，〔躬／躬〕為異文，〔康／湯〕為異文，〔咸／咸〕為異文，〔惪／德〕為異文外，另多〔一／壹〕為異文。較特別者，引用篇名有異，如《上博・紂衣》及《郭店・緇衣》皆作「尹䎜」，《禮記・緇衣》作「尹吉」，乃「尹告」之誤，[40]與上二簡形成篇名異文。

又如《上博・紂衣》：

〈呂型〉員：「一人又慶，蕙民訦之。」

---

[40] 案「䎜」字，上博原〈考釋〉云：「『䎜』即《史篕》銘文『王詰畢公』之『詰』，簡文與此相同。」郭店注云：「䎜，金文屢見，唐蘭釋作『詰』。《汗簡》引《王子庶碑》『詰』與簡文形同，……今本〈緇衣〉誤為『尹吉』。鄭玄注：『吉當為告，告古文語之誤也。』」（荊門市博物館：《郭店楚墓竹簡》〔北京：文物出版社，1998 年〕，頁 132）又唐蘭將「䎜」釋作「詰」之說如下：「《玉篇》廾部有個䎜字，『公到切，古文告。』日本僧空海所著《萬象名義》是根據原本《玉篇》節錄的，在䎜下注『公到反，語也，謹也。』上一義用的是《廣雅・釋詁》『告，言也。』下一義是用《爾雅・釋言》『詰，謹也。』可見不但是古文告，也還是古文詰。這是因為言本作𠙵和告作𠡦相近，就把言廾的，改為廾告聲的字了。其實字是言廾是由於詰是由上告下，作詰的是奴隸主貴族，用雙手來捧言，以示尊崇之義。」（唐蘭：〈史篕銘文考釋〉，《考古》〔1972 年第 5 期〕，頁 46-48）

《郭店・緇衣》作：「〈邵茎〉員：『一人又慶，璊民購之。』」
今本《禮記・緇衣》作：「〈甫刑〉曰：『一人有慶，兆民賴之。』」
今本《尚書・呂刑》作：「一人有慶，兆民賴之。」其中，〔又
／有〕為異文，〔璊／兆〕為異文，〔訧／購／賴〕為異文。
今本《禮記・緇衣》作：「〈甫刑〉曰：『一人有慶，兆民賴之。』」
所引與今本《尚書・呂刑》同。按：《大戴禮・保傅》、《淮南
子・主術》、《後漢書・安帝紀・延光元年策》等引書作「萬民」。
[41]「萬民」與「兆民」，應是同（近）義換用。[42]又今本《尚書》
「呂刑」，《上博・紒衣》作「呂型」，《郭店・緇衣》作「邵
茎」，〔呂／邵〕為異文，〔刑／茎〕為異文。今本《禮記・緇
衣》作「甫刑」，〔呂／邵／甫〕為異文。按：「呂刑」、「呂
型」、「邵茎」、「甫刑」為篇名異文。

3. 引文只舉書名而不標篇名

　　簡帛典籍中的引用古書，典型的例子是《上博・紒衣》與《郭
店・緇衣》二簡。該二簡在引《詩》時，多處只云「《詩》云」，
並未明指詳標明出處。如：

41　屈萬里：《尚書異文彙錄》（臺北：聯經出版事業公司，1983 年），頁 139。
42　除今本〈緇衣〉、今本《尚書》作「兆」民外，《孝經・天子》亦作「兆」
民。《左傳》：「天子曰兆民，諸侯曰萬民」，〔清〕皮錫瑞《今文尚書考
證》云：「對文則別，散文通也。」「萬」、「兆」異文應是同意字互換。
（參見鄒濬智：《上海博物館藏戰國楚竹書（一）・緇衣研究》〔臺北：國
立臺灣師範大學國文學系碩士論文，2004 年〕，頁 85）又《尚書正義》：
「我天子一人有善事，則億兆之民蒙賴之。」〔清〕孫星衍《尚書今古文注
疏》：「一人，天子也。慶者，《詩傳》云：『善也』。兆者，鄭注〈內則〉
云：『萬億曰兆』。春秋左氏閔元年《傳》云：『天子曰兆民』。」〔清〕
王先謙《尚書孔傳參正》：「天子有善，則兆民賴之。」

《上博‧紂衣》：《告》員：「㠭型文王，蔓邦复艮。」

《郭店‧緇衣》：《寺》員：「悆坴文王，萬邦乍孚。」

上二簡所引，但云「《告》員」、「《寺》員」，未見篇名。所引詩見今《詩‧大雅‧文王》，今本《禮記‧緇衣》作「〈大雅〉曰」。二簡所用書名「告」、「寺」二字與「詩」為異文，乃「詩」之異體。[43]又如：

《上博‧紂衣》：《告》員：「靜龏尔立，玨是正植。」

《郭店‧緇衣》：《寺》員：「情共尔立，好氏貞植。」

上二簡所引，見於今本《詩‧小雅‧小明》。二簡標作「《告》員」、「《寺》員」，與前例同，亦未見篇名。今本《禮記‧緇衣》引《詩》亦只作「《詩》曰」，除「員」、「曰」異文外，詩字異文仍是異體用字異文。

此外，《定州論語》有一條引《詩》的材料：

子貢曰：「《詩》云：『如切如磋，如琢如磨。』□□□□□？」（簡1）

---

43 上博原釋以「告」為「『詩』字異體」（馬承源主編：《上海博物館藏戰國楚竹書（一）》〔上海：上海古籍出版社，2001年〕，頁175）。又虞萬里云：「此字『止』下置『口』。《說文》『詩』之古文右邊不从『寺』而从『止』，蓋以『寺』即从『止』得聲，从止即从寺也。……綜觀言、口二部文字，『言』與『口』每多互替。……上博字體下部無論認其為省象氣之『言』抑或為『口』，均與『詩』之形體無礙，其音義不變。」（虞萬里：〈上博簡、郭店〈緇衣〉與傳本合校補證（上）〉，《史林》2002年第2期，頁3）鄔濬智亦云：「上博此字上部確从『之』不从『止』。《說文》『詩』字不从『寺』而从『之』，實因『寺』从『之』得聲，从『之』得聲即等同於从『寺』得聲。又古文字中多有『口』與『言』互替之異體字存在，是以我們可知告（章紐之部）』即『詩（書紐之部）』之異體。」（《上海博物館藏戰國楚竹書（一）‧緇衣研究》，頁29）

此簡所引，見於今本《詩‧衛風‧淇奧》：「如切如磋，如琢如磨。」所引內容與今本《詩經》一致。又今本《論語‧學而》作：

> 子貢曰：「《詩》云：『如切如磋，如琢如磨。』其斯之謂與？」

引《詩》內容，與《定州論語》及今本《詩經》完全相同。而定州本與今本皆但言「《詩》云」，而不舉篇章之名。

4. 引文只舉篇名而不標書名

引文中只舉篇名不標書名的現象，在先秦兩漢的古書中，尤為多見。蓋古人著書作文，初時多以單篇行世，所以只有篇名，沒有書名。篇名就是書名。其後諸篇盈聚，方才由其門人編次成集命名其書。故古人引書往往只引書篇名。如《上博‧紂衣》：

> 〈大顥〉員：「上帝板〓，☐☐☐☐。」
>
> 〈☐☐〉☐：「☐☐☐☐，隹王之功。」

《郭店‧緇衣》作：

> 〈大夏〉員：「上帝板〓，下民卒担。」
>
> 〈少夏〉員：「非亓巠之，共唯王恭。」

《禮記‧緇衣》作：

> 《詩》云：「上帝板板，下民卒癉。」
>
> 〈小雅〉曰：「匪其止共，惟王之邛。」

其一，《上博‧紂衣》所引「上帝板〓，☐☐☐☐。」《郭店‧緇衣》所引「上帝板〓，下民卒担。」見於《詩‧大雅‧板》，作「上帝板板，下民卒癉」。《上博‧紂衣》但引篇名為〈大顥〉，

《郭店‧緇衣》則曰篇名為〈大夏〉，均不言《詩》。今本《禮記‧緇衣》作《詩》，反用書名。其二，簡文次引「□□□□，隹王之功。」（《上博‧紂衣》）「非亓丞之，共唯王悲。」（《郭店‧緇衣》）見於《詩‧小雅‧巧言》，作「匪其止共，惟王之功」。《上博‧紂衣》殘缺，參照前引「大雅」作〈大顯〉，此處或當作〈小顯〉；《郭店‧緇衣》作〈少夏〉，今本《禮記‧緇衣》則作〈小雅〉。皆只見「篇名」而不引「書名」。

　　又如：《上博‧紂衣》作「〈君𦤧〉員」，《郭店‧緇衣》作「〈君𦤧〉員」；《禮記‧緇衣》作「〈君雅〉曰」。按：〈君𦤧〉即〈君牙〉，借為〈君雅〉，《禮記‧緇衣》引作〈君雅〉。[44]〈君牙〉為《尚書》篇名，惟今本〈君牙〉乃偽古文，原篇已佚。此處但言「篇名」，而不標「書名」。又如：《上博‧紂衣》作「〈君紳〉員」，《郭店‧緇衣》作「〈君迪〉曰」，《禮記‧緇衣》作「〈君陳〉曰」。上博原〈考釋〉云：「《尚書》篇名。紳，從糸、從申。《說文》所無。《禮記‧緇衣》『〈君陳〉曰』，陸德明《釋文》：『陳，本亦作古字。』《說文》：『敶，古文

---

44 上博原釋云：「《曾侯乙墓竹簡》第一六五簡，『牙』字寫作『𦤧』。『牙』通『雅』。《禮記‧緇衣》『君雅曰』，鄭玄注：『雅，書《序》作牙，假借字也。』《呂氏春秋‧本味》『伯牙鼓琴』，高誘注：『牙或作雅』。」（參見馬承源主編：《上海博物館藏戰國楚竹書（一）》〔上海：上海古籍出版社，2001 年〕，頁 180）又何琳儀以為『𦤧』字「承襲兩周金文。或加齒之古文表意。」（參見何琳儀：《戰國古文字典》〔北京：中華書局，1998 年〕，頁 511）鄔濬智云：「『𦤧（牙）』，清‧朱彬《禮記訓纂》：『雅，書《序》作牙，假借字也。〈君雅〉，周穆王司徒作，《尚書》篇名也』、清‧俞樾《禮記鄭讀考》：『按書序〈君牙〉，《釋文》曰：「或作君雅」，是《尚書》亦有作「雅」者。《呂氏春秋‧本味篇》伯牙注亦云：「或作雅」。」」（參見鄔濬智：《上海博物館藏戰國楚竹書（一）‧緇衣研究》，頁 64-65）

陳』，段玉裁《注》：『古文从申不从木。』郭店簡作『連』，今本作『陳』。」[45]

《上博‧紂衣》作〈君緁〉、《郭店‧緇衣》作〈君連〉、即偽《古文尚書》〈君陳〉之篇名。今本《禮記‧緇衣》作〈君陳〉，與偽《古文尚書》同。可知二簡本章引詩，亦只記篇名。

5. 引用同章或舉書名或標篇名

同引古書，或引書名，或引篇名，往往成異文。如：

（1）出土典籍用篇名，傳世典籍用書名

《上博‧紂衣》：

〈大虽〉員：「白珪之砧，尚可磊▢。」

《郭店‧緇衣》作：

〈大虽〉員：「白珪之石，尚可替也。」

《禮記‧緇衣》則作：

《詩》云：「白圭之玷，尚可磨也。」

《上博‧紂衣》、《郭店‧緇衣》引詩皆作「〈大虽〉員」，只引篇名，〈大虽〉即〈大夏〉、[46]〈大雅〉；《禮記‧緇衣》則

---

[45] 馬承源主編：《上海博物館藏戰國楚竹書（一）》，頁 185。

[46] 關於「虽」作「夏」，可參湖北省荊沙鐵路考古隊：《包山楚簡‧包山二號楚墓簡牘釋文與考釋》（北京：文物出版社，1991 年），頁 58；林清源：《楚國文字構形演變研究》（臺中：東海大學中國文學系博士論文，1997 年），頁 159-160；何琳儀：《戰國古文字典》（北京：中華書局，1998 年），頁 467-468；黃錫全：〈楚簡續貂〉，《簡帛研究》3 輯（1998 年 12 月），頁 79-80；池田知久監修：《郭店楚簡之思想史的研究》第 4 卷（東京：東京大學文學部中國思想文化學研究室，2000 年），頁 62-63；鄒濬智：《上海博物館藏戰國楚竹書（一）‧緇衣研究》，頁 55-56 等文。

引作「《詩》云」，反用書名。

（2）簡帛典籍用書名，傳世典籍用名

　　如《上博・紂衣》：

　　　《告》員：「備之亡量。」

《郭店・緇衣》作：「《寺》員：『備之亡懌』。」《禮記・緇衣》作：「〈葛覃〉曰：『服之無射』。」上所引詩見《詩・周南・葛覃》，《上博・紂衣》、《郭店・緇衣》皆引書名；今本《禮記・緇衣》則引篇名作「〈葛覃〉曰」。

6. 只引內容不標來源

　　如《定州論語》：

　　　□□□□□徹。子曰：「『相維辟公，天子穆穆』，奚取
　　　於〔三〕□□□□？」（簡 37）

今本《論語・八佾》作：「三家者以雍徹。子曰：『相維辟公，天子穆穆』，奚取于三家之堂？」其中「相維辟公，天子穆穆」引自《詩・周頌・雝》。文中只引內容不標來源。又如《定州論語》：

　　　□□□：「鄙哉！硜硜乎！莫己知也，□□而已矣。深則
　　　□，□□□。」□□：「□□！□□□。」（簡 405-406）

今本《論語・憲公》作：「既而曰：『鄙哉！硜硜乎！莫己知也，斯己而已矣。深則厲，淺則揭』。子曰：「果哉！末之難矣。」其中「深則□，□□□。」引自《詩・邶風・匏有苦葉》「深則厲，淺則揭」，文中亦未標明來源。

　　引用與被引用關係的文獻之間，就簡帛典籍而言，主要存在

「引語與被引語」。其他諸項並無相關材料可供論述，因此以上僅就「引語與被引語」的各種異文現象，綜論其出現模式。

四、餘論

出土典籍可以補充和修正許多關於古代思想及文獻的假說或論斷，透過出土文獻與傳世典籍互證，更可幫助吾人認識傳世本在古代的面貌，解決許多懸而未決的學術問題。出土文獻與傳世文獻在學術研究上有著雙向互動的關係，[47]而體現和觀察這種互動關係的最佳材料則是二者之間的異文。

當然，出土典籍也可能有其錯亂及無法解釋之處，[48]即使有今本和出土本可供對校比勘，吾人仍只能在兩者之間作比較和選擇，未必真能掌握到從古本到今本之間的演化線索。因此出土典籍對於典籍在流傳過程中的實際演變情況，未必皆能提供更有價值的資料。然而，在帛書《老子》甲、乙本和《郭店老子》等本相繼出土後，為學界提供了傳世典籍與出土典籍，及出土典籍與

---

[47] 曾憲通云：「地下出土的古文字資料，是古代漢語的書面形式，它與傳世文獻有著非常密切的關係。由於傳世文獻歷經傳抄和翻刻，魯魚亥豕之訛自不待言；而古文字材料久藏地下，未經後人竄改，保存著古人手書真跡，具有無可爭議的可靠性。……因此，在整理和研究古文字資料的工作中，必須借助傳世文獻加以印證和補充。」參見〈古文字資料的釋讀與訓詁問題〉，收入《古文字與漢語史論集》（廣州：中山大學出版社，2000 年）。

[48] 顧史考：〈古今文獻與史家之嘉新守舊〉，「中國上古史：歷史編纂學的理論與實踐國際學術研討會」會議論文（上海，2004 年 1 月 8 日），頁 8。又於中央研究院中國文哲研究所「經典與文化的形成」第五次讀書會（2004 年 2 月 28 日）主講討論資料。

出土典籍之間，很好的探索和考察的機會。[49]

　　文本在創作之初，是無所謂異文的。古籍的母本原應只有一種，而不會出現兩種或兩種以上的本子。但在流傳過程中，尤其是手寫的過程，可能致誤因素太多。而先秦、秦漢之際，書籍大都抄寫在竹帛上，又往往以篇為單位成書，聚若干篇而為一部。抄手未必忠於原著，而往往將內容相類的篇章集在一起，或各取所需。從《郭店老子》與帛書《老子》及今本《老子》之間的差異，正說明了這種典籍傳佈的不穩定性。早期古籍，尤其是先秦的古籍，這種現象特別明顯。從本文所析，有些引文，書名不定，但有篇名；有時作者連篇名也沒題，抄者取頭幾個字當作篇名，其例多有。孔子刪《詩》、《書》前，複重想必極多，相信同一篇材料，不同來源的抄本文字必有差異。以此觀之，孔子之刪，當非壓縮修改，而是校對清理，汰劣定優。

---

[49] 在郭店簡的其他篇章中，如〈緇衣〉和〈性自命出〉同樣也擁有傳世本和出土本可資對勘，其比勘對象是上博楚簡的〈緇衣〉和〈性情論〉（郭店竹書稱〈性自命出〉）二篇材料。見馬承源主編：《上海博物館藏戰國楚竹書（一）》，〈緇衣〉（圖版），頁 43-68，（釋文）頁 169-213；〈性情論〉（圖版），頁 69-115，（釋文）頁 215-301。又劉笑敢云：「在竹簡本發表以前，我們只能把帛書本當作古本，在古本和今本之間進行比較，雖然可以看到古本與今本之間的異同，卻無從考察古本之演變與形成。但是，有了竹簡本，情況就不一樣了。以竹簡本和帛書本相對照，我們可以看到《老子》在古代演變的可能線索，加之殘存的其他古本和通行本，我們就可以初步地分析《老子》在流傳中逐步演變的過程和線索，並從中發現一些規律性或者有普遍性的現象或模式。這些現象和模式不僅可以豐富和深化我們對《老子》及道家的研究，而且可能對其他古文獻的研究有一定的參考價值和解釋功能。」參見〈從竹簡本與帛書本看《老子》的演變──兼論古文獻流傳中的聚焦與趨同現象〉，《郭店楚簡國際學術研討會論文集》（武漢：湖北人民出版社，2000年），頁 466。正如劉氏所言，透過竹簡本《老子》與帛書本《老子》及今本《老子》的對照比勘，可以考索典籍版本的變遷和抄校者的主觀意圖。

　　由於古籍流傳抄寫的過程中,可能出現變化的原因很多。在傳佈、演變的過程中,母本與傳本之間的距離,可能越來越遠。因此,要正確釋讀典籍,則須掌握典籍在流傳遞變中所產生的異文。自 1972 年以來,出土文獻轉以典籍為大宗,這些出土典籍,不僅量多,與傳世典籍及佚失典籍多有相涉。若能透過對勘比較,觀察異文的各種表現形式,相信對典籍之梳理與詮釋,一定具有關鍵而決定性的意義。

《論語鄭氏注》的思想特色

弔和順[*]

一、前言

　　鄭玄（127-200）為漢朝具代表性的「碩學通儒」是眾所周知之事，從《後漢書》本傳記載其著述多達百萬餘言，即可獲得印證。同時，鄭玄的龐大著作多半為針對經書所作之注釋，這也正是鄭玄學術的特徵，諸如《三禮注》、《毛詩鄭箋》等，都是一目了然之實例。

　　既有這樣的認知，在審視鄭玄整體之注釋時，可以想見除了《三禮注》、《毛詩鄭箋》這些完本以外，其他闕佚不完整的注釋書，也都反映了鄭玄的學問。其中尤以針對《論語》之注釋，即所謂《論語鄭氏注》，此書雖然未能完整傳承於世，但對於理解鄭玄如何解讀《論語》之文句、以及兩漢期間如何詮釋《論語》等課題，無疑是一項珍貴資料。

　　完本中現存最古老的《論語》注釋書，是魏何晏編撰之《論語集解》。而《論語鄭氏注》，據推斷比魏齊王時代編撰的《論語集解》早約五十年完成，隨著《集解》的問世、流傳，於南宋末年亡佚。《集解》收錄了何晏引用漢魏時期具代表性之諸家注釋，雖然只是其中一小部分，亦可窺見鄭玄之注解。爾後，許多專家

* 現任北海道大學大學院文學研究科中國文化論講座教授。

學者根據包括《集解》在內的群書所引用之片段資料，展開《論語鄭氏注》之輯佚作業，至清朝為止，已陸續完成多部輯佚書。

邁入二十世紀後，英國斯坦因（Marc Aurel Stein, 1862-1943）、法國伯希和（Pelliot Paul, 1878-1945）帶走的敦煌文書中，包含了唐寫本《論語鄭氏注》的殘卷，藉由這些殘卷才得以一窺該書散佚前較完整之風貌。此外，吐魯番阿斯塔那（Astana）古墓出土的唐景龍四年（710）、十二歲學童卜天壽抄寫的《論語鄭氏注》殘卷，更是劃時代的發現。如此一來，非但《鄭氏注》一書內容逐漸明朗化，針對此書之調查、研究也同時有了飛躍性的發展。

不過截至目前為止，《論語鄭氏注》之研究，多集中於文獻學之基礎作業，針對該書所蘊含之思想特質的探究，略嫌不足。有鑑於此，拙稿一方面重新整理既有的《論語鄭氏注》研究成果，一方面嘗試從思想層面考究其特色。

二、《論語鄭氏注》的成立

有關兩漢期間《論語》之傳承與詮釋，綜合《漢書・藝文志》、《隋書・經籍志》、《論語集解・序》等之記述，大致如下：前漢時期，有《魯論語》、《齊論語》、《古論語》三種版本。其中，《魯論語》經夏侯勝注解，撰寫成《魯夏侯說》。張侯則以《魯論語》為主，參考《齊論語》，撰寫成《魯安昌侯說》，此書又稱為《張侯論》。此外，《齊論語》有王吉等加以傳承、《古論語》則由孔安國進行訓解。至於後漢時期，包咸、周氏、馬融等人從有限的版本中，選擇以《張侯論》為基礎，陸續編撰出《論語》注釋書。

鄭玄也是其中一人。

誠如前言所述，鄭玄之論著數量龐大。其代表作有《周易》、《易緯》、《尚書》、《尚書大傳》、《尚書中候》、《毛詩》、《周禮》、《儀禮》、《禮記》、《春秋左氏傳》、《孝經》、《論語》等群經之注釋，以及《六藝論》、《駁五經異義》、《天文七政論》、《答臨孝存周禮難》、《魯禮禘祫義》、《發墨守》等著作。

如此豐碩廣博的著述如何撰寫而成？鄭玄的學問如何建立？以及其間與《論語鄭氏注》之完成又有何關聯？欲究明這些課題，似乎有必要先針對《後漢書》本傳進行檢討。因此，以下將以《後漢書》本傳為依據，概觀鄭玄之生涯，進而探討這些課題。

永建二年（127），鄭玄生於北海郡高密縣貧士之家。早年雖擔任廁役屬吏，但無法放棄求學夢想，於是赴洛陽、進太學受業。首先師事第五元先，始通《京氏易》、《公羊春秋》、《三統曆》、《九章算術》。又跟隨張恭祖修習《周官》、《禮記》、《左氏春秋》、《韓詩》、《古文尚書》。自此，鄭玄之學術根基得以確立，已然廣通五經，綜修今、古文之學。

爾後，鄭玄透過涿郡盧植之引薦，拜入扶風馬融門下。當時馬融之門生眾達四百餘人，因此鄭玄僅能間接聆聽高業弟子傳授課業，如此經過三年有餘。據說直至某日，馬融窮於天文曆算問題時，接受弟子建議首度面見鄭玄。鄭玄當場順利解決其困惑，獲得極高的評價。然而事後鄭玄隨即辭歸、離開馬融門下，馬融因而喟然感嘆「吾道東矣」。這段描寫二人複雜的師生關係之奇聞

軼事，被加油添醋地流傳於後世。[1]

　　鄭玄四十歲返回故里後，熱心從事門徒教育。但不久即因黨錮事件頻發，終至遭受禁錮，被宦官趕出官界。如此黨禁共發生三次，前後長達十四年。據傳這段期間鄭玄完成了《周禮》、《儀禮》、《禮記》即所謂三禮之注釋，以及《六藝論》、《發墨守》等著作。

　　鄭玄五十八歲時，黨錮之禁始獲解除。此後除了致力於教育工作外，更完成了《尚書》注、《毛詩》注亦即《毛詩鄭箋》，以及《論語》注等。其間何進、袁隗、袁紹等人試圖招聘其入仕，結果都未能如願。鄭玄晚年注釋《周易》，後於建安五年（200）七十四歲時生病去世。

　　以上是鄭玄生涯的概略，據此可以得知其注解《論語》之時點，應該是在長達十四年之久的黨禁之後。目前根據王利器所著《鄭康成年譜》[2]一書，推斷是在中平元年（184）、鄭玄五十八歲那一年。當然另有其他不同看法，不過對照《後漢書》本傳等之記述，王氏的考證可謂中肯適當。[3]無論如何，《論語鄭氏注》完成

---

[1] 關於馬融與鄭玄之師生關係，從學術層面加以考究之論著中，有池田秀三：〈馬融私論〉（收入《東方學報（京都）》第52冊〔1980年3月〕）。此外，《世說新語‧文學》中：「鄭玄在馬融門下，三年不得相見，高足弟子傳授而已。嘗算渾天不合，諸弟子莫能解。或言玄能者，融召令算，一轉便決，眾咸駭服。及玄業成辭歸，既而融有『禮樂皆東』之歎，恐玄擅名而心忌焉。玄亦疑有追，乃坐橋下，在水上據屐。融果轉式逐之，告左右曰：『玄在土下水上而據木，此必死矣。』遂罷追。玄竟以得免。」這段敘述顯示甚至連馬融嫉妒鄭玄，欲置鄭玄於死地之虛構傳言都出現了。

[2] 王利器：《鄭康成年譜》（濟南：齊魯書社，1983年）。

[3] 林泰輔編：《修訂論語年譜》（東京：國書刊行會，1976年）一書中，認為鄭玄注釋《論語》是在建安五年（200）。藤堂明保〈鄭玄〉中也有相同敘述（參

的時間，比黨禁期間執筆的《三禮》注、黨禁後撰寫的《毛詩鄭箋》都來得遲，這項見解各家一致，想必正確無誤。此外，比晚年致力之《周易》注較早期完成，應該也無庸置疑。

三、《論語鄭氏注》的傳承與散佚

《論語鄭氏注》撰寫完成當時，鄭玄以外，另有不少學者從事《論語》之注釋工作，這一點可由以下事例推想得知。與鄭玄幾乎同一時代之學者趙岐，曾經表示前人注釋六經學問之著作為數不少，獨缺以《論語》為範本寫成的《孟子》之注解，因而執筆完成《孟子章句》。[4]由此可以想見後漢時期已有許多《論語》注釋書存在，並且廣泛流傳。

到了三國時期，周生烈、虞翻、陳羣、張昭、何晏、王弼、王肅、譙周等人，陸續完成《論語》之注解。其中，尤以何晏的《論語集解》最具代表性。以此書為範本，後人皇侃編撰《論語集解義疏》、邢昺編撰《論語注疏解經》更是周知之事。在此同時，《集解》以外的注釋書卻逐步踏上亡佚之途。當然，其中也包含《論語鄭氏注》，不過並非立即遭到汰除。例如，南朝以《集解》為主、《鄭氏注》為輔，北朝以《鄭氏注》為主、《集解》為輔，像這樣曾經有段時期《鄭氏注》之存在足以與《集解》抗衡，因

東京大學中國哲學研究室編：《中國之思想家：宇野哲人博士米壽記念論集》〔東京：勁草書房，1963 年〕，上卷）。

4 〔東漢〕趙岐〈孟子題辭〉曰：「論語者，五經之錧轄，六藝之喉衿也。孟子之書，則而象之。……惟六籍之學，先學之士釋而辯之者，既已詳矣。儒家惟孟子，閎遠微妙，縕奧難見，宜在條理之科。於是乃述己所聞，證以經傳，為之章句，具載本文，章別其指，分為上下，凡十四卷。」

而推斷該書可能至宋末才散佚失傳。

目前翻開《論語集解》，可以確認存在包含何晏本身在內之八家注釋如下：

前 漢	孔安國	《論語孔氏訓解》	四七七條
後 漢	包 咸	《論語包氏章句》	一九六條
後 漢	馬 融	《論語馬氏訓說》	一三四條
後 漢	鄭 玄	《論語鄭氏注》	一〇五條
魏	陳 羣	《論語陳氏義說》	三條
魏	王 肅	《論語王氏義說》	四一條
魏	周生烈	《論語周生氏義說》	一三條
魏	何 晏		一三九條[5]

上述內容顯示何晏編撰《集解》時，曾對漢魏較具代表性的注釋作了取捨、篩選之作業，採取折衷方式，並視情況陳述自己的見解。至於何晏取捨、篩選諸家注釋之標準依據則不明確。當然，該書引用《鄭氏注》時也是如此。

在這種情況下，算是相當早期即有人以《論語集解》為基礎資料，著手進行《論語鄭氏注》輯佚書之編撰工作。南宋末年王應麟之輯本《古文論語》，即被視為其中嚆矢。不過，也有人質疑

---

5 以上引用例數據參考室谷邦行：〈何晏《論語集解》——魏晉之時代精神〉（收入松川健二：《論語之思想史》〔東京：汲古書院，1996 年〕）。不過，不同版本之《論語集解》，其引用學者之認定，時有出入。例如《論語‧雍也》「子謂子夏曰：『女爲君子儒，無爲小人儒』」之注爲「君子爲儒，將以明道。小人爲儒，則矜其名」。古本認定此注爲孔安國之說，皇本認定爲馬融之說，足利本則認定爲何晏之說。因此，引用例數據僅供參考而已。

該書實際作者應是清代的惠棟或嚴長明。[6]無論如何,《鄭氏注》相關輯佚工作的鼎盛時期,是在清朝以降、鄭學興起之際。就整體而言,可揭示較具特色之輯本如下:

王應麟輯《古文論語》二卷	《芋園叢書》所收	
孔廣林輯《論語注》十卷	《通德遺書所見錄》所收	
王　謨輯《論語注》一卷	《漢魏遺書鈔》所收	
袁　鈞輯《論語注》十卷	《鄭氏佚書》所收	
宋翔鳳輯《論語鄭氏注》十卷	《食舊堂叢書》所收	
馬國翰輯《論語鄭氏注》十卷	《玉函山房輯佚書》所收	
黃　奭輯《論語注》一卷	《漢學堂叢書》所收	

除了上述輯本外,日本亦有學者從事《鄭氏注》之輯佚工作。諸如月洞讓《輯佚論語鄭氏注》(油印自刊本,1963)即有高度評價,[7]詳細情形容後再敘。

四、唐寫本《論語鄭氏注》的新發現

　　清朝末年,《論語鄭氏注》相關資料陸續有了驚人的發現、出土。光緒三十三年(1907),英國探險家斯坦因造訪甘肅省敦煌莫高窟時,得知萬卷古文獻之存在,於是透過道士王圓籙的協助,取得部份文獻。翌年光緒三十四年(1908),法國東洋學者伯希和亦前往敦煌莫高窟,同樣說服王圓籙協助,進行文獻調查並帶走大量古文書。這些文獻通稱為敦煌文書,學術價值都非常高,其

---

[6] 詳參袁鈞輯:《論語注》、宋翔鳳輯:《論語鄭氏注》等。

[7] 此書除輯佚自群書外,敦煌本《論語鄭氏注》之佚文亦一併收錄其中。

中包含《論語鄭氏注》亡佚前之抄寫本殘卷。尤其，伯希和取得之《鄭氏注》殘卷，卷數最長，卷尾有龍紀二年（890）之款識，由此可證明該殘卷抄寫於唐朝末期。

另一方面，西元 1969 年新疆維吾爾自治區吐魯番之阿斯塔那古墓，則有所謂卜天壽本的出土。這是唐景龍四年（710）由十二歲的私塾學生卜天壽抄寫的《論語鄭氏注》殘卷。這些寫本殘卷與前述伯希和文書不但內容沒有重複，年代更早了 180 年。此後，吐魯番仍陸續有寫本出土，其中不乏《論語鄭氏注》之斷片殘卷。而且將這些《論語鄭氏注》唐寫本之斷片、殘卷拼排組合後，得以窺見鄭玄原書約半數之原有風貌。

若將前述幾種唐寫本《論語鄭氏注》較完整之片段整理出來，大致如下：

（一）卜天壽本（吐魯番阿斯塔那三六三號墓）：〈為政〉後半、〈八佾〉、〈里仁〉、〈公冶長〉末，計 178 行。

（二）吐魯番本（吐魯番阿斯塔那一八四號墓）：〈雍也〉前半，66 行。

（三）吐魯番本（吐魯番阿斯塔那一二七號墓）：〈雍也〉後半，19 行。

（四）敦煌本斯坦因文書 6121 號：〈雍也〉末、〈述而〉首，計 9 行。

（五）吐魯番本（吐魯番阿斯塔那一八四號墓）：〈述而〉前半，計 29 行。

（六）敦煌本伯希和文書 2510 號：〈述而〉中半、〈泰伯〉、

〈子罕〉、〈鄉黨〉末，計 224 行。

（七）敦煌本（書道博物館所藏）：〈顏淵〉末、〈子路〉首，
計 33 行。

（八）吐魯番本（龍谷大學所藏）：〈子路〉末、〈憲問〉首，
計 11 行。

這些唐寫本的新發現，促使《論語鄭氏注》相關研究之發展突飛
猛進，自然不遑多論。其中尤以（一）卜天壽本、（六）敦煌本伯
希和文書這兩種寫本，分量多達三篇以上、抄寫年代明確、抄寫
字體清晰鮮明，對於研究《論語鄭氏注》貢獻之大實難以計量。

五、《論語鄭氏注》的先行研究

《論語鄭氏注》是一部相當奇特的古書，曾經佚散失傳，卻
又藉由文獻的新發現及出土，其中半數內容再度呈現世人眼前。
又加上係由漢朝首屈一指的學者鄭玄執筆的注釋書，因此始終備
受矚目。尤其，二十世紀初葉敦煌文書的發現及西元 1969 年卜天
壽本的出土，這兩大盛事帶給《鄭氏注》相關研究莫大的刺激，
是促使該研究領域蓬勃發展之重要契機。有鑑於此，接下來將以
卜天壽本（一）出土前、（二）至（四）出土後為區分，概略敘述
《鄭氏注》相關代表性研究。

（一）藤塚氏、月洞氏之研究

卜天壽本出土前，首先值得介紹的研究，應屬藤塚鄰的《論
語總說》（弘文堂，1949）。藤塚氏於該書第一章介紹「鄭注論語」、

第二章檢討主要論語注解書。其中探討「鄭注的價值」部分，具體揭示七大例，深入考察鄭玄的《論語》解釋之特質，有不少獨到見解值得矚目。

其次，前揭月洞讓的《輯佚論語鄭氏注》（1963）亦不容忽視。月洞氏以清朝《論語鄭氏注》之輯佚本為研究平臺，進而精確考察敦煌文書，親自執行輯佚工作，最後並將研究成果集結成書。書中處處可見其縝密的輯佚工夫，以及篤實的研究態度，於日本國內外皆獲得高度評價。月洞氏另有一篇代表性論文〈論語鄭注與集解〉，[8]文中針對《論語鄭氏注》、《論語集解》二書作了具體比較與探討。

（二）金谷氏之研究

卜天壽本出土後，最值得介紹的相關研究成果，應屬金谷治的《唐抄本鄭氏注論語集成》。[9]本書發表後，同領域之研究論著幾乎都會引用其內容，由此可見本書對《論語鄭氏注》研究影響之深遠。具體而言，從當時甫公開之卜天壽本，乃至先前發現的敦煌本斯坦因文書、伯希和文書等，所有可能實際閱覽之《論語鄭氏注》，本書皆提供原文獻之照相版圖片，並且加以翻刻、解讀。書中另收錄〈鄭玄與《論語》〉一文，就《鄭氏注》研究而言，堪稱是一篇蘊含綜合性見解、無人能出其右之專題論文。筆者所以撰寫此稿，即源於該論文賦予的莫大啟發，因此謹以部分篇幅，簡約介紹其論點要旨。

8　收入《諸橋博士古稀祝賀記念論文集》（東京：大修館書店，1953 年）。

9　金谷治：《唐抄本鄭氏注論語集成》（東京：平凡社，1978 年）。

　　金谷氏首先具體列舉實例，指出《論語鄭氏注》相關先行研究之四大論點：1.以解析闡明訓詁名物制度為主。2.綜合而折衷之學風。3.採行相較法。4.針對禮之說明懇切。繼而綜觀、審視敦煌本及卜天壽本等新文獻，另外指出《論語鄭氏注》之兩項特色：（1）超脫《論語》本文之解說性文句為數不少。（2）鄭玄本身曾經接受招聘出仕任官，但其消極的態度明顯反映在《論語》注釋上。

　　其中關於（1）、（2）兩點有必要略作補充，因此揭示金谷氏援引之用例，詳加論述如下。首先（1）引用了《論語・子罕》第二十一章至第二十三章：

　　◎第二十一章「子謂顏淵曰：『惜乎！吾見其進也，未見其止也。』」
　　　注：顏淵病，孔子往省之，故發此言。痛惜之甚。（敦煌伯希和文書）

　　◎第二十二章「苗而不秀者，有矣夫。秀而不實者，有矣夫。」
　　　注：不秀諭項託，不實諭顏淵。（敦煌伯希和文書）

　　◎第二十三章「後生可畏，焉知來者之不如今也。」
　　　注：後生謂幼稚，斥顏淵也。可畏者，言其才美服人也。孟子曰：「吾先子之所畏。」是時顏淵死矣，故發言，何知來世將無。（敦煌伯希和文書）

金谷氏首先一一點出這三章的問題點。第二十一章：《鄭玄注》設定前提為「顏淵重病」，何晏《集解》則不得見。第二十二章：鄭玄認為文有所指，具體對象是項託與顏淵。《集解》則未舉個人名，僅作一般性解釋。第二十三章：鄭玄以顏淵為對象作關聯

性解釋，《集解》僅注解曰：「後生，謂年少者。」

　　金谷氏研讀注釋內容，作出以下結論：鄭玄認定這三章敘述內容皆與顏淵有關，第二十一章是孔子探望臥病中的顏淵、第二十二章及第二十三章則為顏淵死後之發言。並且據此推斷：《鄭玄注》藉由具體的場景設定，促使一般理解孔子的言論時，可置身現實、不致流於抽象，進而呈現鮮明而有實踐力之孔子形象。

　　緊接著（2）所探討的內容，則是〈子罕〉第十三章。

　　◎第十三章「子貢曰：『有美玉於斯，韞櫝而藏諸？求善價而沽諸？』子曰：『沽之哉！沽之哉！我待價者也。』」。
　　注：子貢見孔子有聖德而不見用，故發此言。以視觀其意，有美玉於此，裹匣而藏之，可求善價而詄賣之也。
　　（敦煌伯希和文書）

金谷氏述及《鄭氏注》之解釋顯示，子貢積極勸說孔子出仕任官，但孔子給予否定的答覆。換句話說，鄭玄將「沽之哉！」解讀成反問詞「沽之乎？」然而，誠如皇侃《論語義疏》中引用王弼之見解，後代的解讀是「沽之也哉」，表示實有意願積極追求仕途，而後這也成為一般通論。金谷氏據此推論鄭玄鑑於當時政治局勢艱難、社會風氣敗壞，於是對社會活動一貫採取消極態度，這樣的態度反映在注釋上，以致描繪出消極的孔子像。

　　以上金谷氏針對《鄭氏注》之論點，有相當精確的實證性，尤其延伸論及鄭玄注釋意義上、思想上之特質這一點，參考價值之高，無以類比。如此推敲所得的二項結論，自然稱得上立論精

關公允。[10]

（三）王氏之研究

中國發表的相關研究，首推王素的《唐寫本論語鄭氏注及其研究》。[11]當時甫公開提供閱覽之唐寫本《論語鄭氏注》殘卷九種、斷片二十二種，經校勘後全數收入本書。其中包含金谷治《唐抄本鄭氏注論語集成》未收錄之文獻。[12]同時，除了王素本人的《論語鄭氏注》論考外，另收錄羅振玉、王國維、王重民、陳鐵凡、月洞讓、金谷治等人之論文，便於讀者綜觀相關研究成果。

（四）陳氏之研究

臺灣之相關研究，則以陳金木《唐寫本論語鄭氏注研究——以考據、復原、詮釋爲中心的考察》[13]最受矚目。全書由研究篇、實證篇、復原篇構成，特徵在於致力復原《論語鄭氏注》之原貌。繁瑣的復原工作之餘，陳氏並提出兩項鄭玄《論語》注釋之特質：

1. 鄭玄重章句訓詁、主張以經解經。因此，對於典章制度、文字訓釋，皆能提供正確注解；在文脈理解方面，亦可適切掌握孔子的本意。

2. 鄭玄的思想，深受漢朝學術之時代影響，往往基於天人感應、師法家法、陰陽五行等觀點解釋《論語》。因此，鄭

---

[10] 爾後金谷氏於《論語與我》（東京：展望社，2001 年）之〈論語的注釋〉一文中，針對《唐抄本鄭氏注論語集成》未收錄的新文獻，作了補充說明。

[11] 王素：《唐寫本論語鄭氏注及其研究》（北京：文物出版社，1991 年）。

[12] 參照注 10。

[13] 陳金木：《唐寫本論語鄭氏注研究——以考據、復原、詮釋爲中心的考察》（臺北：文津出版社，1996 年）。

玄之注解各有其根據，不致流於空泛。

上述見解雖然可以接受，但內容並非《論語鄭氏注》專屬的特色，可惜作者未能點出該書之特質。

以上概觀了《論語鄭氏注》主要先行研究，其中僅有金谷氏、陳氏論及《鄭氏注》之思想特質。而且基於綜合性觀點研判，金谷氏之論著評價最高。拙稿努力的目標，即在於立足與金谷氏同一視點平臺，以其研究成果為主，參考其他研究為輔，進而提出個人論點。

當然，近年也有不少鄭玄相關研究著作陸續刊行。[14]不過依個人管見，未見能超越上述先行研究者，在此附帶一提。

六、《論語鄭氏注》的思想特色

《論語鄭氏注》是一部曾經佚散又重現於世的書籍，因此必須經常進行版本校勘工作。本文首先以敦煌本伯希和文書、卜天壽本為基礎資料，並視情況參考其他輯佚本，承繼、整合既有的先行研究，進而確定《論語鄭氏注》之版本內容、進行讀解，以期全面考察探究《論語鄭氏注》之思想特色。

依循這些程序，重新審視所有得以閱覽之《論語鄭氏注》時，筆者發現書中散見著「故發此言」之表現方式。

---

14 諸如《山東省志‧諸子名家志》編纂委員會：《鄭玄志》（濟南：山東人民出版社，2003 年）、唐文編著：《鄭玄辭典》（北京：語文出版社，2003 年）等。

（一）「故發此言」之表現方式

茲列舉卜天壽本〈公冶長〉之一章如下，本文分成三段，《鄭氏注》則穿插其間。

◎子曰：「道不[15]行，乘桴[16]浮於海，從我者其由也與。」

注：道……木浮之於水上，大曰栰、[17]小曰桴。[18]

◎子路聞[19]之喜。

注：以為信，故欣[20]然喜見舉。

◎子曰：「由也，好勇□我，無所取材之。」

注：孔子疾世，[21]故發此言。子路以為信，從行。故曰，好□。無所取材之，為前既言難，中悔之，故絕之以此□。[22]

通讀本文及《鄭氏注》後，可以察覺第一段、第三段之鄭注共有兩處出現「故發此言」之文句。

綜觀一般注釋，「故發此言」算是常用文句，並非特殊表現方

---

[15] 卜天壽本無「不」字，今補。

[16] 卜天壽本「桴」原作「垺」，今改正。

[17] 卜天壽本「栰」原作「柢」，今改正。

[18] 卜天壽本「桴」原作「浮」，今改正。此處《論語集解》引馬融注曰：「桴，編竹木也。大者曰筏，小者曰桴也。」

[19] 卜天壽本「聞」原作「文」，今改正。

[20] 卜天壽本「欣」原作「行」，據金谷氏、王氏見解改。

[21] 卜天壽本「世」原作「廿」，今改正。

[22] 此處《論語集解》引鄭玄注曰：「子路信夫子欲行，故言好勇過我也。無所取材者，無所取桴材也。以子路不解微言，故戲之耳。一曰：子路聞孔子欲乘桴浮海，便喜，不復願望。故孔子歎其勇曰：『過我，無所復取哉。』言唯取於己也。古字材哉同耳。」

式。不過就上述注釋而言，鄭玄有意針對孔子兩度發言，分別明白解說其緣由。換句話說，就在《鄭氏注》中「故發此言」的前面，清楚揭示著孔子之所以發表該言論的原由。由此可見，鄭玄存有將事情的因果關係明確提示出來之意圖。

現存卜天壽本中，本章第一段相當於該部分的注釋內容，可惜因為缺損，僅能靠推測，無從得知其原文。不過，類推原注內容，想必寫著孔子所以說出「乘桴浮於海」等言之理由。至於第三段之注釋，則已明揭孔子對子路說出「無所取材」此言之理由在於「孔子疾世」。

誠如所見，《論語鄭氏注》致力將孔子言論之因果關係明白揭示的意向，而這也正是《鄭氏注》獨特之處。基於此種視點，進一步考察其他「故發此言」之用例，可於敦煌本伯希和文書〈子罕〉得見下文：

　　◎子曰：「未見好德如好色者也。」[23]
　　　注：疾時人薄於德，而厚於色，故發此言。[24]

《鄭氏注》文末同樣出現「故發此言」之文句。根據鄭玄的解釋，孔子感嘆好德者少，是因為當時世人有輕蔑道德的傾向，所以出言批判。要言之，鄭玄的解讀為：孔子對其當代世人，心存不平不滿。

---

[23]　敦煌本伯希和文書作「子曰：『吾未見好德如見好色者也』」。
[24]　此處《論語集解》何晏注曰：「疾時人薄於德，而厚於色。故以發此言也。」內容幾乎與鄭注相同。

（二）不滿當代世人

若以此視點進行探究，問題將不止於「故發此言」之文句數量多寡了。例如，敦煌本伯希和文書〈子罕〉得見孔子之相關發言及鄭注如下：

◎子曰：「衣弊縕袍，與衣狐狢[25]者立，而不恥者，其由也歟。」

注：言此者，矯時奢也。褚[26]以故絮曰縕。袍今時襱也。狐狢，謂裘也。[27]

本注並無「故發此言」之表現，不過「言此者……」，明顯存在著說明孔子何以有此言之意圖，就這一點，實可視為與前揭注釋類型相同。此處鄭玄將孔子的發言解讀為：欲匡正當時的奢侈歪風。

這種傾向，通觀《論語鄭氏注》處處可獲得印證。換言之，依鄭玄的解釋，孔子對當代人不平、不滿以致有感而發的情況，著實不少。鄭注中未必所有情況都使用「故發此言」、「言此者……」等文句表現，但推測孔子心意加以解讀之態度本質不變。

茲列舉三則類似用例如下，並加以簡單說明。

◎林放問禮之本。

注：林放，魯人[28]。孔……者，疾時人[29]失……。[30]（卜

---

[25] 敦煌本伯希和文書「狢」原作「格」，今改正。

[26] 敦煌本伯希和文書「褚」原作「襠」，今改正。

[27] 此處《論語集解》僅引孔安國注曰：「縕，枲著也」。

[28] 卜天壽本「人」原作「仁」，今改正。

[29] 同前注。

[30] 此處，《論語集解》何晏注曰：「林放，魯人。」

天壽本〈八佾〉

本文僅言及門人林放質問禮之本質，加上《鄭氏注》又有部分缺損，實難以妄下斷言。然而，據鄭玄之解釋，林放有此問之時空背景，在於孔子曾感嘆時人失禮儀。

　　◎□□，射不主皮。為力不同科。古之道。

　　注：古之道，隨事[31]宜而制[32]之。疾今不然。[33]（卜天壽本〈八佾〉）

本文冒頭缺二字，或可推斷為「子曰」二字，此處姑且不作深入探討。據鄭玄之注解，《儀禮・鄉射禮》明白揭示著「射禮不主皮」，當時「主皮」卻蔚為風潮，故而引發孔子喟嘆。

　　◎子曰：「臧文仲居蔡。山節□梲，何如其智也。」

　　注：文仲，奢侈。如如是，何如其智。刺時人[34]謂之智也。[35]（卜天壽本〈公冶長〉）

這是有關魯大夫臧文仲的話題。據鄭玄之注解，世人尊崇逾越分際、過著奢華生活的臧文仲為智者，孔子因而出言批評。

　　以上三例之共通點，在於鄭玄的注釋都將其解讀為孔子批判世人或社會風潮之言論。鄭玄何以如此解讀？孔子懷才不遇，因

---

[31] 卜天壽本「事」原作「士」，今改正。

[32] 卜天壽本「制衍」原作「制祭」，據金谷氏、王氏見解改。

[33] 僅引用《鄭氏注》末文。文首鄭玄先據《儀禮・鄉射禮》、《禮記・射義》，詳加考證。另此處《論語集解》引馬融注曰：「為力，為力役之事也。亦有上、中、下設三科焉。故曰不同科也。」

[34] 卜天壽本「人」原作「仁」，今改正。

[35] 僅引用《鄭氏注》後半部。前半，鄭玄先針對「臧文仲」、「蔡」、「節」、「梲」作說明。此處《論語集解》引孔安國注曰：「非時人謂以為智也。」

此對社會整個大環境總是心存不滿，《論語鄭氏注》即隨處表露出鄭玄的這種認知。

（三）慨嘆明君不存在

鄭玄對於孔子懷才不遇的認知，似乎並非侷限於不滿世態、民風。欠缺賢明的君主，使得孔子未獲重用的看法，也散見其注釋中。譬如敦煌本伯希和文書〈述而〉中有一例：

◎子曰：「聖人吾不得而見之矣。得見君子者，斯可矣。」
　注：疾世無明君也。[36]

本文僅述及得見聖人、君子與否，然而鄭注卻清楚記述孔子唱嘆當世無明君。另有一例，敦煌本伯希和文書〈子罕〉：

◎子曰：「鳳鳥不至，河不出圖。吾已矣夫。」
　注：有聖人受命，則鳳鳥至、河出圖，今天無此瑞。吾已矣者，傷不得見用也。[37]

本文為孔子感傷不見鳳鳥、河圖出現之著名篇章。據鄭玄注釋，則為孔子藉既無聖人受天命、亦無類似徵兆，表達自身不獲重用之慨嘆。敦煌本伯希和文書〈子罕〉亦有一例：

◎子在川上曰：「逝者如斯夫，不舍晝夜。」
　注：逝，往也。言人年往如水之流行，傷有道而不見用

---

[36] 此處《論語集解》何晏注曰：「疾世無明君也。」內容與鄭注相同。

[37] 此處《論語集解》引孔安國注曰：「聖人受命，則鳳鳥至、河出圖。今天無此瑞。吾已矣夫者，傷不得見也。河圖，八卦是也。」內容與《鄭氏注》幾乎相同。惟《鄭氏注》作「傷不得見用也」，《集解》卻作「傷不得見也」，此處值得探究。詳參拙稿：〈《論語》鳳鳥不至章之傳承與解釋〉，《中國哲學》第 27 號（北海道中國哲學會，1998 年 12 月），頁 49-63。

也。[38]

這也是孔子於河上詠歎的著名篇章，鄭玄同樣解讀為孔子悲嘆不獲重用之言論。

以上雖僅列舉三例，已足以綜合歸納出《論語鄭氏注》一書所共通的鄭玄對孔子之認知，亦即孔子所處時代，無賢明的君主存在，因而得不到重用，孔子屢屢感嘆懷才不遇，這些有感而發之內容即被收錄於《論語》。

七、結語

拙稿就鄭玄之注釋代表著作《論語鄭氏注》作了一番考察。具體而言，主要以清儒編撰之《鄭氏注》輯佚本以及新出文獻敦煌本、卜天壽本為基礎資料，融合包含金谷治論著在內之先行研究成果，針對《論語鄭氏注》之思想特色深入研究探討。

誠如金谷氏所提出的《論語鄭氏注》有部分解說性文章超脫《論語》本文此一見解，筆者考察結果，得到以下結論：編撰出這些解說性注釋的背後，存在著鄭玄對孔子懷才不遇、未獲明君重用、對世態民風深感不滿之個人認知，而這種認知反映在《鄭氏注》中，隨處可見。

同時，鄭玄這種注釋上的特色，與漢朝流行的孔子素王說之解釋有所區隔。這項課題，將留待另稿論述。

---

38 此處《論語集解》引包咸注曰：「逝，往也。言凡往也者，如川之流。」與鄭注前半內容一致，後半則未見。

明經博士家的《論語》詮釋
——以清原宣賢為考察中心

水上雅晴[*]

一、前言

　　《論語》一書在日本傳習的歷史已很久，據《古事記》應神天皇十六年（285）條，百濟國的和邇吉師將《論語》十卷傳到日本。此記述的真偽尚不明，儘管如此，在推古十二年（604）發布的《十七條憲法》的條文中，就能看到「世少生知」[1]（第七條），「使民以時，古之良典」[2]（第十六條）等出於《論語》的文辭。[3]這些事情表明，到飛鳥時代（592-710）以前，《論語》在日本的朝廷內已被接受。

　　到奈良時代（710-784），日本模仿唐的律令制整頓國家體制。同時所設立的「大學寮」，即唯一的公立教育機關，發揮了養成

---

[*] 現任琉球大學教育學部准教授。

[1] 《論語‧述而篇》載：「子曰：我非生而知之。」〈季氏篇〉載：「生而知者，上也。」

[2] 《論語‧學而篇》載：「子曰：道千乘之國，敬事而信，節用而愛人，使民以時。」

[3] 關於十七條憲法條文之典據，可參五十嵐祐宏對玄惠法印《十七條憲法注》加的注（氏著：〈憲法十七條註釋選集〉，《憲法十七條序說》〔東京：藤井書店，1943年〕，頁97-127），比較詳細。

官吏的機能。[4]天平寶字元年（757）發布的《養老令》的〈學令〉中，《論語》被規定為學生必修之書：

> 凡《禮記》、《左傳》，各為大經。《毛詩》、《周禮》、《儀禮》，各為中經。《周易》、《尚書》，各為小經。通二經者，大經內通一經，小經內通一經，若中經即併通兩經。其通三經者，大經、中經、小經，各通一經。通五經者，大經竝通。《孝經》、《論語》，皆須兼通。[5]

此條規定類似於《新唐書》卷四十四〈選舉志上〉中的學令，[6]顯然是沿襲了唐朝的制度，另一方面也表明《論語》在日本已非常受到重視。

　　大學寮內有幾門「道」（即學科），分別由紀傳道、明經道、明法道、算道、書道、音道構成。其中，養成高級官吏的「道」是紀傳道和明經道，前者以文章，後者以經學為其課程之中心。記錄大學寮內教學實際情況的史料並不多，根據桃裕行的研究，

4　高橋俊乘：《日本教育史》（東京：教育研究會，1923 年）；《日本教育文化史》（東京：同文書院，1933 年）；大久保利謙：《日本の大學》（東京：創元社，1943 年），山田英雄著、伊東多三郎編：〈律令制と學問〉《國民生活史研究》第 3 集〔東京：吉川弘文館，1958 年〕，頁 53-55）等，都提出大學寮並不是官吏養成機關的見解，但是久木幸男論證這些見解難以成立，參氏著：〈大學寮の基本的性格〉，《日本古代學校の研究》（東京：玉川大學出版部，1990 年），第 1 部第 7 章第 1 節，頁 323-341。

5　黑板勝美編：〈學令〉「《禮記》、《左傳》各為大經」條，《令集解》（東京：吉川弘文館新訂增補《國史大系》，1980 年），卷 15，頁 448-9。

6　原文如下：「凡《禮記》、《春秋左氏傳》為大經，《詩》、《周禮》、《儀禮》為中經，《易》、《尚書》、《春秋公羊傳》、《穀梁傳》為小經。通二經者，大經、小經各一，若中經二。通三經者，大經、中經、小經各一。通五經者，大經皆通，餘經各一。《孝經》、《論語》，皆兼通之。」

首先，由音博士指導漢語發音、誦讀經典，然後，由明經博士訓釋經義。音博士，當初由歸化人的子孫擔任，到了寬平六年（896）遣唐使廢止以後，能教漢語的人材難得了，漸漸地成了掛名的官職。[7]因此，大學寮的教學，已由紀傳、明經博士的經義訓釋為中心了。

大學寮的教官，當初按照學力進行選任，到平安時代（794-1186）中期以後，隨著全體官職的世襲化，各「道」的擔任由特定氏族占有，因而形成了家學。[8]就明經道的教官而言，到後一條天皇（在位 1016-1036）之前，並不是由特定氏族擔任，而在其即位之後，便由中原、清原兩氏獨占了。[9]然而，隨武士階級的勃興而發生之種種動亂，波及到學問之府的大學寮。由於保元元年（1156）之兵亂和安元三年（1177）之大火，大學寮被燒毀了。之後，由於國事多端，無法再重建大學寮。於是大學寮的教官，將其活動的中心從大學寮內的授課，轉移到對貴顯階層的經書教學。

博士家的經說，因為長期在大學寮內講授，所以富有權威性。[10]如後所述，博士家經說的權威，奠基於有來歷的「家說」，他們不公開其家說而單傳於家內。在日本之中世期，明經博士家

---

7 桃裕行：《上代學制の研究（改訂版）》（京都：思文閣出版，1994 年），頁 346。

8 同前注，頁 319-320。

9 同前注，頁 328。

10 大江文城說：「無論五山的僧侶與足利學校的學徒，都趨於〈明經家四書〉之下，他們將『家法』奉為圭臬。」表示明經家對《四書》加的訓點，確是當時讀解《四書》的基準。見大江文城：〈四書の加點〉，《本邦四書訓點并に注解の史的研究》（東京：關書院，1935 年），第 1 編第 1 章，頁 52。

占經學詮釋之主流地位，而其經說以「家說」的形式，只在家內進行獨占性地繼承。這樣的經說傳達方式，在東亞經典詮釋史上，是極為特異的現象。

在明經博士家中，清原家的經說比中原家的流傳要多，而在清原家中，清原宣賢（1475-1550）的著述，和其他族人相比，傳下來的最多。本文鑑於上述情況，著眼於宣賢而討論他的《論語》詮釋。本文的目的，不在於闡明宣賢的學術內容和特徵，而在於闡明清原家經學，尤其是《論語》學之內容和特徵。

二、清原家與《論語》

為了掌握清原宣賢在一族內的位置，列示清原廣澄（934-1009）即清原家中最初被任命為明經博士者以及其後之家譜，概略如下：

廣澄—賴隆—定滋—定康—祐隆—賴業┬仲隆—教隆……
　　　　　　　　　　　　　　　└良業—賴尚┐
┌─────────────────────────────────┘
│　　　　　┌宗尚—良兼—宗季—良賢—賴季—宗業┐
└良季—良枝┤（五條）賴元……
　　　　　　
┌────────────────────────────────────┘
└業忠—宗宣—宣賢—業賢（良雄）—枝賢（賴賢）—國賢┐
┌───┘
└（舟橋）秀賢┬秀相……
　　　　　　└（伏原）賢忠—宣幸—宣通—宣香—宣條—宣光……

在此，說明一下家譜中的主要人物和他們講解儒家經典之情況。被稱為「清原家中興之碩儒」的清原賴業（1122-1189），根據九

條兼實《玉葉》卷五十四「後鳥羽天皇文治四年（1188）四月二十二日條和十一月五日」條，曾給藤原良經（1169-1206）講授《論語》。藤原良經後來被任命為太政大臣。賴業之玄孫清原良枝（1253-1331）作為侍讀，侍奉龜山、後宇田、後二條、後伏見、花園、後醍醐、光嚴等七代天皇。良枝之玄孫清原良賢（1348-1432）也作為侍讀，侍奉伏見、後伏見、花園、光嚴等四代天皇。據近衛道嗣《愚管記》「應安六年（1373）正月二十四日」、「二月三日」、「十日」、「二十一日」、「三月六日」條，前關白近衛道嗣聘請助教清原良賢講解《論語》。後述之應永本《論語抄》，被看作是由稱光天皇等筆錄的良賢之講釋。

　　宮中的貴顯一直重視清原家的《論語》講釋，到清原業忠（1409-1467）的時候，其重視程度更為提高。業忠從永享十一年（1439）以來，繼續向後花園天皇進講，在嘉吉三年（1443）六月十二日，結束了《四書》、《五經》之進講。之後，在文安四年（1447）三月，奉命再度進講《四書》（中原康富《康富記》）。對業忠經書講解的需要，並不僅限於宮中，將軍家也招聘了他。業忠在文安三年（1446）向第七代將軍足利義勝之弟義成（後來成為第八代將軍足利義政）講解《論語》。[11]而業忠之交際也達到禪林。現存建仁寺天隱龍澤（1422-1500）筆錄業忠講釋之《論語聞書》轉寫本，說明了這種情況。[12]

---

[11] 和島芳男：《中世の儒學》（東京：吉川弘文館，1996 年），頁 172-173。

[12] 《論語聞書》（國會圖書館藏天文四年〔1535〕寫本），第 2 冊。對於此寫本的文獻分析，參考阿部隆一：〈室町以前邦人撰述論語孟子注釋書（上）〉（慶應義塾大學附屬研究所斯道文庫編：《斯道文庫論集》第 2 輯〔1963 年 3 月〕，頁 61-68）同寫本之影印版，收錄於《近代語研究》第 3 集（東京：武藏野

　　古活字版《論語抄》[13]裡，有明示業忠在當時學界所占的地位之記載。菅原家之徒跟清原、中原之徒論爭《論語‧為政篇》「子曰：詩三百云云」章「思無邪」句之訓讀而不得結果，因而他們向「翰林院大外記」[14]業忠懇求，希望由他裁斷。[15]

　　業忠之孫清原宣賢（1475-1550），本是吉田兼俱（1435-1511）的三兒子，少時就當了清原宗賢的養子，繼承清原家的家學。[16]宣賢《論語》講釋的受講者，也跟業忠一般，遍及各界。根據鷲尾隆康《二水記》記載，在永正十六年（1519）四月二十一日，後柏原天皇招聘宣賢進講《論語》。根據萬里小路惟房《惟房公記》，在天文十年（1541）十月二十四日，後奈良天皇（1526-1557）召見宣賢令進講《論語》卷七之部分。[17]另外，根據三條西實隆《實

書院，1972 年）。

[13]　《論語抄》卷 2，頁 3。宮內廳書陵部藏本。請求番號：4689。

[14]　「大外記」是掌理檢討由內記起草的詔書、作成奏文、考勘先例之官職，而由清原、中原兩家世襲。文章院，即大學寮紀傳道的教育機關，雖用唐名稱為「翰林院」，然而清原是屬於明經道而不屬於紀傳道。看來這裡的翰林院好像有別的含義。據鄙見，翰林院和外記局（大外記所屬的部局）在擔任朝廷內文章方面，兩者的性質是一致的，因此，將「外記局」用唐名稱為「翰林院」而放在「大外記」之上。

[15]　古活字版《論語抄》的記事，跟足利衍述：《鎌倉室町時代之儒教》所引萬里集九（1428-？）《曉風集‧序》，大略相同（東京：日本古典全集刊行會，1932 年，頁 512）。引文中的「翰林院大外記」指的是業忠，諸家沒有異議。可是文中的「西京」和「東洛」指什麼，林泰輔：《論語年譜》「後花園天皇長祿三年（1459）」條（東京：大倉書店，1916 年）和足利衍述（《鎌倉室町時代之儒教》，頁 513）看法相異。本文採用足利氏的看法。

[16]　清原宣賢的主要事蹟和著述，參見足利衍述《鎌倉室町時代之儒教》，頁 470-477。足利氏以後諸家之介紹，可參張寶三：〈清原宣賢《毛詩抄》研究：以和《毛詩注疏》之關係為中心〉第 2 節，張寶三、楊儒賓編：《日本漢學研究續探：思想文化篇》（臺北：國立臺灣大學出版中心，2005 年）。

[17]　上述之事例見於林泰輔：《論語年譜》，頁 419、頁 427。

隆公記》，後奈良天皇，在還是知仁親王而未就皇位時的永正八年（1511）四月二日，就跟宣賢學《論語》序。

除上述以外，根據足利衍述的調查，聽宣賢講解的人還很多。屬公卿的有甘露寺亞相、萬里小路卿、三條西公條；屬武家的有第十代將軍足利義稙、第十二代將軍足利義晴、能州太守畠山義總、大內被官飯田將監；屬佛家的有南禪寺的瑞雲及林首座、若狹古濱柄雲寺的竹田及玉首座、越前一乘谷的興雲軒新藏主；屬居士的有林宗二。[18]

清原家講解《論語》，吸引了各種各樣的聽講者。其講解之詳細記錄，多半留存了下來。在探討這些記錄之前，首先要說明構成清原家《論語》解釋的基礎之「點本」。

三、清原家的《論語》講解書（一）——點本

明經博士家《論語》詮釋，通過「點本」和「抄物」兩種方式進行傳習。本節著重於點本，一方面討論在清原家內的家傳情況，另一方面又說明在點本之訓點中所反映的日本語言、學術現象。

（一）點本

對日本人來說，漢籍是言語體系與語彙完全不同的外國語文獻，為了讀解，需要進行翻譯。經由不斷嘗試，不斷改良，日本人發明出一種譯讀法——「訓讀」，其辦法一直流傳到現在。訓

---

[18] 足利衍述：《鎌倉室町時代之儒教》，頁485。

讀就是：將中國語的文言文，保留其原文的原形而改作日語之讀解方法。對於漢籍文中的每個字，附加上「返點」，即適應日語的詞序而閱讀之補助符號，並且附加上「乎古止點」、「送假名」，即表示各詞的讀法、語義之補助符號。[19]這些補助符號，總稱為「訓點」；附加訓點，稱為「加點」；「加點」的文本，稱為「訓點本」、「點本」、「加點本」等。[20]

著眼於對漢籍的逐字簡潔解釋，訓讀是對讀解文獻進行加點，從而施加全面性訓詁的工作。根據中田祝夫的研究，訓點本產生於平安初期（794-900），而到平安中期（901-1000），主要在佛典內出現「移點」，就是將前人的訓點轉記入於自己文本中之現象。再到平安後期（1001-1086），在佛教徒、博士家之間，移點的現象更為廣泛。這表明，訓讀語開始統一化，訓點也在各學派中規格化了。再到了院政時代（1087-1191），若說「加點」，就專指「移點」了。[21]

現存清原家《論語》點本之中，最古老的就是以清原教隆（1199-1265）在仁治三年（1242）書寫而加點的本子為底本，由教隆的兒子直隆和他的兒子教元，以及教元的弟弟繁隆遞抄寫下

---

[19] 非日本語地區之讀者若要了解日本訓讀之概要，可參照木田章義著、朱秋而譯：〈日本漢文訓讀史〉；金文京：〈試論日韓兩國翻譯中國典籍的方法〉皆收錄於鄭吉雄、張寶三合編：《東亞傳世漢籍文獻譯解方法初探》（臺北：國立臺灣大學出版中心，2005 年）。

[20] 這裡只說明日本的訓讀，訓讀並不只是日本固有的讀解法，而是在東亞區域圈常見的技法。此方面的研究，參考金文京：〈漢字文化圈の訓讀現象〉，和漢比較文學會編：《和漢比較文學研究の諸問題》（東京：汲古書院，1988 年）。

[21] 中田祝夫：〈點本の起源とその成立〉，《古點本の國語學的研究・總論編（改訂版）》（東京：勉誠社，1979 年），第 1 編第 3 章，頁 127-128。

的本子。[22]這個本子被指定為重點文物，現在保存於東洋文庫。
這個本子第一冊的「奧書」即冊末識語有如下的記述：

> 此書受家說二簡度。……仍為傳子孫，所重書寫也。加之
> 朱點墨點，手加自加畢，即累葉祕說，一事無脫。子子
> 孫傳得之者，深藏匱中，勿出閫外矣。[23]

教隆受「家說」「二簡度」即兩次，再者，他關於自己附加的訓
點說：「累葉祕說」。這些事情顯示，在教隆以前，清原家之內，
長期繼承了家點本。仁治三年相當於鎌倉時代（1186-1333）之中
期，而家說世傳是從教隆的幾代之前，那麼，教隆附加點法之起
源可能要追溯到平安時代。

　　值得注意的是，教隆向繼承其家點本的子孫說：「深藏匱中，
勿出閫外矣」，決不允許拿出家門之外。清原家的點本，雖然是
日本中世期最有權威性的《論語》講解書，但是那種點本，用祕
密主義的加點法來只在家內代代相傳。可以推測的是，《論語》
以外的經書也通過同樣方式繼承。果然，京都大學清家文庫所藏
的室町時代抄本《禮記》二十卷之「本奧書」（從別本無改變地
轉記入的奧書）說明：在壽永二年（1183）二月四日，清原賴業
向兒子良業傳授完「祕說」。[24]同樣的事例在清原家經書點本中也

---

[22] 關於清原家《論語抄》的變遷，參考武內義雄：〈清原家證本的變遷〉，《論
語之研究》（東京：岩波書店，1939 年）附錄第 2 節第 3 項。清原家《論語》
加點本的主要版本和解說，參考和島芳男：〈清原家の點本とその家學（下）〉，
《神戶女學院大學論集》第 10 卷第 1 號（1963 年 6 月）。

[23] 此奧書轉引自足利衍述：〈皇朝傳本經籍奧書集〉，《鎌倉室町時代之儒教》
一書附錄，頁 27。

[24] 原文為：「壽永二年仲春四日，廢務之日及晚陰，一部二十卷，授祕說於良
業別駕了。大外史御判賴業。」

往往能看到。

　　為了將像祕儀一樣的加點法只繼承於家門之內，必須統一經典的文字。那是因為，在將傳下來的加點本之訓點轉記於別的版本之時，經文或注文的文字若有不同，難免遇到不能將底本的訓點轉記入自己的本子之情況。根據足利衍述的說法：「清原家之《論語》家本就是《集解》本」，[25]要繼承先祖傳來的祕說者，首先作成《論語集解》抄本，之後，再將訓點記入於自己的抄本。

　　訓點大致可分為兩種。一種是有音注的作用，即說明漢字音的；另一種是有義注的作用，即說明漢字之語法機能或意思的。下面，就這兩種訓點來考察在清原家內的經典傳授情況，並且論述宣賢是怎樣對待家本的。

（二）點本和《經典釋文》的關係

　　一翻開博士家的點本，就隨處可以看到包含有反切的音注。例如清原枝賢抄、其父親清原業賢加點的《論語集解》（以下，簡稱京大本《集解》），[26]其中，〈學而篇〉首章經文「不亦說乎」的「說」字之左旁有「六（ ＝ 「音」字的略號）悅」，而注文「男子之通稱」的「稱」字之左旁有「尺證反」。這些音注顯然是將陸德明《經典釋文》中的音注轉記入的。足利衍述說明博士家在確定經書的字音之時遵守的幾項規則，推斷他們以《經典釋文》為主要依據。他說：

　　　　（博士家）在誦讀經書的時候，必定遵守陸德明《經典釋

---

[25] 足利衍述：《鎌倉室町時代之儒教》，頁 509。

[26] 京都大學清家文庫藏本。登錄番號：964400。

文》所定之音。現存清原、中原兩家的諸點本都明示這種情形。調查那些點本，在各字之左右旁，或在欄外，無例外地記入《釋文》的字音。[27]

足利氏通過多種點本的調查而歸納出上述的規則。觀察清原家的《論語》點本，不難看出《釋文》所定的音注到處記入於經傳文字的旁邊，所以他的見解基本上值得肯定。不過，再進行詳細地觀察，他的結論好像有幾點要修正、補足。於是以京大本《集解》以及被推定為清原枝賢親筆的《論語集解》加點本[28]（以下稱東洋本《集解》）為線索，試圖釐清這種情況。根據京大本上冊的奧書：「累葉之祕點，不漏一事」，可以推測清原家的加點者打算將先行加點本中之訓點無遺地轉記入，他們對音注也會加以密切關注。實情究竟如何，下面將依次探討。

1. 點本未轉記《釋文》的音注之事例

首先觀察清原家的點本採納《釋文》音注之情況。以《論語·學而篇》為例，《釋文》有 45 個音注。對於這 45 個音注，京大本《集解》採納了 38 個，東洋本《集解》採納了 39 個。其實，〈學而篇〉是採納率相當高的部分，另外的篇章未必如此大量採納《釋文》的音注。尤其，〈憲問篇〉沒有採納的部分極多，《釋文》對該篇有 124 個音注，京大本僅採納了 9 個，東洋本僅採納了 6 個，未採納的音注占多數。

顯然，點本不採納《釋文》的事例不少。這個情形是對足利

---

[27] 足利衍述：《鎌倉室町時代之儒教》，頁 844。

[28] 東洋文庫藏本。分類番號：一 C41。

氏的論斷：「在各字之左右旁，或在欄外，無例外地記入《釋文》的字音」之反證。如此看來，不能說《釋文》是在決定經傳文字的字音之際絕對必須遵從的基準書。但是，我們不急於下結論，繼續觀察其他事例。

2. 點本和《釋文》的文字不同，而音注卻相同之事例

《釋文》對〈述而篇〉「子曰：德之不脩云云」章的「徙」字，記有「思爾反」的音注。京大本和東洋本將經文「徙」字改作為「從」字，音注卻仍然是「思爾反」。這兩種點本的「從」字之右邊有「シタカフ（順從）」的訓，表示加點者不懷疑「從」字是誤字。然而，點本將「從」字的音注注成和「徙」字的一樣。那表明加點者對漢字音的知識不夠充分。對〈先進篇〉「子曰：從我於陳、蔡者」章的「從」字，《釋文》明明有「才用反」的音注。如果此經文也作「從」字的話，應該標示同樣的反切。

3. 點本所記音注跟《釋文》的音注相異之事例

對〈子路篇〉「子曰：如有王者，必世而後仁云云」章的「王」字，《釋文》下了「于況反」的音注，而京大本則有「于祝反」的音注。再對《周易·繫辭下傳》「古者包犧氏之王天下也」的「王」字，《釋文》下了「于況反」的音注。對「王」字的同樣反切，在《釋文》中到處看得到。但是在《釋文》中沒看到對「王」下「于祝反」的音注之事例。根據《廣韻》，「王」和「況」都屬於去聲「漾」韻，而「祝」則屬於去聲「宥」韻，或者屬於入聲「屋」韻。反切下字即「況」字和「祝」字本不屬於同一韻部，因此可以斷定京大本顯然是犯了錯誤。

另外，對〈述而篇〉「子不語怪力亂神」章注「力謂若奡盪

舟鳥獲舉千鈞之屬也」的「骭」字,《釋文》下了「五報反」的音注。在此情況下,「骭」字的音當為「ガウ」(gau)。奇怪的是,京大本和東洋本都不在「骭」左旁標出《釋文》的反切,而在右旁標出「トウ」(tou)的字音。這個注音記述顯然不正確,其錯誤大概出於加點者將《釋文》對繼「骭」字之後的「盪」字所下的音注:「吐浪反」,錯看為「骭」字的字音。

4. 對音注不完備之處未利用《釋文》補入之事例

對〈季氏篇〉「邦君之妻」章的「稱」字,《釋文》下了「尺證反,下同」的音注。東洋本的音注是:「尺反」,脫落了表示韻母的「證」字,京大本的音注是:「尺、反」,「、」表示「尺」和「反」之間應該有反切下字。

此處如果加點者按照《釋文》轉記入音注的話,應該立即認識到「尺」字之下缺少一字,從而補入缺字,即「證」字。兩種點本沒補入缺字部分,表明加點者沒參照《釋文》。

由上述事例可以看到,清原家兩本點本中的注音記述,並不是以《釋文》所提示的字音如實轉記入的,而是以保存於先行點本中的《釋文》音注轉記入的。從兩本點本中反切的轉記錯誤不少來看,能知道宣賢以後的清原家對漢字音的理解不夠。考察到此,關於博士家的經書講讀,足利氏說明:「必定遵守陸德明《經典釋文》所定之音」,顯然存有錯誤,但不依《釋文》而將先行點本的音注「移點」,可以從別的觀點認為具有學術上的意義。

5. 記入現行《釋文》正文所缺的音注和正確的音注之事例

對〈述而篇〉「子曰:默而識之云云」章的「識」字,現行

《釋文》沒下音注，而京大本和東洋本卻均有「音志，又如字」的音注。《釋文》同樣對「識」字下有「音志」的音注之事例，可舉對《周禮・春官・保章氏》注「志，古文識，識記也」的「識」字之音注。

對〈泰伯篇〉「子曰：禹，吾無間然矣云云」章的「間」字，現行《釋文》沒下音注，而點本卻有「音諫，注同」的音注。《釋文》同樣對「間」字下有「音諫」的音注之事例，可舉對《爾雅・釋言》「間，倪也」的「間」字之音注。

對〈微子篇〉「周有八士，伯達、伯适、仲突、仲忽、叔夜、叔夏、季隨、季騧」的「突」字，點本下了「他沒反」的音注，《釋文》卻沒有同樣的音注。《釋文》中雖看不到對「突」字下有完全同一的音注之事例，然而對《公羊傳・莊公二十一年》「鄭伯突云云」的「突」字，《釋文》下了「徒沒反」的音注。「他」和「徒」表示同一聲母，因此，點本所標的音注跟《釋文》所給予的音注並不矛盾。

清原家點本中類似這樣的事例不少，就那些事例而言，不光措辭屬於《釋文》音注的形式，而且點本所給予的音注也跟對同一文字《釋文》所給予的音注相符合。由此可以推測從《釋文》消失的音注卻保存於清原家點本。加點者在移點之際，沒有按照後來的《釋文》文本來修正原來存在的音注，因而點本卻將《釋文》的原形保存下來了。對〈公冶長篇〉「子謂公冶長，可妻也。雖在縲絏之中」章的「縲」字音注，可算是實例之一。現行《經典釋文》即通志堂本或者武英殿本對「縲」字下「尤追反」的音注，在此音注中表示聲母的反切上字，即「尤」字顯然不對，而

清原家點本中「力追反」的音注是正確的。[29]

坂井健一對三種清原家的點本進行詳細地調查，再將點本所標的注音記述與《切韻》系之字音比較，然後，確認清原家點本中的注音記述具有之學術價值，說：

> 可以知道點本中保存有比通行本更古老而且接近原本《論語釋文》的字音。因此，對這些資料進行分析、綜合之後，我們可以將之作為對校通行本《釋文》的好資料。總之，點本不僅是對從來孤立的《釋文》進行廣泛校訂、補修，而且是比通行本更古老、近於原貌的確實而合適之資料。[30]

由坂井氏所屬的「經典釋文綜合研究論語釋文班」（日本大學文理學部中國文學研究室。負責人：內野熊一郎）刊行的《對校論語釋文集成》，[31]是基於如上認識作成的。其中，將包含清原家點本的6種《論語釋文》對校資料中之音注彙整為對照圖表。據那圖表，可以看到清原家各點本的注音情況有不少差異。因此，在利用點本中的音注之時，應該留意各本間的差異。

作為校勘《經典釋文》代表性的著作，可舉黃焯《經典釋文

---

29 關於此處的反切之誤，黃焯說：「『尤』字承宋本之誤。蜀本、何校本作『力』，是也」，認為出於宋本之誤記（《經典釋文彙校》〔北京：中華書局，1980 年〕，卷 24，頁 209）。通志堂本也以此宋本為祖本。如果清原氏參照宋版《釋文》，也許基於那本將家內傳下來的音注改寫為跟通志堂本《釋文》中的音注一樣。

30 坂井健一：〈《論語釋文》の「書キ入レ」音について〉，《中國語學研究》（東京：汲古書院，1995 年），頁 206。在對清原家《論語》點本所引《釋文》音義的來歷進行考察之時，應參考由內野熊一郎寫的兩篇論文，即〈清原家相傳論語抄本にあらわれた論語釋文の一考察〉（日本大學中國文學會：《漢學研究》第 5 號〔1967 年 5 月〕）和〈清原家相傳論語抄三本「書キ入レ」の「才本」の實態と性格〉（《漢學研究》第 6 號〔1968 年 6 月〕）。

31 《對校論語釋文集成》（東京：汲古書院，1970 年）。

彙校》。黃焯根據《經典釋文》各種刻本、抄本、校本以及阮元編《經典釋文校勘記》等進行對校而編輯成此本。《經典釋文彙校》卷二十四引用根據清原家點本編刊的正平版《論語》作為對校資料。[32]不過，黃氏沒參照清原家點本中記入的《經典釋文》之音注。管見所及，此後在繼承黃氏的研究進行追溯《經典釋文》原型的工作之時，必須參考清原家諸點本所標之注音記述。

（三）清原家和「漢音」

通過探討點本所引《釋文》，明白了清原家和《釋文》的關係之一端。清原家在決定經典的字音時，可謂基本上是依據了《釋文》，但是在將《釋文》的音注記入之際，加點者沒有參照《釋文》文本，他們只將先行點本所有的音注轉記於自己的抄本。再者，在轉記之際所發生的誤記和脫誤，也有不少。從這些情況可以推斷在經書誦讀之際，清原家沒有將《釋文》看做是絕對的基準。要留意的是，上面加以調查的兩種點本，都是屬於室町時代（1336-1573）後期的抄本，在當時，《釋文》之音注所具有的重要性，跟開始作成點本的時期相比有所差異。這可能和日本的語言情況有關係。

因為大學寮創設於七世紀後半，[33]所以由在唐貞觀初年（627）

---

[32] 接著何晏《集解》序「琅邪王卿」句中的「琅」字的釋文「本或作『瑯』」下之圖識，黃焯註記：「《古逸叢書》覆正平本《論語集解》（後稱正平本）作『瑯』。」這表明他利用黎庶昌輯《古逸叢書》所收正平本《論語》作為對校資料。關於正平本《論語》的文獻價值，參看川瀨一馬：〈正平本論語攷〉，《日本書誌學之研究》（東京：大日本雄辯會講談社，1943 年）。

[33] 關於大學寮的創設時期之諸說和對諸說的分析，詳久木幸男：〈大學寮的創設〉，《日本古代學校の研究》，頁 22-49。

左右去世的陸德明[34]所編纂的《經典釋文》，可謂是音博士在根據同時代的中國音來指導誦讀經典時的基準書。然而，只順從《釋文》的音注，不久就不能對應在中國的漢字音之變化了。兼之，在寬平六年（896）廢止遣唐使以後，按照《釋文》的音注能指導中國發音的人材就難得了。於是在大學寮內逐漸省略誦讀，而專門通過訓讀方式進行經學教育了。從而《釋文》音注的重要性越來越降低。上面的考察表明此推測不是沒有道理的。那麼說來，不禁會產生一個疑問：既然《釋文》音注的重要性下降，為什麼清原家卻將《釋文》的音注仍舊繼續記入於點本？為了回答此疑問，下面將討論日本漢字音之變遷以及其和清原家學的關係。

日本的漢字音有吳音、漢音、唐音等區別，彼此的區別在於各音流入日本時期的差異。在這些日本漢字音之中，主要的是「吳音」和「漢音」。漢音是將由遣唐使和入唐僧等帶來的中國音改為適合於日語的音韻體系之字音。基於一般說法，漢音來自唐代長安音，跟《切韻》系韻書的字音基本上是一致的。但是，此看法說明不了的現象也不少，需要重新研究。[35]

吳音是漢音流入之前在日本扎根的漢字音，關於其根源音，有論者認為出於六朝時期南方吳地方的方言音。但是，馬淵和夫指出，最初將漢字音傳入日本的就是從百濟派遣來的五經博士和僧侶等人。他們在誦讀經典的時候，當然會按照中國的標準音，

---

[34] 陸德明的生平詳木島史雄：〈陸德明學術年譜〉，京都大學人文科學研究所：《東方學報》第 68 冊（1996 年 3 月）。

[35] 關於在日本研究漢字音的情況，參考沼本克明：《平安鎌倉時代に於る日本漢字音に就ての研究》之〈序論〉（東京：武藏野書院，1982 年）。

而其標準音是經由中國北方地區進入古代朝鮮的。[36]大島正健又指出,在隋統一之前的南北兩音,都是基於漢魏音的屬於同系統之聲音,南北兩音之間,大概沒有如後世所說的那樣懸隔,因而與其稱為「吳音」,不如稱為「古音」。[37]

漢音和吳音是由於流入時期的差異而被分為二層的日本漢字音之體系,根據沼本氏的概括,兩者的差異如下:(a)入聲字的促音化:多見於吳音,少見於漢音。(b)連濁:多見於吳音,少見於漢音。(c)聲調變化:吳音有從去聲到入聲的聲調變化,漢音沒有聲調變化。[38]

日本在平安時代以後,漢字就有吳音和漢音兩種字音了。針對這種情況,出現了統一兩音併存的狀況之氛圍。桓武天皇在延曆十一年(792)所下的詔中曰:「明經之徒,不可習吳音。發聲誦讀,既致訛謬,熟習漢音」,[39]命令大學寮的明經道遵守漢音學習,規定以儒家經典為始,所有漢籍都需要用漢音誦讀。他又在翌年四月所下的詔中曰:「自今以後,年分度者,非習漢音,勿令得度。」[40]「年分度者」就是每年限制允許剃度人數的制度,[41]根據這道詔令非習得漢音者勿允可剃度,這意味著佛教徒也應該

---

[36] 馬淵和夫:〈和音、漢音、吳音の傳来〉,《日本韻學史の研究Ⅱ》(東京:日本學術振興會,1963 年),第 3 篇第 3 章第 5 節。

[37] 大島正健:〈何をか吳音といふ〉,《漢音吳音の研究》(東京:第一書房,1931年),第 1 章第 1 節。

[38] 沼本克明:《平安鎌倉時代に於る日本漢字音に就ての研究》,頁 49。

[39] 黑板勝美編:《日本紀略・前篇》(東京:吉川弘文館,1970 年),頁 266。

[40] 同前注,頁 267。

[41] 關於「年分度者」制的變遷,參考〈年分度者事〉,黑板勝美編:《類聚三代格》(東京:吉川弘文館,1970 年),卷 2。

遵守漢音了。實際上，考慮佛教徒多年一直使用吳音誦讀佛典，後來規定了儒家經典等的漢籍使用漢音誦讀，而佛典和法律關係書則使用吳音誦讀。[42]不難推測，明經博士家的清原家遵守規定，他們利用漢音誦讀儒家經典，而現存諸點本中的訓點證明這個推測可能無誤。

　　清原家以漢音為正統音跟他們利用《釋文》有什麼關係？為了回答這個疑問，沼本克明的研究可以當作線索。他將平安中期點本《古文尚書》中的音注和通志堂本《釋文》中的音注進行比較，指出全 273 個音注之中，205 個能在《釋文》中得到確認，然後，將不能確認的 68 個音注與敦煌本（即現存唯一的唐抄本《釋文》）中的音注進行比較，確認出兩者的音注是基本上一致的，從而下結論認為點本中的音注保留著接近於《釋文》的原初本。他又根據小林芳規的看法[43]推斷，平安中期點本《古文尚書》遺留著平安中期（901-1000）在大學寮進行的經書講說之痕跡。[44]根據沼本氏所指出的事例可以證明清原家《論語》點本所標的音注富有學術意義。

　　沼本氏所論及的點本是在桓武天皇下「漢音勵行」之詔後作成的，從其點本附加的音注是由《釋文》轉記來看，可見《釋文》的音注已成為按照漢音誦讀經典的標準。基於沼本氏的看法，「在

---

[42] 關於古代日本的漢字音統一政策，參考築島裕：〈漢音と吳音〉，《國語の歷史》（東京：東京大學出版會，1977 年），第 2 章，頁 38-41。

[43] 小林芳規：《平安鎌倉時代に於ける漢籍訓讀の國語史的研究》（東京：東京大學出版會，1967 年），頁 28。

[44] 沼本克明：〈漢籍訓讀に於る字音讀の方法〉，《平安鎌倉時代に於る日本漢字音に就ての研究》第 1 章第 1 節，頁 608-634。

漢音的學習傳承中，『反切』具有積極性的關係」，[45]正是因為有以《釋文》為始的反切資料，才能繼承漢音。清原家一貫地在其點本中記入《釋文》的音注來護持漢音之理由，可能在於誇示其家說的正當性。宣賢或者其後人提出如下的論理來主張遵守漢音，大概基於同樣的心理：

> 因為吳去日本不遠，吳音早到來，則日本人說話，皆用吳音也。文書傳於漢之世，則用漢音讀。[46]

以中國的文書早在漢代傳到日本為理由，提出了遵守漢音的正當性，明顯屬於強辯。漢音的「漢」字，如漢詩的「漢」一般，對日本人來說不過是中國的代稱而已，跟中國朝代的「漢」沒有關係。因為不得不承認吳音傳來得早，所以為了與其對抗而產生了奇怪的理論。宣賢（或者其後人）提出這樣說法，可能意味著他在擔任講解經義之時，維持家學已經不容易了。[47]

（四）點本中起義注作用的訓點

上面討論了在清原家點本附加的訓點之中，有「音注」作用

---

45 沼本克明：〈序論〉第 3 項「正式音注（反切）の位置」，同前注，頁 75。沼本氏認為吳音：「不能說完全沒利用『反切』，但是其學習傳承的主體在於口承口誦的傳承法，反切不過是其輔助的手段」，認為在吳音的習得和繼承上對「反切」資料之依存，未必十分高。

46 《論語私抄‧公冶長》「子張問曰：令尹子文云云」章，頁 85。《論語私抄》被認為是由宣賢或者其後人寫的，收藏於京都大學附屬圖書館清家文庫等機關。清家文庫本的全文圖像，作為「京都大學電子圖書館貴重畫像資料」（http://edb.kulib.kyoto-u.ac.jp/exhibit/index.html）之一在互聯網上公開，全冊影印又收錄於坂詰力治編：《論語抄の國語學的研究（影印篇）》（東京：武藏野書院，1984 年），本文利用這本影印版。

47 關於漢音、吳音之傳來的從中世到江戶時代之議論的變遷，參考馬淵和夫：〈漢音、吳音について〉，《日本韻學史の研究Ⅱ》第 3 章。

的訓點。以下討論有「義注」作用的訓點。首先概觀《論語》點本之形態，留存在日本的《論語》古寫本，《集解》本占多數，根據阿部隆一的調查，何晏《集解》舊抄本，包含不全本，90種留存於日本。[48]如足利衍述說：「清原家的《論語》家本就是《集解》本」，[49]清原家傳承的《論語》就是對《集解》抄本加點的書本。阿部所列舉的 90 種《集解》古抄本之中，至少 21 種是清原家的點本。

清原家的點本既然是對《集解》本進行加點的，那麼，《論語》本文的訓點反映著《集解》的詮釋是容易推測的。例如，對〈為政篇〉「子曰：溫故而知新云云」章的「溫」字，點本給予「タツヌ（尋）」[50]的義訓。此明顯是本於《集解》：「溫，尋也」的訓詁。再者，對〈顏淵篇〉「子曰：片言可以折獄者。其由也與。子路無宿諾」章的「宿」字，點本給予「アラカシメ（豫）」的義訓，也是本於《集解》：「宿，猶豫也」之訓詁。

可是，對於全部的義訓，並不一定能在《集解》中找到跟點本相同的訓詁。例如〈學而篇〉「子曰：君子不重云云」章「學則不固」句的「固」字，點本給予「アタル（當）」的義訓。而《集解》說：「孔曰：固，弊也。一曰：言人不能敦重，既無威嚴，學又不能堅固識其義理」，對「固」字卻給予「オホフ（弊）」的訓詁，並且介紹將該字解釋為「カタシ（堅固）」的一說。從

---

48 阿部隆一：〈本邦現存漢籍古寫本類所在略目錄〉，《阿部隆一遺稿集》（東京：汲古書院，1993 年），第 1 卷，頁 221-224。

49 足利衍述：《鎌倉室町時代之儒教》，頁 509。

50 以下，關於訓讀語中的活用詞（即有詞尾變化的詞），為了方便比較，一律定為「終止形」而揭示。這裡的「タツヌ」，點本原來作「タツネ」（連用形）。

這些訓詁和詮釋來導出點本的「アタル」之訓詁，是極為困難的。
而查閱《義疏》，其中有：「侃案：孔訓固為蔽，蔽猶當也。言人
既不能敢重，縱學亦不能當道理也」，對《集解》「固，弊也」的
「弊（蔽）」字更加給予「當」的義訓。所以從這一個事例可以
看出，清原家點本順從《義疏》的詮釋而附加了訓點。

　　對〈子路篇〉「子曰：南人有言云云」章「不恆其德，或承
之羞」句的「或」字，點本給予「ツネ（常）」的義訓。《集解》
只說：「言德無常則羞辱承之也」，對「或」字未給予特別的解釋。
而《義疏》則有「或，常也」的訓詁，可見點本的「ツネ」之義
訓也出自《義疏》。

　　清原家的《論語》解釋，基本上是依據古注即何晏《集解》
和皇侃《義疏》的訓義，與點本相同的訓詁大半在古注中可以查
得出來。根據武內義雄，此傾向可於「古鈔本」即清原家點本中
觀察出來。他說：

> 現存古鈔本《論語》都是按照皇侃《義疏》來訓讀何晏《集
> 解》本的，在鎌倉以前，我國《論語》學可以看作只處於
> 依據皇侃閱讀何晏《集解》的水平。[51]

通觀清原家的《論語》諸點本，尊重古注的態度，能在鎌倉以前
《論語》點本中就得到確認，清原家在室町時代一直維持著此種
傾向。他們能夠維持此種態度的最大理由，在於皇侃《義疏》在
日本國內沒有消失掉而傳承下來的特殊情況。眾所周知，此書在
中國南宋時期一度失傳，[52]之後，在寬延三年（1750）根本遜志

---

[51]　武內義雄：《論語之研究》，頁34。

[52]　關於皇侃《義疏》在中國失傳的時期，參考福田忍：〈皇侃《論語義疏》と

（1699-1764）校訂出版的書再輸入到中土，收錄於《四庫全書》、《知不足齋叢書》等，很受清代學術界的歡迎。

皇侃《義疏》具有對何晏《集解》再進行注釋之性質，不但在分量方面超過了《集解》，而且在字義解釋之方面，對《集解》所不加以解釋之處也進行詮釋。明經博士家要對整個《論語》給予詳細的訓點，只依據何晏《集解》是不夠的，由於在日本留存有《義疏》的緣故，這個工作成為可能。

在清原家內，「古點」即在舊的家本中所記入的訓點具有權威之事，參看後述屬於「抄物」的資料便能理解。例如，將〈八佾篇〉「子曰：周監於二代云云」章「周監於二代」句，清原家的諸點本都訓讀為「周ヲ二代ニ監ミ（「將周監於二代」的意思）」。而清原宣賢在《論語聽塵》中，對「古點」的訓讀提出疑義說：

> 訓讀「周ヲ」之時，「周」字當在「監」下。此本「監」上有「周」字，當訓讀「周ハ」而誤讀之云。[53]

訓讀為「周ヲ二代ニ監ミ」之時，「周」字為「監」的賓語，在此場合，「周」字應該位置在「監」之下。不過，《論語》原文的詞序，「周」字卻位置在「監」之上，這表明「周」是主語，「監」是動詞，因此應該訓讀為「周ハ二代ニ監ミ」。宣賢提出如上的疑義，而後關於點本的訓讀說：「但古點也。不當改之」，說明因為是「古點」，所以不容許改正。又根據宣賢的看法：「古點加於

朱熹《論語集注》》（《中國哲學》第 18 號〔北海道中國哲學會，1989 年 9月〕）中該文所介紹的諸研究。

[53] 清原宣賢：《論語聽塵》，第 2 冊，頁 62。本文利用的《論語聽塵》是蓬左文庫所藏本。

《正義》和《義疏》未到日本之前。」(《聽塵・子罕篇》「顏淵喟然歎曰」章)[54]如此有來歷的「古點」,大概是為了維持家學權威的必要要件,從而連判斷為錯誤的部分也不准修改。

　　然而,在中國興起的朱子學漸漸地影響到日本學術界,點本的訓點也逐漸地反映出學術動態的變化。針對這個問題進行研究的是韓國學者吳美寧。根據吳氏的見解,早在清原教隆時期加點的東洋文庫所藏正和四年(1315)書寫訓點本,即通稱為「正和本」中的訓點,可以確認受到朱熹《集注》解釋的影響。對〈鄉黨篇〉「入公門,鞠躬如也」章「屏氣似不息者」句的「屏」字,正和本附加兩種訓點。在「屏」右旁附加的「正訓」作為「シリソク(退、斥)」,此訓詁可以推測是順從《義疏》「屏,疊除貌也」的訓詁。而在「屏」左旁附加的「左訓」作為「カクス(隱藏)」。「左訓」就是在文字左旁附加的起補助作用之訓點。此「カクス」的訓詁,跟朱熹《集注》「屏,藏也」的訓詁相同,因此可以斷言正和本採用了新注的訓詁。[55]

　　吳氏對包括「正和本」的七本清原家點本,採用新注的情況進行了細心調查。其結果是:雖然各本採用新注的詮釋,不過都限於一、二例而已。因此只觀察點本,宋學對清原家學問的影響,似乎顯得很微弱。不過管見以為,清原家的學問,將「點本」和「抄物」綜合來看,才能把握其全面的特徵,應該避免簡單地下結論。於是,接下來將探討的對象轉移到清原家的「抄物」。

54　同前注,第 3 冊,頁 9。

55　吳美寧:〈鎌倉時代の清原家論語訓點本における中國側注釋書の取り入れ〉《日本論語訓讀史研究(上)・訓點資料篇》(首爾:Japanese Technical Publishing Company,2006 年),頁 52-53。

四、清原家的《論語》講解書（二）──抄物

（一）抄物

《論語抄》是《論語》抄物之一。「抄物」是指由博士家的學人或者京都五山的禪僧等對漢籍和佛典進行講釋之書本，包括講義者的草稿即「手控」以及聽講者的筆記即「聞書」。抄物的文體屬於口語體，因此，被視為研究從室町中期到江戶初期之間的口語語彙和語法的重要資料。

在儒家經典的抄物中，傳下來的書本種類最多的就是《論語》，其大半由阿部隆一進行實地調查。調查成果編纂為〈室町以前邦人撰述論語孟子注釋書（上）〉，其中有對各本的詳細解說。之後，根據阿部氏的研究成果，並補充了包括《論語抄》諸本抄刊情況等獨自調查結果的有柳田征司。柳田氏編撰有〈抄物目錄稿（原典漢籍經部二・四書、小學）〉，[56]其中，關於《論語》抄物，可以確認有 25 種 82 件留傳下來。現存清原家《論語抄》之中最古的就是，推定為由清原良賢講釋的《論語抄》十卷 5 冊（以下，略稱為「應永本」）。此「應永本」在應永二十七年（1420），由稱光天皇抄寫成第 1 冊，其他部分由五條為綱抄寫。[57]以此本為始，清原家講者的抄物，現存有 10 種 41 件。

宣賢《論語抄》，被柳田氏分類為「清原宣賢抄論語聽塵」的《論語聽塵》（一名《論語祕抄》），現存有 6 件。《論語聽塵》

---

56 安田女子大學抄物研究會編：《抄物の研究》第 11 號（2000 年 11 月）所收。

57 東山御文庫所藏。以全文排印的翻字版有中田祝夫編：《應永二十七年本論語抄》（東京：勉誠社，1976 年），本文利用該本。

的內容，大部分是諸書的節錄，而節錄部分的文章，基本上是只
對原文附加「返點」。此書可看作是宣賢《論語》講釋的草稿。
其理由是，在當時，講解者引述文章之際，為了使聽眾容易理解，
理應將引文改作「訓讀文」而讀誦。實際上，在《論語聽塵》中，
不加「訓點」而引述的原文達到相當數量，而且引用書本多種多
樣，難以推想聽講者能正確地聽寫下那樣大量的文章。宣賢也留
下了其他題為「聽塵」之著作，木田章義關於宣賢《毛詩聽塵》
解說：「將逐行講義上必要的解釋和書本根據而匯集的所謂手控
（即筆記本）」，[58]因而《論語聽塵》可看作屬於同樣性質的書本。

關於《論語抄》，還有柳田氏分類為「清原宣賢（？）講某
聞書論語私抄」的《論語私抄》，現存有 9 件。有論者將此本看
作是宣賢的抄物，有論者否定之，現在還沒有定論。總之，此類
抄物確實是由宣賢或者其前後的清原家關係者所寫成的。附帶說
明，宣賢的抄物，除上列的以外，還留存有《尚書聽塵》、《尚書
抄》、《左傳聽塵》、《大學聽塵》等。

（二）《論語聽塵》的基本結構

《論語聽塵》（以下略稱為《聽塵》）一書由幾個部分構成。
在開頭講述孔子的簡歷和生卒年等之後，對何晏《集解》序一文
進行逐字的講解，隨後對〈學而篇〉第一到〈堯曰篇〉第二十的
正文加以講解。這些事情表明在講授之際採用的書本就是《集解》
本。只是，在講明經義之時，看來卻以皇侃《義疏》為中心。那

---

58 木田章義：〈兩足院本《毛詩抄》とその背景〉，京都大學文學部國語學國文
　學研究室編：《林宗二、林宗和自筆毛詩抄（下）》（京都：臨川書店，2005
　年），頁 706。

是因為《聽塵》在說明《論語》的基本結構之時，大半依據《義疏》。這裡所謂的「基本結構」，指《論語》的編纂狀況，各篇的排序，以及各章的意思等等。下面對《聽塵》的基本結構加以考察。

首先，觀察《論語》的編纂狀況，以及《聽塵》是如何說明的。關於〈學而篇〉「子曰：學而時習之云云」章，宣賢說明：

> 此以下，皆是孔子語也。故稱「子曰」為首也。然此書或有弟子之言，或有他人之語，雖非悉孔子之語，而此書所記，皆被孔子之抑揚褒貶。然則皆等於孔子之語。故以「子曰」冠一書，可以全部為孔子之言也。[59]

《論語》中雖然也收錄了孔子以外的人物之說話，但都是通過「孔子之抑揚褒貶」，因而以此書為孔子所編著。其看法不外乎沿用下面所引述《義疏》的說明：

> 此以下，是孔子開口談說之語，故稱「子曰」為首也。然此一書或是弟子之言，或有時俗之語，雖非悉孔子之語，而當時皆被孔子印可也。必被印可，乃得預錄。故稱「子曰」，通冠一書也。[60]

其次，觀察宣賢對於《論語》二十篇篇次的看法。為了弄清宣賢的看法與皇侃《義疏》的關係，下面並舉關於〈學而篇〉和〈為政篇〉為何放於《論語》第一篇和第二篇之理由，兩書是如何說明的：

---

[59] 清原宣賢：《論語聽塵》，第 1 冊，頁 15。

[60] 何晏集解、皇侃義疏：《論語集解義疏》（臺北：新文豐出版社《叢書集成新編》第 17 冊，1985 年），卷 1，頁 497 下。

1. 《聽塵》：以「學而」為二十篇之第一者，人須學而至
   「曰：舜何人也，吾何人也」之處。故〈學記〉云：「玉
   不琢不成器，人不學不知道」。[61]

   《義疏》：以「學而」最先者，言降聖以下，皆須學成。
   故〈學記〉云：「玉不琢不成器，人不學不知道」。[62]

2. 《聽塵》：所以次前者，〈學記〉云：「君子如欲化民成
   俗，其必由學乎」。是則以學文為先，以政化為後。[63]

   《義疏》：所以次前者，〈學記〉云：「君子如欲化民成
   俗，其必由學乎」。是明先學後，乃可為政化民，故以
   為政次於學而也。[64]

可以知道，兩書都同樣地引述《禮記·學記篇》的記述來說明《論
語》的篇次，《聽塵》的記述明顯是本於《義疏》。為了避免繁瑣，
在此省略對全二十篇進行對比。其實，關於從〈為政篇〉到〈堯
曰篇〉的篇次之說明，《聽塵》同樣也本於《義疏》。通過將兩書
的關聯部分比一比，這個情況就明白了。

從《論語》的分章，也可以確認《聽塵》對《義疏》的依存
情況。《聽塵》在各篇的題名之下，注記屬於各篇的章數，而且
在各章的冒頭附加章序號碼。例如，「學而第一」之下云：「凡十
六章」，在「子曰學而時」的標記之右旁注記：「一章」；在「有
子曰其為人」的標記之右旁注記：「二」；在〈學而篇〉末章「子

---

61 清原宣賢：《論語聽塵》，第 1 冊，頁 15。

62 何晏集解、皇侃義疏：《論語集解義疏》卷 1，頁 497 下。

63 清原宣賢：《論語聽塵》，第 1 冊，頁 30。

64 何晏集解、皇侃義疏：《論語集解義疏》卷 1，頁 500 下。

曰賜也」的標記之右旁也注記：「十六」。《論語》的分章，古注、新注之間時有相異，因此，從分章的情況可以推測清原家是以哪個注釋為基準。

從此觀點來看，〈子罕篇〉的分章值得注重。《聽塵》在「子罕第九」之下，注記：「凡三十一章。皇三十章」，表示兩種分章的存在。調查《聽塵》在該篇的章序號碼，〈子罕篇〉的最後一章就是標記：「三十」的「子曰：可與共學云云」章。由此可見，宣賢依據了將本篇分為三十章的皇侃之分章。再詳細說明一下，對此部分，古注的分章和新注有不同。《義疏》的標起止為「子曰至有哉」，此意味著，以「子曰：可與共學……。可與立，未可與權」一段和其下的「唐棣之華……夫何遠之有哉」一段併成一章。而朱熹《論語集注》以「唐棣之華」之下為別的一章，將〈子罕篇〉分為三十一章。[65]

再者，《聽塵》在「先進第十一篇」下，注記：「鄭二十三章；皇二十四章」，表示關於此篇，鄭玄的分章相異於皇侃。其差異在於將「子曰：從我於陳蔡者，皆不及門者也」一段和「德行，顏淵、閔子騫、冉伯牛、仲弓。言語，宰我、子貢。政事，冉有、季路。文學，子游、子夏」一段併成一章與否。《聽塵》對此兩段的標記部分，分別注記：「二」、「三」，以兩段看做為兩章。宣賢的看法本於《義疏》所表示的「子曰至者也」和「德行至子夏」兩個標起止。《聽塵》關於這部分的分章說：

---

[65] 關於發生分章異同的思想背景，可參拙稿：〈焦循の思想的特質の一端——「經」と「權」をめぐって〉，《中國哲學》第 24 號（北海道中國哲學會，1995 年 12 月）。

> 鄭玄以此章與上章合為一章。其所以然,前章謂弟子失所
> 而不仕進,遂於此章舉弟子之才德優可以仕進者,故云:
> 「與上為一章」。皇侃以此章為別之一章也。[66]

清原宣賢先引述何晏《集解》中鄭玄將兩段看作一章之說,認為
孔子在陳、蔡之間被包圍時,悲嘆同行的弟子還沒獲得仕進之
門,從而列舉不遇的弟子名單,而「德行,顏淵」以下一段的記
述就是不遇的弟子名單。[67]他又引述皇侃說:「孔子門徒三千,而
唯有此以下十人名為四科」,認為顏淵以下的十人,不外乎在孔
子弟子三千人之中,該當「德行」以下四門科的傑出弟子。根據
其說法,此十人跟陳、蔡之間的災難沒有關係。《論語》全章中,
在分章上成問題的有以上所舉的兩處為代表,而《聽塵》對兩處
均是依據《義疏》的看法。[68]

最後,觀察《聽塵》如何說明各章的主旨。在〈學而篇〉「子
曰:道千乘之國云云」章講說的開頭,《聽塵》說:「此章明諸侯
治大國法也」,[69]而同文見於《義疏》,用來說明本章的主旨。同
樣,對〈為政篇〉「子曰:詩三百云云」章,《聽塵》說:「是別

---

66 清原宣賢:《論語聽塵》,第 3 冊,頁 36。

67 原文:「鄭玄曰:言弟子之從我而厄於陳、蔡者,皆不反仕進之門,而失其
 所也。」

68 根據喬秀岩(即橋本秀美),在皇侃之時,對諸經已經導入「科段」說進行
 解釋。科段是在篇、章、段落,原來有基於一貫原則的區分之前提下整理經
 文。對《論語》的解釋最初導入科段說就是皇侃,詳氏著:〈科段說と前後
 對應の理論〉,《義疏學衰亡史論》(東京:白峰社,2001 年),第 1 章第 2
 節。著重篇次的分章是皇侃《論語》詮釋的主要特徵之一,清原家《論語抄》
 基本上沿襲他的篇次和分章。

69 清原宣賢:《論語聽塵》,第 1 冊,頁 20。

之一章，證明上之『為政以德』」，[70]而其記述出於《義疏》「此章舉詩證「為政以德」之事也。」《義疏》往往在各章的開頭說：「此章云云」，從而講解該章的主旨，《聽塵》採用這種說明之處很多。

　　從上列的事情，可以確認《聽塵》在講明《論語》的基本結構之時，大部分依據《義疏》。只是，清原家《論語抄》對《義疏》的依靠，並不起源於宣賢。例如，以《論語》為孔子親手編纂的看法，早在應永本中提起：

> 此以下，皆孔子語也。因而以「子曰」兩字置於第一之始也。然而此書或有弟子言，或有他人語，非盡是孔子語。而以此一部為孔子語，如何。以此書所記之言，皆被孔子之抑揚褒貶也。然則皆等於孔子之語。故以「子曰」蒙一書，可以全書為孔子之言也。[71]

如此看來，雖然加以潤色，宣賢《聽塵》的記述，似乎沿襲了應永本的說法。對《論語》二十章篇次的說明，應永本就提出了跟《義疏》同樣的看法，可以理解《聽塵》確實襲用了先行《論語抄》的記述。但是，柳田氏所推演出「宣賢抄《論語聽塵》大半無改地利用良賢本的文本」的結論，[72]好像需要若干的修正。

　　對〈衛靈公篇〉「子曰：事君云云」章，《聽塵》說：「集注，君子之仕也，有官守者」，引述了《集注》的記述。《集注》雖然

70　同前注，頁 32。

71　中田祝夫編：《應永二十七年本論語抄》，頁 29。

72　柳田征司：〈清原業忠の論語抄に就て〉，安田女子大學抄物研究會編：《抄物の研究》第 1 號（1970 年 6 月），頁 34。引文中所謂「良賢本」，指應永本。

接著有「修其職，有言責者盡其忠，皆以敬吾之事而已。不可先有求祿之心也」一段，《聽塵》卻遺漏了此一段，不成文章了。而應永本說：「本無此下之文，予書加之」，表示有文章的缺落，之後，添寫了「修其職」以下的記述。如柳田氏所說的那樣，要是宣賢在作成《聽塵》之時參照應永本的話，當然他會補寫應永本已經補寫的部分，事實上，《聽塵》沒有「修其職」以下的文章，[73] 那證明宣賢所參照的不是應永本，而是應永本著者所謂「本無此下之文」之外的《論語抄》。在清原家內，無疑傳存有兩種以上的《論語抄》。從《論語私抄》有「一抄」（〈里仁篇〉「子曰：君子懷德云云」章）和「或抄」（〈為政篇〉「子張問：十世可知也云云」章）等記述，[74] 可見應是引述了屬於其他系統之《論語抄》。

柳田氏落入誤解不足為奇，因為應永本的記述大半和《聽塵》重複。根據鄙見，兩書的差異在於引述宋儒說的多寡，《聽塵》比應永本更大量引用宋學系之注釋。對其情況，將在次項中論述。從本項的考察可以知道，清原家不但在點本上，而且在抄物上，都尊重先行家本。

（三）《論語抄》中宋儒說的利用

從上面對清原家點本的考察，可以確認宋學的進入以及其對日本儒學的影響，可是，新注的詮釋對點本中訓詁的影響很少。新注的詮釋對抄物中講解的影響也一樣嗎？通讀《聽塵》，就可

以注意到作者隨處引用宋儒之說。例如，關於〈學而篇〉「子曰：學而時習之，不亦說乎；有朋自遠方來，不亦樂乎；人不知而不慍，不亦君子乎」，《聽塵》認為此章說明學問功夫上的三個階段，沿用皇侃《義疏》的看法。接著為了說明「學」字的含義，提示《義疏》也引用的《白虎通》「學，覺也，悟也。」以下記述，之後再提示朱熹《集注》「學之為言效也」以下記述以及元人胡炳文《四書通》「人性皆善，天命之性也。覺有先後，氣質之性也」以下記述。[75]

　　《聽塵》如此到處引用宋學系的儒說，可謂在詮釋《論語》上依存程度很高。根據足利衍述的看法，清原家的經學之變遷，可劃為三個時期。第一期是主要本於古注進行詮釋的鎌倉末葉以前之時期。第二期是受到禪門的朱子學講習弘布和朝廷的朱子學採用之影響，除古注以外，也開始參考新注之時期。學風的變化由清原賴元、良賢開端，直至被稱為「清原家中興之祖」的業忠，就很明確了。第三期則是被稱為「清原家開創以來唯一大儒」的宣賢以後時期。宣賢將祖父業忠的學業大成，樹立新古折衷之一門，對家學進行了一大改革。[76]

　　對清原家《論語抄》活用新注的情況，雖然向來不少論者論到，但是大多都是概括性的。通過吳美寧的研究，《論語抄》中利用新注的情況，才能具體地把握。按照吳氏的看法，《論語》中有 244 個部分古注的詮釋和新注有異。針對此 244 個部分，吳氏將包含應永本與《聽塵》等五種《論語抄》採用古注和新注的

---

[75] 清原宣賢：《論語聽塵》，第 1 冊，頁 15-16。

[76] 足利衍述：《鎌倉室町時代之儒教》，頁 488-489。

情況進行數據化。根據其調查結果，應永本有 131 個部分（54%）引用古注，17 個部分（7%）引用新注，54 個部分（22%）古注、新注都引用；《聽塵》則有 102 個部分引用古注（42%），16 個部分（7%）引用新注，66 個部分（27%）古注、新注都引用。[77]因為兩書中採用新注之比率不過是百分之三十左右，所以對於足利衍述的發言：「至於宣賢，一變而成為純然新古折衷，根據新注詮釋的占十分之六、七，呈現寧可以新注為主，參考古注的樣子」，[78]可以判斷那不過是出於印象，並不客觀。

　　此處即就具體事例討論《聽塵》中引入新注的情況。如〈學而篇〉「子曰：不患人之不己知，患己不知人也」章，[79]《聽塵》講解說：

　　　　每人以為：我有才學，有技藝，人不知之。我實有才能，
　　　　人不知之，其人未練達也。此不是我所當患之事。[80]

何晏《集解》對本章注解說：「王肅曰：但患己之無能知也」，而皇侃《義疏》則說：「世人多言：己有才而不為人所知，故孔子解抑之也」。《聽塵》講解的後半部分是本於什麼，現在還不明確，而前半部分與《義疏》類似，可以推斷《聽塵》的這個部分是利用古注而寫的。《聽塵》接著說：

77　吳美寧在《日本論語訓讀史研究（下）‧抄物篇》第 2 部中從第 2 章到第 6 章的各章，對清原家的《論語抄》5 種所引用諸資料進行詳細的分析，並在第 7 章〈清原家論語抄における中國側注釋書の取り入れの變遷〉，將其 5 種抄物中利用古注、新注之情況的變遷，整理成為圖表。

78　足利衍述：《鎌倉室町時代之儒教》，頁 515。

79　通行本沒有「患己不知人也」句中的「己」字，清原家傳承的《集解》本、《義疏》本等諸本則有「己」字。

80　清原宣賢：《論語聽塵》，第 1 冊，頁 29。

當患是己不知人也。不知人則難以辨是非邪正。此當所深
患云。[81]

上述引文明顯是本於朱熹《集注》:「尹氏曰:……不知人,則是
非邪正或不能辨,故以為患也。」《聽塵》再接著說:「《論語》
一部於四處說此義也」,此看法沿襲了元人胡炳文《論語通》所
引熊禾《標題四書》的言辭:

知人亦致知之事。不求人知,猶首章之意。此類凡四出。
〈里仁篇〉「不患人之不己知,求為可知也」;〈憲問篇〉「不
患人之不己知,患其不能也」;〈衛靈篇〉「君子病無能焉,
不病人之不己知也」。[82]

《四庫提要》評論包含《論語通》的胡炳文《四書通》說:「是
編以趙順孫《四書纂疏》、吳真子《四書集成》,皆闡朱子之緒論,
而尚有與朱子相戾者,因重為刊削,附以己說,以成此書」,[83]《論
語通》是為闡明「朱子之緒論」匯集新注系諸注釋而編纂的書。

《聽塵》在本章引用的新注系之說不止於上列的資料,還引
用了如下兩種資料:

「語錄」:若宰相不知人,則不能進賢退不肖。學者不知
人,則不能辨益友損友。

「通」曰:始以「不知不慍」,終以此章,學而一篇終始

81　同前注,頁 29。

82　納蘭性德編:《通志堂經解》(揚州:江蘇廣陵古籍刻印社,1995 年),第 15
　　冊,頁 434。

83　永瑢等:《合印四庫全書總目提要及四庫未收書目禁燬書目》(臺北:臺灣商
　　務印書館,1985 年),第 1 冊,頁 737。

也。始以「不亦君子乎」，終以「無以為君子也」，始則結以「患不知人」，終則結以「不知言，無以知人」，論語一書終始也。門人紀次，豈無意歟。

第一條「語錄」是指《朱子語類》，見於卷二十二〈論語四〉。[84]第二條的「通」是指胡炳文《論語通》，見於卷一。[85]然而，上引兩文與原典比較起來，就發現有若干字句之不同。其差異並不是出於清原家的人在引用之時進行改變。那是因為在倪士毅《四書輯釋》中，上引兩文同樣接著「語錄」、「通曰」之後而被收錄。[86]

　　從上述情況可以了解，清原家《論語抄》中所引用的宋學系書本，大體上不是從原本引用，而是如阿部隆一所指出的那樣：大半是從倪士毅《四書輯釋》（以下略稱為《輯釋》）和胡廣等《四書大全》（以下略稱為《大全》）引用的。[87]這個事實意味著，日本當時不容易看到宋儒著作。補充說一下，《輯釋》在應永二十七年（1420）以後成立的應永本中已經被引用，而此抄物中所引用宋儒之說，不出乎《輯釋》之範圍。[88]至於《聽塵》，引用了收錄於《大全》而沒收錄於《輯釋》的一些文章。[89]由此可見，在

---

84 黎靖德編：《朱子語類》（北京：中華書局，1999 年），卷 22，第 2 冊，頁 532。

85 納蘭性德編：《通志堂經解》，第 15 冊，頁 434。

86 倪士毅：《四書輯釋·論語卷之一》（上海：上海古籍出版社《續修四庫全書》第 160 冊，1995 年），頁 166 上。

87 據《四庫全書總目》對《四書大全》說明：「（胡）廣等撰集此書，實全以倪氏輯釋為藍本。」《大全》將《輯釋》所引諸家注釋，幾乎不改變地轉引，兩者之間的差異極為微少。

88 阿部隆一：〈本邦現存漢籍古寫本類所在略目錄〉，頁 57、76。

89 例如，《聽塵》中的〈先進篇〉「季路問事」章所引「輔氏曰：晝夜者氣之明晦也云云」以下一段記述，在《大全》中，接著「慶源輔氏曰」可見，而在《輯釋》中則未見。

宣賢之前，永樂十三年（1415）完成的《四書大全》已經流入日本。

　　前項曾提到《聽塵》比應永本引用了更多宋學系儒說，下面舉實際情況說明。例如，對〈陽貨篇〉「陽貨欲見孔子」章，應永本和《聽塵》的講解有很多重複。對本章的十分之九的經文，即從開頭到「日月逝矣，歲不我與」的部分，兩書之講釋幾乎相同。兩者之差異僅在於對同章結尾「孔子曰：諾，吾將仕矣」句的講解。應永本只說：「諾而云：必仕之。此亦和緩言辭而答應，從而免於害之方便也。」[90]而《聽塵》則從《輯釋》引述朱熹《集注》「楊氏曰：揚雄謂，孔子於陽貨也云云」一段文章，接著引用和《輯釋》合刻的元人張存中《四書通證》「楊氏方言五百篇云云」一段講解。[91]

　　對〈陽貨篇〉「子曰：性相近也云云」章的講解，應永本和《聽塵》，其文章也有很多重複。只是《聽塵》引用了《集注》「此所謂性，兼氣質而言者也云云」一段文章，而應永本沒引用這一段。[92]兼之，在《聽塵》本章的結尾只有「程勿齋曰」四字，而沒有其下的文章。[93]對此可以推定，作者當初打算轉引和《輯釋》合刻的元人王元全《四書通攷》所引程若庸（號勿齋）《性理字訓》的文章，後來中斷了。

　　對〈陽貨篇〉「子曰：唯上知與下愚不移」章的講解，應永本

---

[90] 中田祝夫編：《應永二十七年本論語抄》，頁648。

[91] 清原宣賢：《論語聽塵》，第5冊，頁3。

[92] 中田祝夫編：《應永二十七年本論語抄》，頁648。

[93] 清原宣賢：《論語聽塵》，第5冊，頁4。

和《聽塵》，其文章還是有很多重複。只是，《聽塵》在本章的結尾引用「有生之始，便稟天地陰陽氛氳之氣云云」一段文章，[94]此文是由《義疏》轉引，而不是屬於新注系的。不過，如此補充古注文章的事例，其他幾乎沒有。總的說來，採納新注系注釋的部分，《聽塵》比應永本無疑更多了。

　　觀察闡釋《論語》時採納古注、新注的情況，可見清原家一方面在點本上墨守古注，而另一方面在抄物上，雖然以古注為詮釋的基準，但是在相當程度上依靠新注。產生差異的要因在於，對於點本，為了維持家學的權威，清原家以不改變地保存從前的形狀為優先，而在講解《論語》之時，既然需要引起聽眾的關心，就要在抄物上反映出各時代的學術動態。雖然如此，應永本和《聽塵》重複部分甚多的情況意味著：清原家長年進行幾乎同樣內容的《論語》講授，而那樣的講授始終獲得一定數量的受講生，暗示在室町時代，需要《論語》講義的知識人，其範圍極為有限。

（四）從《聽塵》看出的「神國意識」

　　如上述，宣賢在詮釋《論語》之時，以古注為主要依據，同時也採納新注系的儒說。此外，有時也引用日本國內的文獻。從宣賢引用的日本文獻可以看出當時的思想情況影響到他的詮釋。下面先以其中兩章的講解進行討論。

　　對〈子罕篇〉「子欲居九夷。或曰：陋如之何。子曰：君子居之，何陋之有」章的「九夷」，《義疏》注解說：「東有九夷。一、玄菟；二、樂浪；三、高麗；四、滿飾；五、鳧更；六、索

家；七、東屠；八、倭人；九、天鄙。」此中的「倭人」，當然指著日本。宣賢引用《義疏》的記述之後，對孔子的話語：「君子居之，何陋之有」，提出如下解釋：

> 按：當家說，訓讀為「君子居リ」也。孔子相當於日本安寧、懿德之時期。指日本的天子為「君子」。孔子言：將行九夷者，即是來到日本之意也。[95]

關於「君子居之」句的「君子」，根據通常的解釋是指孔子自己，在那場合的訓讀為「君子居ラハ（「如果君子在住」的意思）」。[96] 不過，根據在清原家所傳承之說，「君子」是指著日本的天皇，具體地說是安寧天皇（549-511B.C.）和懿德天皇（510-477B.C.），孔子（551-479B.C.）打算向「君子」在住的日本航海，在那場合的訓讀為「君子居リ（「既然君子在住」的意思）」。觀察前引的京大本《集解》，一方面在「居」字的右旁記入「ヲラハ」，表示「正訓」採用將「君子」看作為孔子的通常之解釋；另一方面在「居」字左旁又記入「ヲリ，祕說」，也表示「左訓」將「君子」看作為日本天皇，而清原家以此說為「祕說」傳承下來。早在應永本中也能看到同樣的文字，明示這種情況。

　　根據足利衍述的看法，以本章的「九夷」比定為日本，已見於北畠親房（1293-1354）《神皇正統記》，不過，將「君子」解釋為「天皇」是清原家的獨特說法，「出於祖國尊重之觀念」。[97] 修業伊勢神道「度會氏」的教義之親房，認為日本是由神擁護的國

---

[95] 同前注，第 3 冊，頁 11。

[96] 按照清原家的訓讀方式，指示代名詞「之」字通常不訓讀。

[97] 足利衍述：《鎌倉室町時代之儒教》，頁 469。

家，並且是由其子孫的天皇統治之「神國」。以「大日本者，神
國也。天祖開基，日神長久傳統」一段列在開頭的《神皇正統記》
是基於「神國意識」而寫的。書中寫著從神代到後村上天皇
（1339-1368）的「神皇」之系譜，親房在日本南北朝時代
（1336-1392）為了主張「南朝」的正統性寫成此書。書中充滿的
神國意識，卻影響到站在反對的「北朝」即室町幕府的支持者而
獲得很多讀者。《神皇正統記》現存有 5 種清原家本，從此可見
其讀者包括屬於北朝的清原家。[98]

　　《神皇正統記》第七代孝靈天皇條說：「凡稱此邦為君子不
死之國也。孔子歎世亂，曰：居九夷。日本當是九夷之一。異國
以此國為東夷。」看來，像足利氏指出的那樣，此書的記述直接
影響到清原家對本章的理解，管見以為，不能簡單地斷言。那是
因為宣賢的《聽塵》接著上引文章曰：「古稱日本為君子國，有
據矣。三善清行曰：范史稱吾國曰君子國」，明示此看法本於在
平安時代成為文章博士的三善清行（847-918）。

　　三善清行答應求直言的醍醐天皇（897-930）之詔，在延喜十
四年（914）提出「意見十二箇條」（《本朝文粹》卷二所收）。其
中關於日本說：「范史謂之君子國」。此一段是本於范瞱《後漢書》
列傳第七十五〈東夷傳〉「王制云：東方曰夷。……天性柔順，

---

[98] 關於清原家本《神皇正統記》的傳存情況，參考山田孝雄：〈神皇正統諸本
　　解說略〉《《神皇正統記述義》附錄〔東京：民友社，1932 年〕)，及岩佐正：
　　〈解說〉（《神皇正統記、增鏡》〔東京：岩波書店日本古典文學大系新裝版，
　　1993 年〕)。瑞谿周鳳（1391-1473）的日記《臥雲日件錄》，第 58 冊，寬正
　　六年（1465）六月十二日條有：「常忠居士（外記清原業忠）來，茶話數刻。
　　余問製《神皇正統》之人。曰：名士也。」表明宣賢的祖父業忠將北畠親房
　　評為「名士」。

易以道御，至有君子不死之國焉」。在〈東夷傳〉中，此記述見於序說的部分，范曄提起「夷有九種」之後，對九種東方異民族進行解說。應該注意的是，在「九夷」之中，任何一「夷」並不是被稱為「君子不死之國」。因此，三善清行的詮釋屬於曲解而《聽塵》沿襲其錯誤。這樣看來，《聽塵》對「九夷」的解釋，似乎不必認為是出於《神皇正統記》的。然而，將兩書之記述比較起來，還是不能斷言沒有關係。《聽塵》引用三善清行的發言之後，又進行講解如下：

> 又三方從畜類，而東不從。南蠻從蟲；西戎從羊；北狄從犬。只於東夷與夷字。夷者，從大從弓，大弓也。……日本人是心猛，膂力勝於餘國而用大弓，故與夷字也。[99]

此類的記述，不見於三善清行「意見十二箇條」。然而在《神皇正統記》中，有如下的類似記述：

> 四海者，東夷、南蠻、西羌、北狄也。南是蛇之種，從蟲；西是唯羊之養，從羊；北是犬之種，從犬。只東是仁而壽命。因而從大、弓之字云。[100]

中國在總稱四方異民族之際，對南西北三方的民族分別給予包含蟲（蠻）、犬（戎）、羊（羌）的文字來表明蔑視之意，而僅對東方給予「夷」字。根據宣賢的理解，此字是「大」和「弓」的合文，表明日本人是能用大弓的勇猛民族。其對「夷」字的講解，本於《說文解字》十篇下「平也。從大從弓。東方之人也」。[101]

---

[99]　清原宣賢：《論語聽塵》，第3冊，頁11。

[100]　岩佐正等校注：《神皇正統記、增鏡》「第七代孝靈天皇」條，頁71。

[101]　段玉裁注：《說文解字注》（臺北：藝文印書館，1979年），頁498。

　　為避免煩雜而省略引文，跟上列兩文同樣之記述，已經見於玄惠法印（？-1350）《十七條憲法注》第四條。[102]玄惠被認為對北畠親房的學問有一定影響。[103]從以上的事情確認，將《論語》的「九夷」比定為日本，可追溯到平安時代的三善清行，而清原家的詮釋，受到以玄惠法印和北畠親房代表的本於神國意識解釋之影響。一個可能的推測是，清原家偏袒北朝，不能引述主張南朝正當性之著作，因而引用三善清行所說為自說的根據。總之，玄惠法印、北畠親房以及清原業忠、宣賢的一系列解釋，反映著從南北朝時代以後神國意識的高漲。

　　《聽塵》之中，反映著時代思潮的解釋，還有〈憲問篇〉「子曰：君子道者三，我無能焉，仁者不憂，知者不惑，勇者不懼。子貢曰：夫子自道也」章。對本章，《聽塵》講解如下：

> 聖人之道，雖大而博，究竟不過是此三事（晴案：指知、仁、勇）。此三事含日本三種神器之德：鏡照妍媸，則知之用也；玉含溫潤，則仁之德也；劍能剛利，則勇之義也。……天子既具有知、仁、勇之德，則玉體帶三種神器。[104]

「三種神器」是為證明皇位的正統繼承者代代繼承下來的三種寶器，即八咫鏡、草薙劍（天叢雲劍）、八坂瓊曲玉。[105]宣賢認為

---

[102] 收入五十嵐祐宏：《憲法十七條序說》，頁 105-106。

[103] 有些論者否定此說，參考和島芳男：《中世の儒學》，頁 141-142。

[104] 清原宣賢：《論語聽塵》，第 4 冊，頁 31。

[105] 這三個寶物，早就記載於《日本書紀・神代紀下》第九段所揭「一書」中。根據下川玲子的說法，這些寶物構成為象徵皇位的「三種神器」，跟進入南北朝時期（1334-1392）之以後，「面臨皇權分裂的空前危機」之中，「時人想要通過眼睛看得見的『三種神器』顯示天皇的權威」之思想情況有關聯。參看氏著：〈「三種神器」觀の成立〉，《北畠親房の儒學》（東京：ぺりかん

此三種寶物象徵著本章所提起的三個德目，即知、仁、勇。此見解也有所本，例如一條兼良（1402-1481）《日本書紀纂疏》（以下略稱為《纂疏》）卷五說：

> 三器，儒佛二教之宗詮也。孔丘之言曰：「仁者不憂，智者不惑，勇者不懼」。子思〈中庸〉之書，謂之「三達德」。聖人之道，雖大而博，究而言之，不過此三者。鏡照姸媸則智之用也；玉含溫潤則仁之德也；劍能剛利則勇之義也。[106]

一條兼良是關白經嗣的第二兒子，由於虛弱的長兄出家隱居而繼承戶主，累官到關白，即文官的極位。兼良不僅是第一等政治家，而且是卓越的學者，留下了富有影響的著作。《纂疏》是他的主要著述之一，被認為是繼承、發展北畠親房的神道思想。[107]比較上列兩文，可推測《聽塵》受到《纂疏》的影響。[108]實際上，對

社，2001 年），第 2 章第 2 節第 1 項。

[106] 一條兼良：《日本書紀纂疏》（東京：國民精神文化研究所，1935 年），卷 5，頁 136。

[107] 和島芳男：《中世の儒學》，頁 159-160。

[108] 不能斷言《聽塵》本章的記述出於《纂疏》，是因為同樣文章已經確認在應永本中。根據近藤喜博：〈日本書紀纂疏、その諸本〉，《藝林》第 7 卷第 3 號（1956 年 6 月），及中村啓信：〈解題〉，《日本書紀纂疏、日本書紀抄》（東京：八木書店「天理圖書館善本叢書和書之部」第 27 卷，1977 年），兼良《纂疏》成書於康正年間（1455-57），在應永二十七年（1420）左右寫的應永本不會由此書引述。但是，由北畠親房（1293-1354）或者其以前的人寫的《東家祕傳》中之「治世要道，神敕文明也」條，有以「三種神器」關聯《論語》的「智、仁、勇」之論述。因此，應永本的著者可推為參照先於《纂疏》的神道系之書物，待考。附帶說明一下，關於如上現象呈現的理由，阿部隆一推測說：「大概因為《神皇正統記》和伊勢神道等的說進入於清原家。」（〈室町以前邦人撰述論語孟子注釋書（上）〉，頁 60）但在《神皇正統記》中看不到跟《纂疏》同樣的記述。

〈泰伯篇〉「子曰：泰伯云云」章的講說，《聽塵》又引用《纂疏》。

（五）《聽塵》和「三教一致」思想

我們一看《纂疏》中論及「三種神器」的文章，就能弄清兼良除了儒學和神道的共通性之外，還論到與佛教的共同性：

> 佛教謂三因佛性者，法身也；般若也；解脫也。法身即真如德，正因性開發；報身即般若德，了因性開發；應身即解脫德，緣因性開發。如此三身發得本有之德，鏡之能照，般若也；玉之能潔，法身也；劍之能斷，解脫也。[109]

根據兼良的說法，三種神器象徵「三因佛性」即正因、了因、緣因，而且表示神道、儒學、佛教的三教一致。在《聽塵》中雖然不能找到相關記述，這並不意味宣賢的思想中絕無佛教的要素。在對〈為政篇〉「子曰：吾與回言終日云云」章進行講解之際，《聽塵》引用皇侃《義疏》玄學的注釋：「自形器以上，名之為無，聖人所體也。自形器以還，名之為有，賢人所體也」，然後，再解釋其注釋說：「云器者，與俱舍『器世間』同也」。[110]宣賢不對《論語》本文而對其注釋進行講解，使用見於《俱舍論》而指著三千大千世界的「器世間」，那暗示聽講者中有不少佛教者。附帶說明，俱舍宗算是南都六宗之一或者平安八宗之一，沒有本山或者本寺，而由諸宗僧侶兼習，因而佛教者大部分懂得其教義。

就這樣，在《聽塵》中，也可看到佛教的要素。下面，根據幾個事例討論其情況。對〈雍也篇〉「子謂子夏曰：女為君子儒

109　一條兼良：《日本書紀纂疏》，卷 5，頁 136

110　清原宣賢：《論語聽塵》，第 1 冊，頁 38。

云云」章的「儒」之講解，《聽塵》引述朱熹《集注》「儒，學者之稱」，之後，說：「古之尺（＝釋）云：釋迦文佛者能儒也。然則佛亦儒也」，表示佛也屬於儒（同樣的記述，在應永本中看不到）。[111]從此事例，可見宣賢在儒佛之間，試圖找出共通點。《聽塵》還有類此之例，對〈子罕篇〉「子罕言利與命與仁」章的「利」字，《聽塵》說：「利者，元亨利貞之利也，與佛之利益同」，表明本章的「利」與《周易》「元亨利貞」的「利」不異，也跟佛教所提的「利益」相同。

對〈述而篇〉「子曰：甚矣吾衰也云云」章的講說，宣賢首先引用《莊子・大宗師》「古之真人，其寢不夢」，[112]介紹「聖人無夢」說，然後又引用《尚書・說命上・序》中高宗夢見傅說等故事，云：「聖人非全是無夢」，認為聖人也作夢。最後又說：「佛亦在出家時夢」，表示佛陀也在出家的時候作夢。從此事例可見，宣賢將佛陀甚至看做與儒家聖人同等。

《論語集注・為政篇》「子曰：攻乎異端，斯害也已矣」章引述程子的「佛氏之言，比之楊墨，尤為近理，所以其害為尤甚。學者當如淫聲美色以遠之」一段，以此事為代表，朱熹排擊佛教。《聽塵》採納新注系的解釋較多，然而，對佛教的容納程度有顯著的差別。造成這樣差異的要因之一，在於鎌倉時代伊勢神道的形成，神道的教義整合起來，其影響力一年比一年擴大。下面略

---

111 關於此文中所謂「古之尺」，《論語私抄》同章有：「天臺維摩經之疏」，明示其釋所本。

112 《莊子・大宗師》，郭慶藩：《莊子集釋》（北京：中華書局，1961 年），頁228。《莊子・刻意》亦說：「故曰：聖人之生也天行，……其寢不夢。」（頁539）

述其大概情況。

在六世紀中葉，隨著從古代朝鮮傳入的佛教與日本固有的「神祇思想」連接，形成了「神佛習合」。結果，日本之神從屬於已經具備體系性的佛教之教理。從平安時代中期開始倡導的「本地垂跡說」是其易懂的例子。之後，由於鎌倉幕府初代將軍源賴朝（1147-1199）的崇敬神宮等事情，神道的教理逐漸充實。[113]但是，神道的教理還沒有高度發展，因此，除了已處於不可分的關係之佛教教理以外，還導入儒學理論，從而產生伊勢神道。[114]如此，神道的教理在其發生之初，神佛儒三教就並存於其內，在接著斷續發生的神道新派之教理中，也看得到並存的情況。[115]

清原宣賢的生父吉田兼俱，是在室町以後數百年間支配神道界的「吉田神道」之首創人。宣賢在幼少時就成為清原家的後嗣，兼修出生之家的學問，從他對《日本書紀》神代卷進行考察而作成抄物《日本書紀神代卷抄》，[116]可見吉田家學的影響。附帶說，在《日本書紀神代卷抄》之中，宣賢屢次引用一條兼良《日本書紀纂疏》。

---

113 笠原一男編：《日本宗教史Ⅰ》（東京：山川出版社，1977年），第6章〈中世の神道と修驗〉（此部分由萩原龍夫執筆）。

114 伊勢神道引入中國思想和佛教的議論，參考津田左右吉：〈いはゆる伊勢神道に於いて〉，《日本の神道》第4章，收入《津田左右吉全集》（東京：岩波書店，1964年），第9卷。

115 關於《纂疏》中所說的「三教」，津田左右吉指出那不指為神、儒、佛之三教，而指為儒、佛、道之三教的可能性，並且認為不論三教的內容是什麼，三教的主要內容還是儒、佛二教，詳氏著：〈正通兼良の思想及び卜部家の神道に於いて〉，《日本の神道》第5章，頁116。

116 京都大學圖書館清家文庫藏本。

在《聽塵》中說明佛教教理，因為宣賢受到提倡「三教一致」的神道學說之影響，而其影響似乎是從出生的家──吉田家帶來。不過，應永本已經引用神道和佛教之教理，這種說法難以成立。鎌倉時代以後的神道發展，早在初期階段，其趨勢就波及到清原家之學問。以應永本和《聽塵》相比，《聽塵》言及佛教思想處較多，再者，由宣賢以後寫成的《論語私抄》中言及佛教處更多，可以推定佛教對清原家《論語》講解的影響，越來越增加了。[117]在《論語抄》中雖然不常言及佛教思想，但是為追溯清原家接受《論語》的過程，這是不可忽視的因素，以後需要釐清其影響。

五、結論

自古以來，日本人一直尊重《論語》。本文試圖釐清其接受的特色，著眼於大量流傳下來的清原家《論語》相關資料，考察此經典如何傳授於清原家之內。清原家作為明經博士家之一，在日本最初的教學機關、官吏養成機關的大學寮，從十一世紀初期以降，世世代代地擔任經書講授，因此，其經說具有影響力。到十二世紀末期，因大學寮被燒毀而失掉了教學機能，清原家將主要的活動改為對貴顯階層的經書講授，雖然如此，到江戶時代之前清原家一直保持有相當的影響力。

---

[117] 吳美寧關於應永本引述佛教教說的事情說：「看來，此現象跟中世學問之中心在於寺院的事情有關係。但是……著眼於《義疏》著者皇侃是個佛教信徒；而且他在注釋中，用佛教用語、說明佛教思想等事情，還是出於皇疏的影響。」（《日本論語訓讀史研究（下）‧抄物篇》，頁 29）認為皇侃《義疏》之影響為主因。此說大概不足以使人信服。

　　清原家的經說，通過「點本」和「抄物」的兩種資料流傳下來。「點本」是對經書加上訓點的文本，在當時，他們將此訓點視為「祕說」，基本上單傳於家門之內。「抄物」是講義的草稿和筆記，通過這種資料，可以如實地理解當時講義的情況。

　　就「點本」而言，關於起音注作用的訓點，前人已經指出：清原家為確定儒家經典的字音之基本資料就是《經典釋文》。但是，將清原家點本與《釋文》比較一下，可以看出點本雖確是採納《釋文》所定之音，而轉記漏了《釋文》所標的音注不罕見，甚至有時對同一文字卻標有不同反切。從而可知清原家對《釋文》的依存度高是高，但是並不像前人所論那樣全面的。值得關注的是，點本的訓點包含有不見於現行《釋文》中的音注。那意味著在清原家的點本中保存有舊於現行《釋文》中的音注。

　　清原家對《釋文》呈現高度依存度的理由，在於桓武天皇下的詔敕。詔敕規定：在誦讀漢籍時，必須使用跟同期的中國音接近之日本漢字音即「漢音」。於是漢音就成了誦讀儒家經典的正音。為了維持、繼承漢音，清原家一直利用《釋文》。

　　點本中訓點的作用不限於音注方面，還有表示漢字的意思和語法機能之作用。此類訓點可稱為起義注作用的訓點。清原家《論語》點本，大半都是《集解》本，而起義注作用的訓點，在大部分的情況下，一方面沿襲了何晏《集解》所標的訓詁和解釋，另一方面則採用皇侃《義疏》的訓詁。就《義疏》而言，這本書雖一度在中國完全遺失，但在日本卻一直傳存著。獨特的古籍保存情況讓日本知識分子能夠利用這本珍貴的注釋本。清原家之所以能在《論語》古注的基礎上，全面的加以起義注作用的訓點，不

外乎在於他們能參看比《集解》更詳細的《義疏》。

　　到鎌倉時代以後，在中國產生而普及的朱子學，其影響漸及日本。點本從來只尊順古注的訓點，到此開始利用新注系詮釋了。但點本中採納新注系詮釋的事例，為數極少。這個事實並不意味著清原家幾乎沒受到朱子學的影響。那是因為點本基本上是非公開性的文獻，加之，對清原家來說，為了維持家學的權威，將富有來歷的家說不加以變更地繼承，比甚麼都重要。

　　至於「抄物」，比點本更明確反映出學術動態。其原因是為了適應各種受講者的關心，清原家有時要更新講授的內容。如此說來，抄物採納新注的情況，可以預料跟點本有所不同。基於此推測來進行調查，在抄物之內，可以查出很多新注系的詮釋。果然，根據吳美寧的調查，清原家各本《論語抄》所採納新注的章數均達百分之三十左右。再者，將現存的幾本抄物互相比較起來，能了解在清原家內以先行抄物為樣本，逐次加上新的內容之情況。從而判明跟點本一樣，抄物也只在其家門內傳授下去。附帶說明，抄物採納新注的比率無疑比點本多得多，抄物仍然以古注為詮釋經典之基礎。

　　清原家《論語抄》，並不是只將古注系和新注系的解釋七拼八湊而成的。雖然不多，其中含有日本獨自的《論語》詮釋。例如關於〈子罕篇〉「子欲居九夷。或曰：陋如之何。子曰：君子居之，何陋之有」章，清原家提出「九夷」指日本而「君子」指天皇的見解。此獨特的詮釋，出於以北畠親房《神皇正統記》為代表的神國意識之影響。神國意識也表現在對〈憲問篇〉「子曰：君子道者三云云」章的詮釋。清原宣賢在《論語聽塵》中，將該

章內所提起的「知、仁、勇」三個德目與「三種神器」關連起來。「三種神器」是證明為正統天皇的寶器。他在《論語聽塵》中又常常引述倡導初期神道教義的一條兼良《日本書紀纂疏》。該書對〈憲問篇〉該章不但進行本於神道意識的詮釋，還論及「知、仁、勇」和佛教三因佛性的關連，從而再論到神道、儒學、佛教三教的共通性。這樣的三教一致思想，還能在《論語聽塵》中看到。

上述事情，跟日本宗教情況有關聯。到鎌倉時代，神道受到幕府將軍源賴朝的崇敬，認識到整理教義的必要性。在那時期以前，神道沒有特定經典，到那時期以後，除了已經熟識的佛教教義以外，還採納儒學理論，從而構建了伊勢神道。如此，神道已在其發生的當初，就融合了神、佛、儒之三教，而後起的神道諸宗派也在其教義中維持著三教並存的結構。從《論語聽塵》的詮釋，我們可以看出在那時處於發展過程的神道教義之影響。

宣賢的生父就是「吉田神道」的鼻祖吉田兼俱。但是，清原家之內，引進神道教義進行經典詮釋，並不始於宣賢。早在應永本《論語抄》中，已經可以看到神佛一致的主張。在宣賢之前，清原家確實受到了神道教義的影響。

清原家作為明經博士家之一，在日本中世期，占了儒家經典解釋的主流地位。通過本文的考察，能釐清其家的經說內容和家內傳授情況之一端。值得關注的是，對儒家經典的最有權威性的詮釋，作為「祕說」只在博士家內獨占地繼承下來。[118]其實，在

---

[118] 對於「祕說」之非公開性，有論者懷疑。如桃裕行說：「一般說來，家學的祕說或者祕本，祕密是祕密，可以認為還未是完全祕密的。」（桃裕行：〈家

日本中世呈現的閉塞性，不限於學問分野。室町時代，在文學、藝能、音樂等很多方面，也往往可以看到有以自己的技藝為祕傳而只傳授於各家門之內的現象。[119]關於發生這種風潮的背景，林屋辰三郎說明：

> 這些在公家社會內的家學、家藝上之祕傳，總的說來，不過是在所有方面都失掉權勢的宮廷人們以傳統為後盾而依靠之最後據點。他們僅以這樣近乎架空的獨占知識來裝有權威，或者試圖以此維持生計。[120]

室町時代的宮廷人將自家的技藝當作「祕傳」而不敢公開的理由，在於保持祕儀性來維持其技藝的權威，而且在面對崩壞的室町時期宮廷社會之中，試圖保衛自己的家門。清原家將家說作為「祕說」而繼承的理由之一，亦出於同樣的原因。關於此點，小林芳規說：「技藝的獨占跟維持世襲生活有密切關係」。[121]

　　日本中世期儒家經說十分閉塞，而同時期的中國則將最有權威性的經典注釋規定於科舉功令之內，因此知識人很容易看到，兩者相較之下，呈現出顯著的差異。中國早在隋唐時期就導入了

說、傳本の祕密性〉，《上代學制の研究（改訂版）》第 3 章第 2 節第 4 項）阿部隆一〈本邦現存漢籍古寫本類所在略目錄〉著錄 16 種宣賢加點《論語集解》的事實明示，桃氏的見解並不是無稽之談。「祕說」實際上什麼程度是祕說，就是要解明的議題之一。

[119] 關於此點的議論，參照菅野洋一：〈藝道における祕傳（一）——祕傳意識の生成〉，《東北工業大學紀要（A 文化系編）》第 2 號（1968 年 12 月），〈藝道における祕傳（二）——祕傳の源流と樣相〉，《東北工業大學紀要（A 文化系編）》第 5 號（1969 年 11 月）等一系列論考。

[120] 林屋辰三郎：《中世文化の基調》（東京：東京大學出版會，1958 年），頁 344-345。

[121] 同前注，頁 38。

科舉考試制度，當初以諸經《正義》為經書解釋的基準。到元以後，以朱熹《四書章句集注》為始的宋學系諸經注解書取而代之，維持科舉考試上基準書的地位，一直到清末。然則以通過科舉考試而獲得功名利祿為目標的許多知識人，都通過閱讀那些書本而能夠接觸正統的經說。要之，在中國有權威性的經說，當作科舉考試的準則，共有於廣泛的知識人範圍內，從而保持其權威性。而在日本，具有權威性的經說，作為「祕說」，獨占於有限的範圍內，從而維持其權威性。二者呈現鮮明的對比。

附　記

　　本文是根據在北海道大學舉辦「首屆東亞經典詮釋中的語文分析國際學術研討會」（2006 年 8 月 23-25 日）發表的會議稿增刪、修訂而成的。在修訂時，由北海道大學大學院博士生胡慧君進行點檢語法上的錯誤。在此表示感謝。

　　本文使用的《論語》點本與抄物，包括京都大學人文科學研究所清家文庫所藏本以及北海道大學大學院文學研究科名譽教授石塚晴通氏所藏複印本。其中，清家文庫所藏本，作爲「京都大學電子圖書館貴重畫像資料」公開於互聯網上（http://ddb.libnet.kulib.kyoto-u.ac.jp/exhibit/index.html）。

　　會議稿在迫近完成之時期，廣島大學大學院文學研究科教授野間文史氏郵寄「經典釋文綜合研究論語釋文班」刊行的《對校論語釋文集成》的複印資料。此外，北海道大學大學院文學研究科准教授松江崇氏也對會議稿提供了語言方面修改意見。

　　對給予上述資料、資訊之各種機關、各位專家，表示深深的謝意。

從惠棟《九經古義》論其「經之義存乎訓」的解經觀念[**]

劉文清[*]

一、前言

　　惠棟，字定宇，一字松崖，人稱小紅豆先生，元和（今江蘇吳縣）人。生於清康熙三十六年（1697），卒於乾隆二十三年（1758）。為清代乾嘉學派之「吳派」[1]鼻祖，治學標榜漢學，開啟一代風氣。然而歷來學術界對其評價不一，讚揚者如清代學者李保泰以為「數百年來，談漢儒之學者，莫盛于今日，而必以吳惠氏為首庸」，[2]錢大昕更譽之為「獨惠氏世守古學，而先生所得尤深，擬諸漢儒，當在何邵公、服子慎之間，馬融、趙岐輩不能及也。」「漢學之絕者千有五百餘年，至是而粲然復章矣。」[3]貶

[*] 現任國立臺灣大學中國文學系副教授。

[**] 本文係國科會 NSC94-2411-H-002-082 專題研究計畫之部分研究成果。初稿撰成後，承蒙張素卿等先生惠賜高見而略事增修補正，在此一併致謝。

[1] 向來學術界將乾嘉學派分為吳、皖二派，然此一分派，已漸受現代學者的質疑，如陳祖武即主張根本取消吳、皖二派之區分，本文亦以為「吳派」、「皖派」應非對立之派別而為繼承發展之關係，說詳下文。唯為求行文方便，文中仍沿用「吳派」、「皖派」之名稱。

[2] 李保泰：《後漢書補注・跋》（臺北：藝文印書館影印清光緒廣雅書局原刻本，1964 年），跋頁 1。

[3] 錢大昕：〈惠先生棟傳〉，《潛研堂集》卷 39，收入《續修四庫全書》（上海：上海古籍出版社，2002 年），第 1439 冊，頁 130、127。

抑者則如焦循斥其株守「漢學」,「唯漢是求,而不求其是」。[4]王引之亦謂:「惠定宇先生考古雖勤,而識不高,心不細,見異於今者則從之,大都不論是非。」[5]近世以來,學者尤多褒揚「皖派」戴震而貶損惠棟,如梁啓超譏評其「凡古必真,凡漢皆好」。[6]張舜徽亦云:「惠派流於專固,戴派比較開豁。因之兩家成就,也就不同。惠派流風,不久即歇。」[7]直至近年間,始漸有重新為惠氏定位的主張,如漆永祥分別列舉惠學之五大功績與四項弊端;[8]黃愛平謂以惠棟為首之吳派學者,「為一代學術的產生和發展,起到了開啟風氣的作用。但同時也不免表現出嗜博、泥古、佞漢的弊端,乃至兼收並蓄,別擇不精。」[9]呂美琪則修正梁啓超之說,而以為惠氏之學術態度應為「凡古近真」、「凡漢較好」。[10]凡此諸說皆意在折衷、調和惠氏評價之兩極化,庶幾建立較為客觀、持平之論。唯諸家所論多偏於經學或學術史的範疇,而罕有從訓詁學的觀點探究惠氏之學者,一般訓詁學史之著作亦往往僅言及戴

[4] 焦循:〈述難〉,《雕菰集》(北京:中華書局《叢書集成初編》本,1985 年),第 2 冊,頁 105。

[5] 王引之:〈與焦理堂先生書〉,《王文簡公文集》卷 4,收入《高郵王氏遺書》(南京:江蘇古籍出版社影印上虞羅振玉輯本,2000 年),頁 205。

[6] 梁啓超:《清代學術概論》(臺北:臺灣商務印書館,1994 年),頁 53。

[7] 張舜徽:《清儒學記》(濟南:齊魯書社,1991 年),頁 158。

[8] 漆永祥:《乾嘉考據學研究》(北京:中國社會科學出版社,1998 年),頁 152-156。

[9] 黃愛平:〈清代漢學流派析論〉,《清代揚州學術研究》(臺北:臺灣學生書局,2001 年),頁 28。

[10] 呂美琪:《惠棟毛詩古義研究》(彰化:國立彰化師範大學國文學系碩士論文,1998 年),頁 192、195。

震而忽略惠棟，[11] 然而，「經由惠棟的倡導，由古書的文字、音韻、訓詁以尋求義理的主張，才得以正式確立，並成為漢學家共同尊奉的宗旨。」[12] 可見惠棟的解經觀念與主張，對清代訓詁學之興盛，居於發軔的地位，故為今日研治清代訓詁學史所亟待補苴之處。

　　惠氏生平著述繁多，主要著作有《周易述》、《易漢學》、《九經古義》、《古文尚書考》、《左傳補注》、《後漢書補注》、《松崖筆記》、《九曜齋筆記》等。其中《九經古義》（以下簡稱《古義》）不僅為其經學主張、經學實踐的具體成果，而為《皇清經解提要》推許為「徵君此著，可與亭林《五經同異》並垂不朽」。[13] 朱記榮《九經古義・序》亦譽之為「治經之津梁，學古之矩矱」；[14] 且於全書〈述首〉明確揭示其治學主張：

　　　經之義存乎訓，識字審音乃知其義，是故古訓不可改也，
　　　經師不可廢也。[15]

此說一出，不僅開啟戴震「故訓明則古經明，古經明則賢人聖人

---

[11] 一般訓詁學通論的著作如齊佩瑢《訓詁學概論》、周大璞《訓詁學》、趙振鐸《訓詁學史略》及胡奇光《中國小學史》等書，皆未提及惠棟。唯楊端志《訓詁學》及李建國《漢語訓詁學史》嘗論及惠氏，然為文皆僅長數百字，語焉而未詳。楊端志：《訓詁學》（臺北：五南出版公司，1997 年），頁 752。李建國：《漢語訓詁學史》（上海：上海辭書出版社，2002 年），頁 234。

[12] 黃愛平：〈清代漢學流派析論〉，頁 23。

[13] 沈豫：《皇清經解提要》（臺北：藝文印書館影印清道光十八年沈豫撰民國二十年刊本，1971 年），卷上，頁 19。

[14] 朱記榮：《九經古義・序》（臺北：藝文印書館影印光緒丁亥年朱氏行素草堂版，1971 年），頁 1。

[15] 惠棟：《九經古義・述首》，收入《皇清經解正編》（臺北：藝文印書館影印咸豐十一年補刊本，1962 年），卷 359，頁 3803。本文所引《九經古義》皆據此本，不再一一註明。

之理義明」[16]的觀念，並從而引導乾嘉學術之基本方向。故《古義》實可視為探究惠氏學術之鑰，本文因以此為主題展開論述。

二、《九經古義》之書名與著作宗旨

惠棟名其書為《九經古義》，所謂「九經」是指《周易》、《尚書》、《詩經》、《周禮》、《儀禮》、《禮記》、《公羊傳》、《穀梁傳》、《論語》等九部經籍，另外，書中本有「《左傳》六卷，後更名曰『補注』，刊板別行，故惟存其九」。[17]至於「古義」的涵義則需特別加以釐清。因自《四庫全書總目》以為其書「曰古義者，漢儒專門訓詁之學」，[18]學者多從其說，如孫欽善謂「所謂古義，即指漢人之注」，[19]尹彤云以為「《九經古義》專宗漢儒古義」，[20]張素卿亦謂其書「博考漢儒經訓的古義」，[21]皆以「古義」意指漢儒古訓之義。然《古義·述首》既曰「經之義存乎訓」，「識字審音乃知其義」，揆其意當以經義／訓詁為二不同之階段、層次，殆欲藉由訓詁以理解經義，如此則其所謂之「古義」是否即指「古訓」不免啟人疑竇。再徵諸惠氏之於《周易》，既著《易漢學》

---

16 戴震：〈題惠定宇先生授經圖〉，《戴東原先生全集》（臺北：大化書局影印《安徽叢書》本，1978 年），頁 1113-1114。

17 紀昀等：《欽定四庫全書總目》（北京：中華書局整理本，1997 年），頁 436。

18 同前注。

19 孫欽善：《中國古文獻學史》（北京：中華書局，1994 年），頁 930。

20 尹彤云：〈惠棟《周易》學與九經訓詁學簡評〉，《寧夏社會科學》1997 年第 1 期，頁 91。

21 張素卿：〈「經之義存乎訓」的解釋觀念——惠棟經學管窺〉，收入林慶彰、張壽安主編：《乾嘉學者的義理學》（臺北：中央研究院中國文哲研究所，2003 年），頁 294。

輯存漢儒古訓，復撰《周易古義》，則「古義」與「漢學」間是
否有所分野？且惠氏又嘗云：

> 棟少承家學，《九經》注疏龖涉大要。自先曾王父樸庵公
> 以古義訓弟子，至棟四世，咸通漢學。以漢猶近古，去聖
> 未遠故也。[22]

是其所以尊奉漢學，乃「以漢猶近古」而非謂漢即是古，且此處
既將「古」與「聖」相提並論，可見其所謂「『古』其實是依聖
人之時而言」。[23]以此觀之，則惠氏所謂「古義」當指聖人、經書
之古義而非漢儒訓詁之義，[24]亦即其著書的宗旨本在闡發經典原
意而非僅止於漢儒之學，舊說恐皆未得其旨要。

　　另一方面，惠氏既主張理解經典古義需藉由訓詁之法，然則
其所憑藉之「訓詁」是否有其特殊涵義？是否一如前人所言專指
漢儒訓詁？雖《古義・述首》開宗明義即曰：

> 漢人通經有家法，故有《五經》師。訓詁之學，皆師所口
> 授，其後乃著竹帛，所以漢經師之說立於學官，與經並行。
> 《五經》出於屋壁，多古字古義，非經師不能辨。

獨舉漢學，確立漢學之典範。然惠氏「經之義存乎訓」之解經觀
念實淵源自其父惠士奇，士奇曾論《周禮》曰：

---

[22] 惠棟：〈上制軍尹元長先生書〉，《松崖文鈔》（臺北：藝文印書館《原刻影印
叢書集成續編》影印《聚學軒叢書本》，1970 年），卷 1，頁 17。

[23] 張素卿：〈「經之義存乎訓」的解釋觀念——惠棟經學管窺〉，頁 32。

[24] 呂美琪則以其「古義」兼指古籍之原始解釋與漢儒專門訓詁之學等義，又以
「古訓」即漢儒訓詁之學，混淆二者，與本文說法仍不相同。呂美琪：《惠
棟毛詩古義研究》，頁 44、56。

經之義存乎訓，識字審音乃知其義，故古訓不可改也。……
夫漢遠於周，而唐又遠於漢，宜其說之不能盡通也，況宋
以後乎？周秦諸子，其文雖不盡雅馴，然皆可引為《禮經》
之證，以其近古也。[25]

可證惠棟提倡「古訓」之說承襲自士奇，唯士奇所謂之「古訓」
乃包括先秦諸子而言之，因其以周秦諸子亦近古，故論學「頗引
周秦諸子，謂猶足與經籍相證」。[26]然則，惠棟所謂的「古訓」涵
義為何？是否果真上變庭訓而特指漢學？其對更為近古之先秦
諸子的態度又為何？此諸問題不僅關係全書著作的旨趣，甚且繫
乎惠氏一生學術之依歸，下文即嘗試進一步加以探析。

三、《九經古義》之解經材料

　　因惠棟治學並未發展出一套成系統之理論，後人大抵透過
《古義・述首》、《松崖筆記》、《九曜齋筆記》等相關文字以蠡測
其學說，然此等文字往往敘述簡約（如《古義・述首》文長僅百
餘字），難以一窺其學術全貌；且任何學術主張皆須經由實踐方
得以具體落實，反之，亦唯有於具體實踐中方能真正檢驗其學
說、主張，故本節擬藉諸對《古義》解經材料的分析、探討，以
期呈現「古義」解經之真實面貌。

　　惠棟家學淵源，其曾祖有聲、祖父周惕及父士奇皆為知名經

---

25 錢大昕：〈惠先生士奇傳〉，《潛研堂集》卷 38，收入《續修四庫全書》，第
　　1439 冊，頁 122。
26 錢穆：《中國近三百年學術史》（臺北：臺灣商務印書館，1987 年），頁 357。

學家，薰染之下，惠棟自幼博覽群籍，經史諸子、道釋二藏，無
不畢覽，故發而為學，亦以博贍求古為其特徵。今觀《古義》所
徵采據以解經之書籍、材料頗為豐富，且時代涵蓋先秦至清代，
固不限於漢學，以下分別加以論述。

（一）先秦材料

《古義》所徵引之先秦材料（包括秦）並不在少數，若依據
呂美琪對其中《毛詩古義》之部所做的統計，其引用之先秦材料
約佔 20%，僅次於漢代之 66%。[27]即以全書論，先秦材料亦佔有
一定的分量，且涵蓋經、子、史（如《國語》）、集（如《楚辭》）
及金石文字（如祖乙卣銘文、秦〈詛楚文〉、石鼓文）等各個範
疇，茲就其中尤具代表性之經、子二部分別申述之：

1. 經書

《古義》援引先秦古書以「經書」之記載為主要對象，諸經
皆不時相互徵驗，此即「以經證經」之法也，因傳統學者深信經
書皆出於聖人之手，且各經與其相關之傳注文獻間是為一體，彼
此可互相釋證。[28]故若面對同一材料，惠氏寧取經書而捨史子，
如：

> 〈序〉：「湯既黜夏命，復歸于亳，作〈湯誥〉。」《論語》
> 云：「予小子履，敢用玄牡，敢昭告于皇皇后帝。」孔安
> 國注云：「此伐桀告天之文，《墨子》引〈湯誓〉其辭若此。」

---

27 呂美琪：《惠棟毛詩古義研究》，頁 210。

28 鄭吉雄：〈乾嘉治經方法中的思想史線索——從治經方法到治先秦諸子〉，
收入林慶彰、張壽安主編：《乾嘉學者的義理學》，下冊，頁 483。

疏云：「《尚書・湯誓》無此文，而〈湯誥〉有之，又與此
小異。」棟案：……孔安國親傳古文，其注《論語》不近
攷《尚書》而遠引《墨子》，竊所未喻。(《尚書古義》卷三)

即近考《尚書》而遠捨《墨子》，以證《論語》之例。又如：

「牛人：共兵車之牛，以載公任器。」注：「任猶用也。」
《二老堂雜誌》云：「宋景文公博極群書，其筆記云：『余
見今人為學不及古人之有根柢，每亦自愧，常讀式目中，
有「任器」字。注云：「未詳」。其任器，乃荷擔之具，雜
見子史中，何言未詳？』予謂《禮・牛人》『以載公任器』，
乃六經語，而景文但引子史，何邪？」(《周禮古義》卷七)

引周必大《二老堂雜誌》之說以批駁宋祁但引子史而不引經書為
說。[29] 惠氏對於經書此「第一手」材料的重視，由此可見一斑。

2. 先秦子書

《古義》又頗徵采先秦諸子之書，包括《荀子》、《墨子》、《莊
子》、《列子》、《鶡冠子》、《管子》、《韓非子》、《尉繚子》、《司馬
法》、《尸子》、《呂氏春秋》等各家皆在徵引之列，此乃《古義》
引書的一大特色。蓋自漢代罷黜百家，諸子學幾絕，故漢儒注經
多採「以經證經」之內證法，罕用諸子說。影響所及，後代治經
雖偶有引證先秦子書者，然數量並不為多，亦未形成一種系統之
考證法，[30] 甚且有嚴格標榜「以經解經」者，如惠棟之祖父周惕
嘗自許：

---

29 李開：《惠棟評傳》(南京：南京大學出版社，1997 年)，頁 113。

30 劉仲華：《清代諸子學研究》(北京：中國人民大學出版社，2004 年)，頁
105。

> 然僕立說之旨，惟是以經解經。[31]

即為一例。

另一方面，自明代晚期，由於儒家思想統一局面之鬆動，先秦諸子學說開始引起世人興趣，如思想家李贄、傅山等人即重新倡導諸子學說。[32]至清初惠士奇則主張將解經材料由經書擴及子書，其言曰：「周秦諸子，其文雖不盡雅馴，然皆可引為《禮經》之證，以其近古也。」乃以子書做為經書之旁證、羽翼。逮至惠棟，對諸子書亦多所涉獵，且曾為《尸子》作注，足徵其對諸子百家之關注。然而，惠棟於《古義·述首》則獨為賦予漢學特出之地位，而未及先秦諸子，以致學者或以其乃上變庭訓而開新之處，從此奠立漢學之典範。[33]唯惠氏對漢學的表彰雖不待言，然如此是否意味其「唯漢是從」，而偏廢諸子百家之言？今觀全書引用諸子之文固所在多有，如：

> 〈履〉九二：「幽人貞吉。」……《荀卿子》曰：「公侯失禮則幽。」注云：「如晉文執衛成公，寘諸深室。」（《周易古義》卷一）

> 「聖人以此洗心。」……（《管子》云：「聖人先知無形。」《尉繚子》云：「黃帝曰：『先神先鬼，先稽我智。』」皆

---

[31] 惠周惕：〈答薛孝穆書〉，《詩說》，收入《皇清經解正編》卷193，頁1829。

[32] 劉仲華：《清代諸子學研究》，頁19。

[33] 如張素卿云：「惠士奇倡言古訓，……猶未賦予漢儒特出之地位；相對的，《九經古義·述首》特就『漢人通經有家法』加以申述，唯其經師口授相傳，其古訓古義有源有本，故漢儒古義足以『與經並行』，信古而尊漢之意向尤為顯明，……奠立『漢學』典範。」張素卿：〈「經之義存乎訓」的解釋觀念——惠棟經學管窺〉，頁22。

先心之謂也。）（《周易古義》卷二）

皆是其例。且書中嘗明確論及先秦諸子之所以可信：

> 《韓子》、《呂氏》皆在未焚書之前，必有所據。（《尚書古
> 義》卷四）

> 「予弗子。」……《列子‧說符篇》（今案：當為〈楊朱〉
> 篇）云：「禹纂業事讎，唯荒土功，子產弗字，過門不入」
> 云云。《列子》之說，蓋本《尚書》讀子為字，此在未焚
> 書之前，必得其實。（《尚書古義》卷三）

因諸子之成書「皆在未焚書之前」，而「必有所據」、「必得其實」，
可見惠氏對時代因素的重視。雖然，惠氏所引用部分子書之著作
年代或有所爭議，如《管子》、《尸子》、《列子》、《司馬法》、《尉
繚子》、《鶡冠子》諸書，今人或疑為偽書、或不盡成於先秦，[34]然
惠氏似一律視之為先秦古書而甚為信用之。

惠棟之於先秦子書，除用以佐證經書外，並曾闡述其義：

> 〈昭十九年傳〉：「許世子不知嘗藥，累及許君也。」注云：
> 「許君不授子以師傅，使不識嘗藥之義，故累及之。」《公
> 羊傳》云：「進藥而藥殺，則曷為加弒焉爾？誠子道之不
> 盡也。」棟案：《墨子‧非攻篇》云：「今有醫於此，和合

---

[34] 如梁啟超以《管子》大抵為戰國至漢初遞相增益而成、《尸子》係魏晉間人
依託補撰、《列子》全屬晉代清談家頹廢思想；劉汝霖則斷定《列子》為漢
代作品；姚際恆謂《司馬法》為後人偽造無疑。以上俱見張心澂：《偽書通
考》（臺北：明倫出版社，1971年），頁769、834、708、712、805。錢穆先
生以為《尉繚子》「殆秦賓客之所為，而或經後人之羼亂者耶？」又以《鶡
冠子》「蓋後人見《漢志》有鶡冠楚人之說，而妄托者耳。」錢穆：《先秦
諸子繫年》（臺北：東大圖書公司，1990年），頁495、485。

其祝藥於天下之有病者而藥之，萬人食此，若醫四五人得利焉，猶謂之非行藥也。故孝子不以食其親，忠臣不以食其君。」夫就師學問無方，心志不通，雖有愛父之心而適以賊之。墨氏此論可謂知言。（《穀梁古義》卷十五）

引《墨子》以發明《穀梁》義，並稱許墨子為「知言」，可謂推崇矣。眾所周知，《墨子》一書非儒詆孔之文字甚多，自來被目為「異端」，至明末以降李贄、傅山始稍提倡之，故惠氏此說可謂別具慧眼，其後汪中《述學》撰〈墨子序〉及〈墨子後敘〉，肯定墨學之價值，殆有得自惠氏之啟發歟？

綜上所述，已可概見惠棟對先秦子書之重視。錢穆先生因謂：

所謂義理存乎故訓，故訓當本漢儒，而周秦諸子可以為之旁證也。[35]

可謂深得其學說之精髓。[36]且惠氏父子之引據先秦諸子雖猶不出「以子證經」之矩矱，仍以經學為主，子書僅為其附庸。然下逮王氏父子之《經義述聞》、《讀書雜志》二書，前者之體例與《古義》全同，後者則轉而以諸子書為主要考釋對象，可見其學由「以子證經」轉化為以「經部和史部文獻與子部材料互證」[37]的軌跡，從而開啟晚清諸子學之復興。[38]唯推本溯源，惠氏父子殆亦有功

---

[35] 錢穆：《中國近三百年學術史》，頁 325。

[36] 唯錢先生於此以「義理」詮釋惠氏之「經義」，似未為精當，說詳下文。

[37] 鄭吉雄：〈《先秦諸子繫年》與晚清諸子學思潮〉，收入國立臺灣大學中文系編：《紀念錢穆先生逝世十週年國際學術研討會論文集》（臺北：國立臺灣大學中文系，2001 年），頁 17。

[38] 鄭吉雄曰：「若將自十八世紀中葉至十九世紀末視為晚清諸子學復興的前一時期，那麼王念孫《讀書雜志》應該是這時期的起點。」鄭吉雄：〈《先秦

焉，惜自來學者多忽略之，如王俊義即認為汪中、王念孫等揚州學者，乃有感於「吳派」學者「唯漢是從」之弊端，遂「擺脫傳注的重圍」，「首先將研究內容擴大到先秦諸子」，「開子學研究之先河」，[39]完全抹煞惠氏的貢獻，似未盡公允。

討論至此，尚有一問題有待說明，惠氏既然如此注重材料之時代性，依理，先秦時代為經書、聖人之產生時代，何以其援引的分量反而不及漢代？呂美琪嘗推測其可能原因有二：

> 其一、先秦古籍作品不多，書於竹帛保存不易，且經秦火散佚泰半，故惠棟能應用之資料並不豐富。
>
> 其二、惠棟以考據文字為主，而漢儒亦致力此業，故二者相合處必多，漢代資料自然應用最為廣泛。[40]

其說可從。亦由此可知，惠棟之所以特別推尊漢學，實有其必然性。

（二）漢代材料

《古義》既標榜漢學，書中所徵引之材料果以漢代為大宗，若據呂美琪對《毛詩古義》所做的統計，其漢代材料約佔三分之二，[41]重要性可想而知。而在全書中，漢代資料亦隨處可見，且遍及經、史、子、集四部典籍及其注解、小學書籍以及金石碑帖等各領域，約略舉例如下：四部之書及注解有如虞翻《周易注》、

諸子繫年》與晚清諸子學思潮〉，頁 15。

39 王俊義：〈關於揚州學派的幾個問題〉，《清代揚州學術研究》，頁 107。

40 呂美琪：《惠棟毛詩古義研究》，頁 210。

41 同前注。

《周易九家注》、《尚書大傳》、《韓詩外傳》、《毛傳》、《鄭箋》、《三禮注》、《春秋繁露》、《春秋公羊解詁》、《爾雅》、《白虎通》、《五經異義》、《尚書緯》、《詩緯》、《禮緯》、《史記》、《漢書》、《後漢書》、《漢紀》、《戰國策》、《漢官解詁》、《世本》、《鹽鐵論》、《說苑》、《太玄》、《新論》、《潛夫論》、《呂氏春秋》注、《淮南子》、《淮南子》注、《論衡》、《風俗通》、《楚辭章句》、〈東京賦〉、〈西京賦〉；小學書籍如〈急就篇〉、《說文》、《釋名》、《方言》；金石碑帖如漢石經、後漢〈劉修碑〉、〈范式碑〉等等，足證惠棟之治經果以漢學為主。

惠棟之所以特別推尊漢學，蓋自清初以降，學者或針砭明末王學、或反對宋學，尤以惠氏一家，四世傳經，咸通漢學，唯其父祖輩猶以漢、宋對舉而不作抑揚，如惠棟嘗記載其父士奇之庭訓：

> 先君曰：「宋儒可與談心性，未可與窮經。」[42]

又依江藩所述，士奇曾手書楹帖云：

> 六經尊服、鄭，百行法程、朱。[43]

以為漢、宋之學有別，而主張各取所長。然至惠棟，始明確標舉「漢學」名目而分別漢、宋，[44]其《易漢學》一書率先使用「漢學」名稱、《古義・述首》推崇漢經師之說「與經並行」，賦予漢儒特出之地位，從此奠定「漢學」之地位，引領一代學風。

---

[42] 惠棟：《九曜齋筆記》（臺北：藝文印書館《百部叢書集成》影印《聚學軒叢書》本，1970 年），卷 2，頁 38。

[43] 江藩：《國朝宋學淵源記》（北京：中華書局，1983 年），頁 154。

[44] 張素卿：〈「經之義存乎訓」的解釋觀念——惠棟經學管窺〉，頁 289-293。

　　然而，惠氏徵引漢儒古訓雖多，並非一味之「株守漢學」、「凡漢皆好」，而「不論是非」。呂美琪曾針對《毛詩古義》所引漢人經注加以分析，在五十五則條例中，惠氏與漢儒見解相合者僅六則；在漢儒基礎上再加論述者達二十九則，居其絕大多數；與漢儒相異者亦有十一則；自數種漢儒之說擇一而從者九則。[45]如此之結果與一般譏詆惠氏徒然拘泥漢學之評論有相當出入，極具參考價值。唯呂氏所分類的條例中猶有可待商榷者，如其以為「與漢儒見解相合」之例中包括：

> 〈旄邱〉云：「狐裘蒙戎。」蒙，徐邈音「武邦反」，《春秋傳》作「尨茸」，故讀從之。棟案：蒙本與尨通。《管子‧五輔篇》云：「敦懞純固。」義作「敦尨」。《荀子》引《詩》曰：「受小共大共，為下國駿蒙。」今《詩》蒙作尨。〈小戎〉詩云：「蒙伐有苑。」《箋》云：「蒙，尨也。」（《毛詩古義》卷五）

乃引《管子》、《荀子》以證成鄭《箋》「蒙，尨也」之說，應歸類為「在漢儒基礎上有所補述」，而不當隸屬於此。若再持此標準以檢視呂說此類其他諸例，則唯有下例得以成立：

> 「〈行葦〉，忠厚也。周家忠厚，仁及草木。」棟案：漢儒皆以〈行葦〉為公劉之詩。班叔皮〈北征賦〉曰：「慕公劉之遺德，及行葦之不傷。」寇榮曰：「公劉敦行葦，世稱其仁。」王符曰：「《詩》云：『敦彼行葦，牛羊勿踐履。方苞方體，維葉泥泥。』公劉厚德，恩及草木，牛羊六畜，

且猶感德。」趙長君曰：「公劉慈仁，行不履生草，運車以避葭葦。」長君從杜撫受學，義當見《韓詩》也。」（《毛詩古義》卷六）

此例全引漢儒之說而未作補述、未下己見，方得視為完全「與漢儒見解相合者」，唯在全書之中並不多見。

　　《毛詩古義》而外，《古義》其他諸經中對漢儒說法予以補苴、裁斷、甚且駁斥者亦皆所在多有，分別舉例於後：

　　「予弗子。」《釋文》云：「子如字。鄭氏音『將吏反』」。案：〈樂記〉云：「易直子諒。」注云：「子讀如不子之子。」徐邈音子為「將吏反」，蓋從鄭讀。《列子‧說符篇》（今案：當為〈楊朱〉篇）云：「禹纂業事讎，唯荒土功，子產弗字，過門不入」云云。《列子》之說，蓋本《尚書》讀子為字，此在未焚書之前，必得其實。鄭氏之音，非無據矣。（《尚書古義》卷三）

引《列子》、徐邈音以證成鄭說「非無據矣」，亦是「在漢儒基礎上有所補述」之例也。又如：

　　（〈豫〉）九四曰：「朋盍簪。」侯果云：「朋從大合。若以簪笄之固括也。」案：〈士冠禮〉云「皮弁笄」，鄭注云：「笄，今之簪。」《說文》曰：「先，首笄也。從人，匕象簪形。俗先作簪，從竹朁。」然則簪本作先，經傳皆作笄。漢時始有簪名，侯氏之說非也。子夏、鄭玄、張揖、王弼皆訓簪為疾，或云速，明非簪字。陸德明曰：「古文作貳，京作撍，馬作臧，荀作宗，虞翻作戠。」（虞翻）云：「坤為盍，戠，聚會也。坎為聚，坤為眾，眾陰並應，故朋盍

戠。戠舊讀作摺、作宗。」《禮說》曰:「戠與得協韻。」
當從虞義。(《玉篇》戠音「之力切」。鄭氏《尚書》云「『厥
土赤戠墳』,讀曰熾。」)(《周易古義》卷一)

在鄭玄等眾說之中,獨取虞翻之說,即惠棟擇善而從之例。唯惠
氏此說實有未達之間,因「戠」字無聚會義,且與摺、臧、宗等
字之形、音並不近,難以假借、訛誤(帛書《周易》作「讒」),
今則以「戠」字當為「戢」之誤,《詩·時邁》「載戢干戈」《傳》:
「戢,聚也。」且與摺、臧、宗等字並為精母字(「讒」為從母),
可得一聲之轉。故虞翻本應作「戢」字,後訛為形近之「戠」,[46]
而惠氏不察。

　　至於駁斥漢儒之說者,其例有如:

「分北三苗。」北讀為別。古文北字从二人,別字重八,
八、𠚌(北)、𠕁(別)字相似,因誤作北。《說文》於八
部曰:「𠕁,別也。」《孝經說》曰:「上下有別。」又宀部
曰:「𠕁,古文別。」許君學於賈逵,逵傳古文《尚書》,
必得其實。虞翻曰:「鄭注《尚書》『分北三苗』,北古別
字。又訓北,言北猶別也。」若此之類,誠可怪也。棟謂
北字似別,非古別字,又北與別異,不得言北猶別也。虞、
鄭皆失之。(《尚書古義》卷三)

「我喪也斯沾。」注云:「斯,盡也。沾讀曰覘,覘視也。
國昭子自謂齊之大家有事,人盡視之。」此解非是。斯,
此也。沾,薄也。國子蓋言我母之喪,而使婦人從賓位,

斯為薄矣。沾訓薄，見張揖《廣雅》，俗作添非是。曹憲
云：「沾，他兼反。世人水傍著忝失之。又以此占字為霑。
亦失之。」鄭氏改沾為覘，恐未安。(《禮記古義》卷十一)

(桓)〈十一年傳〉云：「古者鄭國處於留。先鄭伯有善于
鄶，公者，通乎夫人，以取其國而遷鄭焉，而野留。」案：
鄶公者，鄶仲也。夫人者，叔妘也。〈周語〉富辰曰：「鄶
之亡也，由叔妘。」注云：「鄶，妘姓之國，叔妘，同姓
之女，為鄶夫人。」〈鄭語〉史伯云：「子男之國，虢鄶為
大，虢叔恃勢，鄶仲恃險，君若以周難之故，寄帑與賄焉，
無不克矣。」寄帑與賄，故得通於夫人而取其國。康成《發
墨守》云：「鄭始封君曰桓公者，周宣王之母弟，國在宗
周畿內，今京兆鄭縣是也。桓公生武公，武公生莊公，遷
居東周畿內，國在虢鄶之間，今河南新鄭是也。武公生莊
公，因其國焉，留乃在陳宋之東，(《左傳》侵宋呂留。後
漢彭城有留縣，張良所封。) 鄭受封至此適三世，安得古
者鄭國處於留，祭仲將往省留之事乎？」愚案：桓公寄帑
與賄于虢鄶及十邑，幽王之亂，東京不守，當有處留之事，
其後滅虢鄶十邑而居新鄭，則以留為邊鄙，當在武公之
時。故云：「古者鄭國。」又云：「先鄭伯。」《公羊》之
言正與外傳合，鄭氏不考而驟非之，過矣。(《公羊古義》
卷十三)

凡此諸例明斥鄭玄之說「失之」、「未安」、「過矣」。惠氏於漢代
諸儒中最為推尊鄭氏，嘗謂：

　　《尚書》後出，古今通人皆知其偽，獨無以鄭氏二十四篇

為真古文者，余撰《尚書考》，力排梅賾而扶鄭氏。[47]

倡言「扶鄭氏」，則其宗鄭、尊漢之意向至為明顯。[48]且此一「扶鄭氏」之主張，亦落實於《古義》之中，如上文所舉之補苴、證成鄭說諸例皆可視為扶翼鄭氏也。惠氏又每每於言語中推崇鄭氏，如曰：

> 凡經字誤者，當仍其舊，作某字讀，若某所以尊經也。漢時惟鄭康成不輕改經文，後儒無及之者。（《周易古義》卷二）

> 余每校三傳而得古音，習鄭學而識古文。後之學者，忽而不察，妄有論辨，竊所未喻。（《公羊古義》卷十四）

謂「後儒無及之者」、「習鄭學而識古文」，對鄭氏之推服可謂備至矣。唯對於鄭說誤謬處猶直言不諱而非一味曲合，則尤可顯現惠氏治學的客觀公允精神。

要之，惠棟解經雖以漢學為主，然對於漢儒諸說仍不時以己意加以補苴、訂正之，亦由此可知其所以提倡漢學，實有感於漢儒之解經較為符合經文原意及產生經書的時代背景，[49]而絕非「凡古必真，凡漢皆好」，其實惠氏亦深知漢學及好古本身之侷限性，嘗道：

> 《周禮》多古字，……漢時已不能盡攷，況後世乎！（《周禮古義》卷八）

---

[47] 惠棟：〈沈君果堂墓誌銘〉，《松崖文鈔》卷 2，頁 23。

[48] 張素卿：〈「經之義存乎訓」的解釋觀念——惠棟經學管窺〉，頁 285。

[49] 三英：〈惠棟的治學思想〉，遼寧社會科學院《社會科學輯刊》1993 年第 3期，頁 71。

〈洪範〉:「無偏無陂,遵王之義。」……棟案:……吳才老以此經義字音俄,謂與陂協,而不知本是誼字。顏師古又謂誼有宜音,皆好古之過也。(《尚書古義》卷四)

明言「漢時已不能盡考(古字)」及「好古之過」,可見惠氏對漢學及「好古」所抱持之客觀態度。當然,或限於識見、才力,惠氏猶不免有「好古太過」之弊,尤以好改古字為然,最顯著之例為:

自唐人為《五經正義》,傳《易》者只王弼一家,不特篇次紊亂,又多俗字,如晉當為晉,巽當為𢁓(从《說文》)。垢當為遘(从古文)。……《釋文》所載古文,皆薛虞傳氏之說,必有據依。鄭康成傳費直《易》,多得古字。《說文》云其稱《易》孟氏皆古文。虞仲翔五世傳孟氏《易》,故所采三家說為多。諸家異同,動盈數百,然此七十餘字,皆卓然無疑,當改正者。(《周易古義》卷二)

即恪守漢儒舊說以為依據,而大量武斷改動七十餘字之例。如此的作法飽受前人非議,如臧庸即批評曰:

惠氏定宇,經學之巨師也。……而好用古字,頓改前人面目,以致疑惑來者,亦非小失。[50]

的確切中惠氏「好古太過」之弊病,然論其初衷應非但求泥古佞漢,故呂美琪將其學重新定位為「凡古近真,凡漢較好」,[51] 允為持平之論。

---

50 臧庸:《拜經日記》(臺北:藝文印書館《原刻影印叢書集成續編》影印《臧氏藏本》,1970 年),卷 3「私改《周易集解》」條,頁 8。
51 呂美琪:《惠棟毛詩古義研究》,頁 192-195。

（三）漢以後材料

眾所周知，惠棟不輕信漢以後之注疏，其嘗謂：

> 《左傳》不服虔而用杜預，此孔穎達、顏師古之無識，杜
> 預創短喪之說以媚時君，《春秋》之罪人也。[52]

> 訓詁漢儒其詞約，其義古；宋人則詞費矣，文亦近鄙。[53]

對魏晉唐宋諸儒多所貶抑。然另一方面，惠氏對後代之學術亦非全然否定，《古義》中仍不乏引用後儒之說者，茲即依其徵引的分量及性質，區分為魏晉六朝隋唐五代及宋元明清二部分加以探討：

1. 魏晉六朝隋唐五代

在《毛詩古義》中，惠氏採用魏晉六朝隋唐五代之說的比例約佔 14%，[54]可見此時期之材料在惠氏心目中猶具有相當分量，且範圍亦涵蓋經、史、子、集各部典籍及小學書籍、金石碑帖等，諸如《五經正義》、《經典釋文》、《儀禮疏》、《周禮疏》、《春秋穀梁傳注疏》、《論語集解》、《孔子家語》、《爾雅注》、《廣雅》、《史記三家注》、《漢書注》、《穆天子傳》、《國語注》、《水經注》、《藝文類聚》、《初學記》、《文選注》、〈洛神賦〉、〈文賦〉、《字林》、《玉篇》、《聲類》、徐邈音、大徐本《說文》、《說文繫傳》、《五經文字》、《匡謬正俗》、汲郡古文、唐石經等等，皆在《古義》蒐羅之列。其中尤以孔穎達之《五經正義》最受重視而不時援用之，

---

[52] 惠棟：《九曜齋筆記》卷 2，頁 38。

[53] 同前注，頁 2。

[54] 呂美琪：《惠棟毛詩古義研究》，頁 210。

如：

> 蔡邕《公羊》石經〈隱十年〉下云「此公子翬也」云云。
> 又〈哀十有四年〉下云「何以書記異也」云云，皆無經文。
> 案：孔穎達《詩正義》云：「漢初為傳訓者，皆與經別行，
> 三傳之文，不與經連，故石經書《公羊》皆無經文是也。」
> （《公羊古義》卷十三）

> （〈咸〉）上六：「咸其輔頰舌。」虞翻本「輔」作「酺」，
> 云：「耳目之閒。」《說文》：「酺，頰也。」《玉篇》引《左
> 氏傳》云：「酺車相依。」是酺與輔同。輔近口，在頰前。
> 《淮南子》云：「靨輔在頰前則好。」耳目之閒為權，權
> 在輔上，故〈洛神賦〉云：「靨輔承權。」〈夬〉九三「壯
> 于頄」是也。頰所以含物，輔所以持口。孔穎達云：「輔
> 頰舌三者並言，則各為一物。」明輔近頰而非頰。虞以權
> 為輔，許以輔為頰，皆失之。（〈大招〉云「靨輔奇牙」，
> 王逸云：「頰有靨輔。」明輔非頰。）（《周易古義》卷一）

皆是依從孔說之例。雖然惠氏對孔《疏》亦頗有微詞，如曾言：

> 自唐人為《五經正義》，傳《易》者只王弼一家，不特篇
> 次紊亂，又多俗字。（《周易古義》卷二）

> 孔穎達《易正義》多衍字、譌字及脫落字。（《周易古義》
> 卷二）

> 孔穎達以為古訓者，故舊之道，故為先王之遺典，何其謬
> 與！（《毛詩古義》卷六）

非難孔氏之誤謬，然對孔氏之功亦不吝於稱許：

> 唐人疏義推孔、賈二君，……旁采漢魏、南北諸儒之說，
> 學有師承，文有根柢，古義之不盡亡，二君之力也。[55]

推許其保存「古義」有功，此殆其別受重視之主因，而亦由此可知惠氏所認定「古義」之傳承並不僅限於漢儒。

2. 宋元明清

在呂美琪統計《毛詩古義》引用資料表中，唐以下之資料以出現次數過少而不列入統計。[56]今觀全書，宋元明清的材料雖不為多，然間亦採之，如《丙子學易編》、《詩集傳》、《春秋考》、《四書集注》、《論語疏》、《古文苑》、《六經正誤》、《廣韻》、《韻補》、《禮部韻》、《類篇》、《復古編》、《六書正訛》、《正字通》、《隸釋》、《隸續》、《汗簡》、《考古圖》、《集古錄》、《金石史》等書及王應麟、司馬光、顧炎武、惠士奇等諸家說皆嘗為之徵引。唯其中有幾個現象值得觀察：

（1）引書以小學類及金石類書籍為主，殆源於惠氏對「識字審音」工夫之注重，然猶不時貶斥宋人小學之虛妄，如：

> 〈清人〉云：「河上乎逍遙。」《釋文》曰：「逍本又作消，遙本又作搖。」《說文新附》曰：「逍遙，猶翱翔也。」徐公文曰：「《詩》只用『消搖』字，此二字，《字林》所加。」棟案：後漢崔駰撰〈張平子碑〉已用「逍遙」字，不始于呂諶也。但經典中祇合用「消搖」耳。（近有儋父作字書，名《正字通》，謂《莊子》「消搖游」篆文已從辵，其妄若

---

[55] 惠棟：〈北宋本禮記正義跋〉，《松崖文鈔》卷2，頁1。
[56] 呂美琪：《惠棟毛詩古義研究》，頁211。

此。）（《毛詩古義》卷五）

《禮部韻》宋人所撰，焉識古音。（《周易古義》卷三）

譏評宋儒不識古字、古音。惠棟對古字之講求，上文已有言之；
其對古音之重視，則由此可見一斑，甚至嘗有言：

讀先王典法，必正言其音，然後義全。

又云：

孔子歿後至東漢末，其閒八百年，經師授受，咸有家法，
故兩漢諸儒多識古音。[57]

以此觀之，惠氏之所以重漢輕宋，「識古音」殆亦為一重要因素。

至於金石學，至宋代始為專門之學，而為惠氏所重，故時或
徵引其說以為治經之輔助考證。

（2）所引書籍匙少經部之書，可見惠氏對宋學之排斥，嘗
謂：

宋儒經學不惟不及漢，且不及唐，以其臆說居多而不好古
也。[58]

宋儒之禍，甚於秦灰。[59]

痛詆宋學，足證惠氏對宋儒「張空拳而說經」作法之深惡，因而
提倡漢學以區別之。

（3）惠氏對宋學之鄙斥，固如前述，然對宋儒說法之善而

---

[57] 惠棟：〈韻譜序〉，《松崖文鈔》卷1，頁11。

[58] 惠棟：《九曜齋筆記》卷2，頁38。。

[59] 李富孫輯：〈鶴徵錄〉，《四庫未收書輯刊》（北京：北京出版社，2000年），
第貳輯第23冊，頁596。

可從者亦不偏廢，其中尤為推崇王應麟及司馬光二家。《古義》
引述王應麟之說者多達十八次，其中有如：

> 「易者，象也。」王伯厚曰：「昔韓宣子適魯見易象。是
> 古人以卦爻統名之曰象，故曰：『易者，象也。』其意深
> 矣。」（《周易古義》卷二）

> 「葉公之〈顧命〉。」注云：「楚縣公葉公子高也。臨死遺
> 書曰顧命。」棟案：其辭有莊后、大夫、卿士，非葉公之
> 言也。此《周書》祭公謀父之辭。穆王時，祭公疾不瘳，
> 王曰：「公其告予懿德。」祭公拜手稽首曰：「嗚呼！天子，
> 女無以嬖御固莊后，女無以小謀敗大作，女無以嬖御士疾
> 大夫卿士。」祭公將歿而作此篇，故謂之顧命。其事亦見
> 汲郡古文。王伯厚已有是說，余特表而出之。（《禮記古義》
> 卷十二）

> 「予有亂臣十人。」案：《釋文》及唐石經無「臣」字。
> 陸氏云：「本或作『亂臣十人』，非。後世因晉時所出〈大
> 誓〉以益之邪？」劉原父遂闢馬鄭之說，以邑姜易文母，
> 真臆說也。原父又云：「或云古文無臣字。」如此則不成
> 文，尤謬。王伯厚已辨之。（《論語古義》卷十六）

謂王氏「已有是說」、「已辨之」，可見對其說之信從。王應麟，
字伯厚，著有《困學紀聞》，《四庫全書總目》謂其「博洽多聞，
在宋代罕其倫比。雖淵源亦出朱子，然書中辨證朱子語誤數條」。
又輯有《三家詩》與《周易》鄭氏注，後者直啟惠棟《新本鄭氏
周易》之撰作，《四庫全書總目》因云：「應麟固鄭氏之功臣，棟

之是編，亦可謂王氏之功臣矣。」[60]李開亦謂「從學術精神上看，從朱熹到王應麟、從王應麟到惠棟，學脈相承」，[61]皆以朱熹至王應麟再至惠棟學脈相承，蓋朱子雖隸屬宋學，然治學一本「道問學」之徵實精神，「乃宋學之中不廢考據之人」，[62]故能下啟王應麟及惠棟。

《古義》又嘗稱引司馬光之言：

> 司馬溫公曰：「凡觀書者當先正其文，辨其音，然後可以求其義。」可謂知言。(《周易古義》卷二)

所謂「正其文，辨其音，然後可以求其義」，與《古義・述首》「識字審音乃知其義」之說極為相仿，一般學者多以惠氏此說上承清初大儒顧炎武之「讀九經自考文始，考文自知音始」主張，[63]如呂美琪以為顧氏此說實已具清代漢學雛形，而為「惠棟所吸收」。[64]尹彤云謂「惠氏的學風繼承了顧炎武以來的傳統」。[65]王俊義亦言「清代的乾嘉漢學，自顧炎武為之奠基，……到乾嘉時期的惠棟公開打出漢學旗幟，遂成為獨立的乾嘉學派」。[66]然就其治學步驟觀之，顧氏乃由知音而後考文而後讀九經，司馬氏與惠氏則並

---

[60] 紀昀等：《欽定四庫全書總目》，頁 5。

[61] 李開：《惠棟評傳》(南京：南京大學出版社，1997 年)，頁 181。

[62] 鍾明彥：《清代訓詁理論之發展及其現代之轉型》(臺中：東海大學博士論文，2005 年)，頁 149。

[63] 顧炎武：〈答李子德書〉，《亭林文集》(臺北：華文出版社《叢書彙編・學古齋金石叢書》本，1970 年)，頁 188。

[64] 呂美琪：《惠棟毛詩古義研究》，頁 49。

[65] 尹彤云：〈惠棟《周易》學與九經訓詁學簡評〉，頁 92。

[66] 王俊義：〈乾嘉漢學論綱〉，《清代學術文化史論》(臺北：文津出版社，1999 年)，頁 40。

主「正其文辨其音」及「識字審音」而後知其義，後二家之為學次第較為接近（唯司馬氏與顧氏所謂之「正其文」、「考文」，或僅指校讎異文，而非考釋文字，說詳下文，故仍與惠氏有所不同）；且惠氏既主動引述並推崇司馬氏此說為「知言」，則將其視為惠說之直接淵源，應無疑義。另一方面，其實即連顧炎武之治學亦深受司馬光影響，顧氏自幼即研習司馬光之《資治通鑑》，[67]既長，尤為推崇其書，嘗謂：

> 臣竊惟國家以經術取士，自五經、四書、二十一史、《通鑑》、性理諸書而外，不列於學官。[68]

力主將《通鑑》與四書五經並列於學官。而揆亭林之所以特重《通鑑》，除其講求治史之學術路徑外，[69]是書實已隱約透露開出考據之可能，蓋司馬氏之撰《通鑑》，在材料的取捨上，別出《通鑑考異》三十卷，以「參考同異」，「辯證謬誤」，[70]已具初步的考據功夫，或即因而啟發亭林治學始於「考文」之學術主張。[71]由此觀之，惠棟、顧炎武之治學殆皆曾受司馬光之影響。

因此，惠氏經學雖緣於對宋學之反動，然其學術淵源或有得自於宋學者，關於此，清儒張佩綸已嘗言之：

---

[67] 顧氏嘗自道：「年十一，授以《資治通鑑》。」〈三朝紀事闕文序〉，《亭林餘集》（臺北：華文出版社《叢書彙編·學古齋金石叢書》本，1970 年），頁38。

[68] 顧炎武：《日知錄》（臺北：臺灣商務印書館《國學基本叢書》本，1965 年），卷 18「科場禁約」條，頁 114。

[69] 鍾明彥以為「在經、史的兩端間，亭林宜更近乎史。」鍾明彥：《清代訓詁理論之發展及其在現代之轉型》，頁 76。

[70] 紀昀等：《欽定四庫全書總目》，頁 650。

[71] 鍾明彥：《清代訓詁理論之發展及其在現代之轉型》，頁 88-90。

余向持論，以為國朝人之漢學，大抵皆宋黃氏《日鈔》、王氏《困學紀聞》兩派而加詳耳。……然則所謂漢學者，正是宋人之漢學。[72]

張舜徽亦承其說曰：

張氏謂清代樸學實源於宋，不足以傲宋儒，是矣。……大抵一代學風，自必前有所承，非宋、明諸儒為之於前，亦莫由以臻清學之盛。[73]

主張清代漢學實承自宋代漢學，皆為有識之見。由此可見清學與宋學之間仍自有其脈絡可循，而非截然之對立，且漢學與宋學的堅固壁壘本非如此涇渭分明。而學者或謂惠棟「自漢唐以下之書不讀，全面阻絕宋元明研究成果進入吳派考據中。」[74]恐係以偏概全之見。

（4）《古義》又偶引清代諸儒之說，則可考見其學受當代學術環境影響之跡，其例有如：

「如匪行邁謀，是用不得于道。」案：《左傳‧襄八年》子駟引此詩。杜元凱注云：「匪，彼也。行邁謀，謀於路人。不得於道，眾無適從。」顧炎武云：「案：《詩》云：『謀夫孔多，是用不集，發言盈庭，誰敢執其咎？』則杜解為長。」棟案：此必三家詩有作「彼」者，故杜據「彼」為說。〈雨無正〉云「如彼行邁」，其意略同。顧又云：「古

---

[72] 張佩綸：《澗于日記》，見張舜徽：《清人筆記條辨》，收入《張舜徽集》（武漢：華中師範大學出版社，2004年），頁352。

[73] 張舜徽：《清人筆記條辨》「澗于日記」條，《張舜徽集》，頁353-354。

[74] 呂美琪：《惠棟毛詩古義研究》，頁193。

> 有以匪字作彼者。〈襄廿七年〉引《詩》『彼交匪敖』作『匪
> 交匪敖』。」案:《漢書》引〈桑扈〉詩亦作「匪」。又《荀
> 子·勸學》云:「《詩》云:『匪交匪紓,天子所予。』」今
> 〈采菽〉詩上匪字作彼,或古匪、彼通用,如顧說也。(《毛
> 詩古義》卷五)

乃贊同顧炎武之說而加以補苴者。又如:

> 「君子之道,焉可誣也?」《漢書·薛宣傳》云:「君子之
> 道,焉可憮也?」蘇林曰:「憮,同也,兼也。」晉灼曰:
> 「憮音誣。」師古曰:「《論語》載子夏之言,謂行業不同,
> 所守各異,唯聖人為能體備之。」家君曰:「蘇解得之。」
> (《論語古義》卷十六)

乃依從其父惠士奇之裁斷者。可見惠氏之學果受顧炎武及家學之
薰染。

　　(5)惠氏於書中亦嘗自申一己獨創之見解,如:

> 〈呂刑〉:「苗民弗用靈,制以刑,惟作五虐之刑曰法。」
> 《墨子》引云:「苗民否用練,折則刑,惟作五殺之刑曰
> 法。」《禮記·緇衣》引曰:「苗民匪用命,制以刑。」否,
> 古不字否,用練未詳。或傳寫之誤。折與制古字通。古文
> 《論語》云:「片言可以折獄。」魯論折作制。虐與殺亦
> 通,見《春秋㣲》。(《尚書古義》卷四》)

即完全未依傍前人之說,而徵引《墨子》等書以別出己見。由此
可見,惠氏治學雖「綴次古義,鮮下己見」,[75]然並非毫無一己之

---

[75] 章太炎:〈清儒〉,《訄書詳注》(上海:上海古籍出版社,2000年),頁142。

訓解。

　　綜上所述，《古義》所據以解經的書籍、材料頗為豐富，且時代涵蓋自先秦至清代之諸家說、以及一己之訓解，足徵其所謂「經之義存乎訓」之「訓」並不僅止於古訓，而泛指一切訓詁，唯其中特為著重古訓——尤其漢儒古訓耳，張素卿嘗謂其「『訓』兼指古訓和訓解。古訓，尤指漢儒古訓」，[76]說至允當。

四、「經之義存乎訓」的解經觀念

　　討論至此，殆已可將惠棟「經之義存乎訓」的解經觀念，略作梳理。首先就「訓」字而言，如上文所述，應可泛指一切訓詁，唯特為著重古訓——尤其漢儒古訓。至於《古義‧述首》獨為標舉漢學曰：

> 漢人通經有家法，故有《五經》師。訓詁之學，皆師所口授，其後乃著竹帛，所以漢經師之說立於學官，與經並行。《五經》出於屋壁，多古字古義，非經師不能辨。是故古訓不可改也，經師不可廢也。

獨許漢代經師，學者或以其賦予漢儒特出之地位，而上變其父兼重先秦諸子之說，前文已略微述及。然今仔細尋繹文意，惠氏此說似主在強調「經師不可廢」，斯乃惠棟擴展庭訓舊說之處，[77]而與士奇所主張之「古訓不可改」相輔相成，故曰「是故古訓不可改也，經師不可廢也」，其「古訓」既與「經師」相提並論，則

仍可因襲士奇之說而包括周秦諸子而言之（士奇之「古訓」可包括周秦諸子，說詳上文），乃與「經師」並為惠棟所重，而非逕以「古訓」必出自漢代「經師」，「唯其經師口授相傳，其古訓古義有源有本」，[78]遂將「古訓」與「經師」合而為一，於是獨尊漢學。要之，惠氏治學雖以漢學「古訓」為主，然並不墨守於漢學，且其解經方法實已不盡同於漢代（如上文所言之以金石、諸子證經等皆不同於漢，另尚有其他不盡同於漢人的訓詁方式，因牽涉複雜，擬日後另撰專文討論），故可視為一具創造性之「清代漢學」，逮及其弟子江藩專守固陋，對漢儒諸說亦步亦趨，漢學之壁壘始森嚴矣。

而惠棟此一重訓詁的治學門徑，從此引領清代之學術轉向，成為乾嘉學者研治經籍之不二法門。一般學者多以惠氏此說乃上承清初顧炎武，因而上推顧氏為乾嘉學派之發軔者，然亭林之學實重校勘甚於小學，其所謂「讀九經自考文始，考文自知音始」，「考文」或僅指校讎異文，而非考釋文字；[79]且此說與惠氏之治學次第不盡相符，已如前述；又且，亭林對小學之觀念仍僅止於：

> 夫小學，固六經之先也，使人讀之而知尊君親上之義，則必自其為童子始。[80]

---

[78] 同前注。

[79] 如胡適即謂「『考文』便是校勘之學」。胡適：〈幾個反理學的思想家〉，《胡適學術文集·中國哲學史》（北京：中華書局，1998 年），頁 1147。鍾明彥更從「亭林的理路以及原文的上下文中，確定了此處之『文』只宜是校讎學意義的『文』，不應是文字學意義的『文』。」亦即其所謂之「文」，僅為「文字異同」而非「文字考釋」。鍾明彥：《清代訓詁理論之發展及其在現代之轉型》，頁 96、81。

[80] 顧炎武：〈呂氏千字文序〉，《亭林文集》，頁 113-114。

是其所謂之「小學」乃係傳統讀書識字的基本訓練，而尚未成為
工具之學，與經學密切配合。鍾明彥因謂「亭林不具明顯的語言
研究意識」，「並無積極的力量去引導、推動訓詁的發展」。[81]然則
有意識之積極引導、推動訓詁的發展，從而奠定乾嘉漢學之基石
者實有待於惠棟。

　　至於惠氏所欲藉由訓詁以闡發之「經義」，學者多以其即指
「義理」，如錢穆先生嘗謂「所謂義理存乎故訓，……松崖粗發
其緒而未竟」，[82]即逕以「義理」詮釋、取代「經義」一詞。黃愛
平以為「正是經由惠棟的倡導，由古書的文字、音韻、訓詁以尋
求義理的主張，才得以正式確立」，[83]呂美琪亦謂「惠棟標榜『經
之義存乎訓，識字審音乃知其義』，使漢學成箇系統，開啟清代
考據學由訓詁通義理的治學門徑」，[84]凡此諸說皆主惠氏之「經義」
即為「義理」，然若由《古義》一書觀之，惠氏藉由訓詁所解釋
之義似多侷限於字義、詞義，如：

　　〈泰〉九二：「包荒。」《說文》引作巟，從川亡，云「水
　　廣也」。《釋文》云：「本亦作巟，音同。」（鄭氏云：「巟
　　讀為康，虛也。」《穀梁傳》云：「四穀不升謂之康。」康
　　是虛巟之名，其義同也。）（《周易古義》卷一）

考釋「荒」字。又如上文所舉例之：

　　「分北三苗。」北讀為別。古文北字從二人，別字重八，

---

[81]　鍾明彥：《清代訓詁理論之發展及其在現代之轉型》，頁91、95。

[82]　錢穆：《中國近三百年學術史》，頁325。

[83]　黃愛平：〈清代漢學流派析論〉，頁23。

[84]　呂美琪：《惠棟毛詩古義研究》，頁2。

> 八、爪（北）、爪（別）字相似，因誤作北。《說文》於八
> 部曰：「爪，別也。」《孝經說》曰：「上下有別。」又宀部
> 曰：「爪，古文別。」許君學於賈逵，逵傳古文《尚書》，
> 必得其實。虞翻曰：「鄭注《尚書》『分北三苗』，北古別
> 字。又訓北，言北猶別也。」若此之類，誠可怪也。棟謂
> 北字似別，非古別字，又北與別異，不得言北猶別也。虞、
> 鄭皆失之。（《尚書古義》卷三）

旨在考辨「北」字。諸如此類之例，全書所在多有，不煩贅舉。
呂美琪因謂「惠棟欲求『古義』，其方法是貼近文字，作『字』
之深刻考究，而不致力於文句的詮釋。」「（《毛詩古義》）以『字』
為討論單位，故著重『字』的精密分析，而非配合詩旨詮釋字義。」
[85]頗得惠氏訓詁之旨。然而，如此緊扣字詞的訓詁方式不免使人
產生二項疑問：

　　其一、惠氏既未曾闡發字面之外之義理，則其所欲理解的「經
義」是否僅以字面所能見之經書原義為度？亦即擬「通過對經書
字句的歸納分析，求得對經書原義的準確理解」。唯如此之思維
方式及研究方法，必然約束及限制對更高層次義理之探討。[86]且
義理原本即非惠氏所擅長，如楊向奎即嘗曰：「就哲學而言，樸
學不足以敵理學，惠棟於此更有所不及，與戴震比，尤在其下。」
「義理非其所長。」[87]朱伯崑亦謂「惠棟只是一位考據學者，並

---

[85] 呂美琪：《惠棟毛詩古義研究》，頁 85、70。

[86] 王俊義：〈錢大昕寓義理於訓詁的義理觀探討〉，收入林慶彰、張壽安主編：《乾嘉學者的義理學》，頁 479。

[87] 楊向奎：《清儒學案新編三》（濟南：齊魯書社，1994 年），頁 122、128。

非哲學家。」[88]即使如黃順益獨排眾議,由《易微言》「留意到惠棟晚年的這一義理傾向」,[89]然適可由此反證惠棟早年並無義理之傾向。然則其所謂「經之義存乎訓」之「經義」是否意謂義理,值得再加斟酌。[90]

其二、即以經書原義而論,逐字逐句之考索是否已然盡得經義?因經文乃由字而句而篇所組成,故如漢儒章句之學,即包含字、句、篇,由單體之字擴大至整體之篇章釋義,惠氏則但將經義大體化約為文字考釋,而罕自字詞訓詁進一步推闡其文句、篇章之涵義,不免產生見樹不見林之弊。[91]

由此可知,惠棟提倡「經之義存乎訓」的初衷,殆欲區分「訓」與「義」為治學之二階段,冀由明訓詁入手然後通經義;然於具體實踐之際,則僅致力於「存乎訓」之一端,誤合「義」、「訓」為一,以為「義」在「訓」中,「明訓詁即可通經義」,而不再推闡經義,[92]影響所及,導致其後乾嘉之學落入偏重文字訓詁,而

---

[88] 朱伯崑:《易學哲學史》(臺北:藍燈文化公司,1991 年),第 4 卷,頁 346。

[89] 黃順益:《惠棟、戴震與乾嘉學術研究》(高雄:國立中山大學中國文學系博士論文,1998 年),頁 109。

[90] 惠棟弟子如錢大昕以為「有文字而後有訓詁,有訓詁而後有義理,訓詁者,義理之所由出,非別有義理出乎訓詁之外者。」(錢大昕:〈經籍籑詁序〉,收入《潛研堂文集》〔臺北:臺灣商務印書館,1968 年〕,卷 24,頁 349)主張寓義理於訓詁,似可佐證惠棟之「經義」即意謂「義理」,然錢氏此說,殆已兼受戴震之影響,如王俊義即謂錢氏既「深受惠棟影響」,又與「戴震也關係密切」。唯其於實際治學過程中,錢氏仍是將考據置於義理之上,甚至把超出經書文字訓詁之外的義理思想視之為空談,故與戴震之義理觀仍不相同。王俊義:〈錢大昕寓義理於訓詁的義理觀探討〉,頁 461、476。至於戴震之義理觀,說詳下文。

[91] 呂美琪:《惠棟毛詩古義研究》,頁 248-249。

[92] 「明訓詁即通經義」本為呂美琪之說。(呂美琪:《惠棟毛詩古義研究》,頁

輕視經義、義理之窠臼。[93]

　　唯當此訓詁學風中，猶有兼治義理之特立學者，即為戴震。[94]戴氏嘗於〈題惠定宇先生授經圖〉倡言「故訓明則古經明，古經明則賢人聖人之理義明」，舊說多以東原此說受惠氏之影響甚鉅，如錢穆先生即以其「是東原論學一轉而近於吳學惠派之證也」，[95]呂美琪則以為惠棟之理念至此更加完備，「不僅故訓明則古經明，更進一步上推至賢人聖人之理義明，這種合三者為一的理念，更見戴震對前人的繼承與開展」。[96]然以今觀之，戴氏此一由訓詁而經義而義理之治學次第，[97]將其上推至義理之層次，實為對惠氏經學觀念另一面向的開展，反為歧出；至王念孫父子方更為恪守惠氏之經學觀念，且益向下轉入小學，王引之嘗自述其為學曰：

　　　　吾治小學，吾為之舌人焉，其大歸曰用小學說經、用小學校經而已矣。[98]

明白揭示其治學之旨歸乃在「用小學說經」，可謂與「經之義存

50）唯呂氏此說，乃以明訓詁即可通經義即惠棟「經之義存手訓」之本意，故與本文之說法不同。

[93] 呂美琪：《惠棟毛詩古義研究》，頁 249。

[94] 胡適先生嘗謂「戴震在清儒中最特異的地方，就在他認清了考據名物訓詁不是最後的目的，只是一種『明道』的方法。他不甘心僅僅做個考據家，他要做個哲學家。」（胡適：〈戴東原的哲學〉，《胡適學術文集‧中國哲學史》，頁 1011）可見戴氏之獨特。

[95] 錢穆：《中國近三百年學術史》，頁 323。

[96] 呂美琪：《惠棟毛詩古義研究》，頁 52。

[97] 漆永祥：《乾嘉考據學研究》，頁 161。

[98] 見龔自珍：〈工部尚書高郵王文簡公墓表銘〉，《王氏六葉傳狀碑誌集》卷 1，《高郵王氏遺書》，頁 13。

乎訓」之精神若合符節，唯更為轉向訓詁小學之一端耳。故二王雖身為戴震之高弟，其解經的觀念與方法恐更為貼近惠氏，而與戴氏有所出入，關於此，鍾明彥已略言及：

> （本文）並不以為戴震可為純然之漢學家，……實為一漢宋兼采，始漢終宋，耿耿不忘義理之闡述者。此本為乾嘉思潮所不樂見。……至王氏父子，則直云「大道不敢承」，而盡置宋學，純然守於漢學家數，就此而言，二王實更為乾嘉之典型。[99]

將戴氏歸為宋學義理派，為乾嘉學派之異數；直至二王始擺落義理，謹守漢學家數，而為乾嘉之典型，可見二王與戴震之學術理念實不盡同，[100]反而或有得自惠棟者，雖然，二王對惠氏偶有譏評，如王引之嘗以「惠定宇先生考古雖勤，而識不高，心不細，見異於今者則從之，大都不論是非。」[101]非議惠氏之識見，然並非對其解經觀念與方法的根本否定，殆惠棟之時訓詁之途徑始開，修業未密，至二王則後出轉精矣。茲即將此三家之治學門徑簡單表列之：

小學←─訓詁─→經義─→義理

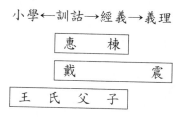

99　鍾明彥：《清代訓詁理論之發展及其在現代之轉型》，頁 460。

100　同前注，頁 145。

101　王引之：〈與焦理堂先生書〉，《王文簡公文集》，《高郵王氏遺書》卷 4，頁 205。

向來學術界將乾嘉學派分為吳、皖二派,「吳派」以惠棟為開山;「皖派」則始於戴震,王氏父子踵繼其後。[102]然此一分派,已漸受現代學者的質疑,如陳祖武即主張根本取消吳、皖二派之區分,而以為「從惠學到戴學是一個歷史過程」,[103]超越地域之劃分而改以學術演進之實際狀況為著眼點,極具啟發性,唯以本文觀之,與其說「從惠學到戴學是一個歷史過程」,不若言「從惠學到王學是一個歷史過程」,戴學反為歷史之歧出。總言之,「吳派」、「皖派」應非對立之派別而為繼承發展的關係,亦即惠棟在乾嘉訓詁學史上應居於發軔之地位,主張「經之義存乎訓」,下啟二王之學,而對清代訓詁學之興盛,實居首倡之功,惜自來為訓詁學史所忽焉而不察也。

五、結語

　　惠棟為清代乾嘉學派「吳派」鼻祖,治學以標榜漢學,開啟一代風氣。而歷來學術界對其評價不一,贊揚者或譽之為「漢學之絕者千有五百餘年,至是而粲然復章矣」;貶抑者則斥其「株守漢學」、「唯漢是求」。唯諸家所論多是基於經學或學術史的角度,而罕有從訓詁學的觀點探究惠氏之學者,然惠棟的解經觀念

102　近人多將乾嘉學派分作「吳派」與「皖派」,「這種明確的命名和劃分始於章太炎,……其後,梁啟超作《清代學術概論》,完全採納了章太炎的說法,……自章、梁之說出至今近一個世紀,凡治清代學術思想史者,在論及乾嘉漢學的派別劃分時,大都沿用此說,間或有所補充發揮。」參王俊義:〈乾嘉漢學論綱〉,《清代學術文化史論》,頁 40-41。

103　陳祖武:〈關於乾嘉學派的幾點思考〉,《清儒學術拾零》(長沙:湖南人民出版社,2002 年),頁 164。

與主張,對清代訓詁學之興盛,居於發軔之地位,故為今日研治清代訓詁學史所亟待補苴之處。惠氏生平著述繁多,其中《九經古義》不僅為其經學實踐的具體成果,且於全書〈述首〉明確揭示治學主張:「經之義存乎訓,識字審音乃知其義,是故古訓不可改也,經師不可廢也。」因而引導乾嘉學術之基本方向。故《古義》實可視為研治惠氏經學之鑰。

本文首先對《九經古義》之書名加以詮釋。因自《四庫全書總目》以為其書「曰古義者,漢儒專門訓詁之學」,學者多從其說,大抵以「古義」意指漢儒古訓。然《古義·述首》既曰「經之義存乎訓」,「識字審音乃知其義」,揆其意當以經義／訓詁為二不同之階段、層次,殆欲藉由訓詁以理解經義,且其所以尊奉漢學,乃「以漢猶近古」而非謂漢即是古,以此觀之,則惠氏所謂「古義」當指聖人、經書之古義而非漢儒訓詁之義,亦即其著書之宗旨在於闡發經典原意而非專守漢儒之學。

另一方面,惠氏既主張理解經典古義需藉由訓詁之法,然則其所憑藉之「訓詁」是否有其特殊涵義?是否一如前人所言專指漢儒訓詁?本文因對《古義》的解經材料加以分析,結果發現《古義》所徵采據以解經之書籍、材料頗為豐富,且時代涵蓋先秦至清代:在先秦方面,《古義》除援引先秦經書「以經證經」外,又頗徵采先秦子書「以子證經」,尤對墨學之復興具啟迪之功;在漢代方面,《古義》既標榜漢學,書中所徵引的材料果以漢代為大宗,唯亦非一味之「株守漢學」、「凡漢皆好」、「不論是非」,而往往對對漢儒說法予以補苴、裁斷、甚且駁斥;在漢代以後材料方面,惠棟雖不輕信漢以後之注疏,唯《古義》中仍不乏引用

後儒之說者，其中尤以魏晉六朝隋唐資料為多，如孔穎達之《五經正義》即以保存「古義」有功而備受重視。至於宋以後材料，惠氏固鄙斥宋學，然對宋儒說法之善而可從者亦不偏廢，甚至其治學頗受王應麟及司馬光二家之影響。由此可見惠氏經學雖緣於對宋學之反動，然其學術淵源實有得自於宋學者，亦即漢學與宋學之堅固壁壘本非如此涇渭分明。而惠氏之所以特別提倡漢學，實有感於漢儒之解經較為符合經文原意及產生經書之時代背景，然非侷限於漢學。

　　綜言之，惠氏所謂「經之義存乎訓」，殆以經義／訓詁為二不同之階段，其中「訓」泛指一切訓詁，雖特重古訓——尤其漢儒古訓，然並不墨守於漢，故為一具獨創性之「清代漢學」，至弟子江藩等人方對漢儒諸說亦步亦趨。至於其藉由訓詁以理解之「義」，殆為經義而非義理，其後戴震進而將其上推至義理之層次，以為訓詁明而義理明，實是對惠棟解經觀念另一面向的開展；直至王念孫父子方更為謹守惠氏「存乎訓」之治學觀念，從而開創乾嘉訓詁學之鼎盛，唯推本溯源，惠棟實居首倡之功，惜自來為訓詁學史所忽焉而不察也。

漢譯說一切有部兩種佛傳中
對於佛陀的不同詮釋[**]

羅　因[*]

一、前言：佛陀的生平簡歷

　　佛陀（Buddha）是佛教的創始者，他的教義自古及今，對世界人類的精神生活有著深廣的影響。然而，對於佛陀一生的事跡、佛教內部、大小乘佛教之間，甚至是各部派之間的理解和詮釋，就相當不同。又因為有關佛陀的傳記，都充滿了奇幻的神話色彩，致使某些西方學者甚至對歷史上是否真有佛陀其人，抱持著高度的懷疑，最顯著的，莫過如法國學者 Emile Senart，他否認佛教徒所信仰的「佛陀」的歷史真實性，認為：佛陀或許在某一個時期，生活在某一個地方，但是，如佛教徒傳統所說的那個佛陀，卻從來沒有存在過，就像希臘太陽神的神話一樣，佛教徒只是把太陽神的信仰人格化而成為了「佛陀」。[1]即便是肯定歷史上確有佛陀其人的學者，也認為釋尊傳記的神話色彩，是造成後

[*]　現任國立臺灣大學中國文學系副教授，佛學研究中心主任。

[**]　本文獲得九十四學年度國科會專題研究計畫贊助，特此致謝。本文在日本北海道大學「首屆東亞經典詮釋中的語文分析國際學術研討會」中宣讀（2006年 8 月 23-25 日）。

[1]　Emile Senart 的意見，引述自德國學者 Hermann Oldenberg, *Buddha:His Life, His Doctrine, His Order,* trans. from the German by William Hoey (Delhi: Motilal Banarsidass Publishers Private Limited, 1997), pp. 71-73.

人瞭解其生平的莫大障礙。[2]

的確，現存無論是屬於小乘系統或是大乘系統的釋尊傳記，無不充滿了神話色彩，這對於還原歷史上真實的釋尊的生平，確實造成極大的困難。然而，如果不把討論重點放在還原釋尊作為歷史上真實人物的生平事跡，那麼，釋尊傳記中所表現出來的神話和傳奇成份，正好呈現了不同部派對於釋尊一生的不同詮釋。本文的討論重點並不是要致力於釋尊生平事跡的歷史性還原，而是要從說一切有部兩種佛傳有關佛陀生平的描述中，瞭解說一切有部對於佛陀詮釋的發展。

儘管本文的討論重點並不是要致力於釋尊生平事跡的歷史性還原，但是，在進入「說一切有部兩種佛傳」的討論之前，對於釋尊生平簡歷的歷史性還原，仍然有其必要性，因為釋尊的生

---

2 如巴宙教授說：「有關喬達摩佛陀的歷史真實性，幾乎所有從古代流轉下來對佛陀生平的記載都是傳奇，神話，想像和部份真實的混合。……所以未有深入研究的人很難瞭解其複雜精微的奧義，我們相信這種情形對佛教歷史的研究並非最有利。」（巴宙著、恆清譯：〈喬達摩佛陀之凡聖問題〉，《佛光學報》第 2 期〔1977 年 7 月〕，頁 6-16）又如中村元博士說：「其（佛傳）內容卻是太過於神話的傳說，將釋尊極度的超人格化，或者竟是神化，是以那一些記述，到底其真實事實是什麼？誠是使讀者為之惘然！好像在讀那些談妖說怪的小說一樣。」（中村元著、王惠美譯：《瞿曇佛陀傳》〔臺北：中華佛教文獻編撰社，1972 年〕，頁 6）水野弘元博士也說：「欲將釋尊的傳記作有系統地記述的動機，出現於佛滅後數百年。此類佛傳，雖然不下十餘種之多，但其中所描寫的釋尊，已非世間的普通人物，而在經過神化之後，已成為萬能的、超人的特殊人物。因此，同時也剝奪了釋尊原有的活生生的人性。為了誇張其偉大人格，反而使之失去其真實形象，導致研究此類佛傳的西方人士，懷疑釋尊並非實在人物，而係由印度古太陽神話創造出來的虛構的產物。這是因為後世的佛傳作者，將釋尊的行狀不自然而然地描述的結果。」（水野弘元著，達和法師、陳淑慧合譯：《佛教的原點》〔臺北：圓明出版社，1998 年〕，頁 22）

hoo 平正是各部派詮釋的原點。所幸東西方學者根據巴利文佛典、漢譯佛典和印度的歷史文物，對於釋尊生平的歷史還原，已經取得相當高的成就，如歐洲方面的 Hermann Oldenberg 著 *Buddha: His Life, His Doctrine, His Order*, A. Foucher 著 *The Life of the Buddha: According to the Ancient Texts and Monuments of India*。日本方面，中村元的《瞿曇佛陀傳》，水野弘元的《佛教的原點》等都是考證嚴謹之作。此外，印順、呂澂等本國學者，對於釋尊的生平，也曾經做過部份的探討。以下就是根據這些中外學者的研究成果，簡單地勾勒出釋尊生平的大體輪廓。

釋尊被尊稱為釋迦牟尼（śākya-muni），釋迦（śākya）是他的種族，牟尼（muni）是「沈默的聖者」的意思。因此，釋迦牟尼（śākya-muni）就是「釋迦族的聖者」的意思，是世人對於佛陀的尊稱，他的本名是瞿曇‧悉達多（Gautama Siddhārthā，或譯喬達摩‧悉達多），瞿曇（Gautama）是他的姓，悉達多（Siddhārthā）是他的名字，意為「一切義成就」的意思。關於釋尊的生卒年代，大致上有四種說法，第一種說法認為他應該生於西元前 467 年，卒於西元前 387 年；第二種說法認為他應該生於西元前 569 年，卒於西元前 489 年；第三種說法認為他應該生於西元前 511 年，卒於西元前 431 年；[3]第四種說法認為佛陀應該生於西元前 566 年，卒於西元前 486 年。[4]總之，有關佛陀的生卒年代，根據學者們的推定，前後約有一百年的差距。然而，關於印度古代史的年

[3] 參印順：《印度佛教思想史》（臺北：正聞出版社，1988 年），頁 8-9。

[4] 參呂澂‧《印度佛學思想概論》（臺北：天華出版事業公司，1982 年）頁 4-7。及渥德爾著、王世安譯：《印度佛教史》（北京：商務印書館，1995 年），頁 48。

代，相差百年並不算什麼稀奇的事，因為古代印度人對於年代觀念根本不重視，[5]因此，對於佛陀的生卒年代的推定，也只能大略推究而已。

釋尊的父親，是現今尼泊爾境內迦毘羅衛城（Kapila）的國王，名淨飯王（śuddhodana）。[6]母親名叫摩訶摩耶（Mahāmāyā，意譯大幻）。摩訶摩耶夫人在藍毘尼園（Lumbini）生下悉達多太子之後，不久便去世了。阿私陀仙人為太子占相，斷言太子將來必當成佛，絕對不會從政。他又為自己無緣聆聽太子說法而哭泣，並在臨終前囑咐弟子將來要跟隨太子出家修行，必能求得靈性解脫之道。日後，釋尊的重要弟子大迦旃延，就是阿私陀仙人的外甥。

淨飯王後來又娶了摩訶摩耶夫人的姊姊摩訶波闍波提（Mahāprajāpatī），釋尊便是由姨母摩訶波闍波提撫養長大的。釋尊的青年時期，可以說是過著無憂無慮的生活，淨飯王為愛子建設了適合冬季、夏季和雨季居住的三時宮殿，在眾多女子的歌舞包圍之中渡過。淨飯王並為太子選擇耶輸陀羅為太子妃。儘管生活非常優裕，年輕時代的釋尊卻對人生的生、老、病、死的問題，進行了深沉的反省，而這便成為了他日後出家的遠因。根據南傳佛教的傳說，釋尊於十六歲時結婚，育有一子，名羅睺羅

5　中村元著、王惠美譯：《瞿曇佛陀傳》，頁 24。

6　根據 Hermann Oldenberg 的研究指出：佛陀的父親淨飯王常被廣泛地描述為國王，但是，實際上，淨飯王頂多只是當時釋迦族的族長而已。（見 Hermann Oldenberg, *Buddha: His Life, His Doctrine, His Order*, p.99.）中村元則認為「斯陀達那」在後來的經典裡，唯稱為王，而未稱為大王，也是因為迦毘羅衛國屬於小地方的緣故，因而未被稱為大國之王（見中村元著、王惠美譯：《瞿曇佛陀傳》，頁 16）。

〔Rāhula〕。釋尊在二十九歲時，離開父親和妻兒出家。

　　釋尊出家後，第一個到達的地方就是摩竭陀國（Magadha）的首都王舍城（Rājagṛha），並會見了摩竭陀的頻婆娑羅王（Bimbisāra），頻婆娑羅王自願向悉達多太子提供軍隊和財寶。中村元認為，當時的摩竭陀國和憍薩羅國（Koúalā）正是互相競爭的對手，如果要打倒憍薩羅國的話，那一定要和屬國的釋迦族結成同盟，而且要給與軍事上和經濟上的援助，那就可以從南北兩方夾擊憍薩羅國了。[7]中村元的推論，可以說是非常合理的。但是，釋尊卻婉拒了頻婆娑羅王的提議。

　　釋尊離開了頻婆娑羅王之後，曾經先後跟隨過阿羅羅・迦羅摩（Āḷāra Kālāma）仙人和優陀羅・羅摩子（Udraka-rāma-putra）修行，但是，釋尊認為兩人的境界尚未能達到離欲厭離，於是便離開了。

　　離開了阿羅羅・迦羅摩和優陀羅・羅摩子之後，釋尊便到達了苦行林進行了六年苦行。即使因為苦行而致身體瘦弱，卻仍然得不到開悟。終於，他明白到苦行無助於開悟解脫而放棄了苦行。後來因著牧羊女的供養而恢復體力。之後，他便到達伽耶（gayā），在那裡的一棵菩提樹下進行了長時間的冥想，最終得到無上的開悟，從此被尊稱為佛陀。佛陀在開悟之初，在菩提樹附近渡過了四個七日，[8]享受他那解脫的禪悅。之後，佛陀曾經一

---

[7] 中村元著、王惠美譯：《瞿曇佛陀傳》，頁 55。

[8] 四個七日的說法，見於巴利律藏《大品》（Mahāvagga）的最古老的傳說，其後的傳說，都說是七個七日。見 Hermann Oldenberg, *Buddha: His Life, His Doctrine, His Order*, p.114.

度不想向眾人說法，後經梵天的勸請而決定展開他弘法的生涯。

　　釋尊初轉法輪，是在波羅奈斯（Vārāṇasi）的鹿野苑（Migadāya），為阿若憍陳如（Aññāta Kondañña）等過去曾跟隨他一起苦行的五位修行者說法，他們在不久後，都證得了和釋尊一樣的境界。這是釋尊弘法生涯的開始，此後的四十五年間，釋尊在中印度各地遊行，廣收徒眾，為弟子制訂僧團的戒律，定期舉行佈薩，如遇雨季，便定居一處。在釋尊四十五年的弘法生涯中，值得記載的事件非常多，這裡不能一一詳列，只能列出幾件比較重大的事情：（一）度三迦葉（優樓頻螺迦葉、那提迦葉和伽耶迦葉）；（二）摩竭陀國頻婆娑羅王歸依佛教，並獻出竹林精舍；（三）舍利弗（Śāriputra）和目犍連（Maudgalyāyana）的出家；[9]（四）釋尊回故國探望淨飯王和家人，釋迦族子弟有五百人出家，異母弟阿難（Ānanda）、兒子羅睺羅、妃子耶輸陀羅（Yaśodharā）都跟隨釋尊出家；（五）憍薩羅國舍衛城的富豪須達多（Sudatta）長者歸依佛教，並獻出祇樹給孤獨園（Jetavana-anāthapiṇḍasyārāma）；（六）姨母摩訶波闍婆提懇求出家，在阿難的勸請下，釋尊制定了一些附帶條件讓女人出家，這就是比丘尼教團的起源；（七）提婆達多（Devadatta）分裂教團；（八）祖國迦毘羅衛被憍薩羅國的毘琉璃太子（Virūḍhaka）所滅；（九）舍利弗與目犍連兩大弟子先釋尊而入滅。

　　釋尊到了八十歲的高齡，身體日漸衰弱，於是便從王舍城（Rājagṛha）到拘尸那（Kusinārā）進行了最後的遊行。途中，在

9　在舍利弗和目犍連出家之後，在巴利文律藏和《四分律》、《五分律》中，都沒有提及。參見中村元著、王惠美譯：《瞿曇佛陀傳》，頁 138。

鍛工之子純陀家中，接受了純陀（Cunda）最後的供食。釋尊在吃完了純陀的供食之後，可能是食物中毒的關係，患了嚴重的血痢。但是，釋尊仍然堅持要到拘尸那去。到達拘尸那後，佛陀在沙羅的雙樹間以右脅而臥的姿勢，躺下來休息。須跋陀羅求見釋尊，成為佛陀最後的弟子，並在佛前入滅。而釋尊也在深夜的時候涅槃了。釋尊火化後的遺骨，分為八份，在印度各地建塔供養。

　　以上釋尊的簡歷，主要參考了德國學者 Hermann Oldenberg 和日本中村元的研究成果，他們對於釋尊生平的研究，主要以巴利經典為根據，並參照考古文物等多方材料。筆者又在他們的基礎上，去其繁重，儘量呈現出釋尊一生最平實的梗概。

　　以上釋尊的生平，基本上是各部派乃至大乘佛教都承認的。問題是，釋尊平實而非凡的一生，在後世佛弟子撰集的傳記中，又作了怎樣的詮釋和演繹呢？在佛陀觀的發展中，各部派都多少有一些差異，即使同樣是說一切有部的佛傳，因著前後期的不同，觀點也相去甚遠。根據現代學者的研究，各部派或大小乘的佛陀觀，大抵不出「現實佛」（或稱「歷史的佛陀」）和「理想佛」（或稱「超越歷史的佛陀」）兩大類型。[10]如果不作嚴格的區分，屬於上座系的部派，他們的佛陀觀便被歸類為「現實佛」或「歷史佛」的一類，說一切有部的佛陀觀一般即被視為「現實佛」的

---

10 印順法師把大小乘的佛陀觀，分為「現實佛」和「理想佛」兩類，見印順：《初期大乘佛教之起源與開展》（臺北：正聞出版社，1981 年），頁 159-172。宇井伯壽則分為「歷史的釋尊」和「超越歷史的佛陀」，見宇井伯壽：〈阿含に現はれたる佛陀觀〉，收於氏著：《印度哲學研究》（東京：岩波書店，1965 年），第 4 冊，頁 113。名稱雖然不同，但是意義卻是相同的，事實上，宇井伯壽有時也稱「超越歷史的佛陀」為「理想的佛陀」。

一類。而大眾系乃至大乘佛教的佛陀觀,則可以視為「理想佛」的類型。然而,上座系和大眾系的佛陀觀真的是如此壁壘分明嗎?「現實佛」和「理想佛」的佛陀觀,到底應該如何區分呢?中村元曾經以神話化的深淺作為研究歷史上真實的釋尊生平所根據的基準。[11]如果以真實的釋尊生平作為研究對象的話,這樣的判別標準應當是非常適當的,但是,我們是否可以用同樣的標準作為區分「現實佛」和「理想佛」的判別標準呢?如果我們稍為翻閱一下說一切有部的佛傳如《根本說一切有部毘奈耶破僧事》(Mūla-Sarvāsti-vāda-saṃgha-bheda-vastu)、《方廣大莊嚴經》(Lalita-Vistara)、《佛所行讚》(Buddhacarita)等,不難發現,說一切有部的佛傳其實也是充滿神話色彩的。那麼,「現實佛」與「理想佛」應該如何劃分呢?神話化要到怎樣的程度,才算是「理想佛」呢?這些都是本文所要討論的問題。

二、說一切有部佛傳中所展現的佛陀觀

現存佛傳共有漢譯、巴利、梵文和藏譯佛傳等四種。其中漢譯佛傳卷帙最為繁浩。今存漢譯佛傳大致有:

1. 《修行本起經》二卷(〔東漢〕竺大力、康孟詳譯,後漢建安二年,西元 197 年譯出)

---

[11] 中村元博士研究釋尊的生平,曾經提出四個區分神話與真實的重點:一、神話化的潤色,越到後代越加強烈。二、相反的,描寫真實的人,而似乎沒有神化的存在,而被保存在經典之中,因此,可以說這是很接近於歷史人物的真相。三、說及到瞿曇佛陀以後的歷史事實,是後代所附加的。四、被定型化的教理:因為有很多地方,認為是後代的所增,所以首先放入括弧之中。(中村元著、王惠美譯:《瞿曇佛陀傳》,頁 159)

2. 《興起行經》二卷（〔東漢〕康孟詳譯，後漢建安四年，西元 199 年譯出）

3. 《中本起經》二卷（〔東漢〕曇果、康孟詳譯，後漢建安十二年，西元 207 年譯出）

4. 《太子瑞應本起經》二卷（〔吳〕支謙譯，約西元 240 年前後譯出）

5. 《異出菩薩本起經》一卷（〔西晉〕聶道真譯，約西元 300 年頃譯）

6. 《普曜經》八卷（〔西晉〕竺法護譯，西晉永嘉二年，西元 308 年譯出）

7. 《僧伽羅剎所集經》三卷（〔符秦〕僧伽跋澄譯，符秦建元二十年，西元 384 年譯出）

8. 《四分律》三十一至三十五卷之「受戒犍度」（〔姚秦〕佛陀耶舍、竺佛念譯，姚秦弘始十年，西元 408 年譯出）

9. 《佛所行讚》五卷（〔北涼〕曇無讖譯，西元 414-426 年間譯出）

10. 《佛本行經》七卷（〔劉宋〕寶雲譯，西元 424-453 年間譯出），是《佛所行讚》的異譯。

11. 《過去現在因果經》四卷（〔劉宋〕求那跋陀羅譯，約西元 450 年頃譯）

12. 《佛本行集經》六十卷（〔隋〕闍那崛多譯，西元 587-592 年譯出）

13. 《方廣大莊嚴經》十二卷（〔唐〕日照譯，唐永淳二年，

西元 683 年譯出），是《普曜經》的異譯。

14. 《根本說一切有部毘奈耶破僧事》（〔唐〕義淨譯，唐久
視元年至景雲元年，西元 700-711 年間譯出）

15. 《眾許摩訶帝經》十三卷（〔宋〕法賢譯，宋端拱元年，
西元 989 年譯出），是《根本說一切有部毘奈耶破僧事》
前九卷的同本異譯。[12]

在以上的漢譯佛傳中，可以確定為「說一切有部的佛傳」，
或蘊含「說一切有部佛傳」素材者，主要有：《根本說一切有部
毘奈耶破僧事》、《眾許摩訶帝經》（是《根本說一切有部毘奈耶
破僧事》前九卷的同本異譯）、《普曜經》、《方廣大莊嚴經》（《普
曜經》的異譯）、《佛所行讚》。其中《根本說一切有部毘奈耶破
僧事》是根本說一切有部的律藏，含有佛傳的諸多素材，根據印
順法師的考察，《中本起經》與《眾許摩訶帝經》大意相合，同
樣都是屬於說一切有部的古形佛傳。《普曜經》及《方廣大莊嚴
經》是說一切有部的佛傳，但已經大乘化了。[13] 這樣，若能比照
《根本說一切有部毘奈耶破僧事》、《方廣大莊嚴經》兩種佛傳，
便可以知道說一切有部佛傳在佛陀觀上的演變脈絡，同時，對於
說一切有部的佛陀觀如何從「現實佛」演進至「理想佛」，以及
兩種佛陀觀的分判標準，都可以找到一些答案。

按照北傳佛傳的內容，一般可以分為：（一）降神兜率、（二）

---

[12] 以上主要根據《佛光大辭典》，頁 2729 整理。諸經譯出年代，則主要根據小
野玄妙等編纂：《佛書解說大辭典（縮刷版）》（東京：大東出版社，2000 年），
印順：《原始佛教聖典之集成》（臺北：正聞出版社，1994 年），頁 358-360。

[13] 印順：《原始佛教聖典之集成》，頁 358-360。

託胎、（三）誕生、（四）出家、（五）降魔、（六）成道、（七）轉法輪、（八）入涅槃等八項，稱為八相成道。[14]當然，佛傳未必完全按照八相成道來編集，如《根本說一切有部毘奈耶破僧事》只說到佛陀回迦毘羅衛國化度釋種，提婆達多（Devadatta）出家為止，而《方廣大莊嚴經》也是到佛陀回國化度釋種止，兩種佛傳都沒有入涅槃的記載。又轉法輪一項，《根本說一切有部毘奈耶破僧事》和《方廣大莊嚴經》都記載了梵天勸請、度五比丘、收伏優樓頻螺迦攝、化度釋種等事蹟，雖然《方廣大莊嚴經》增益了更多的神話描述，但是對於佛陀說法和建立僧團的記載，在佛陀觀的開展上，並沒有特出的表現，因此，本文僅依（一）降神兜率、（二）託胎、（三）誕生、（四）出家、（五）降魔、（六）成道等六項，就《根本說一切有部毘奈耶破僧事》和《方廣大莊嚴經》進行比對。

（一）降神兜率

《根本說一切有部毘奈耶破僧事》	《方廣大莊嚴經》
彼最後王，名吉枳，爾時迦葉波如來應供。……佛薄伽梵，出興於世。時，彼釋迦牟尼菩薩，於迦葉佛所，發阿耨多羅三藐三菩提心，淨修梵行，生睹史多天。[15]	曾於五十百億那由他拘胝佛所而行大施，已曾親近三百五十拘胝諸辟支佛，……為欲證阿耨多羅三藐三菩提，乃趣一生補處，從此命終，生兜率天，為彼天子名曰淨幢，恆為諸天之所供養，當於彼沒後生人中，

14　《佛光大辭典》「佛傳典籍」條下。

15　《根本說一切有部毘奈耶破僧事》，收入《大正新脩大藏經》（以下簡稱《大正藏》），第 24 冊，No.1450，頁 102a。

16　同前注，頁 106b-107b。

菩薩若在睹史多天，常有五法觀察世間。何謂五法？一者觀察生處。二者觀察國土。三者觀察時節。四者觀察種族。五者觀察所生父母。何故菩薩觀察生處？在睹史多天宮，常作是念……當今之時，剎利為尊，我當往彼剎利家生。……

何故菩薩觀察國土？菩薩在睹史多天，常作是念：過去菩薩生何國土即見彼國，有甘蔗、粳米、大麥、小麥、黃牛、水牛，家家充滿，乞食易得，無有十惡，多修十善，菩薩思惟中天竺國，如是等物悉皆具足故，我今生彼中天竺國。……

何故觀察時節？菩薩在睹史多天宮，常作是念：……若人長壽八萬已上時，諸眾生無有愁苦，愚癡、頑鈍、憍慢、著樂，非正法器，難受化故。若人短壽百歲已下時，諸眾生為諸五濁昏冒重故，……五濁增長非正法器，猶如過去一切菩薩濁惡世時不出於世。何以故？諸佛出興所說正法，皆不虛過。由是義故，觀察時節。復次，何故觀察種族？菩薩在睹史多天，常作是思惟：觀察於何種族可受生者？若見有人先世以

證阿耨多羅三藐三菩提。……

尊憶然燈記，積集無邊福。

超越於生死，智慧發光明。

長時修惠施，其心常離染。

三垢憍慢盡，語業無諸過。

……

當往閻浮界，示行菩薩道。……

菩薩將欲降生，十二年前有淨居天，下閻浮地作婆羅門，說圍陀論。彼論所載：十二年後，有一勝人，現白象形入於母胎。其人具足三十二種大人之相，有二決定，若在家者當為轉輪聖王，若出家者當得成佛。復有天子，下閻浮提，告辟支佛作如是言：「仁者，應捨此土，何以故？十二年後當有菩薩降神入胎。」……

爾時菩薩處於天宮，以四種心而遍觀察，一者觀時。二者觀方。三者觀國。四者觀族。比丘！何故觀時？菩薩不於劫初而入母胎，唯於劫減，世間眾生明了知有老病死苦，菩薩是時方入母胎。何故觀方？菩薩不於東弗婆提、西瞿耶尼、北鬱單越、及餘邊地，唯現閻浮。所以者何？閻浮提人有智慧故。何故觀國？菩薩不生邊地，以其邊地人多頑鈍，無有根器。……是故菩薩但生中國。

---

17 同前注，頁 547c-548c。

來內外親族無能謗者，即生於彼。菩薩爾時作是觀已，乃見釋迦清淨尊貴轉輪王種，堪可出現。何以故？菩薩若於下賤家生世間，有情或生誹謗。菩薩於無量劫來，獲自在力，所有欲念，皆得隨意。凡所說法，曾無虛過。由此因緣，菩薩觀察所生種族。何故觀所生母？菩薩在睹史多天宮，作是思惟：如餘菩薩，於何等母而受胎藏？觀彼女人七世種族，悉皆清淨無有婬污，形貌端嚴善修戒品，堪任菩薩具足十月，處其胎藏。……復次，大幻化夫人，曾於過去諸佛發無上願：使我來世所生之子，得成種覺。……

菩薩爾時於睹史多天宮，五種觀察，慇懃三唱，告諸天已。即於夜中，如六牙白象形，下於天竺，降摩耶夫人清淨胎內。[16]

何故觀族？菩薩不生旃陀羅毘舍、首陀家。四姓之中，唯於二族，剎帝利種及婆羅門。於今世間重剎帝利，是故菩薩生剎利家。如是觀已默然而住。爾時會中諸菩薩眾，及諸天子各相謂言：「菩薩今者當於何國，依何種姓而託生耶？」……

爾時菩薩告諸天子，閻浮提中若有勝望種族，成就六十四種功德者，最後身菩薩當生其家。……

若有女人成就三十二種功德，當為菩薩之母。……

如是功德，唯釋種有。……

菩薩將下生時，東方有無量百千菩薩，皆是一生補處，來詣兜率天宮，供養菩薩，南西北方四維上下一生補處，皆至兜率天宮，供養菩薩，……爾時菩薩……將下生時，放未曾有身相光明，遍照三千大千世界，……一切地獄、畜生、餓鬼、及諸眾生皆蒙安隱，無一眾生於此時中為貪瞋癡等一切煩惱之所逼迫。……菩薩時時從兜率天宮沒，入於母胎，為白象形，六牙具足，其牙金色，首有紅光，形相諸根悉皆圓滿，正念了知，於母右脅降神而入。[17]

　　對比《根本說一切有部毘奈耶破僧事》和《方廣大莊嚴經》，可見兩者都認為菩薩在下生之前，是居住於兜率天宮的天神，他的下生，無論是出生的種族、國土、父母、時間等，都是出於自由意志的選擇，是乘願再來，而不是隨業流轉的。以六牙白象的形象入胎。這是兩部傳記相同的。然而，《方廣大莊嚴經》確實比《根本說一切有部毘奈耶破僧事》有著更多的神話化的成分，如經首述說與會大眾時，《根本說一切有部毘奈耶破僧事》只說佛陀「在劫比羅城，尼俱律陀園中，與大苾芻眾俱，時此城中諸釋迦子，咸共集會。」[18]但是，在《方廣大莊嚴經・序品》中，與會的大眾，就變成了大阿羅漢、十方一生補處大菩薩以及比丘、比丘尼、優婆塞、優婆夷、國王、王子、大臣等無量大眾。[19]這已經很明顯地呈現出十方世界有佛國土的大眾部的思想了。除了這些神話化的誇飾成分，《方廣大莊嚴經》比《根本說一切有部毘奈耶破僧事》更為突出之外，尚有以下幾個地方值得注意：

　　　1.《根本說一切有部毘奈耶破僧事》詳於敘說釋迦種族，又提到在遠古的吉枳王時，迦葉波如來出現於世，釋迦牟尼菩薩於迦葉佛所發阿耨多羅三藐三菩提心，淨修梵行，生睹史多天。而在《方廣大莊嚴經》中，則說是在燃燈佛所受記的。這可能是前後期傳說的差異，如《中本起經》也是說從定光佛（Dīpaṃkara，燃燈）受記的。[20]又過去佛的思想成立很早，在阿育王時代就已經出現了，在《長阿含經・佛說七佛經》中，就已經完成了過去

---

[18]　《根本說一切有部毘奈耶破僧事》，頁 99a。

[19]　《方廣大莊嚴經》，頁 539a。

[20]　印順《初期大乘佛教之起源與開展》：「《中本起經》……從定光佛授起，……與《十誦律》相同，這是說一切有部初期的佛傳。」（頁 581）

六佛，加上釋迦牟尼佛共七佛的思想。在法藏部的《佛本行集經》中，說為十四佛，在銅鍱部的《佛種姓經》中，傳說為二十四佛。[21]在《方廣大莊嚴經》中，是過去無量諸佛，這確實是大乘佛教思想的表現。

2.菩薩歷劫修行，累積無量福德，這是各部派都承認的。但是，在《方廣大莊嚴經》中，已經出現了「示現」的觀念，如說「當往閻浮界，示行菩薩道」，又說：「見真實義能示現，自既得濟能拯物，……隨順世法示同凡，不為世法之所染。」[22]而在《根本說一切有部毘奈耶破僧事》中，不僅沒有出現「示現」此一關鍵詞，即使是類似的觀念和思想都還沒有出現的。

示現的梵文是"prātihārya"，是變化、變現、示現、顯現等的意思。[23]《方廣大莊嚴經》以「示現說」來詮釋釋尊的一生，尤其在以下住胎、在王宮的生活、六年苦行以及降魔成道等事件的詮釋上，「示現說」在《方廣大莊嚴經》中可謂大大地發展起來。而所謂的「示現」，就含有真實的釋尊並不需要真正地經歷這些事件的意味。不過，《方廣大莊嚴經》雖然視佛陀的降生、成道為「示現」，卻仍然認為這一生的釋迦牟尼是最後身菩薩，[24]與後來大乘經如《華嚴經》久遠成道，再到人間示現成佛的佛陀觀，尚有一段距離。

---

21 印順：《初期大乘佛教之起源與開展》，頁 153。

22 《方廣大莊嚴經》，頁 548b。

23 荻原雲來：《梵和大辭典》（臺北：新文豐出版社，1979 年），頁 889。

24 如《方廣大莊嚴經‧處胎品》說：「世間眾生，無有能食如是甘露之味，惟除十地究竟最後身菩薩，方能食耳。」（頁 550b）

（二）託胎

《根本說一切有部毘奈耶破僧事》	《方廣大莊嚴經》
諸菩薩降生之時，其母胎中諸血穢等，皆悉遠離而不染著，如明月珠，雖為諸物之所纏裹，而無染污。菩薩在母胎時亦復如是。諸菩薩常法，其母常見菩薩在其胎中，猶以青黃赤白等綿裹於淨寶，諸慧眼人見其寶綿分別曉了，母見菩薩在其胎中亦復如是。[25]	爾時，阿難承佛威神，長跪合掌而白佛言：「世尊！女人之身多諸欲惡，云何如來為菩薩時，乃捨兜率，處於母胎，右脅而住？」佛告阿難：「菩薩昔在母胎，不為不淨之所染污，恒處寶殿嚴淨第一。」……爾時世尊，知而故問梵天王言：「我昔為菩薩時，在胎十月，所居寶殿今為所在？汝可持來。」……爾時梵王，即持菩薩之殿置梵殿中，其梵殿量縱廣正等三百由旬，而與八萬四千拘胝梵天恭敬圍遶。……其殿三重周匝瑩飾，皆以牛頭栴檀天香所成，其香一分價直三千大千世界，光明照耀，以天眾寶而嚴飾之。床座器物皆稱菩薩，微妙綺麗，人天所無，惟除菩薩旋螺之相。……其三殿內周匝皆有淨妙天花。其殿堅牢不可沮壞，凡所觸近皆生妙樂，如迦鄰陀衣，欲界一切諸天宮殿，悉現菩薩寶殿之中。[26]

　　佛陀雖然偉大，但是，他的降生仍然必須借助於女人的血肉之軀方能完成。在佛弟子的心目中神聖的佛陀竟然要處在血穢的胞胎中，是不清淨、不究竟的事情。這在說一切有部古型的佛傳

---

[25]　《根本說一切有部毘奈耶破僧事》，頁 107b-c。

[26]　《方廣大莊嚴經》，頁 549c-550a。

如《根本說一切有部毘奈耶破僧事》中，早就已經意識到了，所以才會說菩薩降生之時，母胎中的血穢等事，悉數遠離，菩薩就像明月寶珠一樣，雖然被血脈纏繞，但是卻清淨無染。而到了《方廣大莊嚴經》，母胎竟然成了無限莊嚴瑰麗的天宮寶殿。這樣詮釋佛陀的處胎，是上文「示現」思想的進一步發揮——示現與凡夫一樣處於女人的血穢胎藏之中，而實際上卻是居住於梵天寶殿之中。我認為這樣的思想，恐怕也是大眾部「佛身無漏」思想的一種展現。[27]事實上，在佛陀觀上，佛身到底是「有漏」、「無漏」，正是說一切有部與大眾部的爭論焦點之一，如《大毘婆沙論》說：

> 為止他宗顯正理故，謂或有執「佛身無漏」，如大眾部。
> 問：彼何故作此執？答：依契經故。如契經說：苾芻當知，
> 如來生在世間、長在世間。出世間住，不為世法之所染污。
> 彼作是說：既言如來出世間住，不為世法之所染污。由此
> 故知佛身無漏。為止彼意顯佛生身唯是有漏。……問：若
> 佛生身是有漏者，云何通彼所引契經。答：彼說法身，故
> 不成證。謂彼經說：如來生在世間、長在世間者，說佛生
> 身。出世間住，不為世法所污者，說佛法身。[28]

「有漏」、「無漏」在這裡，只是就「有沒有煩惱」說的，「有漏」就是「有煩惱」，有煩惱就有染污；「無漏」就是「沒有煩惱」，沒有煩惱就是清淨莊嚴。[29]大眾部之所以認為佛身無漏，是因為

---

[27] 《大毘婆沙論》：「為止他宗顯正理故，謂：或有執『佛身無漏』如大眾部。」《大正藏》，第 27 冊，No.1545，頁 391c。

[28] 同前註，頁 391c-392a。

[29] 參印順：《初期大乘佛教之起源與開展》，頁 165。

契經上曾經說「如來生在世間、長在世間。出世間住，不為世法之所染污」，既然如此，那麼，佛身便一定是無漏、清淨的了。菩薩處胎，母胎成為了莊嚴無比的天宮寶殿，應該就是在這樣的思想下所產生的文學性想像。而說一切有部認為佛陀的血肉之軀還是有漏的，清淨無漏的，是指佛陀的法身。可見，生身與法身觀念的產生，是在對佛陀一生的詮釋中被提出來的。

（三）誕生

《根本說一切有部毘奈耶破僧事》	《方廣大莊嚴經》
摩耶夫人及諸侍從婇女詣藍毘尼園而為遊觀，乃見一無憂樹花葉滋茂，<u>夫人欲生太子，便手攀其樹枝</u>。時天帝釋，知菩薩母心懷慚恥，多人眾中不能即誕其子。便作方便，發大風雨，令諸人眾，各自分散。是時帝釋，化作老嫗，立夫人前，<u>夫人即生</u>。時，天帝釋以仙衣擎取。……菩薩生時，大地振動，天地光明乃至日月所不及處，皆令明徹。……<u>一切菩薩有常法式，從胎出時，無諸濃血及餘穢惡</u>。其<u>菩薩母欲產之時，不坐不臥攀樹而立</u>，無諸苦惱後有。菩薩常法，生已在地，無人扶侍而行七步，觀察四方，便作是言：「<u>此是東方，我是一切眾生最上。此是南方，我堪眾生之所供養。此是西方，我今決定</u>	菩薩處胎，滿足十月將欲生時，輪檀王宮先現三十二種瑞相：一者一切大樹含花將發。……爾時摩耶聖后，以菩薩威神力故，即知菩薩將欲誕生，……時有八萬四千象兵、馬兵、車兵、步兵，皆悉端正，勇健無敵，被以甲胄，種種莊嚴，執持器仗，護衛聖后。六萬釋種婇女，翊從圍遶。……又有六萬王之婇女，作倡伎樂種種歌舞。又有八萬四千諸天童女，八萬四千龍女，八萬四千乾闥婆女，八萬四千緊那羅女，八萬四千阿修羅女，如是等皆以眾寶而自莊嚴，作眾伎樂歌舞讚詠，翊從佛母往龍毘尼園。……爾時聖后到園已，遊歷詳觀至波叉寶樹，其樹枝葉蓊鬱鮮潤，……是時，百千淨居天子，其心寂靜，或垂辮髮，或著寶冠，至此樹下，圍遶聖后，歡喜頂禮，奏

30　《根本說一切有部毘奈耶破僧事》，頁 108a-109a。

不受後生。此是北方，我今已出生死大海。」爾時諸天，手持白蓋及與白拂，萃寶嚴飾，覆菩薩上。諸龍王等，各持二種清淨香水，所謂冷暖調和，洗浴菩薩。諸菩薩常法，誕生之處，於其母前現大池水，其母所欲澡洗，皆悉充足。諸菩薩常法，誕生之時，諸天仙眾在虛空中，以種種天妙和香，末香塗香荀檀沈水，而散菩薩，種種諸天音樂。

國有常法，若王宮生子，即喚梵行相師，觀看相貌。王乃喚相人，令占大子。既占相已，而答王曰：「今此太子，實是成就三十二相。若在家者，得作金輪聖王，王四天下，善法理化。……若當出家，得法王位，如來、應、正等覺，名稱普聞，具三十二相。」王即問曰：「何者是其三十二大丈夫相？」「一者具大丈夫足善安住，等案地相。二者於雙足下現千輻輪相。三者具大丈夫纖長指。……三十二者眉間毫相，其色光白，螺文右旋。」……菩薩常法，其菩薩母產菩薩已，七日命終生三十三天。[30]

天伎樂而讚歎之。即以菩薩威神，其樹枝幹風靡而下，於是稽首禮聖后足。爾時聖后放身光明，如空中電，仰觀於樹，即以右手攀樹東枝，頻申欠呿，端嚴而立。是時欲界六萬百千諸天媒女，至聖后所承事供養。比丘當知，菩薩住胎成就如上種種功德神通變現。滿足十月，從母右脅安詳而生，正念正知而無染著。……是時帝釋及娑婆世界主梵天王，恭敬尊重曲躬而前，一心正念即以兩手，覆憍奢耶衣，承捧菩薩。其事已畢，即將菩薩處胎之時所居寶殿，還於梵宮。……

爾時菩薩善自思惟，稱量正念，不假扶持，即便自能東行七步，所下足處，皆生蓮華。……作如是言：「我得一切善法，當為眾生說之。」又於南方而行七步，作如是言：「我於天人，應受供養。」又於西方而行七步，作如是言：「我於世間最尊最勝，此即是我最後邊身，盡生老病死。」又於北方而行七步，作如是言：「我當於一切眾生中，為無上上。」又於下方而行七步，作如是言：「我當降伏一切魔軍，又滅地獄諸猛火等所有苦具，施大法雲、雨大法雨，當令眾生盡受安樂。」又於上方而行七步，作如是言：「我當為一切眾生之所瞻仰。」……佛告諸比丘：「菩薩於阿僧祇百千拘胝那由他劫，修諸善行精進力故，初生

31　《方廣大莊嚴經》，頁 551b-557c。

| | 之時即能十方各行七步。」……<u>菩薩生已，聖母右脅平復如故。</u>於一井中，出三種泉，浴菩薩母。……菩薩初生滿七日已，摩耶聖后，即便命終，生三十三天。過七日已，菩薩還迦毘羅城，所有儀式莊嚴殊勝，倍過聖后往龍毘尼園。……時阿斯陀仙捫淚而言：「……大王，如韋陀論中所記，王之太子必定不作轉輪聖王。何以故？<u>三十二大人相極明了故。</u>」王言：「何等名為三十二相？」仙言：「<u>三十二相者，……大王！王之聖子具此三十二大人之相，分明顯著，如是之相唯諸佛有，非輪王有。大王聖子，復有八十種好，不合在家作轉輪王，必當出家得成佛道。</u>」王言：「大仙！何者名為八十種好。」仙言：「八十種好者，一者手足指甲皆悉高起。……八十者髮有難陀越多吉輪魚相。大王！此是聖子八十種好。若人成就如是八十種好，不應在家，必當出家得阿耨多羅三藐三菩提。」[31] |

對比兩種佛傳，除了可以看到《方廣大莊嚴經》在場景的描述和氣氛的營造上，更加舖張、神話色彩更加強烈之外，尚有三點值得注意：

1.《根本說一切有部毘奈耶破僧事》在描述菩薩誕生時，菩薩母雖然也是手攀無憂樹枝，以站立的姿勢產子，卻沒有提到菩薩是從何處出生的，只說「從胎出時，無諸濃血及餘穢惡。其菩薩母欲產之時，不坐不臥攀樹而立」。但是在《方廣大莊嚴經》

中，便特別強調菩薩是從右脅而生的。「右脅而生」的情節除了證明佛陀的聖潔之外，容或與印度傳統文化中的四種姓制度有關。根據《梨俱吠陀》的創世神話，王族（Rājanya）乃生於原人（Puruṣa）的臂膀部位，[32] 這樣，「右脅而生」的神話恐怕也反映了佛陀出身王族的文化意義了。

2.菩薩誕生後，不假扶持，便能向四方或六方、十方步行七步，是所有佛傳都共通的情節。但是在《根本說一切有部毘奈耶破僧事》中，只說到菩薩向四方步行七步，在《方廣大莊嚴經》中，便多了「所下足處，皆生蓮華」的描述，而這一情節，也是大部分佛傳所共有的。

3.有關佛陀的相好莊嚴，《根本說一切有部毘奈耶破僧事》只列舉了「三十二相」，在《方廣大莊嚴經》中，則除了三十二相之外，又增加了「八十種好」。「三十二相」和「八十種好」都是印度民族認為的身體上的美好特徵。如頂上有肉髻、手足掌中各有輪相等、眉間有白毫、四十隻牙齒、頭髮有五個卍字形等，都不可能出現在真實的人物身上，故宇井伯壽博士便認為「三十二相」是後代弟子們沒有見過佛陀，對於佛陀的強烈信仰遂把佛陀視為超人，描繪出具足三十二相，圓滿無缺的相好的佛陀。[33]

---

[32] *Ṛgveda*: "When they divided Puruṣa how many portions did they make? What do they call his mouth, his arms? What do they call his thighs and feet?" (11) "The Brāhman was his mouth, of both his arms was the Rājanya made. His thighs became the Vaiśya, from his feet the Śūdra was produced." (12) Ralph T. H. Griffith: *The Hymns of the Ṛgveda* (Vol. II), Munshiram Manoharlal Publishers Pvt. Ltd., p.559.

[33] 宇井伯壽：〈阿含に現はれたる佛陀觀〉，頁 83。

（四）出家

《根本說一切有部毘奈耶破僧事》	《方廣大莊嚴經》
菩薩常法，將欲遊觀園苑，即敕御者：「我之好乘汝速裝飾。」……菩薩登車遊觀。逢一老人，氣力羸弱形體損瘦，腰背僂曲，行步倚杖，身體戰掉，鬚髮變色，不如餘人。……菩薩問曰：「我於後時當如是不？」御者報曰：「太子之身還當如是。」菩薩聞已愁憂不樂。即告御者：「可速還宮，我至宮中思量是事，我當云何得免斯苦？」……時淨飯王聞此語已，自思念言：「太子生時，相師皆云出家修道。今若如此，應是斯事。我當倍諸五欲樂具，以娛樂之。」作是念已，即令倍諸五欲樂具，以娛太子。…… 　　菩薩常法，將欲出城遊觀，先敕御者：「速當為我嚴飾車乘，我當出城遊觀。」……將欲出城，逢一病人，舉身羸黃，瘦瘠疲困，路傍諸人，皆不顧見。……菩薩問曰：「如此病法，我超過不？」御者答曰：「此之病法，亦未超過。」菩薩聞已，愁憂不樂，即命還宮，思惟是事。…… 　　菩薩常法，將欲出城遊觀，先命御者嚴飾車乘。既嚴飾已，出城遊觀。逢	佛告諸比丘：「一切最後身菩薩將欲出家，法爾有十方無邊阿僧祇世界諸佛如來神通之力，令其宮內鼓樂絃歌，出微妙音勸請菩薩。…… 　　婇女絃歌甚微妙　以欲而惑於菩薩 　　十方諸佛威神力　一切皆令為法音 　　尊憶往昔為國王　有人於前而從乞 　　與我王位及國土　歡喜捨之無悔恨 　　…… 　　尊昔值遇恒沙佛　悉皆承事無空過 　　為求菩提度眾生　今正是時速出家 　　初事不空見　值堅固花佛 　　以一念清淨　見毘盧舍那 　　…… 　　如是及餘無量佛　一一皆以諸供具 　　供養承事無空過　願尊憶念過去佛 　　及憶供養諸如來　眾生苦惱無依怙 　　請尊憶念速出家　尊憶昔值然燈佛 　　獲得清淨無生忍　及五神通無退失 　　…… 　　佛告諸比丘：「菩薩於多劫來，遠離世間

34　《根本說一切有部毘奈耶破僧事》，頁 112c-117a。

一死人，以雜色車而以載之。復有一人，手持火爐，在前而行，雜色車後。多諸男女，被髮哀號，見者悲切。……菩薩問曰：「我亦爾不？」答曰：「亦爾。」菩薩聞已，愁憂不樂。即命還宮。……

爾時淨居諸天，皆共觀念：「菩薩先有大寶因力，我等當為菩薩作大緣故。何以故？若有大因，待大緣故。」即便化作一大沙門，執錫持缽，次行乞食。菩薩常法，出城遊觀先命嚴駕。既嚴駕已，登車前行。於衢路中，逢一沙門，淨除鬚髮，被福田衣，執持瓶缽，徐行乞食。……菩薩爾時問沙門曰：「汝是何人？何故剃除鬚髮，著別色衣，手持錫缽以乞自活？」沙門報曰：「我出家人也。」菩薩又曰：「云何名為出家人也？」沙門報曰：「常以善心，恒修善行。身口意業，悉令清淨。捨離俗家，昇涅槃路，故名出家人也。」菩薩歎曰：「善哉斯事！善哉斯事！」即自念言：「若當如此，我亦出家。」即命御者：「可速還宮，我至宮中思量是事。」……

時曆數者即占，太子至七日內不出家者，必登轉輪王位。占知是事，即以其頌，奏淨飯王曰。……時淨飯王，聞

五欲之過，為成就眾生，示現處於貪欲境界，積集增長一切善根殊勝福德資糧之力，示現受用廣大微妙五欲境界，而於其中心得自在。……菩薩久已了知生死過患，不取不著，樂求如來真實功德，依阿蘭若寂靜之處，其心常樂利益自他，於無上道勇猛精進。」……

爾時菩薩與諸官屬，前後導從出城東門。時，淨居天化作老人，髮白體羸，膚色枯槁，扶杖傴僂，喘息低頭，皮骨相連，筋肉銷耗，牙齒缺落，涕唾交流，或住或行，乍伏乍偃。菩薩見已問馭者言：「此曰何人？形狀如是。」時，淨居天以神通力，令彼馭者報菩薩言……菩薩又問：「如我此身亦當爾耶？」馭者答言：「凡是有生，若貴若賤，皆有此苦。」爾時菩薩愁憂不樂，謂馭者曰：「我今何暇詣於園林逸逸遊戲！當思方便，免離斯苦。」即便迴駕還入宮中。……時輸檀王作是思惟：「此是我子出家之相，阿斯陀仙所言殆實。」於是，更增五欲而娛樂之。……

復於一時，淨居諸天既見太子還於宮內，處在五欲。作是思惟：「我今應為菩薩更現事相，令速出家。」……爾時，太子與諸官屬，前後導從出城北門。時，淨居天化作比丘，著壞色衣，剃除鬚髮，手執錫杖，視地而行，形貌端嚴，威儀庠序。……太子即

35　《方廣大莊嚴經》，頁 565c-575c。

曆數者頌，……若七日內不許出家，登輪王位者，我等宜應於七日內守護太子。仍令兵眾於四城門勤加防衛。作是議已，即於劫比羅城，築七重城塹，皆安鐵門，一一門上，盡挂鳴鈴，若有開閉，其鈴聲聞四面，周迴各四十里。菩薩所在樓閣之上，皆令伎女作諸音樂歌舞圍遶。大臣猛將領四種兵，嚴更警候，營守城外。菩薩宮中諸門常閉，縱有使命須往來者，於城樓上別置梯道，令五百人擎之來去。其內宮門開閉之時，皆出異聲，令淨飯王聞。若聞門聲，諸宮女等盡執仗刃。劫比羅城外百官吏人，亦復勤加遞相防守。時淨飯王，自將四兵守城東門。其斛飯王，自將四兵守城南門。其白淨王，復將四兵守城西門。甘露飯王，亦將四兵守城北門。……大名釋迦，如此巡已，即至天曉，於淨飯王所白其王曰：「七日之中一夜已過，唯餘六日。」王便報曰：「既餘六日，勤加守護。六日若過，我之太子登金輪王。」……

當此之夜，婇女倡伎，悉皆疲倦，昏悶眠睡，或頭髮披亂，或口流涕唾，或復言閣語，或半身露。菩薩見此，雖在深宮，猶如塚間見諸死人。即自思惟，而說頌曰：

便下車作禮，因而問之：「夫出家者，何所利益？」比丘答言：「我見在家生老病死一切無常，皆是敗壞不安之法，故捨親族，處於空閑。勤求方便，得免斯苦。我所修習無漏聖道，行於正法，調伏諸根。起大慈悲，能施無畏。心行平等，護念眾生。不染世間，永得解脫。是故名為出家之法。」於是菩薩深生欣喜，讚言：「善哉！善哉！天人之中，唯此為上。我當決定修學此道。」既見是已，登車而還。……

王召親族及諸釋種，作如是言：「太子昨於中夜來請出家，我若許之，國無繼嗣。汝等今者作何方便令息其心？」時諸釋種白大王言：「我等當共守護太子。太子何力能強出家？」是時父王敕諸親族，於迦毘羅城東門之外，置五百釋種童子，英威勇健，制勝無前，一一童子有五百兩鬥戰之車，以為嚴衛，一一車側五百力士執戟於前。南西北門各有五百，如上所說。於其城上，周匝分布持刀杖人，復有宿舊諸釋大臣，列坐四衢，咸悉營備。王自簡練五百壯士，擐甲持矛皆乘象馬，於城四面晝夜巡警，無暫休息。……

爾時，法行天子及淨居天眾，以神通力，令諸婇女形體姿容，悉皆變壞，所處宮殿猶如塚間。……爾時，菩薩……見如是等種種相已，靜念思惟：女人身形不淨弊惡，凡夫於此妄生貪愛，起大悲心，發如是言：「咄哉

如風吹倒池蓮花　手腳撩亂縱橫臥
頭髮蓬亂身形露　所有愛心皆捨離
我今見此諸女眠　猶如死人身形變
何故我不早覺知　在此無智有情境
欲同彼泥箭毒火　如夢及飲鹹水等
當如龍王捨難捨　諸苦怨讎因此生
……

爾時菩薩發心欲出，大梵天王及帝釋等，知菩薩念應時而至。……善時天帝釋，即以昏蓋覆諸兵眾及淨飯王倡伎婇女，所有一切防衛守護劫比羅城者，皆令睡眠，心無覺悟。……梵王帝釋，令四天子共扶乾陟擁衛菩薩。……爾時車匿，聞其菩薩與四天子遞相言說，即便趨行至菩薩所，菩薩爾時即乘乾陟。時四天子各扶馬足。爾時車匿一手攀鞦，一手執刀，菩薩諸天威力感故，即騰虛空。……時釋梵天等，與無量百千諸天眷屬，來詣菩薩，至菩薩所便即圍遶。大梵天王及色界諸天，儼然無聲在菩薩右。釋提桓因及欲界天在菩薩左。或有執持幡蓋并奏音樂，或於空中散諸香花供養菩薩……復以種種上妙衣服散於空中，復於空中擊鼓吹螺，作諸倡伎。……是時菩薩，出劫比羅城已，梵釋天等皆大歡喜。[34]

世間！苦哉世間！甚可怖畏。凡夫無知，不求解脫，此處虛誑無有可愛……。」

爾時菩薩觀見十方，仰瞻虛空，及諸星宿，并睹護世，四大天王，乾闥婆，鳩槃茶，諸天龍神，并夜叉等，復見天主釋提桓因，各領百千自部眷屬，前後導從，遍滿虛空，弗沙之星，正與月合。時諸天等發大聲言：「菩薩欲求勝法，今正是時。宜速出家，必定當成阿耨多羅三藐三菩提，轉大法輪。」佛告諸比丘：「菩薩作是思惟：於今夜靜出家時到。」即就車匿，而語之言：「車匿！汝宜為我被乾陟來。」……

於是靜慧天子及莊嚴遊戲天子，於迦毘羅城，令一切人民皆悉惛睡。……時釋提桓因，以神通力令諸門戶，皆自然開。……

是諸天眾於虛空中告車匿言：「車匿！速疾嚴被乾陟將來。勿令菩薩心生憂惱。所以者何？汝豈不見無量百千大菩薩眾，釋提桓因及四天王諸天龍神、乾闥婆等，各與其眾恭敬供養，光明赫奕遍照虛空？」車匿聞此語已，告乾陟言：「乾陟！太子今者當乘汝出。……」

菩薩於此乘馬王已，初舉步時，十方大地六種震動，昇虛而行，四天大王捧承馬足，梵王帝釋開示寶路。爾時菩薩放大光明，照燭一切無邊世界，所可度者皆得度脫，有苦眾生皆得離苦。[35]

　　說到菩薩的出家，各部佛傳都會詳細描述「四門遊觀」，並極力描寫淨飯王防衛之深嚴，再以諸天護衛、寶馬騰空而去、突破種種嚴密的守備，以突顯菩薩出家的神聖性。這是《根本說一切有部毘奈耶破僧事》和《方廣大莊嚴經》，乃至其他佛傳的共通成份。但是，除了這些基本模式是共通之外，尚有一些地方是頗值得注意的：

　　1.引發菩薩決志出家的，是他對於生、老、病、死等人類所共同面對的命運的深刻思考。在佛傳中，成為了「四門遊觀」，正如中村元所說的，這是後世佛傳圖表化的結果。[36]「四門遊觀」基本上是各部佛傳所共同採取的模式，只是對於「四門遊觀」的詮釋，各部佛傳之間，便展現了不同的思想特色。如《根本說一切有部毘奈耶破僧事》認為遇見老人、病人和死人都是真實的事件，只有遇見沙門是淨居諸天的化現。在《方廣大莊嚴經》中，則把「化現」的思想作了更進一步的推衍，這樣，「四門遊觀」統統都成了諸天的化現了。

　　2.在「四門遊觀」之前，《方廣大莊嚴經》又增益了〈音樂發悟品〉，使得菩薩在宮中所享受的樂舞弦歌，在十方諸佛的神通力之下，都變成了勸請菩薩出家的法言，並憶念過去無數前生的修行，明顯是大量吸收了本生、譬喻、因緣的本生故事，集中地突顯了「示現」的概念：「菩薩於多劫來，遠離世間五欲之過，為成就眾生，示現處於貪欲境界，積集增長一切善根殊勝福德資糧之力，示現受用廣大微妙五欲境界，而於其中心得自在。」旨在說明菩薩出家之前，在宮中享受五欲之樂，無非是一種「示

36　中村元著、王惠美譯：《瞿曇佛陀傳》，頁 37。

現」，其實多劫修行的菩薩，早就不被世間五欲境界所動搖，他在宮中過著奢華的生活，只是為了成就眾生而作的示現而已，他的內心是清淨自在，不為五欲所污染的。這種說法，與《根本說一切有部毘奈耶破僧事》「何故我不早覺知，在此無智有情境」，所表現出來「覺今是而昨非」的覺醒，是相當不同的。而《方廣大莊嚴經》的說法，無非是為了替釋尊出家之前的奢華生活，找到合理的解釋，使他在宮中的生活也能在「示現」說之下，戴上神聖的光環。

（五）降魔

《根本說一切有部毘奈耶破僧事》	《方廣大莊嚴經》
爾時菩薩，與此五人圍繞，往伽耶城南，詣烏留頻螺西那耶尼聚落。四邊遊行於尼連禪河邊，見一勝地。……「我今欲於此地念諸寂定，此樹林中斷諸煩惱。」菩薩作是念已，便於樹下端身而坐。……爾時菩薩復作是念：「我今不如閉塞諸根，不令放逸，使不喘動，寂然而住。」於是先攝其氣，不令出入，由氣不出故，氣上衝頂，菩薩因遂頂痛。……如是種種自強考責，忍受極苦及不樂苦，於其心中曾不暫捨，而猶不得入於正定。何以故？由從多生所熏習故。」…… 　　菩薩復作是念：「我今不如斷諸食	佛告諸比丘：「菩薩出伽耶山已，次第巡行，至優樓頻螺池側東面，而視見尼連河。……復作是念：『我今出於五濁惡世，見彼下劣眾生，諸外道等，著我見者，修諸苦行，無明所覆，虛妄推求，自苦身心，用求解脫。……』菩薩爾時復作是念：『我今為欲摧伏外道，現希有事，令諸天人生清淨心。又欲令彼壞因緣者，知業果報。又欲示現功德智慧，有大威神分析諸定差別之相。又欲示現有大勇猛精進之力。』便於是處結加趺坐，身口意業靜然不動，初攝心時專精一境，制出入息，熱氣遍體，腋下流汗，額上津出，譬如雨滴。忍受斯苦不生疲極，便起勇猛精進之心。」……

「菩薩爾時修如是等最極苦行，諸比丘！菩薩復作是念：『世間若沙門、婆羅門，以斷食法而為苦者，我今復欲降伏彼故，日食一麥。』比丘當知，我昔唯食一麥之時，身體羸瘦如阿斯樹，肉盡肋現如壞屋椽。」……

佛告諸比丘：「菩薩作是思惟：『過現未來，所有沙門，若婆羅門，修苦行時，逼迫身心受痛惱者，應知是等，但自苦己，都無利益。』復作是念：『我今行此最極之苦，而不能證出世勝智，即知苦行非菩提因。』……菩薩復作是念：『我今將此羸瘦之身，不堪受道。若我即以神力及智慧力，令身平復向菩提場，豈不能辦？如是之事，即非哀愍一切眾生，非是諸佛證菩提法。是故我今應受美食令身有力，方能往詣菩提之場。』」……

菩薩坐已，食彼乳糜，身體相好，平復如本。……

佛告諸比丘：「菩薩將欲坐菩提座，其夜三千大千世界主大梵天王，告諸梵眾作如是言：『仁者當知，菩薩摩訶薩被精進甲，智慧堅固心不劬勞，成就一切菩薩之行，通達一切波羅蜜門，於一切菩薩地得大自在』……

佛告諸比丘：「時大梵天王為供養菩薩

飲。」……遂取小豆大豆及牽牛子，煮汁少喫。於是菩薩，身體肢節皆悉萎瘦無肉……爾時菩薩，由少食故，頭頂疼枯又復酸腫。……菩薩爾時，轉倍勤念受諸苦受，乃至心不能獲入於正定，由從多時所熏習故。……

爾時，菩薩復作是念：「諸有欲捨苦故，勤修諸行。我所受苦，無人超過。此非正道，非正智，非正見，非能至於無上等覺。」……「我今不能善修成就，何以故？為我羸弱然。我應為隨意喘息，廣喫諸食、飯、豆、酥等，以油摩體，溫湯澡浴。」是時，菩薩作是念已，便開諸根隨情喘息，飲食諸味而不禁制。……菩薩因食乳粥，氣力充盛六根滿實，於尼連禪河岸遊行觀察，覓清淨處，將欲安止。……

（菩薩）復自念云：「於今日證覺無疑。」即昇金剛座，結跏趺坐，猶如龍王，端嚴殊勝，其心專定，口作是言：「我今於此不得盡諸漏者，不起此座。」魔王常法，有二種幢：一為喜幢，二為憂幢。其憂幢忽動，魔王便作是念：「今者憂幢忽動，決有損害之事。」便諦觀察，乃見菩薩坐金剛座上。復作是念：「此淨飯子坐金剛座，乃至未侵我境已來，我

先為其作諸障礙。」作是念已，奮眉怒目，著舍那衣，化為小使者形，詣菩薩前倉卒忙遽，告菩薩曰：

「汝今云何安坐於此？劫比城中，已被提婆達多之所控握，宮人婇女皆被污辱，諸釋種等已為殺戮。」是時菩薩，有三種罪不善尋思生，一者愛欲尋，二者殺害尋，三者毀損尋。於耶輸陀羅、喬比迦、彌迦遮所，生愛欲尋。於提婆達多所，生殺害尋。於隨從提婆達多諸釋種等，生毀損尋。生此尋已，便覺察曰：「我今何故，生此三種罪不善尋？」又便觀察，知是魔王來此惱我令我散亂。爾時，菩薩即生三種善尋：一者出離尋，二者不殺害尋，三者不毀損尋。……時魔王罪者，內懷羞愧默然而住，顏容憔悴而失威德，心懷懊惱作是念云：「我今作是方便，不能令淨飯子有少損壞。今當別設異計，為其障礙。」念已便去。

時彼魔王先有三女，姿容妖艷皆悉殊絕，一名為貪，二名為欲，三名為愛著。種種天衣莊嚴其身，令往菩薩所。至菩薩前，作諸諂曲擬生惑亂。菩薩見已，化此三女皆成老母，即便還去。

魔王見此，更增懊惱，以手支頰，

故。以神通力令三千大千世界皆悉清淨。」

佛告諸比丘：「菩薩欲往菩提樹時，放大光明，遍照無邊無量世界。」……

爾時佛告諸比丘言：「比丘當知，菩薩坐菩提座已，作是思惟：『我於今者當成正覺，魔王波旬居欲界中最尊最勝，應召來此而降伏之。復有欲界諸天及魔波旬所有眷屬，久積善業，當得見我師子遊戲發阿耨多羅三藐三菩提心。』作是念已，放眉間白毫相光，其光名為降伏魔怨，遍照三千大千世界傍耀魔宮。……

魔王爾時又命諸女作如是言：「汝等諸女，可共往彼菩提樹下，誘此釋子，壞其淨行。」於是魔女詣菩提樹，在菩薩前，綺言妖姿三十二種，媚惑菩薩：一者揚眉不語，二者褰裳前進，三者低顏含笑，……三十嗟歎欲事，三十一美目諦視，三十二顧步流眄，有如是等媚惑因緣。復以歌詠言詞嬈鼓菩薩。……

爾時菩薩聞彼妖惑之言，心生哀愍，即以妙偈化其魔女。……

是時魔王波旬不受子諫，詣菩提樹告菩薩言：「汝應速起離於此處，必定當得轉輪聖王，王四天下為大地主。」……

（魔波旬）惡心轉熾，發憤瞋吼，其聲如雷，語諸夜叉：「汝等速宜擎諸山石，將

諦思是事：「我復云何，令此淨飯之子生於障礙？」即遣三十六拘胝魔兵，象頭、馬頭、駝頭、驢頭、鹿頭、牛頭、豬頭、狗頭、玀狐頭、鼠狼頭、獼猴頭、野狐頭、師子頭、虎頭等，如是奇怪種種頭兵，或執鎗戟，或執弓箭，或執鈇斧，或執輪刀，或執罥索，或執斤斲，如是種種器仗，來向菩薩。魔王自執弓箭，欲射菩薩。菩薩見已，作是思念：「凡所鬥諍，皆求伴侶。我今與此欲界王諍，豈不覓伴！」復更思念：「我今覓除障礙方便。」時魔兵眾，即發諸刃，同擊菩薩。菩薩爾時入大慈三摩地，時魔兵刃，皆變成青黃赤白雜色蓮花，落菩薩左右前後。彼時魔王，復騰空中，雨諸塵土，而此塵土，變成沈檀抹香，及作諸花，墮菩薩上。魔王復於空中，放諸毒蜂雨金剛石。淨居諸天，化為葉屋，以蓋菩薩，毒蜂石雨皆不得損。魔王見已，復作是念：「我能幾時圍遶嬈亂？凡諸聲者能破三摩地，我今應變菩提樹葉，令為頻蚯迦。復令風吹，相鼓作聲。彼若聞聲，心不能定。」作是念已，即為此事。時菩提樹葉相鼓作聲。菩薩聞已不能專定。時淨居天遙見是事念言：「我今應助菩薩。」爾時諸天，皆來至菩提樹，各把樹葉，不令葉動。時彼魔軍猶不肯散。

諸弓弩、刀劍、輪槊、干戈、斧鉞、矛矛贊鉤戟種種器仗。喚諸毒龍，擬放黑雲雷電霹靂。」是時夜叉大將，統率自部夜叉羅剎昆舍遮鬼鳩槃茶等，變化其形作種種像。復嚴四兵象馬車步，或似阿修羅迦婁羅摩目侯羅伽無量百千萬億種類，一身能現多身，或畜頭人身，或人頭畜身，或復無頭有身，或有半面，……或著師子虎狼蛇豹之皮，或頭上火然瞋目奮怒，交橫衝擊遍滿虛空，及在地上，形狀變異，不可勝載。是諸天鬼，或布黑雲雷電霹靂，或雨沙土瓦石，或擎大山，或放猛火，或吐毒蛇。……

魔軍集時其夜正半，是時無量淨居天眾作如是言：「菩薩今者證大菩提。」復有天言：「魔眾熾盛由此或能損害菩薩。」爾時菩薩報彼天言：「我今不久當破魔軍，悉令退散。猶如猛風吹微細花。」於是端坐正念不動，觀諸魔軍如童子戲。魔益忿怒轉增戰力，菩薩慈悲令舉石者不能勝舉，其勝舉者又不墮落，揮刀擲劍停在空中，或有墮地悉皆碎折，惡龍吐毒變成香風。……

爾時波旬猶故瞋忿毒心不止，仗劍前趨語菩薩言：「汝釋比丘，若安此坐不速起者，吾自殺汝。」於是東西馳走欲近菩薩不能前進。……是時淨居天子在虛空中語波旬言：「汝不自量，欲害菩薩終不能得，猶如猛風

淨居天等復作是念：「此罪魔軍久惱菩薩，尚不退息。」即以神力，擲諸魔軍鐵圍山上。[37]	不能傾動須彌山王。」…… 爾時大梵天王，釋提桓因，無數天子曼塞虛空，咸見菩薩破魔軍眾，皆大歡喜作天伎樂。……是時魔王波旬與其眷屬退散而去，還其自宮。[38]

　　對照《根本說一切有部毘奈耶破僧事》和《方廣大莊嚴經》，可以看出這兩本佛傳對於「六年苦行」和「降魔」，有著相當不同的詮釋：

　　1.「六年苦行」：釋尊出家之後，曾經歷了六年苦行，在這六年苦行中，釋尊能行人所不能行，能忍人所不能忍，在《根本說一切有部毘奈耶破僧事》中，認為這種剛毅不屈的精神，乃是由於釋尊生生世世行菩薩道熏習而成的。換言之，《根本說一切有部毘奈耶破僧事》認為釋尊在菩提樹下成道之前，煩惱尚未斷盡，因此，種種苦行，乃至斷諸飲食，都是為了斷除煩惱所作的努力和嘗試。反觀《方廣大莊嚴經》對於六年苦行的詮釋，認為六年苦行只是為了要摧伏外道，令諸天、人等生清淨信心，故「現希有事」；為了要令那些不信因果的人，知因果業報；為了要顯現大威神力，分析諸定差別之相，「示現功德智慧」；為了要顯示大勇猛精進之力，故示現苦行；而苦行中的斷食，仍然是為了要降伏當時社會上的苦行外道。根據《方廣大莊嚴經》的示現說，六年苦行並不是為了要斷除煩惱所作的努力，而是為了某一些特殊的理由所作的顯現。按照《方廣大莊嚴經》的思路來看，六年

---

[37] 《根本說一切有部毘奈耶破僧事》，頁 119c-123c。

[38] 《方廣大莊嚴經》，頁 580c-595a。

苦行其實是沒有必要的，這裡似乎隱含著釋尊在菩提樹下成道之前，就已經是清淨無染的思想了。

至於釋尊放棄苦行，在《根本說一切有部毘奈耶破僧事》中，乃是因為釋尊嘗試了各種苦行之後，仍然無法獲得開悟，於是經過一番反省之後，決定放棄苦行，接受飲食供養。而在《方廣大莊嚴經》中，仍然把釋尊的接受飲食供養視為一種示現：本來可以靠自身的神力和智慧力，使身體康復，卻為了哀愍眾生的理由，示現接受飲食供養。也就是說，《方廣大莊嚴經》認為釋迦在成道之前，早就具足了神通智慧，只是為了某一些理由而隱藏起來而已，這與《根本說一切有部毘奈耶破僧事》認為釋尊是在菩提樹下引發神通智慧，最終成道的佛陀觀，已經是相當不同了。

2.「降魔」：關於降魔一事，《根本說一切有部毘奈耶破僧事》認為釋尊即將成道，使魔宮震動，故魔王為作障礙。而《方廣大莊嚴經》卻說是釋尊把魔王波旬召來降伏他的。前者，釋尊的降魔是相當被動的，而後者卻化被動為主動。一被動一主動，顯示出兩種截然不同的佛陀觀：前者是尚未成道的凡夫位菩薩，而後者卻是聖者位菩薩。前者在接受魔王試煉時，仍然會生起不善的尋伺，如愛欲尋、殺害尋、毀損尋等，後來經過覺照和反省，才把不善尋伺轉化為善尋伺。因此，降魔一節在《根本說一切有部毘奈耶破僧事》中，實可視為釋尊在菩薩樹下，以慈悲智慧轉化內心中的原始欲望、執著和煩惱的心路歷程，是轉煩惱為涅槃，超凡而入聖的文學化的表現，相當深刻。反觀《方廣大莊嚴經》，釋尊在面對魔王的種種試煉時，從未生起過任何不善尋伺，由始至終都表現得如如不動，完全是站在聖者位菩薩的高度，觀看魔

王魔軍如童子戲。當然,《方廣大莊嚴經》對於六年苦行和降魔的詮釋,比《根本說一切有部毘奈耶破僧事》來得更為神聖和超然,但是卻缺乏了歷史的真實感和深刻感。

(六) 成道

《根本說一切有部毘奈耶破僧事》	《方廣大莊嚴經》
菩薩爾時住優樓頻螺聚落,於尼連禪河菩提樹下坐,於妙覺分法中,常不斷絕修習加行而住。<u>於初夜分中,神境智見證通成就。</u>……	爾時菩薩降伏魔怨,滅其毒刺,建立法幢。初離欲惡,有覺有觀,離生喜樂,入初禪。內靜一心,滅覺觀,定生喜樂,入二禪。離喜受,聖人說住於捨,有念有想,身受樂入,第三禪。離憂喜,捨苦樂,念清淨,入第四禪。爾時菩薩住於正定,<u>其心清白,光明無染,離隨煩惱,柔軟調和,無有搖動。至初夜分得智、得明,攝持一心,獲天眼通。</u>……
爾時,魔王復作是念:「諸禪定中唯聲能為障礙,我應作聲。」即與三萬六千拘胝魔鬼神等,遙吼大聲。菩薩為此聲故,為十二踰膳那迦覃婆樹林。由此林故,不聞彼聲。菩薩復作是念:「我應修天耳智證通心,天及人聲皆悉得聞。」菩薩超過人耳,以淨天耳,人非人聲,若近若遠,無不曉了。菩薩念云:「魔王三萬六千拘胝眷屬中,彼誰於我起於惡心?我何得知?」菩薩復念:「我如何證他心智?」即於夜中便得證悟。……	於中夜分,攝持一心,證得憶念過去宿命智。……菩薩作是念言:「一切眾生住於生老病死險惡趣中,不能覺悟。云何令彼了知生老病死苦蘊邊際?」作是思惟,此老病死從何而有?即時能知因生故有。……
復更念云:「此魔軍中,從昔已來,誰是父親?誰是母親?誰是怨害?誰為親友?如何得知?」復更念云:「我今應	爾時,菩薩既知無明因行,行因識,識因名色,名色因六處,六處因觸,觸因受,受因愛,愛因取,取因有,有因生,生因老死憂悲苦惱,相因而生。復更思惟:

39　《根本說一切有部毘奈耶破僧事》,頁 123c-124c。

修宿命智，方得了悟。」於夜分中，精勤存念，修宿命智，便得曉了。……

　　菩薩作念，念：「此魔軍，誰墮惡趣？誰墮善趣？如何得知？」復作是念：「應以生滅智通，方知是事。」菩薩於中夜分修生滅智通，便得天眼清淨，超越人間。……

　　菩薩復作是念：「一切有情，由彼欲漏、有漏、無明漏，輪轉苦海，如何得免？」復更念云：「唯證無漏智通，能斷此事。」菩薩爾時為是義故，菩提樹下於夜分中，常以相應修習成熟，專心於覺分法中而住，發心為證無漏智通。即於苦諦如實了知，集、滅、道諦，亦復如是。證斯道已，於欲漏、有漏、無明漏，心得解脫。既得解脫，證諸漏盡智：我生已盡，梵行已立，應作已作，不受後有。即證菩提。彼中謂見覺分菩提。世尊所作已辦，即入火界三摩地。此時菩薩以慈器仗，降伏三十六拘胝魔軍，證無上智。于時魔王罪者，弓從手落，幢便倒地，宮殿皆動。魔王與諸三十六拘胝眷屬，心生懊惱而懷悔恨，便自隱沒。……

　　初菩薩以慈器仗，降伏三萬六千拘胝魔眾已，證無上正智，于時大地震動，普

「因何無故老死無？因何滅故老死滅？」即時能知，無明滅故即行滅，行滅故即識滅，識滅故即名色滅，名色滅故即六處滅，六處滅故即觸滅，觸滅故即受滅，受滅故即愛滅，愛滅故即取滅，取滅故即有滅，有滅故即生滅，生滅故即老死滅，老死滅故即憂悲苦惱滅。復更思惟：「此是無明，此是無明因，此是無明滅，此是滅無明道，更無有餘。」……

　　如是應知：此是苦、此是集、此是苦集滅、此是滅苦集道，應如是知。

　　佛告諸比丘：「菩薩於後夜分，明星出時，佛、世尊、調御丈夫、聖智，所應知，所應得，所應悟，所應見，所應證，彼一切一念相應慧證阿耨多羅三藐三菩提，成等正覺，具足三明。諸比丘！是時，諸天眾中無量天子作如是言：『我等應散香花供養如來。』復有天子，曾見先佛成正覺，時即作是言：『汝等未可散花，如來當現瑞相，往昔諸佛成正覺時，皆現瑞相。』諸比丘！如來知彼天子思見瑞相，上昇虛空高七多羅樹。」……爾時，彼諸天子心生歡喜，以微妙天花遍散佛上。當於是時，香花彌布，積至于膝。[40]

遍世界悉皆光明，所有大地黑暗之處，日月咸光不能除者，蒙佛此光皆得明徹。[39]

　　有關釋迦牟尼的成道，《根本說一切有部毘奈耶破僧事》和《方廣大莊嚴經》的描述比較接近，只是在《方廣大莊嚴經》的描寫中，與定型化的教理的結合顯得比《根本說一切有部毘奈耶破僧事》更為密切。教理的定型化，在中村元的《瞿曇佛陀傳》中，便是被視為必須先放入括弧中的一項，因為定型化的教理有很多地方，被認為是後代所增的。[41]這當然是《方廣大莊嚴經》比《根本說一切有部毘奈耶破僧事》時代較晚的表現。此外，《方廣大莊嚴經》在〈成正覺品〉之後，又增加了〈讚歎品〉，盛言諸天讚歎、供養如來，神話色彩非常濃厚。

　　經過以上兩種佛傳的比對，確實可以肯定時代越後期的佛傳，神話化的色彩越濃厚，與定型化的教理的結合也越為密切。不過，值得注意的是，說一切有部的佛陀觀，一向被歸類為「現實佛」或「歷史佛」的類型，然而，在屬於說一切有部古型佛傳的《根本說一切有部毘奈耶破僧事》中，並非全然沒有神話化的色彩，甚至可以說《根本說一切有部毘奈耶破僧事》的神話色彩也是相當濃厚的，既然如此，為什麼說一切有部的佛陀觀仍然被歸類為「現實佛」呢？由此可以再引申出下一個問題，就是：神話化的程度要多深，才可以視為「理想佛」呢？此中，必然有一些分判的關鍵。印順法師以神格化的「法身不滅」、「法身常在」作為分判「現實佛」和「理想佛」的重要標誌。[42]若參照《大智

---

[41] 中村元著、王惠美譯：《瞿曇佛陀傳》，頁159。

[42] 印順：《初期大乘佛教之起源與開展》，頁159-172。

度論》、《法華經》和《華嚴經》等大乘佛陀觀發展到極致的大乘經論，印順法師的分判可以說是相當精準的。然而，在《方廣大莊嚴經》中，卻尚未清楚地呈現神格化的「法身不滅」、「法身常在」的思想。雖然這樣的思想在「示現說」之下，已經是呼之欲出了，但是與真正的大乘佛教的佛陀觀，卻仍然存在著那麼一點點距離。

　　經過上文對於說一切有部兩種佛傳的比較，筆者以為：在「理想佛」和「現實佛」的分判上，「示現說」可能比神格化的「法身常在說」更具有本質上的區分意義，因為神格化的「法身常在說」是「示現說」進一步發展所得到的邏輯的必然結果，「示現說」的出現，基本上已經足以標示「理想佛」和「現實佛」的差異了。而「示現說」的出現，可能有著多方面的因素，首先是「大眾部」（Mahāsaṃghika）對於佛陀的信仰遠比「上座部」（Stharadin）來得強烈。[43]其次是後代弟子與佛陀的時代相隔越遠，對於佛陀的景仰便越加強烈，佛陀在後世弟子心目中的地位

43　《異部宗輪論》卷一：「我今當說：此中大眾部，一說部，說出世部，雞胤部，本宗同義者，謂四部同說：諸佛世尊皆是出世。一切如來無有漏法。諸如來語皆轉法輪。佛以一音說一切法。世尊所說無不如義。如來色身實無邊際。如來威力亦無邊際。諸佛壽量亦無邊際。佛化有情令生淨信無厭足心。佛無睡夢。如來答問不待思惟。佛一切時不說名等，常在定故，然諸有情，謂說名等歡喜踊躍。一剎那心了一切法，一剎那心相應般若知一切法。諸佛世尊盡智無生智恒常隨轉，乃至般涅槃。一切菩薩入母胎中，皆不執受羯剌藍頞部曇閉尸鍵南為自體。一切菩薩入母胎時，作白象形。一切菩薩出母胎時，皆從右脇。一切菩薩不起欲想、恚想、害想。菩薩為欲饒益有情，願生惡趣隨能往。」（《大正藏》，第49冊，No.2031，頁15b-c。）《異部宗輪論》卷一：「說一切有部本宗同義者……佛與二乘解脫無異……非如來語皆為轉法輪，非佛一音能說一切法，世尊亦有不如義言，佛所說經非皆了義，佛自說有不了義經。」（頁16a-c）

就越加神祕而高遠，印順法師就認為：大眾部系的理想佛，是將人類固有的宗教意識，表現於佛法中，是人類無限意欲的絕對化。[44]其次，佛陀涅槃後，有越來越多的佛陀前生故事傳出來，在《方廣大莊嚴經》中，便大量吸收了這些前生故事。如何把這些前生故事和今生的佛陀事跡連結在一起，各種佛傳的詮釋策略就顯示出來了，如《根本說一切有部毘奈耶破僧事》仍然以「業感說」來解釋，[45]而《方廣大莊嚴經》則以「示現說」來詮釋。

　　「示現說」基本上屬於本、末、體、用的思維模式。這種思維模式在《華嚴經》的佛陀觀中便充分地展現出來，在《方廣大莊嚴經》中，基本上也不出這樣的思考模式。而這種思維模式，在印度傳統婆羅門教的《奧義書》（Upaniṣad）中，是非常常見的。蓋在印度傳統婆羅門教的神話中，早就認為世間萬物都是由原人（puruṣa）所衍生，這在《廣森林奧義書》（Bṛhadāraṇyaka Upaniṣad）的〈原人歌〉中便有清楚的呈現。又在婆羅門教的思想體系中，原人即是自我，即是大梵（puruṣa＝ātman＝Brahma）。如果說在〈原人歌〉中，原人與萬物是屬於一種衍生的關係，在哲學上是屬於宇宙論（Cosmology）的範疇，那麼，在《唱贊奧義書》（Chandogya Upaniṣad）中，便把世間一切萬物視為自我（大梵）之顯現，這已經是把自我（大梵）與萬物視為一種本體與現象的關係了，如《唱贊奧義書》說：

　　　　親愛的！就像用一塊泥土可以做成一切泥作可知，在語言

---

[44] 印順：《初期大乘佛教之起源與開展》，頁 169。

[45] 《根有律破僧事》：「菩薩爾時，轉倍勤念受諸苦受，乃至心不能獲入於正定，由從多時所熏習故。」《大正藏》，第 24 冊，No.1450，頁 120c。

之下產生轉變的名稱，事實上只是泥土。

親愛的！就像用一個指甲刀可以做成一切鐵製品，這就是真相。[46]

親愛的！這些河流從東方流入，從西方流入，他們出自海洋流入海洋，他們即是海洋，他們不知道：這（河流）是我，那（河流）是我。

如是！如是！親愛的，此中一切生物從「存有」而來而不自知，從「存有」而去亦不自知。他們在此世間成為或虎、或獅、或樹、或狼、或熊、或蟲、或蒼蠅、或蚊子，這些一一都各是其是。

這精微者是彼一切的本質，他就是「真實」！他就是「自我」！他就是你！白淨仙人如是說。薄伽梵，應該知道：多（現象萬有）即是「我」。[47]

一團泥土可以製作出不同的器具，不同的器具表現在語言上就有不同的名稱，但這些不同，只是名言的分別而已，本質上都是泥土。又如鐵，可以製作成指甲刀以及一切的鐵器，不同的器具，在名稱上固然有差別，但是本質上都是鐵。這表現了現象世界雖然千差萬別，卻有共同的本質的思想。而此共同的本質，在《奧義書》的思想體系中，就是指「自我」（ātma），即「梵」（Bharma）。世間一切眾生皆來自此真實存有而不自知，世間一切存有者，或

---

[46] *Chandogya Upaniṣad*, Chapter VI, Section I, 4&6, S. Radhakrishnan, *The Principal Upanisads* (New York: Harper & Brothers Publishers, 1953), pp.446-447.

[47] *Chandogya Upaniṣad*, pp.460-461.

虎、或獅、或狼，一一皆是此真實存有者所成。祂至為精微，此宇宙萬有皆以祂為本質。祂是最真實的，祂就是「自我」。而此生命之自我，即是使一切萬物得以挺立的本體。在《唱讚奧義書》中，現象萬有一一皆為「自我」（即「大梵」）之顯現的思想，可謂躍然紙上。而這樣的思想，在釋尊之前，早就在印度社會中產生和流傳了。到了時代較晚的《自我奧義書》（Ātma Upaniṣad）便直接地把世界視為「大梵」的顯現，如說「雖現世界相，此唯大梵顯」、「師徒分別等，是唯大梵現」。[48]這種把現象萬有視為真實存有者之顯現的本體論（Ontology）的思維模式，筆者以為對於「示現說」的產生，應該會有一定的啟發和影響：歷史上的佛陀有生、老、病、死，有苦行乃至有一些不圓滿，那都只是在事象上的示現，而超越的佛陀，本身是圓滿清淨的。按照這樣的思路再進一步發展，便必然要導出「法身常在」的思想了。而《方廣大莊嚴經》正可以視為上座部吸收大眾部的佛陀觀，從「現實佛」過渡到「理想佛」的作品。

三、結論

佛陀是出生於西元前五、六世紀之間的北印度的聖者，他充滿慈悲與智慧的一生，在佛弟子心中產生著極大的人格感召力量，時代越晚，表現得越為強烈。隨著時代的推移，對於佛陀一生的神話化詮釋也就日益濃厚，最終產生了現實佛（歷史的佛陀

---

[48] 《自我奧義書》（Ātma Upaniṣad）第一、二、三、四節，見徐梵澄譯：《五十奧義書》（北京：中國社會科學出版社，1995 年），頁 772-773。

觀）和理想佛（超越的佛陀觀）兩種不同型態的佛陀觀。

　　《根本說一切有部毘奈耶破僧事》的佛陀觀可以作為現實佛的一種代表，《方廣大莊嚴經》則是從現實佛過渡到理想佛的產物。本文透過對照《根本說一切有部毘奈耶破僧事》和《方廣大莊嚴經》對於佛陀事跡的不同詮釋，指出：從現實佛過渡到理想佛之間，「示現說」可以說是在詮釋「釋尊事跡」的重大突破，「示現說」賦予釋尊剛毅而平實的一生完全不同的色彩，在「示現說」的詮釋之下，釋尊成為了全然超越的聖者，六年苦行以及降魔成道，不再是一步一腳印的求道歷程，而是為了降伏外道的方便示現。而追究「示現說」產生的可能因素，我以為與印度的傳統文化背景、部派的傳承以及佛弟子（詮釋者）的價值取向、乃至信仰狀態等，都可能有著密切的關係。

儒家思想中的知行觀
——以孟子為中心的討論**

林啟屏*

一、前言

　　基本上，儒家學說在今日學圈的認識上，是以強調「道德哲學」為主的古代學派。此說大抵沒有太大之謬誤，然而，這是以今日的學說分類為基礎的觀點。儒者，尤其是古代之儒者，並不認為自己所信仰之學問，僅是一種靜態的客觀知識之學而已。他們大多相信儒學是一種生命的學問，所以儒學不僅可以來解釋世界，說明存有現象；更重要的是，他們相信儒學是可以改變世界，安頓生命的實踐意欲！[1]因此，儒學就不能只是一種「知」的客觀對象，而應當要能「行」（實踐）於此一生活世界。是以表現出來的學術性格便與強調「理論理性」的希臘哲學傳統，及受其影響的西方文化，有了較為明顯的區別，進而突顯了某種「實踐理性」的趣味。[2]此種強調「實踐理性」的學說傾向，使得儒家人物對於客觀知識的建構，採取著較為保留的態度。因此，對於「知

* 現任國立政治大學中國文學系教授。

** 本文為國科會 NSC94-2411-H-004-049 專題研究計畫之部分成果。

1 此種強調知識分子的實踐性格，並非東方學者的專利，馬克思（Karl Marx）對於知識分子的理解，便是重視其改變世界的能動性。

2 相關討論，請參余英時：〈略說中西知識分子的源流與異同——《士與中國文化》自序〉，《九州學刊》第 2 卷第 1 期（1987 年秋季），頁 3-4。

行」觀念的討論，似乎也就常常會顯示出重視「行」而略於「知」。不過，這僅是一般性的傾向而已。事實上，古代儒者處理「知行」問題時，恐怕不會僅是一種單線的態度，而有著更為複雜的主張。因此，本文將以孟子為主，分析他在「知行」觀念上的想法，再配合象山、陽明兩位不同時代的儒者為參照對象。首先，本文將先以「內向型的冥契經驗」與「外向型的冥契經驗」，嘗試說明「知行」思想的兩個可能方向；其次，則從「體知」角度，分析孟子思想中的「知行」說，討論其「內向型」的知行觀點及其意義；最後，以象山與陽明為例，簡要說明宋明儒家「知行合一」主張的內涵。

二、內向與外向──一種身體的觀點

就一般性的理解而言，古代中國的思想家在面對求「道」之途時，並不採取理論理性的思考進路，也就是說，他們並沒有將生活世界對象化為一客觀的認知存在。相反地，古代思想家們更重視我們與生活世界的「一體化」關係。[3]例如，孟子在〈盡心〉

3　〈中庸‧第二十二章〉言：「唯天下至誠，為能盡其性；能盡其性，則能盡人之性；能盡人之性，則能盡物之性；能盡物之性，則可以贊天地之化育；可以贊天地之化育，則可以與天地參矣。」〈中庸〉認為「人」之「性」使得我們與「物」與「天地」有了聯繫性，此種聯繫性將萬事萬物視為是「一體化」的關係。其中，包括了「自然世界」與作為對人有意義的「生活世界」。因此，儒者不可能自絕於「人」所建構出來的「人倫」架構，而達致「道」的境地。杜維明就認為儒者所突出的宗教性格必在人際關係中實踐，所以儒者絕不是一種「自了漢」的型態。請參杜維明：〈宋明儒學的宗教性與人際關係〉，《儒家思想──以創造轉為自我認同》（臺北：東大圖書公司，1997 年），頁147-166。事實上，這種「一體化」的思維模式，應當有其更為古老的人類普遍生活經驗。卡西勒（Ernst Cassirer）便認為古代「神話」反映了一種溝通形

即指出：

> 盡心者，知其性也。知其性，則知天矣。存其心，養其性，
> 所以事天也。夭壽不貳，修身以俟之，所以立命也。[4]

在這段話中，孟子指出「人天」關係的連續性，但「天」不是一種被「知」的客觀對象，乃是在「修身以俟」的狀態下，建立起兩方的關係。因此，很明顯地不同於將「天」推出去外面，且視其為是一客觀地認知對象，如今日自然科學之態度。而值得進一步思考的是，孟子在此以「身」作為溝通「天人」關係之中介的想法，使得他所謂的「知心」、「知天」之「知」，有了濃厚的道德實踐之傾向，而非僅止於客觀認知能力的「知」。因為此時的「身」，並不以顯發認知能力為其要務，「身」乃是以實踐為重點。然則，「身」為何成為孟子論「知」的重要起點？「身」在致知過程中的意義為何？就成為我們必須思考的議題。

事實上，「身」是我們進行人間種種行動的中介，但我們卻常常在「日用而不知」的情形下，忽略了「身」在意義建構過程的重要性及功能。然而，孟子的上述觀點，則提醒我們應當注意到古代中國哲學思想的一個側面。邁克‧博藍尼（Michael Polanyi）曾指出人們在「個人知識」（personal knowledge）建構過程中，「支援意識」（subsidiary awareness）與「焦點意識」（focal awareness）的配合，是使知覺行動產生意義的兩種重要意識。他

形色色生命形式的思維，此即「生命一體化」（solidarity of life）。請見恩斯特‧卡西勒著，甘陽譯：《人論──人類文化哲學導引》（臺北：桂冠圖書公司，1991 年），頁 122。

[4] 朱熹：〈孟子集注‧盡心章句上〉，《四書章句集注》（北京：中華書局，2003年），頁 349。

稱此種認知結構是一種「默會致知」（tacit knowing）。[5]並進一步
說：

> 一切默會致知的基礎都在於我們將注意力焦點集中於他
> 物時所意識到的項目或者個別物，例如那兩張立體鏡照
> 片。（按：博藍尼以兩張照片所疊合出的立體影像，說明
> 默會致知之典型結構）這是支援與焦點目標的「功能關係」
> （functional relation），我們也可以稱之為「轉悟關係」
> （from-to relation）。此外，我們可以說，這關係建立了對
> 支援者的「轉悟知識」（from-to knowledge）──關於對建
> 立焦點目標似乎有功能的支援者知識。默會致知乃是轉悟
> 致知，有時可以稱為轉注致知（from-at knowing）。[6]

當然，博藍尼更細分此一默會致知有三個層面應注意，此即「功
能面」、「現象面」及「語意面」。[7]但此一複雜的區分，並非我們
在這篇文章需要討論。值得我們再說明的是，默會致知結構中「支
援」與「焦點」兩個端點的思考，即是其「意義」形成之重點。
博藍尼認為我們透過「支援意識」的協助，可以對焦點目標產生
認識、形成意義。且更深入地說，「支援意識」在意義形成的過
程中，雖扮演著引導焦點的功能，但在意義產生之後，「支援意

5　關於博藍尼「默會致知」之討論，請參 Michael Polanyi & Harry Prosch 著、彭
　淮棟譯：《意義》（臺北：聯經出版事業公司，1984 年），第二章〈個人知識〉，
　頁 23-51。尤其是頁 36-38 的討論。此外，國內學界亦有學者運用博藍尼之說
　以釋孟子思想。相關討論，請參李明輝：《康德倫理學與孟子道德思考之重建》
　（臺北：中央研究院中國文哲研究所籌備處，1994 年），頁 20-24、頁 81-92。

6　同前注，頁 38。

7　同前注，頁 39。

識」便會隱沒而不為人所意及。於是，意義的形成雖需有「支援」
與「焦點」兩端的結合，但一旦意義產生，「支援」的一方會在
與「焦點」產生互不相容的現象之後，造成另一種「意義剝奪」
（sense deprivation）的來臨。[8]

　　博藍尼的說法對於個人知識的討論，提供了我們一個較少被
人注意的面向，此即「支援意識」的部份。而他在進行這套說法
的論證過程中，便曾注意到「身體」，即是我們此一認知活動中
的「支援」之端點。[9]也就是說，「身體」應當是我們產生意義的
重要項目，但卻也是一個常被人忽略的對象。這個觀點相當有意
思，因為，如同前文述及孟子論述「知性」、「知天」的求道之途
時，「修身」應該才是重點。然而，歷來對於此一相關論題進行
分析的學者，卻對「身體」的討論，沒有投注更多的關心。而此
種現象，正如博藍尼在討論「默會致知」時所指出的「意義剝奪」
之情形，當研究者關注到「天人」關係的意義架構時，「身體」
於此過程中所起的功能及意義，也相對地被遺忘。因此，對於「身
體」的重新注意，或可提供我們思考儒者論述「知行」課題的重
要參考。因為「身體」正是一切「知行」活動的中介載體。其實，

---

[8]　Michael Polanyi & Harry Prosch 著、彭淮棟譯：《意義》，頁 43。李明輝即由此
　　一「意義剝奪」的情形，思考其恢復提升之過程，即可明瞭道德反省的必要
　　性以及實踐行動的意義，並以之研究孟子之道德思考。請參李明輝：《康德倫
　　理學與孟子道德思考之重建》，頁 23-24。

[9]　博藍尼注意到「身體」正是我們建構意義的「支援」點。他說：「世界上單有
　　這麼一件東西，平常，我們只是因為依靠我們對這件東西的知覺去注意到別
　　的事物，才知道有這件東西。這獨一無二的東西就是我們的身體。我們支援
　　性地意識到身體裡面的事情，藉著這意識為支援，去注意到外在的事物。」
　　其說正點出「身體」面向的重要性。請參 Michael Polanyi & Harry Prosch 著、
　　彭淮棟譯：《意義》，頁 40。

楊儒賓在其近十餘年的研究成績上，便意識到「身體」研究的重要性，其論述的起點正是基於博藍尼的身體立場。[10]是故，本文便是基於上述的理論與研究取向上，嘗試從「身體」此一支援端點，思考儒家「知行」學說的意義。

然則「身體」雖為人們「知行」活動之載體，但他起的意義作用應從何處索解呢？我想前文已述及古代儒者的「知行」觀點，並非是一種客觀知識之認識與實踐的討論，而是在以「身體」為道德實踐場域的視角下，儒者建構了一套「生命的學問」。[11]此一生命的學問不可將「知」與「身體」切割開來，亦即是「身體」的經驗向度將會對於「知」產生作用，從而影響其「行」的意義。因此，論析「身體」的經驗內涵，將可對於儒家思想中的「知行」課題，有所澄清。

但，「身體」作為人活動於世界的載體而言，其經驗方向是多樣的，我們當從那一個方向切入呢？史泰司（W. T. Stace）在其對於「冥契主義」（Mysticism）的討論中，論及有兩種方向的

---

10 楊儒賓的《儒家身體觀》是近年來對於「身體觀」研究最深刻的著作，其注意的焦點便涉及到「身體」的「內化」討論，其中除涉及博藍尼默會之知的身體觀點外，他在論說中又隱然關乎「冥契經驗」。楊儒賓此一研究入手便有注意到史泰司之說在研究上的重要性。故對本文之作，有相當的啟發。請參楊儒賓：《儒家身體觀》（臺北：中央研究院中國文哲研究所籌備處，1996 年），頁51-52、128-210。其中頁 162-165 的分析，更值注意。

11 基本上，歷代儒者對於「學問」的追求，與西方強調「理論理性」的客觀認知趣味不同。因此，對於儒者而言，如何在天地之間，正立其身，才是關心的焦點所在。牟宗三便認為「心性之學」，即是中國人的「生命的學問」。而此「心性」學問，並非抽空身體以論，是在身體的視聽言動之中，反映出「心性」與「天地」的價值連續。請參牟宗三：《中國哲學的特質》（臺北：臺灣學生書局，1984 年），第十一講〈中國哲學的未來〉，頁 87。

體驗內容，頗值得本文作一參考。史泰司對於人類的某些神聖體驗，概以「冥契經驗」稱之，並嘗試區分出「內向型」與「外向型」兩種體驗。並云：

> 兩者間的區別主要在外向型是藉著感官，向外觀看；內向型則是往內看，直入心靈。兩者都要證得終極的聯合，柏拉提諾稱此為「太一」，在此境界中，學者知道自己已合而為一，甚至化為同一。只是外向型的冥契者使用他的肉體感官，感知到外界事物紛紜雜多，海洋、天空、房舍、樹木不一而足，它們冥契而化，終致「太一」，或說「統體」。統體穿過這些雜多、獨耀其光。內向型的冥契者恰好相反，他們竭力關閉感官，將形形色色的感官、意象、思想從意識中排除出去，他們思求進入自我深處。在沉默黝暗之中，他宣稱他證到了太一，而且與之合為一體。他看到的一體不是藉著雜多而得（外向型的體驗卻是如此），而是去除掉任何的雜多，純粹一體所致。[12]

史泰司的內外之別，相當深入地區分出兩種「身體」的神聖體驗。其中，最值得我們進一步思考的是，「身體」在此一神聖的冥契經驗裡，外向型者並不排斥「身體」感官功能的作用，但內向型者則強調將「身體」的感官功能去除。這是此兩種型態差異的關鍵，所以史泰司又進一步針對內向型的狀態說：

---

[12] 請見 W. T. Stace 著、楊儒賓譯：《冥契主義與哲學》（臺北：正中書局，1998年），頁 67。另外，蕭裕民亦將此種「內向」、「外向」的冥契經驗運用為莊子思想中的人之存有狀態上，亦值參考。請參蕭裕民：《遊心於「道」和「世」之間——以「樂」為起點的〈莊子〉思想研究》（新竹：國立清華大學中國文學系博士論文，2005 年），頁 71-77。

> 一體之感：在此感當中，所有的感性、智性以及經驗內容
> 之雜多，全部消散無蹤，唯存空白的統一體。這是最基本、
> 扼要、核心的一個特色，其餘所述，大多可由此導出。[13]

事實上，由此「一體之感」導出的其他經驗如真實感、神聖、幸
福、法喜等感受，兩種型態並無太大差別。但在一體之感的體會
中，「身體」的作用卻明顯不同。此種不同的「身體」表現，並
非無關緊要，而有其辨義作用。史泰司便認為內向型的發展，可
以將「時空」原則完全泯除，進而消融一切的雜多，如此的「體
驗」便成為冥契經驗的圓滿狀態。[14]因為史泰司認為「外向型」
的「一體感」是視此「統一」乃是「普遍的生命」，可是「內向
型」者卻視之為「意識」。他更進一步指出：「但就此點而言，外
向型似乎又是內向型的一種未完成類型。意識或心靈是比生命高
級的範疇，是生命階級之頂。外向型只看待世界是生生之流；內
向型則了解此是宇宙意識或宇宙精神。」[15]所以，因於對於「身
體」的主張差異，其最後導出的境界型態，便產生了高下之別。
當然，此種判斷是否合宜恰當，學者有不同意見。[16]不過，從以
上的討論，我們可以發現：人們如何看待「身體」，會影響其相
關觀點的走向。而且，此種影響有時會形成某種價值高下判斷之
依據。以之來檢討儒家思想中的「知行」課題，對於我們正可有

---

[13] W. T. Stace 著、楊儒賓譯：《冥契主義與哲學》，頁 131。

[14] 這一點正是史泰司認為「內向型」的冥契經驗，要高於「外向型」冥契經驗
的原因。同前注，頁 161-162。

[15] 同前注，頁 162。

[16] 楊儒賓就反對此說。相關意見，請參楊儒賓：〈譯序〉，《冥契主義與哲學》，
頁 12-13。

啟示的意義。事實上，將史泰司對於冥契經驗的思考，運用於儒家哲學傳統之研究，並非本文的獨創之舉。1988 年陳來曾發表〈儒學傳統中的神秘主義問題〉，便是採取史泰司的兩種冥契體驗說以為論據。[17]陳來認為史泰司所指之「內向」、「外向」兩型的冥契經驗說，可以對於自孟子以至於陸王的思想，發揮解釋的效果，[18]其說相當有見地。本文之作亦是基於其探討的軌跡，希望從「身體」的「冥契經驗」視角，思考儒家思想中的「知行」觀點。[19]

　　誠如上述陳來的心學觀點，孟子及其後的思想繼承者陸象山，在致道之途上的看法，可以歸為「內向型」的思想走向。是以他舉出孟子的「萬物皆備于我矣，反身而誠，樂莫大焉」以及陸象山的名言「宇宙便是吾心，吾心便是宇宙」為例，認為此種儒學的思想內涵，背後便是以一套的「內向型」冥契經驗為其主軸。[20]他更進一步地指出：

> 「心體呈露」，對佛教禪宗並不陌生。當人排除了一切思想、情感、欲望和對外部世界的感覺等等，剩下的還有什麼？只能是純粹的意識本身。這本身是一個悖反（paradox），神祕體驗是某種確實的經驗，可是這個經驗

---

[17] 該文名稱曾有多變，本文依其自選集之名為據。請參陳來：〈儒學傳統中的神秘主義問題〉，收入氏著：《陳來自選集》（桂林：廣西師範大學出版社，1997 年），頁 311-334。

[18] 同前注，頁 333。

[19] 陳來與楊儒賓的研究，都已經注意到「身體觀」與「冥契經驗」與「心性之學」有關，但對於「知行」的討論，則相對較為缺乏。本文之作，則將思考重點放在「知行」對象上。

[20] 同前注，頁 333。

又沒有確定的內容。它是意識，但是沒有任何內容的意識。西方人叫它作純粹意識（pure consciousness）或純粹自我（pure ego），中國古人叫它作「心體」、「此心真體」、「心之本體」。「純粹」指它沒有任何經驗的內容，也不是黑格爾哲學作為思辨產物的單純，無規定的統一。[21]

陳來此說相當精準地運用了史泰司的冥契之說，且以之為據，論述了儒家傳統「心學」的冥契特色。但問題是，史泰司之說所導出的「一體之感」，如前文所引，其結果正是產生「空白的主體」。而若以之為說，則儒家心學立場的開展，竟然是在以「心」論「性」而知「天」的脈絡中，導出一沒有任何確定內容的「主體」，這如何能適切地彰明儒家心學的意蘊，恐令人懷疑。所以，陳來便注意到冥契經驗者依其「體驗」之目的的不同，其導出的結果便會產生不同的內容，[22]而儒家心學傳統導出的是一種「精神境界」。[23]然而，他更進一步地指出儒家心學傳統雖可在冥契經驗中，導出精神境界，但這只是一種偶發的「心理體驗」，因此並無法由此導出真正的客觀的實在。[24]甚至，他再由此而提問：儒學的道德實踐，是否需要「心體呈露」這樣的神祕經驗？[25]

其實，儒家心學所可能有的冥契經驗是否必須是一回事，而

---

21 請見陳來：〈儒學傳統中的神祕主義問題〉，頁 332。

22 例如，他認為「在同樣或類似的修持下，基督徒體驗的可能是與神同體，而理學家體驗的則是與物同體；佛教徒體驗的是『空』，心學家體驗的則是『本心』。」同前注。

23 同前注。

24 同前注，頁 333。

25 陳來因此認為「心學」只是一種「體驗的形上學」。同前注，頁 333-334。

心學傳統的主體是否因此而成空白主體又是一回事，兩者實不宜混合。而且，我們必須清楚說明的是，儒家心學傳統不可能允許一種「空白主體」的說法，若果如此，則「儒學」一詞將成為一個「空名詞」，隨信仰者的不同，其內容將被填入各式各樣的意涵，而有墜入相對主義的可能性。這種情況恐非心學立場的儒者所能接受。是以其所引發的思想災難，絕不是主觀客觀問題的討論而已。[26]舉例言之，法國著名的存在現象學大師馬賽爾（Gabriel Marcel）對於笛卡兒（Decartes）思想所帶來的「空白主體」的思想危機，有深刻的體會。他認為一旦「主體」變成是一種「空白主體」，則在「存有」上，亦將失去「價值意義」。[27]當然，馬賽爾之論主訴追求「客觀知識」之弊，與史泰司所強調的冥契經驗不同，但是對於「空白主體」之說所可能引發的問題，史泰司之說亦不能迴避。因此，我們可以說若冥契經驗的結果是以付出主體為代價，則儒者是否願意接受此種後果，不無疑問。是以儒家心學者的冥契經驗必然是以契會「道德主體」為依歸。

如此，則值得我們進一步深思的是，史泰司將各類冥契經驗綜合抽繹成兩種類型，自有其慧見。但是，「冥契經驗」不應視為是悟道者的終極境界。「冥契經驗」對於悟道者而言，看似只是一種偶發性的心理經驗。此種心理經驗不是一種情緒制約反應

---

[26] 蕭裕民就認為史泰司強調內外向型的冥契經驗，有主客觀之分的問題並不恰當。因為，若此種冥契經驗已達最高之狀態時，本就無主客觀區別的必要。請見氏著：《遊心於「道」和「世」之間——以「樂」為起點之〈莊子〉思想研究》，頁 76-77。

[27] 相關討論，請參拙著：《儒家思想中的具體性思維》（臺北：臺灣學生書局，2004 年），第四章〈論儒學的「宗教性」〉，頁 227-230。

的過程。相反地,此處的體驗過程乃是一種「跨越」的經歷,也就是說,悟道者於此的真實體驗是將自己這個有限存有,匯入無限超越的存有之中。這是一種神聖的企盼,也是一種對於「超越」的祈嚮。[28]如果我們僅將這類經驗視為一種心理經驗,否定了其與「超越」的真實聯結,則人類的一切宗教經驗都將成為囈語幻象,變成人們存在孤獨此世的虛妄安慰劑而已。而這並非歷史之事實。但是,史泰司所言的冥契經驗對於儒學的討論,仍然具有一定的意義與價值。其中,最值得思考的便是儒家思想中的「知行」課題。

三、「體知」中的「知行觀」——以孟子為例

從前述的討論可以得知,儒家思想的「知」並不是客觀意義下的認知之學,學者通常很清楚地界定此種「知」,便是一種對於「道德」的「知」,用傳統的語言來說,即是一種對於「德性之知」的認識。但是,作為一個被認識的對象而言,「道德」或「德性」在如此的主客析離情況下,容易被導入一種「客觀」的認識路徑,反而背離了「德性之知」在實踐脈絡下的特性。但是要如何迴避此種陸沉作法呢?學者認為應採「體知」的進路,[29]或

---

28 相關討論,請參劉述先:〈論宗教的超越與內在〉,收入氏著:《儒家思想意涵之現代闡釋論集》(臺北:中央研究院中國文哲研究所籌備處,2000 年),頁 160-162。

29 杜維明所主張的「體知」與陳來所談的「體驗的形上學」,實有其思想上的類近點。但是,杜維明在「體知」說法下的「主體」,並不是以一種「空白主體」的思維模式為根。杜說正是要由「體知」以架構一具有實感的「生活世界」。所以與陳來的主張在同中卻有異。請參杜維明:〈身體與體知〉,《當代》第 35 期(1989 年 3 月),頁 46-51。

許是一條最佳的選擇！杜維明在他的許多文章中，便是主張研治中國哲學的重要切入點，當以「體知」為要。他說：

> 由身體來進行認知，簡化地說即「體知」，是中國哲學思維的特色。這種思維的方式不走歸約主義的道路，而是以多向度的具體事物作為運思的起點。在思維的過程中具體事物的多樣性和複雜性，沒有消解成單純的數據，也沒有抽離為單一的共相。認知者和被認知的對象，不構成主客對立的外在關係，而是為主體的辯證的內在關係。認知的最初形式不是動態的個人如何去了解靜態的外物，而是如何在人與人之間建立溝通理性。體知不僅是內化技能之知，也是自我意識的表現。[30]

杜維明的「體知」觀點顯然是著眼於「主體意識」的建構，是以他特別強調「體知」的重點在於「主體的辯證的內在關係」。然而，他論述至此時，將「體知」的方向指向「人際」關係上，也就是一種「向外」的發展。他說：

> 每一個人在天地間都有獨一無二的價值（豐富的資源和無窮的潛力），體知工夫即是體現這種獨一無二的價值（發掘資源和實現潛力），但對一個在動態發展中呈現主體意識的活生生的人而言，我們體知經驗常是人際關係中才真能凸顯。固然，內化的技能是理解體知的重要線索；體知的特色，常在體物與體己的具體經驗中呈現，但體知的精彩要在知人（也就是人與人的溝通）上才能充分發揮。[31]

---

[30] 同前注，頁 50。

[31] 同前注。

這是個相當有趣的觀察視角。杜先生清楚地勾勒「體知」在「主體意識」的建構中，當以「人際」關係為其開展之特色。此種論述對於儒者在具體實踐中的真實性，以及「生活世界」的內涵之開拓，極具意義。但是，此種因「體知」而來的實踐之「行」，究竟有何深邃的意義，值得我們再進一步思考呢？我想前述史泰司的「內向型」冥契經驗之說，或可提供我們一個思考的參照點。底下的討論，將以孟子的「知行」觀點切入，嘗試分析此種「內向型的知行」主張。

孟子在中國儒學發展史上的崇隆地位，誠如論者所云是在於德性理論的建立，以及道德主體的開展。[32]尤其是孟子對於「心性」議題的思考，在當代眾多的學術觀點中，樹立了創造性新方向的可能，使得傳統舊義下的「心性」論，發展出深厚的德性主體之內涵，這為儒學的發展定下了重要軸線標杆。[33]在孟子的學說中，涉及「知行」相關論述的篇章，可從《孟子‧盡心上》的一段文字論起：

> 孟子曰：「人之所不學而能者，其良能也；所不慮而知者，其良知也。孩提之童，無不知愛其親者；及其長也，無不知敬其兄也。親親，仁也；敬長，義也。無他，達之天下也。」[34]

---

[32] 勞思光認為孟子的「性善論」突顯了「重德」的文化精神，也是最早點破了「道德主體」的理論。請參勞思光：《新編中國哲學史（一）》（臺北：三民書局，1997 年），第三章〈孔孟與儒學（下）〉，頁 159。

[33] 相關討論，請參拙著：〈孟荀「心性論」與儒學意識〉，宣讀於 2006 年 4 月 25 日山東大學儒學研究中心主辦「儒學全球論壇（2006）孟子思想的當代價值國際學術研討會」。

[34] 朱熹：〈孟子集注‧盡心章句上〉，《四書章句集注》，頁 353。

在孟子的這段話中，「良知」、「良能」的分述，引發了一些理解上的問題。[35]但是，孟子在此「良知」與「良能」的觀點上，實主「合一」之論。李明輝便認為「良知」乃是孟子「本心」在道德上的「判斷原則」（principium dijudicationis）；而「良能」便為「本心」在道德上的「踐履原則」（principium executionis）。所以「良知」、「良能」實為「本心」一事兩說的權假之便而已。[36]而且，此處的兩說正代表了孟子道德學說的一個重要面向，此即「知」涵「能」，「能」攝「知」，以是則「知行合一」。[37]

〈盡心上〉的「良知」、「良能」說，乃是就著「本心」而說，可是孟子論析「本心」時，並不是孤立地看待「本心」，從而將之視為一概念或客觀的認識對象。孟子是蘊涵在於「身體」的角度中，進行「本心」的思考。也就是說，「身體」作為孟子論述「心」時的作用，實以「支援者」的立場出現，而不是一個「焦點對象」。其焦點目標之所在，是「仁義禮智」等道德對象。在《孟子‧盡心上》便有一段文字，可供注意：

> 孟子曰：「廣土眾民，君子欲之，所樂不存焉。中天下而立，定四海之民，君子樂之，所性不存焉。君子所性，雖大行不加焉，雖窮居不損焉，分定故也。君子所性，仁義

---

[35] 焦循對於本段文字的理解，是將「良知」與「良能」分開，如此有失孟子之旨。詳細討論，請參李明輝：〈從康德的實踐哲學論王守仁的「知行合一」說〉，刊《中國文哲研究集刊》第 4 期（1994 年 3 月），頁 416-417。

[36] 同前注，頁 417。

[37] 杜維明即指出「體知」所預設的「知行觀」是「知行合一」。李明輝則認為孟子的「良知」涵著「良能」，是陽明「知行合一」的思想源頭。杜說請見〈身體與體知〉，頁 50；李說請見〈從康德的實踐哲學論王守仁的「知行合一」說〉，頁 5。

> 禮智根於心。其生色也,睟然見於面,盎於背,施於四體,
> 四體不言而喻。」[38]

孟子在此論及「欲」、「樂」、「性」三個層次,其中前兩項涉及「生活世界」的事功,後一項的意見則關乎「身」與「心」。基本上,孟子很清楚地表明「仁義禮智」道德意識的根源,必須從「心」上求,此說也符合其論「放心」之旨。[39]這點在學界已成定論。然而,可以再深入分析的是「生色」與「四體」及「心」的關係。楊儒賓根據朱熹之注「生,發見也。睟然,清和潤澤之貌。盎,豐厚盈溢之意。施於四體,謂見於動作威儀之間也」,[40]而進一步發揮道:

> 如果順著四端發行,它可以在我們的感官四肢、動容周旋
> 間,呈現精神的極至境界。在這種境界中,人的身體成為
> 精神化的身體。「精神」不再是無形無象,也不再只是「意
> 識」,它從生命的最內部以迄形軀的最外表,不斷地滲透、
> 轉化、體現,終至於「小體」無「小」義,全體皆大,旁
> 觀者可在無言之中觸目證道。[41]

楊儒賓清楚地點出「身體」與「心」的關係,可以在「仁義禮智」四端的周流中,獲致「同一化」的境界。是故,小體之生理血氣

---

[38] 朱熹:〈孟子集注・盡心章句上〉,《四書章句集注》,頁 354-355。

[39] 孟子在〈告子上〉曾言及「人有雞犬放,則知求之;有放心,而不知求。學問之道無他,求其放心而已矣」,正是喻人心放失於外,則於內在道德性有缺,因此為學主求放心。請見朱熹:〈孟子集注・告子章句上〉,同前注,頁 334。

[40] 朱熹:〈孟子集注・盡心章句上〉,同前注,頁 355。

[41] 楊儒賓:《儒家身體觀》,第三章〈論孟子的踐形觀〉,頁 143。

已變成浩然之氣的流轉，體現於我「身」者，不再是受到生理制約的「身」，於是「全體皆大」。[42]於此，我們不難發現，在孟子「身心一如」的論述下，「身」為「心」所理性化。[43]楊儒賓更進一步地指出此種「身心關係」轉變的關鍵，即在於「氣」上。所以他於該文中，便針對「知言養氣」說，加以分析。且認為「知性知天，是孟子養心工夫的極至；浩然之氣充塞天地間，則是孟子養氣工夫的終點目標。」[44]楊說充分體現了孟子「身心」思想的「內向」層面。尤其是他將此一「持志養氣」工夫與「天人相合」的冥契經驗比論時，「解消個體性，與更高的實在合一」即是其「內向型」發展的明證。[45]

事實上，孟子的「知言養氣」說若與「良知良能」配合以觀，則孟子思想中的「知行」主張，當更能顯豁。前文已說明孟子的「知行」觀點，在其「本心」的脈絡中，表現為一種「知行合一」的型態。又孟子的「生色」之說，清楚地彰明「本心」對於「身體」的主導作用。於是，我們可以說孟子認為「本心」所透顯的「良知」之光，照見擴充之後，「身體」在「氣」之「質」的轉化機制後，同質化為浩然之氣。此時，「身體」的一切「行動」

---

[42] 其實，這種突破生理限制而使道德主體成為當家做主之力量，正可恢復人的自由身份。李明輝便曾運用康德的「人之雙重身份」，論及「人」如何突破「自然底因果性」之限制，而有「自由底因果性」之可能。請參李明輝：〈孟子與康德的自律倫理學〉、〈再論孟子的自律倫理學〉，均收入氏著：《儒家與康德》（臺北：聯經出版事業公司，1990 年），頁 65、67、69-71、89-92。

[43] 勞思光認為以「心」養「氣」而持「身」，便是一種原始生命的理性化。請參勞思光：《新編中國哲學史（一）》，頁 174。

[44] 楊儒賓：《儒家身體觀》，第三章〈論孟子的踐形觀〉，頁 164。

[45] 同前注，頁 162-163。

正是源自「良知」的能動性,「身體」的「感官生理」機能已然
被改變為「道德理性」的機能。這是相當重要的一點。前文曾引
述史泰司認為達致「一體之感」時,所有的「感性、智性以及經
驗內容之雜多」均會消失無蹤,從而進入一種冥契的新境界,陳
來也據此論及儒者的「心體呈露」。但若依此以論,則「主體」
將只餘相對性的內容。因為,「主體」已成空白,此空白主體在
不同信仰者的一體冥契經驗裡,將無固定的絕對內容。也就是在
這一立場上,陳來從而思考了儒家心學的冥契經驗,是否具有必
要性的問題。

其實,孟子的「知」是一種「體知」的表現,其所知的內容,
必得在人間立說,方可參贊天地化育之真實。故杜維明乃主張「體
知」的精彩表現在人際關係上。但是,「身體」是我們行道時的
「支援者」,卻也同時會是阻礙者的角色。所以,自然生理血氣
的「身體」必須加以轉化,方能如實地行道於世。而轉化之機轉,
當在於「持志養氣」。「持志」乃持守「心之所之」的方向,就孟
子的理論來說,是四端的發動;也是「心」的內在化與意識化。
至於發動的「心」,可以養出「浩然之氣」,進而使生理血氣被同
質化。如斯,則「身心一如」,「體知」即是「心知」的表現。而
「心知/體知」並不是認知意義之「知」,其所「知」的內容,
依孟子所云當即是「盡心知性知天」的「知」。因此,此「知」
是要與「超越」聯結。但是,天的超越性內涵當從何以言?孟子
於此乃突顯出「以人證天」的天人哲學。因為當人在往內在化深
入時,「心」的意義便能顯豁「天」的真實。然而,「身心」在內
化至極而產生如史泰司所云之「一體之感」時,孟子並非認為「身」

的生理性質消失，而是轉化。相反地，此一「身體」的某些特質，卻因此而被彰顯。此時，孟子的思想已不是史泰司之說所能範限的。當然，被彰顯的「身體」之特質，並非是一組無內容的意識。孟子很清楚地以「四端」來界定其內涵。所以，此時的「超越性」意義，不得不以「道德意識」的表現為其內涵。是故，牟宗三乃說「道德秩序」即「宇宙的秩序」。[46]

論述至此，我們當可明白孟子的「知行」主張，有著某種史泰司冥契說的內向型走向。因此，「知」的至極必在「心」的不斷內在化之後，才能臻至。而其至極之表現，便是產生了某種無法言喻之「一體之感」。這是一種神秘的體驗，而與「超越」有了聯繫。回到孟子的哲學立場，我們可以說孟子的「知」觀點當取得了「與天合德」的超越性意涵。但是，孟子的「知」之說又蘊涵著「行」的可能，所以人間世的行動，便當是在於「道德實踐」之中，突出「道德主體」的作用，且由此而證明「天道」之真實無妄。所以，「天道」不是不證自明，而是在人的行道之中，「天道」的真實性才被證明。具體的例證，我們從〈萬章上〉孟子所云三代之歷史，或可說明其義之一二。其云：

> 萬章曰：「堯以天下與舜，有諸？」孟子曰：「否。天子不能以天下與人。」「然則舜有天下也，孰與之？」曰：「天與之。」「天與之者，諄諄然命之乎？」曰：「否。天不言，以行與事示之而已矣。」曰：「以行與事示之者如之何？」曰：「天子能薦人於天，不能使天與之天下，諸侯能薦人

---

[46] 牟宗三：《中國哲學十九講》（臺北：臺灣學生書局，1983 年），第四章〈儒家系統之性格〉，頁 82。

於天子，不能使天子與之諸侯；大夫能薦人於諸侯，不能
使諸侯與之大夫。昔者堯薦舜於天而天受之，暴之於民而
民受之。故曰，天不言，以行與事示之而已矣。」曰：「敢
問薦之於天而天受之，暴之於民而民受之，如何？」曰：
「使之主祭而百神享之，是天受之，使之主事而事治，百
姓安之，是民受之也。天與之，人與之。故曰：天子不能
以天下與人。舜相堯二十有八載，非人之所能為也，天也。
堯崩，三年之喪畢，舜避堯之子於南河之南。天子諸侯朝
覲者，不之堯之子而之舜，訟獄者，不之堯之子而之舜；
謳歌者，不謳歌堯之子而謳歌舜。故曰天也。夫然後之中
國，踐天子位焉。而居堯之宮，逼堯之子，是篡也，非天
與也。〈泰誓〉曰：『天視自我民視，天聽自我民聽』此之
謂也。」[47]

在這段文獻中雖是論及古代政權轉易之政治思想，[48]但其思維模
式之背後，即是孟子藉「人」以證「天」的實際運用，而且是由
「人」的意志來說明「天」的意志。所以，「天」如果是一真實
存有，也只能從「人」以證之。再回到孟子「知」涵「行」的問
題上，《孟子‧公孫丑上》的討論，即是一個可以說明的例證。
其云：

---

[47] 朱熹：〈孟子集注‧萬章章句上〉，《四書章句集注》，頁 307-308。

[48] 基本上，儒家的政治思想主張，雖仍重視「天」的因素，但是強調統治者的
「德性」之必要，則是儒家思想的第一要件，尤其是關乎政權之轉易。配合
此處萬章與孟子的問答，我們更可深信「天」雖重要，「人」卻是一切真實
的基礎。相關討論，請參拙著：〈古代文獻中的「德」及其分化──以先秦
儒學為討論中心〉，刊於《清華學報》「哲學概念史專號」第 35 卷第 1 期（2005
年 6 月），頁 104-121。

「……夫志，氣之帥也；氣，體之充也。夫志至焉，氣次焉。故曰：『持其志，無暴其氣。』」……「志壹則動氣，氣壹則動志。……」「敢問夫子惡乎長？」曰：「我知言，我善養吾浩然之氣。」「敢問何謂浩然之氣？」曰：「難言也。其為氣也，至大至剛，以直養而無害，則塞于天地之間。其為氣也，配義與道；無是，餒也。是集義所生者，非義襲而取之也。行有不慊於心，則餒矣。我故曰，告子未嘗知義，以其外之也。……」「何謂知言？」曰：「詖辭知其所蔽，淫辭知其所陷，邪辭知其所離，遁辭知其所窮。生於其心，害於其政；發於其政，害於其事。聖人復起，必從吾言矣。」[49]

關於此段文字所透露的訊息，楊儒賓已就「心」、「氣」、「形」、「神」的角度，論析了許多可能的冥契經驗之意義，[50]本文不擬贅述。在此我要指出的是，「知言」問題所反映的「知行」觀點。基本上，「知言」與「養氣」的討論，歷來便有孰先孰後的爭論。[51]不過，我們可以投以關注的問題，可從「言」的性質著眼，再論其致「知」可能，進而申述此中的「知行」意涵。

　　從〈公孫丑上〉的文脈來看，孟子所論的「言」應當不是一般意義下的「語言」。岑溢成便說：

　　孟子所要判別的「言」便決不是描述任何物理、生理或心

49　朱熹：〈孟子集注・公孫丑章句上〉，《四書章句集注》，頁 230-233。

50　楊儒賓：《儒家身體觀》，第四章〈知言、踐形與聖人〉，頁 173-210。

51　相關討論，請參黃俊傑：《孟學思想史論卷二》（臺北：中央研究院中國文哲研究所籌備處，1997 年），第五章〈朱子對孟子知言養氣說的詮釋及其迴響〉，頁 191-252。

理事實的言辭，他要判別的乃道德之言辭。借用當代英美
倫理學家之術語來說，孟子所判別的言辭，不是描述性的
語言或事實陳述，而是規令性的語言或道德判斷。[52]

這是相當正確的看法。因為「描述性的語言或事實陳述」，常必
須建立在「經驗性」的證據，才能對語言內容加以檢證正誤。可
是，「道德性的言辭」除了字面描述意義的正確性之外，孟子更
強調如何勘破言語者背後的「存心」。也就是說，言語行為者的
「動機」如何可以正確判斷？而不是僅從合道德之貌的言辭，即
可判為道德。[53]由此可知，孟子的「知言」絕非一般性的語言認
知問題。所以，此處之「言」是一種道德之言語行動。

　　至於，「知」是如何而可能，楊儒賓便曾撰文指出：孟子在
此必得從「心」、「氣」、「言」的角度切入，其「知言」之說，方
可成立。[54]確然如此，而且有趣的是，孟子此處的「知」，既是建
立在「心」、「氣」、「言」的連續性上，那麼構成這種「知」得以
成立的支援性角色，捨「身體」而無由。於是，我們又看到此處
的「知」的行動，當是一種「體知」的方式，而「體知」他人的
「詖、淫、邪、遁」之辭，並非是依賴外向性客觀認知一切經驗
的判斷證據。相反地，卻是走向「內在化」、「意識化」的路子，

---

52 岑溢成：〈孟子「知言」初探〉，刊《鵝湖月刊》第 40 期（1978 年 10 月），
　頁 40。

53 儒家在道德哲學的立場，是相當強調「存心」的優先性。李明輝即曾撰文論
　析「存心倫理學」之意涵。文中他指出「存心倫理學」涉及「道德價值如何
　界定」的問題。請參李明輝：〈存心倫理學、形式倫理學與自律倫理學〉，刊
　於《國立政治大學哲學學報》第 5 期（1999 年 1 月），頁 9、13。

54 楊儒賓：《儒家身體觀》，第四章〈知言、踐形與聖人〉，頁 204。

進而以交感的方式，完成此一語言的「知」。所以楊儒賓才稱此種行動，正是孟子「踐形」的表現。[55]

　　綜合以上所論，孟子的「知行」觀，有著史泰司內向型冥契經驗之特色。當人們以「身體」為中介，經由不斷地向內心扣問，層層逼近意識之底層，則人的自然生理會產生微妙之體驗與變化，進而與天地大化產生「一體之感」。而當這「一體之感」建立起之後，萬事萬物俱可與「我」產生意義聯結，使一切的存在界有了價值性意義及真實感，「超越」的真實此時只能從我的「內在」中尋。到達此一境界時，物我無隔，而主體之我也就能感「知」他者。當然，所「知」蘊涵著能「行」。於是，孟子所建構的天人合德之境，便能在即知即行，知行合一的方向，完成一圓滿的人間世界。此外，必須再說明的是，「知行合一」下的「我」，並不是將「身體」的感官知覺廢棄，而是轉化，故與史泰司之論有別。此一轉化，乃使得人立天地間，可以依「道德意識」以行，人在冥契經驗中，也就不可能只是一種「心理」的滿足感而已。

四、餘論：象山與陽明

　　孟子之後而能繼承孟學大旨者，象山與陽明是我們值得注意的兩位思想家。象山在宋代儒學的思想光譜中，很明顯地是接續孟子的思想而來。包括他所談的「辨志」、「先立其大」、「明本心」、「心即理」、「簡易」、「存養」等主張，學者均可從孟子的相關說

---

[55] 同前注。

法中，找到來源。[56]可是，奇怪的是象山對於「知行」問題的思考，卻以「知先行後」而有別於前述的孟子方向。關於這個問題，李明輝曾指出宋代「知行」之說常見錯雜的立場，是以「知行先後」的課題，不應從字面意義以定其內涵，而應由學者之義理系統來判定其意旨。[57]李說相當有見地，我們的確不宜僅以字面意義的角度，便判斷此一「知行」主張的內涵。否則，我們將會使思想家變成是一矛盾體的組合。

象山揭出「知先行後」的說法，可從《語錄》中的文字說起。《語錄》曾載象山論伯敏的防閑工夫，由於「精神都死卻」，所以伯敏自云「為所當為」乃成為空話頭。象山云：

> 今吾友死守定，如何會為所當為？博學、審問、謹思、明辨、篤行。博學在先，力行在後。吾友學未博。焉知所行者，是當為？是不當為？防閑古人亦有之，但他底防閑，與吾友別，吾友是硬把捉。告子硬把捉，直到不動心處，豈非難事。只是依舊不是。某平日與兄說話，從天而下，從肝肺中流出，是自家有底物事，何嘗硬把捉。[58]

象山不相信伯敏可以「為所當為」，所以提出了「知先行後」之說。劉宗賢認為象山區分「知行」之先後，乃從認識的不同層次以言，並認為知是「智之事」，故需透過學習與講明；可是「行」

---

56 牟宗三：《從陸九淵到劉蕺山》（臺北：臺灣學生書局，1990 年），第一章〈象山之「心即性」〉，頁 5-6。

57 李明輝：〈從康德的實踐哲學論王守仁的「知行合一」說〉，頁 420-421。

58 陸九淵：〈語錄〉，《陸九淵全集》（臺北：世界書局據明嘉靖江西刊本校印，1990 年），卷 35，頁 287。

則為「聖之事」，是歸於本心所發之道德實踐。[59]所以，兩者有別。不過，隨後又引〈與詹子南〉文「此心之靈，此理之明，豈外鑠哉？明其本末，知所先後，雖由于學，及其明也，乃理之固有，何加損於其間哉！」[60]認為象山在這當中的說法，已涵有日後陽明「知行合一」之旨，兩者有其相通處，所以「逐漸否定了理性思維過程，而把道德修養歸於直覺」。[61]如此，看似象山的確有著理論上的矛盾。其實，象山與伯敏的對話，必須注意到後半段論及「硬把捉」與否之處，並將之置於其整體的義理系統中，方可較為適切理解。因為，象山認為防閑的問題，正如孟子與告子之爭「不動心」之道。如果「心」不集義，則所「知」恐不切，「行」則成為盲動之行。此時，如何能「知」所知是「真知」呢？[62]是以「行」是否「當」或「不當」，絕非將「行」視為是客觀認識對象之「行」，否則只是「死守定」或「硬把捉」。所以，象山才要人們辨志而立大，如此才能使心如理，則一切行動才是「從天而下」、「從肝肺中流出」，進而不落於主客二分的知行先後之爭中。因此，象山的這種立場，實歸屬於「心學」而不必懷疑。

象山雖然有「知先行後」之論，但誠如李明輝所云，當我們從義理系統去理解思想家的主張時，我們才能適切地剝開語言字面意義的迷障。事實上，象山對於學問的說法，肯定是孟子一系的觀點，是以其所論之「學」，當非客觀意義之學，而當為主體

---

59 劉宗賢：《陸王心學研究》（濟南：山東人民出版社，1997 年），頁 121。

60 陸九淵：〈書〉，《陸九淵全集》卷 7，頁 62。

61 劉宗賢：《陸王心學研究》，頁 125。

62 其實，劉宗賢也已注意到象山的「真知」，必須包涵著力行方可。同前注，頁 124。

的踐履之學。所以,「本心」之求下的「知」,只能是主體道德意識發皇下的「體知」,不是客觀經驗之「知」。象山在〈語錄〉中即云:

> 須思量天之所以與我者,是甚底?為復是要做人否?理會
> 得這個明白,然後方可謂之學問。故孟子云:學問之道,
> 求其放心而已矣。如博學、審問、明辨、謹思、篤行,亦
> 謂此也。[63]

所以象山所說的學問,必然是指安身立命的學問。如此,則即知即行,方為義理之大本。是故,就義理系統以推之,象山的「知行」之說當合乎孟學大旨,應是採行「知行合一」立場。不過,由於象山的確在字面上,使用「博學在先,力行在後」的語言,因此,引發誤解,實可預料。關於象山使用「知先行後」所造成的誤解問題,陽明在〈答友人問〉中,有相當真切的回答。首先,陽明針對友人問象山與晦庵之學在「知行」觀點上一致,而異於陽明時,曾說:

> 曰:致知格物,自來儒者皆相沿如此說,故象山亦遂相沿
> 得來,不復致疑耳。然此畢竟亦是象山見得未精一處,不
> 可掩也。

> 又曰:知之真切篤實處,便是行;行之明覺精察處,便是
> 知。若知時,其心不能真切篤實,則其知便不能明覺精察;
> 不是知之時只要明覺精察,更不要真切篤實也。行之時,
> 其心不能明覺精察,則其行便不能真切篤實。不是行之時

---

63 請見陸九淵著:〈語錄〉,《陸九淵全集》卷 35,頁 284。

只要真切篤實，更不要明覺精察也。知天地之化育，心體
原是如此。乾知大始，心體亦原是如此。[64]

陽明的這段話相當精準地點出象山之學，實有粗略之處。因為誠
如前文所論，象山於心學大旨的理解，並無悖於孟子之方向，而
且在義理系統之大體處，象山又與孟子無別。然而，象山為學常
有粗疏之感，他在理論的鋪陳上，不夠細緻，論證的邏輯性又較
為缺乏。是以，在「知行」的論述開展，隨舊文以演義，自然就
沒有陽明識得清楚了。不過，由於在義理系統上的一致性，所以
我們仍可導出其觀點當符合孟子的立場，不可謂其突然改採朱子
之路線。

　　基本上，陽明與象山在心學的立場上，兩人都是有契於孟子
的思想。因此，當象山在論述有滑轉處，陽明可以輕易地看出其
中的問題。以是，陽明乃發揮其所理解的「知」、「行」不應斷為
兩橛之說，這便是陽明著名的「知行合一」之說。有關陽明的「知
行合一」，學界有相當多的討論，本文不想重複已經極具深度的
議題。我想指出的是，陽明的此種「知行」觀中的冥契色彩。陽
明的「知行」說雖是有其針對性，可是促使其作如是說的緣由，
仍然是由於義理型態所使然。也就是說，陽明的「知行」主張，
既然是與「心」的性質有密切關係，則孟子心學的內向性色彩，
一樣可以從陽明的說法中找到。而這當中，最值注意的冥契經驗
自非「一體之感」莫屬。陽明在《傳習錄》中，便曾載有如下之
對話：

---

[64] 王守仁：〈答友人問〉，王守仁著，吳光、錢明、董平、姚延福編校：《王守
仁全集》（上海：上海古籍出版社，1992 年），卷 6，頁 210。

問：「人心與物同體，如吾身原是血氣流通的，所以謂之
同體。若於人便異體了。禽獸草木益遠矣，而何謂之同
體？」先生曰：「你只在感應之幾上看，豈但禽獸草木，
雖天地也與我同體的，鬼神也與我同體的。」請問。先生
曰：「你看這個天地中間，甚麼是天地的心？」對曰：「嘗
聞人是天地的心。」曰：「人又甚麼教做心？」對曰：「只
是一個靈明。」「可知充天塞地中間，只有這個靈明，人
只為形體自間隔了。我的靈明，便是天地鬼神的主宰。天
沒有我的靈明，誰去仰他高？地沒有我的靈明，誰去俯他
深？鬼神沒有我的靈明，誰去辯他吉凶災祥？天地鬼神萬
物離卻我的靈明，便沒有天地鬼神萬物了。我的靈明離卻
天地鬼神萬物，亦沒有我的靈明。如此，便是一氣流通的，
如何與他間隔得！」又問：「天地鬼神萬物，千古見在，
何沒了我的靈明，便俱無了？」曰：「今看死的人，他這
些精靈游散了，他的天地萬物尚在何處？」[65]

在上引的這段文字裡，我們可以發現陽明突顯出一種特殊的冥契
傾向，劉述先便稱之為「寂感模式」。[66]此模式強調透過「心」的
「一氣流通」，物我之間的差異，從此泯除，人與物的關係是「同
體」的連續。這是相當有意思的觀點。因為，陽明的這種觀點與
史泰司所論的內向型冥契經驗，實有相當多的類似處。當然，我

---

65 請見王守仁：〈語錄三〉，同前注，卷 3，頁 124。

66 劉述先認為「天地鬼神萬物對他而言，乃是主客會合之後顯發出來的意義結
構；這樣的結構，沒有了人心去攝握主宰，即會還歸於寂。」請見劉述先：
《黃宗羲心學的定位》（臺北：允晨文化實業股份有限公司，1986 年），頁
97。

也必須指出，陽明的「一體之感」是秉持孟子的心學立場而來，所以他的「冥契經驗」就絕不會只是一種純粹空白的主體而已。其「心」之主體，當非王謝燕，在轉易間，隨人換姓。更重要的是，此「心」的真實存有，證成了「天地鬼神萬物」的真實存有。於是籠天地人神為一體，將「內在」、「超越」與「生活世界」貫串起來。陽明的思想乃為孟子之後的儒家心學，開闢一個新的境界。

最後，綜結以上的討論，我們可以發現儒家思想中的「知行」課題，在象山、陽明的發展之下，其內向型的冥契色彩，繼續成為一個重要的特徵。而其主要內涵，當即是：強調「知」的動向目標，是開發「心性主體」與「超越本源」之間的同質關係，於是在實踐（行）的策略上，便將焦點投向心性的「內在面」，此一路徑的知行觀點，相信「超越」的經驗，可以在「內在」的心性主體中探求，只要人能「知」內在的心性，則必能與「天」合德。而由於是在「心」上做功夫，於是在「行」的主張中，常有滑向「身心」冥契的經驗之可能，此時「即知即行」、「知行合一」所帶來的經驗，常常是個別體驗者的主觀感受，較難以作出客觀化的陳述。當然，此一理論方向，未必會排斥某些涉外的實踐經驗。所以，此型態的「知行」理論，就絕非一種只耽於冥契經驗的掛空虛論，而有其真實的「生活世界」之價值。

王門朱得之的師說理解及其《莊子》注[****]

三浦秀一[*]著，廖肇亨[**]、石立善[***]合譯

一、問題之所在

朱得之，字本思，號近齋，王守仁（號陽明，1472-1528）之弟子，《明儒學案》卷二十五〈南中王門學案一〉[1]亦載錄其言行。讀過《傳習錄》的人，或許會記住作為提問者的朱得之。「人有虛靈，方有良知，若草木瓦石之類亦有良知否？」朱得之的這一提問見於《傳習錄》卷下第七十四條，陽明答曰：

> 人的良知，就是草木瓦石的良知。若草木瓦石無人的良知，不可以為草木瓦石矣。豈惟草木瓦石為然，天地無人的良知，亦不可為天地矣。蓋天地萬物，與人原是一體，其發竅之最精處，是人心一點靈明。風雨露雷、禽獸草木、山川土石，與人原只一體，故五穀禽獸之類皆可以養人，藥石之類皆可以療疾，只為同此一氣，故能相通耳。

[*] 現任日本東北大學大學院文學研究科教授。

[**] 現任中央研究院中國文哲研究所副研究員（第二、三、四節）。

[***] 現任日本京都女子大學文學部講師（第一、五、六節）。

[****] 本文以筆者在日本北海道大學「首屆東亞經典詮釋中的語文分析國際學術研討會」（2006 年 8 月 23-25 日）上發表的學術報告〈十六世紀中國陽明學與老莊思想的交會——從朱得之《老子通義》談起〉之日文原稿為底稿，做了大幅度修改。研討會的《予稿集》曾刊載日文原稿的全文。

[1] 《明儒學案》，北京：中華書局，1985 年。

陽明雖然使用了「有」、「無」之語，但並非是以人類與草木瓦
石是否具有良知的問題本身為主旨的。正如上文所云「天地無人
的良知，亦不可為天地矣」，這一回答說明的是根據良知來認知
世界的理想方式。[2]即，陽明意謂：人正是通過良知的作用，才能
把握草木與瓦石等無情之存在，並作出相應的價值判斷。以良知
認識世界作為前提，人與天地萬物本是一體的思考才得以成立。
最後，陽明言及了在存在論上支撐萬物一體論的「氣」之同質性
而結束。

　　陽明之答語，條理井然。正因為如此，更凸顯出提問方的粗
疏。我們可以推定，這一問答當發生在朱得之二十歲後期的某一
時段。既然如此，朱得之是否就是一個未能充分理解陽明良知
說，甚至提出草木有無良知這一迂問的青年呢？後來，朱得之在
深入思索良知說的同時，也為老、莊、列三子作注解。在朱氏的
這一思想閱歷中，上述與陽明的問答占有怎樣的位置呢？本文的
目的之一，即以推察這一問答產生的思想背景為線索，解明朱得
之對陽明良知說的理解。

　　朱得之作為陽明弟子，在後世並不聞名。但是，在被視為王
門代表人物的思想分析皆有深入研究的今日，要了解王學於嘉靖
時期的實際狀況時，筆者認為介紹一位王門高弟之外的人物，亦
非毫無意義。這項工作，亦可以定位為那一時代的思想動向的整
體研究之一環。就朱得之而言，尤其引人興趣的是他對於所謂三

2　筆者對陽明良知說的這一理解，基本上依據吉田公平先生的看法，詳參吉田
　　譯注：《傳習錄》（東京：講談社，1988 年）。陳來：〈王陽明語錄逸文與王陽
　　明晚年思想〉亦表明了同樣的看法（2000 年初刊，後收入陳來：《中國近世
　　思想史研究》〔北京：商務印書館，2003 年〕）。

子的注釋工作及其意圖。嘉靖前期代表性的道家注釋書，有王道
（1487-1547）《老子億》與薛蕙（1489-1541）《老子集解》。
關於王、薛二人的思想，馬淵昌也已作過探討。[3]據馬淵的論斷：
王、薛二人都是對於朱子學的實踐論抱有疑念，故而帶有沉潛於
自我本心之傾向的思想家。雖然兩者的立場與先前的陳獻章（號
白沙，1428-1500）及陽明的問題意識有共通之處，但他們對於陽
明良知說卻有所批判。本來王道年輕時曾師事陽明，但後來卻脫
離王門，從學於白沙思想的繼承者湛若水（號甘泉，1466-1560）。
那麼，王、薛二人再加上朱得之，他們都將《老子》與《莊子》
等視為應當加以注釋的典籍，這一評價又具有怎樣的思想史意義
呢？對於此問題加以考察，則是本文的另一目的。

　　為了解決上述兩項課題，以下首先概觀朱得之的生平及其著
作，附帶地確認朱氏鑽研良知說的軌跡，在此基礎上說明他對老
莊思想的基本認識，進而分析考察其著作《莊子通義》。

二、朱得之的傳略與著作

　　朱得之生長於江蘇常州東北的靖江縣，但是正確的生卒年不
詳。其傳記詳見光緒《靖江縣志》卷十四〈人物志‧儒學〉，[4]以

3　參馬淵昌也：〈明代後期儒學士大夫の「道教」受容について〉，收入《道教
　　の歷史と文化》（東京：雄山閣，1998 年），及〈明代中期における《老子》
　　評價の一形態──王道の事例〉《中國哲學》第 28 號〔北海道中國哲學會，
　　1999 年 12 月〕。此外，亦可參李慶：〈論王道及其《老子億》〉（《言語文化論
　　叢》第 3 號〔1999 年 3 月〕），熊鐵基、馬良懷、劉韶軍著：《中國老學史》
　　第 7 章第 3 節（福州：福建人民出版社，1995 年）。
4　光緒《靖江縣志》，臺北：成文出版社《中國方志叢書》本，1974 年。

此傳記（以下稱〈傳記〉）為主，配合其他史料，對其生平略加檢視。

〈傳記〉記錄了他「以歲貢官桐廬縣丞，尋掛冠歸」那短暫的仕途，旋繼之曰：「少負大志，聞王文成公良知之說，心契之，遂往受學。」從他現存的著作《稽山承語》來看，至遲在嘉靖四年（1525）十月為止，他開始師事陽明，嘉靖六年七月左右，他已經離開陽明。之後，嘉靖二十年前後的時期，他成為貢生，置籍於國子學，二十三年，結識師事陽明門下劉魁的國子學正尤時熙。[5]是時，尤時熙已經四十二歲了，朱得之更為年長。倒推回去，可以推斷朱得之在嘉靖四年左右師事陽明時，他還只是不到三十歲的青年。如果這樣的推斷可以成立，他的年紀應該略少於陽明高足錢德洪（號緒山，1496-1574）與王畿（號龍溪，1498-1584）。

嘉靖二十九年（1550），朱得之以歲貢生的資格，補江西新城縣丞，但遭遇到近親之死，僅任職一月。[6]三十二年再補浙江桐廬縣丞。關於其人其政，乾隆《桐廬縣志》卷八〈官師〉讚美他：

5　明尤時熙，字季美，號西川，河南洛陽人，生於弘治十六年（1503），卒於萬曆八年（1580）。《明儒學案》卷29〈北方王門學案〉有傳。其弟子編纂《尤西川先生擬學小記》六卷（嘉靖三十八年序）、《續錄》七卷、《附錄》二卷（收錄於《四庫全書存目叢書》子部第9冊，臺南：莊嚴文化出版公司影同治三年〔1864〕刻本，1996年），也收錄了他與朱得之之間討論思想的書簡。兩人的遭遇在同書《擬學小記續錄》卷4〈王龍陽書〉說：「甲辰之歲，得事晴川劉先生於京師。因得會遇近齋朱先生，始得聞老師家嗣有我龍陽先生。」（頁878）尤時熙略歷參見收錄於「附錄」上卷的〈墓誌銘〉（頁897）。

6　同治《新城縣志》卷7〈秩官表〉（臺北：成文出版社《中國方志叢書》本，1974年）、《明儒學案》卷25說他「貢為江西新城縣丞，邑人稱之」（頁586），並沒有提到他作為桐廬縣丞的經歷。

「學問淵博，才識敏達，能以正學啟士類，以古誼教百姓」。[7]但他「尋掛冠歸」，不再出仕。

〈傳記〉歸納朱得之的學問「體虛靜，宗自然」，透露出他的學問近似老莊思想。並提及他重視「立志之真」，讚許他在為陽明服喪「在及門中，尤為篤摯」。某年，常州府一帶遭逢乾旱之際，他講《中庸》首章的時候，突然下起雨來。因此人們就稱他為「朱中庸」。請他乞雨的是當地的知府，知府是在城隍廟的告諭之後，到南門尋找符合的人物，於是找到了朱得之。〈傳記〉接著說：「嘗修靖江邑志，為文獻資。著詳〈藝文志〉。郡邑志俱列理學，祀毘陵先賢祠。」他在嘉靖四十四年開始編纂《靖江縣志》，但最終刊行，大致是在隆慶三年（1569）。[8]在〈傳記〉的最後，附帶記錄了其弟歲貢生東陽縣丞朱庶之、盤石衛知事其子朱正中、歲貢生常熟訓導遷通山縣教諭朱正定、其從子朱正初等人的名字。

根據〈傳記〉的記錄，朱得之具有足以感動上天的精神力，學識優秀且愛護鄉土，足為士人楷模。關於他的著作可從光緒《靖江縣志》卷九〈藝文志〉中找到，列舉其著作名稱。依序有：《四書詩經忠告》、《蘇批孟子補》（有序）、《老子通義》（有序）、《莊子通義》（有序）、《列子通義》、《正蒙通義》、《杜律闡義》、《心經注》、《宵鍊匣參元三語》。同時《千頃堂書目》

---

[7] 參乾隆《桐廬縣志》（上海：上海書店《中國地方志集成》本，1993年）。

[8] 他在跋文中有關於此書刊刻經過的說明。隆慶三年（1569）冬十月望執筆的〈跋〉說：「縣志纂次始於壬戌，成於乙丑。其成也，或已知嘖嘖，或以之訿訿，若存若亡者久之。逮己巳，始獲鑴木以傳。」隆慶《靖江縣志》（東京：國立公文書館藏本）。

卷十一儒家類著錄《正蒙通義》與《宵練匣》十卷、卷十二儒家類著錄《參元三語》十卷，卷十六道家類著錄《三子通義》計二十卷。但是現存的著作除了《三子通義》以外，還有上述的《稽山承語》與《宵練匣》。[9]

《莊子通義》十卷本的刊刻是在嘉靖三十九年末。在此之前，嘉靖三十四年，他的「同門友」王潼（字雲谷）在雲南發現南宋末期褚伯秀《南華真經義海纂微》，並委託朱得之加以刊行。[10]《莊子通義》是在《莊子》的本文和朱得之的注釋之後，加上從褚伯秀浩瀚的《南華真經義海纂微》抽取出來褚伯秀的《管見》。《老子通義》有嘉靖四十二年陳爍刻本，[11]《列子通義·自序》乃嘉靖四十三年執筆所作，再刻〈老子通義序〉則是作於嘉靖四十四年六月。這些注釋書合刻，便是《三子通義》。

現存《宵練匣》是全一卷十七條的語錄，收錄於隆慶刊《百陵學山》，又與見於《明儒學案》裡的〈語錄〉十七條完全相同。[12]但是關於原本《宵練匣》十卷，《四庫全書總目》卷一二五〈子部雜家類存目〉說：「是書凡分三編。曰《稽山承語》，紀其聞於師者也；曰《烹芹漫語》，紀其聞於友者也；曰《印古心語》，紀其驗於經典而有得於心者也。」可以知道《稽山承語》本來是

---

9 隆慶《靖江縣志》卷 8「附錄文」收有〈答三石知言理財辨〉與〈大同感〉兩篇逸文。

10 〈讀莊評〉第十二條，《莊子通義》，《四庫全書存目叢書》子部第 256 冊（臺南：莊嚴文化出版公司影印嘉靖三十九年〔1560〕浩然齋刻本，1996年），頁 184。

11 《稿本中國古籍善本書目書名索引》（濟南：齊魯書社，2003 年），頁 1136。

12 《明儒學案》收有題作〈尤西川紀聞〉一文，中有朱得之語 8 條。這些是從《擬學小記》卷 6〈紀聞〉抽錄出來。

《宵練匣》的第一部。如果拿個別的條文對照，《宵練匣》從一開頭到第七條，與《稽山承語》的文章重複。因此，同理可證，《宵練匣》其他的文章應該分別收錄於《烹芹漫語》與《印古心語》才是，而《參元三語》當即是《宵練匣》的別名。[13]

關於《稽山承語》，它本來是接著《陽明先生遺言錄》，[14]兩著都被收錄到嘉靖二十九年（1550）八月〈重刻序〉的閩東本《陽明先生文集》。[15]此書是收錄嘉靖初期陽明的發言，與包含朱得之在內的陽明晚年門人與其師的問答，共有四十五條。該書纂述的時間雖然不詳，但在嘉靖二十九年八月以前，也就是說他去江西新城縣赴任前，已經編纂了。從朱得之在小序中寫到「惟予衰眊，莫振宗風，追述之，永心喪也」觀之，這本語錄好像是在他晚年所成的，但此文吐露著他到五十歲左右的年紀還了解不到陽明學的慚愧。

三、鑽研陽明學的軌跡

（一）良知說的接受

正德十六年（1521）八月，陽明從在任的江西南昌返回浙江

---

[13] 《擬學小記・續錄》卷 7 接近卷末附載的〈朱近齋得之與趙麟陽錦書〉注曰：「見參元長語第四卷。」（頁 895）

[14] 日本東北大學狩野文庫藏有江戶時期的寫本，陳來曾經加以翻刻。他的翻刻與解說，有《〈遺言錄〉、〈稽山承語〉與王陽明語錄佚文》（1994 年）與〈王陽明語錄與王陽明晚年思想〉（2000 年）一同收錄於《中國近世思想史研究》，但他的翻刻沒有收錄《稽山承語》寫本的第二十七條。

[15] 中央研究院傅斯年圖書館藏本。參照永富青地：《王守仁著作文獻學的研究》（東京：汲古書院，2007 年），頁 78 等。

會稽的家鄉。翌年，嘉靖元年二月，其父王華物故，他曾短暫滯留鄉里，就提倡致良知之說。未幾，四方慕名之士湊集門下。嘉靖三年（1524），知州南大吉創立稽山書院，據說「八邑彥士」雲集。朱得之也是其中一員。以下就讓我們概述他鑽研陽明學的軌跡。

嘉靖六年（1527），朱得之將辭別陽明，希望得到他最後的教誨。《稽山承語》第四十條記載了陽明當時的諄諄教誨。陽明一開口便說：不應該依靠任何外在的權威，而應該信任和發揮良知。[16]接著對比近代「墮落」的學者和應該學習的「樸實頭的」人。前者那些「不去實切體驗，以求自得」之人，也就是徒然倚仗口耳之學，便雜之以「己見」，沾沾自喜，後者則「此心常自迥然不昧，不令一毫私欲干涉」，並且「淵默躬行，不言而信，與人並立而人自化」般的人物。

從這樣的教誨可以引申出的是兩種問題：一、良知應該如何與似是而非的「己見」區分，也就是人們怎樣能夠判斷良知的正當性。二、可以發揮自我良知的人物，儘管不嘗試策動他者，為什麼會感化對方？由此可以想見嘉靖初年陽明門下以良知為主題熱烈討論的景況，其中，朱得之肯定是對「自己的良知與他者教化的關聯性」此一課題特別關心。前引《傳習錄》卷下朱得之與陽明的問答中也反映著這個關心。《傳習錄》在別的地方以「良知是造化的精靈」為前提，說：「這些精靈，生天生地」，又喝

---

16 師曰：「四方學者來此相從，吾無所裨益也。特與指點良知而已。良知者，是非之心，吾之心明也，人皆有之，但終身由之而不知者眾耳。各人信得及，盡著自己力，真切用功，日當有見。六經四子，亦惟指點而已。」（陳來：《中國近世思想史研究》，頁 632）

破「我的靈明，便是天地鬼神的主宰」。此處陽明的回答都是同樣的。[17]如果不是經由良知的作用，不只是人事種種，連森羅萬象，對於當事人而言，都失去了適當的存在意義。

《稽山承語》第十條是類似的問答，[18]就是王嘉秀（字實夫）與陽明的問答。關於當時的情況，朱得之記錄在嘉靖四年（1525）「與宗範、正之、惟中，聞於侍坐時者」，[19]王嘉秀對陽明曰：「心即理，心外無理，不能無疑。」陽明晚年的弟子對於作為本性的良知並沒有絲毫懷疑，但是對於良知會規定所有存在的存在形式這樣的想法，可能還沒有形成明確的認識。對此，陽明答道，以天地為首的世界存在全部都是依氣而存，其中最精粹的存在就是人類，最靈妙者就是心，而說：

> 故無萬象則無天地，無吾心則無萬象矣。故萬象者，吾心之所為也；天地者，萬象之所為也。天地萬象，吾心之糟粕也，要其極致，乃見天地無心。而人為之心，心失其正，則吾亦萬象而已。心得其正，乃謂之人，此所以為天地立心，為生民立命，惟在於吾心。此可見心外無理，心外無物。所謂心者，非今一團血肉之具也。乃指其至靈至明，能作能知者也，此所謂良知也。然而無聲無臭，無方無體，此所謂道心惟微也。[20]

---

[17] 前者乃第六十一條，後者乃第百三十六條，朱得之與陽明的問答在第七十四條。

[18] 參看陳來：《中國近世思想史研究》，頁610。

[19] 這篇文章記錄是嘉靖六年七月追述。

[20] 陳來：《中國近世思想史研究》，頁627。

靈妙的「心」就是自己的良知，陽明主張：只要心得正，森羅萬
象進而皆得以為森羅萬象。這就是說：主體只要找到適當正確的
定位，外界事物也就得以各正其位；相反的，如果主體缺乏自己
的主體性，人類的地位也就淪落到與萬物同列，都屬於被動的存
在。相對於天地萬物的存立，承擔主體責任的人類，其根據就在
於內在自身的「心」，或是「良知」。此處陽明用「心外無理，
心外無物」來說明，而且關於「心」，他規定是「無聲無臭，無
方無體」，超越個別的存在，也沒有固定的實體。

　　那麼，關於良知屬性的「無」，朱得之給予什麼樣的定位呢？
一般來說，陽明後學對於「無」的認識有一些差距。在這些差距
之中，每個人的定位，大抵以對所謂四句教的態度為指標來推
定。《稽山承語》第二十五條中，楊文澄提出「意有善惡，誠之
將何稽」的疑問，陽明以「無善無惡者，心也；有善無惡者，意
也；知善知惡者，良知也；為善去惡者，格物也」的四句教作為
回答。[21] 針對楊文澄一再提出「意固有善惡乎」的問題，陽明以
回答：「意者心之發，本自有善而無惡，惟動於私欲而後有惡也，
惟良知自知之，故學問之要，曰致良知」作結。朱得之對於四句
教的立場，與《傳習錄》卷下錢緒山基本相同，他一方面認為為：
人的本性必須自代表善惡的種種價值觀獨立出來，從而才有創造
善的可能；另一方面，人類若在現實中為「私欲」所動，勢必產
生「惡」，因此他認為「為善去惡」的修養是必要的。

21　《明儒學案》卷 25（頁 587）所收〈語錄〉這段削去「心也，有善有惡；意
　　也，知善知惡者；良知也，為善去惡者」的部分，登載「無善無惡者，格物
　　也」，應是有意的改編。

　　從《稽山承語》末尾的條文可以得知朱得之認識良知的涵義，此條記錄了有人詢問陽明關於裴休撰述《圓覺經・序》一文的意見。那時，陽明改〈序〉中「具足圓覺而住持圓覺者，如來也」的文句，認為當作：「具足圓覺而住持圓覺者，羅漢也。終日圓覺而未嘗圓覺者，如來也。」[22]裴休的序文中，「終日圓覺而未嘗圓覺」指並未認識到應該存在自身內部的「圓覺」的凡夫而言，但陽明認為這段話表現凡夫境界，也同時表現如來不執著自身「圓覺」境界的存在樣式。進而，抬出裴休的序文中沒有提及的羅漢，也就是只管自己開悟、不顧他人的救濟的存在，認為他們「住持圓覺」比如來低了一截。

　　超越對於良知的執著此一境界，也就是真正發現良知的此一認識，與認為「無善無惡」乃是人類本性此一見解，都是對一般定義下的「善惡」的價值產生疑問，進而對自身「善惡」的判斷懷疑，這些問題點都是相互疊合的。朱得之就自己的良知與他者教化之間的關係考量時，著眼於良知屬性的「無」的涵義。下一節將概觀他在晚年的思考內容。

（二）晚年的格物解釋

　　朱得之在國子學遊學時結識了尤時熙，作為朱得之的盟友，尤時熙記錄了許多朱得之的發言。嘉靖、隆慶之際，晚年的朱得之對尤時熙提出關於格物新的解釋。他將「格物」的「格」訓為「通」，主張應該解釋為「通物情」。

---

[22]　「終日圓覺而未嘗圓覺者，凡夫也。欲證圓覺而未極圓覺者，菩薩也；具足圓覺而住持圓覺者，如來也」乃序文的一部分，裴休的序文載在《大方廣圓覺修多羅了義經略疏》開頭的部分（《大正新脩大藏經》，第39冊，頁523）。

　　本來，尤時熙從陽明格物說中分析出「要去其心之不正，以全其本體之正」，與「致吾心之良知於事事物物，則事事物物皆得其理，故吾心之良知者，致知也。事事物物皆得其理者，物格也」兩個層面出來。[23]但他將重心置於前者，提出將「格」訓為「則」，將「物」訓為「好惡」的解釋方式，就像「吾心自有天則，學問由心，心只有好惡耳」的說法，他將備具於自己的「天則」放在格物說核心的位置。針對這種解釋，朱得之所提出的是「通物情」這樣的說法。像朱得之附上了「物我異形，其可以相通而無間者，情也」的解說，作為每個獨立的個體，完全不同的自己與他者應該怎麼構築正當關係，是他一貫關心的問題，也是他針對這個關心的問題所提出的回答。

　　尤時熙一聽到朱得之的意見，就把他的解釋作為將重點放在陽明說兩個層面的後者，而給予高度評價，並且認為符合陽明的真意。關於這點，尤時熙這麼說：

> 但曰正、曰則，取裁於我，曰通，則物各付物。取裁於我，意見易生，物各付物，天則乃見。且理若虛懸，而情為實地，能通物情，斯盡物理。而曰正曰則曰至，兼舉之矣，是雖（陽明）老師所未言，而實老師之宗旨也。[24]

關於「意見」的流弊與「物各付物」的意義，陽明已經有過明確的意見，[25]將「格物」解釋為「正事」，應該沒有絲毫不足之處。

---

[23] 彼此的根據是《傳習錄》卷上第七條（《全書》卷 1，頁 60）中「先生又曰：『格物如孟子大人格君心之格，是去其心之不正，以全其全體之正』」和卷中〈答顧東橋書〉（《全書》卷 2，頁 89）。

[24] 〈格物通解序〉，《擬學小記》卷 3（頁 821），隆慶元年二月記。

[25] 若舉出《傳習錄》卷下第十七條批判「意見」的地方，其曰：「九川問，此

儘管如此，朱、尤二人還是批判以「正」或「則」解釋「格」的
立場，認為容易陷入到「意見」，也就是流於主觀的認識判斷。
另一方面，相對於此，若解釋作「通」，便不會有此流弊，將事
物看作事物自身的方法，值得高度評價。朱得之自己當然也明
白：致良知是成為「聖人」，也就是自我實現的實踐理論。《稽
山承語》中也有「良知無動靜，動靜者，所過之時也。不論有事
無事，專以致吾之良知為念，此學者最要緊處」（第九條）、「心
之良知謂之聖」（第十七條）、「良知無有不獨，獨知無有不良」
（第十八條）的記述。但是他的周圍可以看到「以習慣自便之心
為良知者」。[26]在日常生活中，如何明確區分「良知」與「習慣
自便之心」或「意見」之間的差異，對他們來說是個切身的課
題。

　　不難想見，朱、尤兩人的關心點不僅止於從陽明的格物說分
析出以上兩個層面。如何正確的自我實現，這當然是個重要的課
題，但是這種正確性到頭來是否只能在自我內部實現？這個問題
無論如何揮之不去。於是朱得之得到一個結論：自己良知的正當
性必須完全放在自我與他人相互關係的場域來加以檢驗。就像他
的格物解釋，說「物各付物，天則乃見」的時候，才能夠正確發
現自己的良知，這始終是他念茲在茲的課題。

　　尤時熙「能通物情，斯盡物理」中所言之「理」，並不是從

功夫卻於心上體驗明白，只解書不通，先生曰，只要解心，心明白，書自然
融會，若心上不通，只要書上文義通，卻自生意見。」（《全書》卷3，頁
133）關於「物各付物」，〈與滁陽諸生并問答語〉曰：「陽明子曰，紛雜
思慮，亦強禁絕不得，只就思慮萌動處，省察克治，到天理精明後，有簡物
各付物的意思，自然精專，無紛雜之念。」（《全書》卷26，頁744，並參
《年譜》四十二歲條下）
[26] 〈與近齋先生書〉六，《擬學小記·續錄》卷3，頁863。

個別的「情」乖離出另外先驗的存在，但是在主客相對的場合，那種「理」也並不是由主體一方可以恣意設定的。《明儒學案》記錄了朱得之的發言：

> 近六月中病臥，忽覺前輩言過不及與中，皆是汗漫之言。必須知分之所在，然後可以考其過不及與中之所在，為其分之所當，中也，無為也。不當為而為者，便是過，便是有為。至於當為而不為，便是不及，便是有為。[27]

另外《宵練匣》也說：「人無善可為，只不為惡，有心為善，善亦是惡也。」關於自身的「分」與「善」存在的樣式，認為是實踐主體有意識的創造，便陷於「有為」的境地。刻意的「善」與「意見」相互交織的情形，便是良知「似是而非」的狀態，職是之故，這也被視為「惡」。此處所說的「無為」，正是發現作為良知屬性的「無」此一要素的充分條件。那麼，朱得之面對良知的「無」的性格與其格物解釋之間的關係又是如何？這兩者之所以產生關聯的契機又是如何獲得？如果先暫時看一部分結論的話，可以看出：他透過與老莊思想的邂逅而加深了對於兩者個別的認識，從而使兩者在理論上連接起來。

四、《莊子通義》之成書及其思想

（一）朱得之看老莊思想

陽明自身對於佛、道兩教的態度給予朱得之的影響殆無可

疑。嘉靖二年（1523），陽明批判兼修佛道二教的弟子貪多務得，而迷惑於多樣性這點更是嚴重的缺失，指示真正應該關心的是發生這一切的根源，也就是自己的心。他認為如果從發揮自己良知的聖人境界來看，「儒佛老莊」等任何說法都不過只是「吾之用」而已。[28]當時陽明採用了「三間廳堂」的譬喻。《稽山承語》也繼承了這樣的說法，曰：「或問三教同異。師（陽明）曰：『道大無外。若曰各道其道，是小其道。心學純明之時，天下同風，各求自盡。』」[29]此文使用「就如此廳事，元是統成一間，其後子孫分居，便有中有傍。……三教之分，亦只如此」的譬喻，亦見於王龍溪，嘉靖三十六年（1557），他在福建舉辦的講會記錄〈三山麗澤記〉，曰：「先師嘗有屋舍三間之喻。」龍溪在此篇用儒家的語言來對道家的各種概念加以解釋。[30]此外，約與朱得之同時入陽明門下，以六十七高齡從學陽明的董澐，也是對《莊子》與佛教思想感到親近的人物。[31]董澐說：「吾讀莊子，非迂

---

28 問於陽明子曰：「釋與儒孰異乎？」陽明子曰：「子無求其異同於儒釋，求其是者而學焉可矣。……說兼取，便不是。聖人盡性至命，何物不具，何待兼取。……聖人與天地民物同體，儒佛老莊皆吾之用，是之謂大道。」（《年譜》，《全書》卷 34，頁 956）

29 《莊子通義·讀莊評》第十一條也說：「或謂二氏之書，不當以儒者之學為訓，竊惟道在天地間一而已矣，初無三教之異。」（頁 184）

30 「友人問老氏三寶之說，龍溪曰，此原是吾儒之學大易之旨，但稱名不同耳，慈者仁也，與物同體也，……友人問莊子之學，龍溪曰……其曰，不知以養其所知，及木雞承蜩諸喻，即孔門無知如愚之旨。」〈三山麗澤記〉根據《龍溪會語》卷 2 所收的文本。參考中純夫：〈王畿の講學活動〉，《富山大學人文學部紀要》第 26 期（1997 年 3 月）。

31 參照山下龍二：〈董澐（蘿石）《從吾道人語錄》について〉，《名古屋大學文學部研究論集》69 期（1976 年 3 月）。董澐於嘉靖三年六十七歲時，從學於陽明十二年後去世。參照〈從吾道人記〉，《全書》卷 7，頁 244。《稽山承語》也收錄了陽明與董澐的問答。「平生好善惡惡之意甚嚴，自舉

者也，執天之機，明於天下之故者也。」又對於南宋林希逸的莊
子注釋《莊子口義》給予高度的肯定。

　　朱得之在《莊子通義‧引》中，對於莊周的思想與文章稱讚
不已，說：「求文辭於先秦之前，莊子而已。求道德於三代之季，
莊子而已。《易》曰：『復其見天地之心。』欲見天地之心，必
不忽莊子；好古畜德者，必不訝莊子。」[32]進而在〈讀莊評〉一
文中，以「皆以掃跡為義」總括《莊子》三十三篇的主旨，認為
其與「跡」相關聯，說：「老莊論性，以虛無為指，蓋就人生而
靜以上說。故謂仁義有情有跡，不足以盡性。」這裡的發言反映
出他批判現狀的意識。他針對當時社會上通行倫理觀念的僵化深
感不安，以為這種僵化的教條規範無法充分發現人的本性。相反
的，他認為老莊思想，是從根本上對於人性有明白的掌握。但他
對在此之前的《莊子》注並不滿意，決定自撰注釋。[33]

　　雖然不能完全否認朱得之同時撰寫《老子》和《莊子》注釋
的可能性，但就完成的時間來看，《老子通義》成書要晚個幾年。
若要將兩書的傾向勉強區分的話，《莊子通義》呈現了他獲得自
己思想時的軌跡，而《老子通義》則以完整成熟的方式呈現此種
思想見解。[34]從《老子通義‧讀老評》第四條，可以看到他在思

　　以問，師曰：好字原是好字，惡字即是惡字。董於言下躍然。」（第六條，
　　參陳來：《中國近世思想史研究》，頁627）

[32] 《四庫全書存目叢書》第256冊，以下附記引用之處的頁數。〈引〉的部分
　　在頁182。

[33] 「縱觀古註，互有得失。亦未免於一人之見也。」（〈讀莊評〉第十條，頁
　　183）

[34] 另一方面，列子的位置較老莊為低，《列子通義》的序文有：「《列子》八
　　篇，雜記以闡大道者。……意者，莊子時，此書尚未出。故周聞而述之，以

想上與《莊子》掙扎過，進而邁向成熟的軌跡。[35]他肯定《莊子‧天下》篇當中對老子的理解，認為莊子思想承繼老子的遺志發展而成。他解釋〈天下〉一篇中關於老子的四句評語，其言曰：

> 《莊子》書曰：「老聃建之以常無有，主之以太一，以濡弱謙下為表，以空虛不毀萬物為實」。余惟「無」者，道之常；「有」者，道之用。有、無皆「常」，則體不離用，用不離體矣。立此志以自淑，立此學以淑人。而又「主之以太一」，則超乎體用之外，而不離乎體用矣。「一」者，常也。一而加曰「太」，無常可執也。「濡弱謙下」之德，人所共見，人所共沾者。故曰「為表」。其心「空」如太「虛」，而不棄萬物，不著萬物，以為實功，非善繼志者。不能此言。陽明先生曰：本體要虛，工夫要實，意正如此。[36]

〈天下〉篇中關於老子的四句評語，第一、二句與第三、四句是相對應的。第一句，朱得之解釋：「無」與「有」各自對應於道的「體」與「用」，用以說明事物與人世的存在樣態。而針對第二句，他以「超乎體用之外，而不離乎體用」來解釋內容，看來也適用於第四句的解釋。他就這句解釋道：心如太虛，加以解放，不離不著，既不離開萬物，又不一一針對萬物加以干涉，而要求化為具有實效性的行動。因此，第二句主要說明：一方面從體用

見前輩作聖之功，有若此者，其未以為然者，多不述也。」

[35] 根據蕭天石輯：《中國子學名著集成》（臺北：中國子學名著集成編印基金會，1978 年）第 50 冊所收的影印本。

[36] 《莊子通義》中引用《老子》與《莊子》的本文，以加引號來表示。

相即的個別事物獲得自由,一方面主張扣緊著事物實現它自身應
有的樣式,而將其理解為主張實踐主體當有的存在樣式的言論。

　　上引〈讀老評〉末尾所見的陽明發言,在《稽山承語》第十
九條有「問乾坤二象,曰:『本體要虛,工夫要實』」。另外,
接著在第二十條,就體用關係說:「合著本體,方是工夫。做得
工夫,方是本體。又曰:做得工夫,方見本體。又曰:做工夫的,
便是本體。」這裡主旨在於:本體的發現只能存在於具體的工夫
中,同時,透過實際的工夫才有可能發現本體。因此,可以發現:
〈讀老評〉中所引陽明的說法,以「本體即工夫」的思維為基礎,
發現本體帶有「虛」的自在,也要求工夫要實,也就是說帶有具
體性。

　　朱得之認定,陽明的這樣教說是如同莊子對老子的理解,進
而這也就是他自己所強調的實踐主體的樣式。他透過《莊子通義》
的撰述,將雙方的思想一致化,或者可以確認的是:援用道家的
言論讓陽明的思想更加明確化。朱得之似乎由此確立屬於他個人
的陽明學認識。客觀來看,其結果與陽明自身思想的齟齬,或與
老莊思想之原意有所乖離也未可知,但就他個人而言,這種問題
並不構成困擾。另外,關於〈天下〉篇中評論老子的部分,朱得
之與王道、薛蕙之間見解的差別,有必要重新檢視。

(二)「掃跡」與良知「無知」論

　　朱得之以「掃跡」的議論來認識老莊思想的主旨,而此種論
調在《莊子通義》並不是隨處可見。但從其對〈大宗師〉篇中坐
忘一段,「於此可見孔、顏之所以忘,亦可以見莊子篤信孔、顏

處，而他章掃跡之旨，益昭然矣」[37]的說法可以得知：「掃跡」的觀點，正是他讀解《莊子》的基軸，而且把這一段文字視為莊子篤信孔子、顏回的證據。對他而言，老莊思想的主旨與儒家主要的思想價值並無二致。[38]要之，他之所以肯定《莊子》，因為這是一本談論他自身所認識的普遍真理的著作。換言之，就是為了解明這個真理，他方才撰述《莊子通義》一書。

由於「掃跡」之故，在《莊子》各種精彩的論議中，他特別重視「忘」的意義。在解說坐忘一段時，他說：「此舉聖功，以忘為極。而乃先仁義、次禮樂者，正指世俗假仁襲義之弊而言。忘仁義，不落驪虞也；忘禮樂，自脫桎梏也；坐忘者，不特忘形骸，并其知亦忘之矣。」「先仁義，次禮樂」指這段本文從「忘仁義」，接著「忘禮樂」，至於「坐忘」的次第敘述。他以此為基礎，提倡一種階段式的實踐方式，那就是：先從「忘仁義」，不要陷溺於歡樂的情狀，因為在戰國時代，霸者為滿足自己的慾望，藉口仁義的名目；[39]進而「忘禮樂」，超越外在規範（僵化的仁義）的桎梏以外，也脫去肉體的界限；進而不只是自己的肉體，而是「并其知亦忘之矣」的坐忘境界。這意味著最終到達的境界，便是連忘的實踐主體自身也一併忘卻的狀態。[40]「掃跡」

---

[37] 朱得之：《莊子通義》，頁 239。

[38] 同樣的，說到「跡」字，「孔子言其曠達之懷，識知不存，得喪俱忘，其於萬物知變化往來，惟凝視其出之本一，而不逐於跡。」（〈德充符〉篇注，頁 223）此文附上兀者王駘對孔子的看法。朱得之就這一段，以「此借王駘以發孔子狀聖之旨」來解釋。

[39] 根據《孟子・盡心上》。

[40] 說到〈達生〉篇的「忘」的一段，歸納為「此言忘之為德，以見無為之境」（頁 315）。其中「始乎適而未嘗不適」的說法，他解釋為「初尚有適之情，

是箇以坐忘為目標的實踐論，朱得之依據《莊子》的措辭，將應該遺忘的對象，從外部的事物收斂到對自我本身的意識。

一般來說，人類的意識是不問自己內外，而一律指涉成認識的對象，但是朱得之從意識中的對象指向性中探求諸惡的根源。關於〈逍遙遊〉篇中「無用」一語，他說：「此旨於養生者為易見，若主於修德，當察『無用』之旨。若謂意甘於無用而後能見物之情，意安於無用而後免物之累，是尚有意也。惟無意而後，可語乎無用。」[41]不刻意抱持任何對象指向性的態度，特別是刻意「無用」這點，指向「無用」此一對象。他對〈在宥〉篇中「心養」一段，曾說：「纔加一知，即有意矣。此語指點大同之道，最精。彼此立而名生，好惡起而情見。」[42]從這個文章可以逆推，坐忘的境界可以解消「自己／他者」這種主客區別。

朱得之主張人要忘卻「識知」，就回到「無知」的狀態。就像他在〈胠篋〉篇中就「絕聖棄智」一語，說：「原夫智之所由倡，實自聖人始。而襲之者，違天背義，假仁襲義，以亂天下之真。故曰：『絕聖棄知』，然後可以反朴還淳，復於無知，而人性不鑿也。」[43]聖人之所以開始提倡「智」乃至於「知」，從〈繕性〉篇「故原仁義禮樂之初，起於良心，而狥名失本者之基亂也」[44]的注文可以略窺一端。此文是對《莊子》所說「少仁義而恥禮

至於無所不適，則所謂適者亦忘之矣，此之謂真適」。

[41] 朱得之：《莊子通義》，頁 198。〈天道〉篇的注釋也可以看到「各親其親，天性也。『兼愛』則作『意』，市恩求名，故曰『迂』，意求『無私』，意即『私』也」的說法（頁 281）。

[42] 同前注，頁 262。

[43] 同前注，頁 255。

[44] 同前注，頁 296。

樂」的解釋。聖人原本依據人類先天的「良心」，運用智慧，作成仁義的規範。但是規範一旦製成，不免成為人們的桎梏了。一般人為外在規範所拘束，而要從淪落於這種狀態的墮落之道迷途知返的方法，就是以坐忘為目標的漸進式的實踐。

　　另外，朱得之在〈大宗師〉篇一開頭的地方，就天與人之間的一段話，說道：「蓋天機惟生其體而寓其用，人之道以其覺性而用其體。惟循天機之本然，悶悶醇醇，不起知識，以此終身，不為半塗而廢，是人而不失其天也。其為性真，完全無失，豈不暢茂敷榮而盛乎。」[45]「天機」就是萬事萬物之「體」，也就是產生本來面目的根據，但為了掌握它具體的樣相，必須等待覺醒人類的具體作為。此時，實踐主體因循「天機之本然」的超越人為的樣式，不需要人類知識的介入。關於「天機」，後面還有詳細的說明，但這裡特別值得注意的是，在解釋這一段的時候，他特別標舉「吾之良知」一詞。他認為由於良知的撐柱，使「天機」的人為發揮成為可能。他說：

> 又如牛馬，天也。耕駕，天人合也。穿鼻絡首，人也，亦天也。故其所謂天亦人，人亦天，必能如此知，如此用，然後為真知。……事物未成時，「有待而未定也」，吾之良知，通貫乎始終，以待其當。雖天亦人，雖人亦天矣。[46]

針對〈大宗師〉篇中「進於知」一句，他也注解說：「知者，良知也；進於知，猶曰造於無知。」[47]如果只是用語句的注釋來理

---

[45] 同前注，頁231。

[46] 同前注。

[47] 同前注，頁237。

解，不過是強為曲解而已。但是，在這種不得已之中，特別值得注意的是：他堅持以「良知」來解釋「無知」。當然，這樣的理解本來是以陽明的發言為根據。陽明曾說：「無知無不知，本體原是如此，譬如日未嘗有心照物，而自無物不照。無照無不照，原是日的本體。良知本無知，今卻要有知，本無不知。今卻疑有不知，只是信不及耳。」[48]朱得之在《莊子通義》之中，開展陽明的良知無知說。例如他注〈應帝王〉：「氣者，性體無知之本來者也」、[49]注〈天地〉：「……乃軀殼之念，取舍汨心，失其無知無識順帝則之本性」、[50]注〈田子方〉：「此雖忘其知，而湛一無知者，千世而不變者也」，[51]以「無知」之語解說人類本性的說法，在此書中經常可見。

　　朱得之在《莊子通義》撰述過程中，將人類應該「無知」的理由與「智」之發生的相互關係來分析，為了到達「無知」的境界，構築了漸進的「忘」之實踐。這種理論，對他而言，正是他所相信的普遍理念的致良知說，也就是以良知無知論為基調的開展。那麼，這種《莊子通義》的主張與他的格物解釋又有什麼關係呢？

---

[48] 《傳習錄》卷下第八十二條（《全集》卷 3，頁 145）。龍溪在〈艮止精一之旨〉說：「良知無知，然後能知是非，無者，聖學之宗也。……良知無知而無不知，人知良知之為知，而不知無知知所以為知也。」見《王龍溪全集》（臺北：華文書局影道光二年〔1822〕刻本，1970 年），卷 8，頁 537。

[49] 朱得之：《莊子通義》，頁 242。

[50] 同前注，頁 276。

[51] 同前注，頁 325。

（三）主客感應的關係與格物解釋

　　在提倡邁向「坐忘」的實踐論時，朱得之將區分主客內外的意識視為一個重要的問題。關於這個問題，他用「滯於一，不通於萬也」、「守其心，不屑於物也」這些文字來解釋〈天地〉篇本文的「識其一，不知其二」、「治其內，不知其外」，進而說：「即其見一二，分內外，偏蔽矣。不通於二，不屑於物，不明白矣。是以其知其非真修也。『渾沌』之道，『明白入素，無為復朴，體性抱神』，不離世俗而已。」[52] 他認為分別主客內外的意識是既蓋覆自己的本性，又與萬事萬物不相關涉的修養，不能看作是真正的實踐，因為此與「明白」的存在樣式有異。如本論第三節所述，朱得之的格物解釋是將「物各付物，天則乃見」的境界可能付諸實現的實踐。為了闡明他的格物解釋，我們必須闡明他在《莊子通義》當中如何解釋跟實踐主體相關的事「物」。

　　朱得之用「此以無形之氣發端，示人當復其初也」來解釋〈天地〉篇「泰初有無」，接著說：

> 「形體保神」，天能之必具也。「性修反德」，人道之當然也。造化之始，冥冥漠漠，「無」也。何所「有」乎？何所「名」乎？萬有生於一無，此無乃「一之所起」。「一」雖起而未露，正萬物所「得」以生之本，虛靈之竅也。此「無」雖未形露，而其機則燦然之分，已具於中而有不得已者。[53]

52　同前注，頁 273。

53　同前注，頁 270。

一切萬物都是從「無」所由而生，不過此「無」並不是意味著絕對無存在之意。[54]在朱得之的認識當中，萬物有作為萬物具體的形，而且具有相互實現其存在樣式的可能根據，也就是森羅萬象具有「燦然之分」，具有在此世中應然的位置。讓天與之「分」具體化即是作為「人道之當然」的實踐。朱得之從《莊子》的文章中發現恰好表明這樣認識的一段話，加以注釋。就〈天道〉篇的「休則虛，虛則實，實則倫」一段，他說：

> 言修德而復於無為者，止息於「恬淡寂漠」之天，則本體純陽如乾而無一朕，「虛」也；流行變化，萬感從此而應無間可容髮，「實」也；流行感應，既無髮可間，則其先後抑揚，親疏尊卑，物各付物，莫不得其條理矣。[55]

接著就「虛則靜，靜則動，動則得」一句，他說道：

> 言廓然無感，寂然如鏡，「靜」也；本體虛明，設有所感，不得已而應之，是「動」也；其應出於無心，不失本靜之體，內不失己，外不失人。故曰：「動則得」也。

在實踐主體來說，虛則無心，因此可以自在應接各式各樣的對象。就像「其先後抑揚，親疏尊卑，物各付物，莫不得其條理、」或「內不失己，外不失人」所說的一樣，具有一定秩序的境界。

　　為了讓森羅萬象在世界位置中具有森羅萬象的位置，人類的

---

[54] 「『生死出入』自有矣，而『無形可見』，是謂『天門』，惟一無而已。萬有本於此，不直曰無，而必曰『無有』者，萬象皆有也。本於無，蓋曰無其有也。雖曰無，而亦無所謂無者。」（〈庚桑楚〉篇注，頁 343）又說：「此道之在天下，無方無體，無臭無聲，不可執持，而又不可謂之無。」（〈徐無鬼〉篇注，頁 358）

[55] 朱得之：《莊子通義》，頁 279。

作用有其必要，但是這種作用必須在「無知」的境界才能發揮。就〈天地〉篇「泰初有無」一段，朱得之加以注釋說：「性得其修，而能復其『未形』之『德』。造於極致，則與『太初』本來之無，渾然不二。其『虛』其『大』，無塵可棲，無物不容。如此而有言，皆天機之自然，合於鳥鳴之機矣。」[56]到了實踐的極致的時候，其主體與「太初本來之無」渾然一體。對那樣的主體來說，在這種境界，就泯滅了主客內外的區別，只是「天機之自然」存在著。

同樣，朱得之對〈德充符〉篇開頭王駘「命化守宗」一段話，用「即老子既知其子，復守其母，孟子謂過化存神之意」來理解，說：「雖天地覆墜，其虛靈之體，昭然獨存，不與形器同變幻。故其應感明見，真理息息見存，無所假待。是以不隨物而遷，因物賦物，而獨存其神也。」[57]這裡所說的「虛靈之體」與「無知」的良知當為同義。這個本體，因應感應的個別情形而以片刻片刻的「真理」顯現，並且一無依傍。

在這一段話中，他引用《孟子・盡心上》篇的一句「過化存神」，這是《莊子通義》全書都愛用的。[58]他用「蓋神存而過化，

---

[56] 同前注，頁 270。

[57] 同前注，頁 223。

[58] 《老子通義・讀老評》第十條說道：「天機只是過化凝神，作聖之功只是『（夫君子）所過者化，所存者神』。故聖人之言，只摩寫過化存神之方。過化則機械不生，存神則淳樸可復，學者於此默識而請事焉，然後見老子經世之志。橫渠先生曰：『性性為能存神，物物為能過化。』（筆者按：〈神化篇第四〉）又曰：『存神則善繼其志，過化則善述其事。』（筆者按：〈西銘〉：『知化則善述其事，窮神則善繼其志。』）非達天機者，不能及此。」（頁19）特別值得注意的是：他引用宋張載的說法。他原本有《正蒙通義》的注釋書。但關於這本注釋，後來的《正蒙釋》（高攀龍《集註》與徐必達《發明》）、王夫之

則因物賦物，物各得所，太和充塞於宇宙間，故臻此也」，[59]來解釋〈逍遙遊〉篇「神凝，使物不疵癘，年穀熟」的句子。關於〈在宥〉的篇題，他說：「『在』，則神常存；『宥』，則事不滯。不滯即化也，神則不淫，化則不遷。」[60]針對〈則陽〉篇一段，他也說：「得道應世，隨物曲成，不用智者，是以與物相為『終始，幾微天時』，皆歸於無知；『日與萬物遷化』者，以其所存之『一未嘗化』也，此即過化存神之旨。」[61]在這些注釋當中，朱得之說明了：實踐主體既確立自身的主體性，又讓萬事萬物各得其所，同時，從面對對象的指向性解脫出來。

那麼，在《莊子通義》的撰述過程中，朱得之似乎想到過去他與陽明的問答，收錄在《傳習錄》當中唯一關於他的記述，那關於良知遍在的問答，而與此問答類似的說法見於〈知北遊〉篇。那裡東郭子問道之所在，莊子回答：「無所不在」，接著東郭子列舉許多下等之物，莊子一一回答。總結這一段，朱得之說：「惟無固、必、揀擇之心，何往而非至道。」[62]萬事萬物的存在自身並不是問題，他的注解是將注意力集中在萬事萬物與實踐主體的相互關係。這樣的觀點是與其自陽明所受的教誨是一致的。在這裡，朱得之說：《論語・子罕》篇的所謂四絕，也就是不應帶有對於「意、必、固、我」的執著心，對於分別對象意識的實踐主體而言，與所有相對存在的關係態，才是道本身。他進而根據《莊

《張子正蒙注》、李光地《注解正蒙》、王植《正蒙初義》都沒有提到。

[59] 朱得之：《莊子通義》，頁 196。

[60] 同前注，頁 257。

[61] 同前注，頁 361。

[62] 同前注，頁 334。

子》的本文而如此注釋道：

> 若無固、必而游乎太虛，視萬為一而論之，則無跡無為，
> 一惟「澹漠清靜，調適於其間」而已。如此則寂寥無感者，
> 「吾志」也。無所往，無所至，湛然常住，萬物之「來去
> 無窮」，而吾之應不留，逍遙天攘（筆者按：「攘」當作
> 「壤」），通明無「際」矣。[63]

沒有主客分別意識的「無知」實踐主體的存在樣式，在這裡表現
為「視萬為一」。這就是說：隨著應接空間中與時間中形形色色
的事物，而與對象一體化。如此，實踐主體被視為「萬物之來去
無窮，而吾之應不留」，沒有留下任何對於萬事萬物執著的痕跡，
只是「澹漠清靜，調適於其間」。

　　「虛而無心」的實踐主體在與對象關聯的境界，只有在主客
未分的「物」才會出現。關於「格物」的「格」，朱得之用「通」
字來解釋之因，或許是依靠這樣的解釋來說明自他感通，超越內
外的境界所呈現的實踐內容。因此，主客未分的「物」作為「物」
當然的存在，朱得之視為「天則」的實現。[64]將存在的正當性，
委諸「天」的絕對性。

　　就實踐主體而言，《莊子通義》以「無知」境界的實現來理
解良知的發現，此種境界中主體和客體的存在樣式，以及朝向此
主客一體境界的實踐論。以這樣的理解為基礎，他構想出屬於他

---

[63] 同前注。

[64] 參考注〈德充符〉篇所言：「『獨成其天』，猶曰獨成其性，言性則著人而
天隱矣。言天則性在其中，曰獨者，無他念，獨成其天德，不以智巧雜之也。」
（頁227）

自己的格物論。同時也將自我良知的發現，與對他者的教化問題結合，嘗試解答他從青年時期便持續關心的問題。

五、《老子》注撰述在嘉靖前期的思想史意義

薛蕙的《老子集解》撰成於嘉靖九年（1530）。但此後薛氏亦不斷加以修改，嘉靖十五年（1536）冬刪定之餘，又寫了一篇〈自序〉。[65]另一方面，王道《老子億》的刊刻時期被推定為嘉靖二十年（1541）至二十二年（1543）之間。又，王道是在知悉《老子集解》存在的情況下，撰成《老子億》一書。[66]而且，朱得之在《老子通義·凡例》第一條中，謂薛、王兩書是可與南宋林希逸《老子口義》及元朝吳澄《老子注》相媲美的值得信賴的注釋。以上，是後人按順序利用前輩研究成果的構圖。在考察朱氏所撰老莊注的思想史意義之前，本節擬概觀薛、王二人撰述老子注的意圖及其思想背景。

馬淵昌也分析王道思想的論考中，從《老子億》抽繹出其特質：「其主題是以對朱子學實踐論的不滿為前提，超脫心中的道之本體並且切實於事。」[67]王道的「本體」，乃「超越個別的具

---

[65] 據高叔嗣〈再作老子集解序〉（《蘇門集》卷 5），此書撰成於嘉靖十六年（1537）。又，《老子集解》嘉靖九年刊本與十六年刊本，分別被影印收錄於蕭天石總主編：《中國子學名著集成》、嚴靈峯輯：《無求備齋老子集成初編》（臺北：藝文印書館，1965 年）。此兩本之異同亦為饒有興趣的思想問題，而本文暫且不予論述，據嘉靖九年本展開討論。

[66] 安如山〈跋〉。王道對《集解》的引用，見於《老子億》第三十七章注。本文所用《老子億》之版本為《無求備齋老子集成初編》本。

[67] 參照注 3 所引馬淵論文。

體的善的層次，存在於內心深處」。另一方面，「事」則意味著「具體的」、「流動的事態」。《老子億》批判了持有「以內所執之是非為有定理，……而不知理本不定也」之看法的人士，於是提出「反者自有而歸無也，弱者以無而御有也」這一理想狀態。[68]馬淵則是以王道此論為根據，作出了如上把握。又，關於王道曾師事陽明，卻又背離王門而批判良知說，馬淵推察：因為王道認為「人應當尋求本體於更為內在的本性的基準」。的確《老子億》亦云：「夫至於無為，而後道之本體復矣，無為之本體復，而後無不為之妙用行矣。」。[69]故馬淵之所以如此論斷，其根據之一就是：王道所持對「現實人心判斷力的可信度的估計」與陽明相異，而王道則將陽明良知說視為「已發並呈現具體形態的本性之具象化層次」。

　　馬淵關於薛蕙思想的研究並不是以分析《老子集解》為主題，但他將薛蕙的立場概括為：把握「潛於內心深處，延伸向宇宙本體」的本性，同時「於千變萬化的現實中，獲得具有一貫性的自我」，[70]這一立場與《集解》的思想亦相通。《集解》第一章注云：「若無欲而出於欲無欲，有欲而出於欲有欲，是則妄作之私心，而非真常之謂矣」，並批判當時的語「道」者，云：「有見於有，而不知天地之始，無為無形也，有見於無，而不知萬物之母，生生而不可已也」。薛蕙從有無相即的立場，無論是「有」還是「無」皆視為人為的態度加以批判。又《集解》第十八章注

---

[68] 第五十八章注、第四十章注。

[69] 第四十八章注。

[70] 參照注 3 所引論文。

云：「蓋無為無思而動以天者，道也；未能無意而動以人為者，仁義也」，這是將「道」置於「仁義」之上。如此，薛蕙將陽明良知說視為與「仁義」同等的「已發」層次的論說，因而批判陽明對「未發」欠缺理會。[71]

　　至於薛、王二人高度評價「無」之境界的意圖，借用馬淵之語來說，即欲以「超越個別的具體的善的層次」，「來解決朱子學在修己、治人兩面機能的欠缺」。馬淵認為薛、王的這種問題意識，是繼承於白沙與陽明。這是從全局上捕捉時代思潮的趨勢之見解。那麼，王道如下的文章應當如何解釋呢？大概是為了批判同時代人士而發，王道在《老子億》第十一章注中，力陳脫離「有」的世界的「無為」之實現是毫無意義的。王道明言：執着於「有」，無論「為己」還是「為人」，皆為「古今之通患」，乃「有道者」深為慨歎之事，繼而又指出這些人「欲矯之以老子之說，則又泥空而著於空，居有而棄乎有，卒之滅棄禮法，幽沈仁義」。這些人利用《老子》尚可，但問題是對《老子》的依賴生出了對空的執著。即滯居於「有」，結果理應存在的「有」卻遭到了遺棄。王道述云：放眼歷史，晉人之治國方法就是如此，而作為將本應「妙合」的有無明確區分為二的人物，即北宋王安石。

---

71 「陽明曰『心之本體，無分於動靜』，此論殊非是，謂之未發，非靜而何？謂之已發，非動而何？大抵陽明之言，儘有好處，只說到未發，却全欠理會」（〈論未發〉，《西原先生遺書》卷下，《四庫存目叢書》本，頁43a）。此外，同文亦云：「陽明言致良知，大抵是就事物上說，如此只是致良知之用，却不曾先推窮良知本體是如何，此豈非得末而遺本，大本苟未理會，得末亦安得不差！」（頁45a）

　　我們暫不論嘉靖帝傾向道教的問題，此處只著眼於當時的學問狀況。荒木見悟曾將白沙與僧侶無相太虛並稱為「靜的思想家」，推察兩者的思想反映了成化（1465-1487）、弘治（1488-1505）時代的思潮。[72]荒木的論文還介紹說：與白沙同在吳與弼（康齋，1391-1469）門下的胡居仁（敬齋，1434-1484），批判了白沙的這一思想傾向，謂其「不覺流於黃老，反以聖賢禮法為太嚴」。對於自康齋至白沙、敬齋的學派影響，丘濬（1421-1495）從另外的觀點加以非難，謂「近世士子乃有輒於舉業之外，別立門戶而自謂為道學者」。[73]丘氏所言「舉業」，不單是指為了中舉的學習，也意味著登第後出仕發揮作用的學問。《明儒學案》所描述的明代前期學者中，有很多人中舉以後，不出仕而家居，其例尤散見於〈白沙學案〉及〈諸儒學案上〉，茲不贅舉。

　　荒木所謂「靜的思想」，是指此種思想傾向與面對現實社會相比，更優先自我內在的開發。此乃與時俗的舉業嚴畫一線的意志體現，而丘濬針對這種禁欲姿態的非難，實與僅僅將科舉視為立身工具的一般人士的態度，在表面上混同為一了。然而，即使兩者的內在意圖正相反，不去正視現實社會的傾向還是相同的思維。[74]毋寧說，正因為很可能提供一般人士的脫俗舉動的思想依據，所以「靜的思想」罪過深重。王道上述的批判性言辭，應該

72　荒木見悟：〈陳白沙と太虛法師〉，1959 年初刊，後收入《明代思想研究——明代における儒教と佛教の交流》（東京：創文社，1972 年）。

73　〈大學私試策問三首〉，《瓊臺詩文會稿》卷 8。

74　進而言之，也許將宮崎市定所云「蘇州之市隱」作為其中心人士比較妥當。宮崎市定：〈明代蘇松地方の士大夫と民眾〉，1954 年初刊，後收入《宮崎市定全集》（東京：岩波書店，1992 年），第 13 冊。所舉沈周、祝允明等即「蘇州之市隱」，他們的活躍時代乃弘治、正德朝。

就是針對「靜的思想」的負面而發的。

　　甘泉曾師事於白沙，他從「隨處體認天理」的方向來理解其師之學，關於天理，甘泉認識到「不落心事，不分內外」。[75]王道可能從甘泉那裡接受了這一認識，將之作為有關道的有無相即的觀念。總之，甘泉與王道都是為了超越克服相對的「無」而強調有無相即的「有」。自其主觀立場而言，這是對白沙學說的發展性繼承。而我們從薛蕙身上也可以找到這種認識，它是一個超越學派而受到時代支持的學說。

　　王門俊秀的徐愛在正德十二年（1517）五月夭亡，生前批評白沙之末流的空疏傾向，「疑其於用力處有欠」，進而指出即使填補「用」之不足亦不能使問題得到解決。[76]因為這種解決方法，會令「體用始終歧為二」。而徐愛從「夫物有體斯有用，事有終必有始」的觀點，來重新把握對物事的認識態度，他認為只有突破這一點，方令真正的實踐成為可能。徐愛的這一認識，是從陽明那裡繼承的體用相即的思考，他又將這一思維傳給了白沙門下李承箕的弟子王從善。以白沙思想為遠因的學問弊害，對於徐愛來說也是應當改正的問題。自正德至嘉靖，人們以克服「靜的思

75　參照荒木見悟：〈湛甘泉と王陽明〉，1968 年初刊，後收入《明代思想研究——明代における儒教と佛教の交流》。

76　徐愛在原本對白沙後學的批判中，兼及批判康齋，云：「今以康齋之勇，殷勤辛苦不替七十年，然未見其大成，則疑其於得力處有未至。白沙之風，使人有『吾與點也』之意，然末流涉曠，則疑其於用力處有欠。夫物有體斯有用，事有終必有始，將以康齋之踐履為體為始耶？將以白沙之造詣為用為終耶？是體用始終歧為二也。世固有謂某有體無用、有用無體者，僕竊不然。必求二公之所以蔽者而會歸之，此正關要所係，必透此，方有下手處也。」〈答王承吉書〉，《橫山遺集》卷上，收入《徐愛集》（南京：鳳凰出版社，2007 年）。

想」作為時代共通的思想課題，並沿著重新把握動靜或體用等相對概念自身的方向，專心致力於這一課題。

當時關於有無與動靜、虛實與體用等概念，若要體系化地考究其相即與超越，鑽研佛典是一條捷徑。薛蕙曾云：「若欲真知心之所以為心，真知聖人之所以為聖人，真知真心常住不生不滅之道，舍佛氏之書而能至者，萬無有也」，又舉出《楞伽經》、《維摩詰經》、《起信論》、《肇論》等佛典而勸人讀之。[77]但是，薛蕙是帶有現實批判的意味而撰述《老子集解》的。關於其撰述理由，唐順之所撰〈吏部郎中薛西原墓志銘〉中的見解值得傾聽，曰：「方士穿鑿乎性命之外，而不知養性之為養生也，世儒泥象於有無之內，而不知無為之為有為也，作《老子解》。」[78]對於「方士」與「世儒」的各自缺陷，《集解》並沒有予以個別對應。兩者的理解在沒有達到超越有無的「性」的層次上，其病根是相同的。故而，薛蕙認為《集解》一書可以一舉改善「方士」與「世儒」的病弊。

自社會實況而言，在薛蕙所處的時代，「世儒」的「方士化」大概如火如荼。他們迴避正視現實社會，像「方士」一樣處世生活。在薛蕙眼中，「世儒」是執著於「無」的拘泥的「我」。僵硬的「靜的思想」已逐漸成為人們的行動規範。薛蕙為了謀求這些人的意識改革，遂致力於闡明有無體用之實相的工作。薛蕙云：「然世之禪學，猶皆以明心見性為宗，無他說也。至於方士之流，則大背老莊之指，旁門歧徑，不勝其多，極其優者，亦有

---

77 參〈寄劉叔正〉，《西原遺書》卷下，又參〈答茅侯山〉。

78 《考功集》附錄。

我有為之小術耳。」[79]這段話令人感到他對禪學或佛教的評價是網開一面的，但這反而表明他將如同「方士」一般的「世儒」之弊害，作為自身的問題而直視之。「方士」之誤，起因於他們認為老莊之旨煩雜。除去此因即開示主旨，大概就是為了改變其意識的第一步。薛蕙自身早年亦嗜「神仙長生之術」，但晚讀《老子》而得知「性命之學」，《集解》自序中可見這一述懷。《集解》成書之前，薛蕙曾借閱通覽《道藏》，[80]大概遍讀了歷代諸家《老子》注解。如此，他以對《老子》本旨的體會為基礎，撰成了集約前人智慧之形式的注釋。[81]

　　王道是一位被稱作「於書無所不讀」的博學者，[82]其於佛教亦當有造詣，但是他選擇撰寫《老子》注釋的方式作為批判時人之手段，此為何故？筆者認為王道是抱有共鳴而閱讀《老子集解》的，他也許從這部《老子集解》中感受到了自身的問題意識，以及為了解決這一問題而積累下來的思索內容。如此，王道確信《老子》注的思想效力。不過，與沒有一定師承關係的薛蕙不同，王道自身也是屬於「靜的思想」系譜的學者，處於很可能被視為與「泥空而著於空，居有而棄乎有」的人士的同類立場。既然如此，在以《老子》注為平臺的批判活動中，也令他與薛蕙之間自然地產生了差異。只是相關考察，將另備他稿。[83]

79　〈與浚川論二氏書〉，《考功集》卷9。

80　〈與伯昭〉，《西原遺書》卷上。

81　《集解》多因襲吳澄《老子注》，其次以蘇轍注釋為多。此外亦可見王弼、李約、林希逸、董思靖等人的名氏。

82　嚴嵩：〈神道碑銘〉，《順渠先生文錄》附錄。

83　又，嘉靖後期的陸西星以讀《老子億》為契機，撰述了《道德玄覽》一書。

六、結語

　　陽明是為了克服朱子學的人性論而創出良知說，由此推之，朱得之亦應繼承了陽明批判朱子學的意識。朱氏又以體得陽明良知說為最重要目的而撰述《莊子通義》。可以說，朱氏的注釋書與薛、王二人的老子注有相同的問題意識。但如上所述，朱氏不僅論述有無體用之相即，而且論及有無體用之超越。相反，在薛、王二人的注釋中找不到超越道之「無」的構想。[84]這一差異，在如何解釋《莊子‧天下》篇所述老子學說這一點上亦表現得尤為顯著。朱得之的見解如上所述，而薛蕙與王道則以「常無有」作為「無名」之道，以「太一」為「有名」之德，分別加以定位。[85]

　　朱得之對於薛、王二人老子注的評價如上所述，而朱氏心中也可能存在著超越兩者的意圖。薛、王二人將良知的發顯作為

此亦「靜的思想」克服的派生形態，參拙作：〈人己兩忘——陸西星《道德玄覽》を論じて王道《老子億》に遡る〉，《集刊東洋學》第 100 號（2008 年 11 月）。

[84] 朱得之分《老子》為六十四章，此與王道等人的認識相異。

[85] 王道云：「無名者，道也，莊子所謂『常無有』，周子所謂『無極』是也。自本自根，生天生地，故曰『天地之始』。有名者，道所生之一也，德也，莊子所謂『太一』、周子所謂『太極』是也。」薛蕙云：「莊子曰：『關尹、老耼建之以常無有，主之以太一』，又曰：『太初有無，無有無名，一之所起，有一而未形，物得以生之謂德』。所謂『建之以常無有』及『太初有無，無有無名』者，即無名之謂也；所謂『主之以太一』及『一之所起，有一而未形』者，即有名之謂也。」以上皆第一章注。王道於「一生二，二生三，三生萬物」（第四十二章）注亦云：「道者無名，天地之始，莊子所謂『常無有』、所謂『太初有無，無有無名』者也；一者萬物之母，莊子所謂『太一』、所謂『有一而未形，物得之以生之謂德』者也。」

「有」的位相來把握，於是批判良知說帶有的局限性，即認為其於「無」的方面不夠徹底。但對王門之徒而言，這些批判不過是對良知說的誤解而已。良知，乃是有無兩面皆恆常的自由人性之本體。為了打破他們的誤解，直接的方法就是與他們立足於同一平臺而反駁之。朱得之將他自己體認所得通過三子注來展示，其背景大概也包含了上述事實。

學派之間的相克亦構成了時代整體的思想動向的一部分。朱得之活躍的時期，與克服「靜的思想」的思潮展開時期相重疊，至少已經過了興盛期。本來克服「靜的思想」的思考，就是強調由「無」所支撐的「有」的意義。對於個別事象，亦即「無」的個別顯現，──只要具有這種認識，就會認可其存在價值。朱得之在青年時期以後，對於他者的定位一直抱有關心，還認識到了王門各種教學的有效性，同時也意識到了其局限，或者在其晚年，與尤時熙一起接觸到了多樣化的格物理解。我們如果將這些事象，將朱得之置於客體一方進行論述的話，可以將之把握為：這些都是認可個別的「有」的自身的存在意義，而向人們包括朱得之在內主張自己權利的事件。亦即作為具有如此確然不移的對象性存在，朱得之掌握了與自我良知相關的客體。克服「靜的思想」的運動，亦伴隨著明確切分與實踐主體相關的「有」的世界的現象。也可以說個別的事象增強了獨自色彩，而隨著運動的進行，個別的「有」加深了各自的色彩。但是，「有」是被「無」所支撐的認識，是以怎樣的程度浸透到人們之間的呢？一被對象的鮮豔所吸引，實踐主體就很可能轉為客體，對象就轉為主體，但是，也已無法否定「有」的世界。在實踐主體與對象事物的關

係上，發生了某種緊張。朱得之不但提倡有無體用的相即，也力陳有無體用的超越，筆者認為：從其背後正可以讀取變動如此激烈的嘉靖後期的思想情況。

「心外無法」之系譜
——王陽明「心外無理」與山岡鐵舟「心外無刀」

佐藤鍊太郎[*]著，張阿金[**]、胡慧君[***]合譯

一、前言

　　《維摩詰所說經》中的〈菩薩品〉體現了禪宗的思想原型。其中有光嚴童子與維摩居士的問答。光嚴童子想要離開喧鬧的城市改去寂靜的地方修行。維摩居士告訴他：「直心是道場。」[1]維摩居士認為，修行全憑自己的心，不論身在何方。他這種重視心的想法，自中國禪的始祖達摩以來，禪宗一以貫之。

　　作為禪宗主流的六祖慧能（636-713），其南宗禪的法系後分裂為三派，即：荷澤神會（670-762）的法系，南嶽懷讓（677-744）的法系與青原行思（673-741）的法系。當時，神秀（606-706）北宗禪重視坐禪漸修，比南宗禪更盛行。在六祖南宗禪三派之中，荷澤神會抨擊北宗禪，而將自己看作是六祖慧能的頓悟禪之繼承者。可是，荷澤宗卻在唐朝晚期中斷了。繼承了南嶽佛法的馬祖道一（709-788）與繼承了青原佛法的石頭希遷（700-790），

---

[*] 現任北海道大學大學院文學研究科中國文化論講座主任教授。

[**] 北海道大學大學院文學研究科博士後專門研究員（第一、二、三、五、六節）。

[***] 北海道大學大學院文學研究科博士生（第四節）。

[1] 鳩摩羅什譯：《維摩詰所說經》，收入《大正新脩大藏經》（以下簡稱《大正藏》），第 14 冊，頁 542c。

兩派法系成為主流。禪的五家七宗都屬於馬祖與石頭的法系。譬如，臨濟宗屬於馬祖的法系，曹洞宗屬於石頭的法系。一般說來，我們將始於馬祖的禪稱為祖師禪。傳到日本的中國禪就是如於馬祖的祖師禪。

　　根據《景德傳燈錄》卷六，馬祖對門生說：「汝等諸人各信自心是佛，此心即是佛心」，「心外無別佛，佛外無別心」。[2]馬祖又說：「平常心是道。」

　　繼承了馬祖佛法的黃檗希運，其著書《傳心法要》中說：「此法即心，心外無法，……以心傳心，此為正見。」[3]青原下九世的天臺德韶（891-972）作偈而說：「通玄峰頂，不是人間，心外無法，滿目青山。」[4]唐代以後，「心外無法」則成為禪宗的常套句。

　　到了北宋時代，「心外無法」也被儒家所吸收。《二程遺書》卷十九裡有句「夫事外無心，心外無事」。[5]宋代心學的代表陸九淵（1139-1193），其所著的《象山集》卷十一裡面，我們可以看見此名句「心皆具是理，心即理也」。[6]陸九淵的高足楊簡（1141-1226）也說：「天地萬物通為一體，非吾心外事。」[7]

2　《景德傳燈錄》，收入《大正藏》，第 51 冊，頁 246a。

3　《黃藥希運禪師傳心法要》，收入《景德傳燈錄》，同前注，頁 271a-272a。

4　《五燈會元》（北京：中華書局，1984 年），卷 10，頁 569。

5　《二程遺書》卷 19，收入《二程集》（北京：中華書局，2004 年），上冊，頁 263。

6　〈與李宰二〉，《陸九淵集》（北京：中華書局，1980 年），頁 149。

7　〈寶謨閣學士正奉大夫慈湖先生行狀〉，《慈湖遺書》附錄（臺北：新文豐出版社《叢書集成續編》第 130 冊，1989 年），頁 401。

明代王守仁（1472-1528）說：「心即理也」，[8]「心外無理，心外無事」，[9]「心外無物，心外無事，心外無理，心外無義，心外無善」，[10]「心外無事，心外無理，故心外無學」。[11]

宋代與明代的心學所提倡的「心外無理」有「心具有天理（正義）」的意義。雖然與禪宗的「無心」不是同義，但是以「修心」為重的想法是受禪的影響。

日本鎌倉時代初期以後，武士階級信奉禪宗。江戶時代作為官學的朱子學，與明末傳入日本的陽明學和日本古來的神道，共同形成了武士階級的思想基礎。對日本武士道的成立，產生了很大的影響。

江戶時代初期，臨濟宗大德寺派的禪僧澤庵宗彭（1573-1645）所著《不動智神妙錄》中提倡「劍禪一如」，[12]將軍家劍術指導者柳生宗矩（1571-1646）接受了澤庵宗彭的指導而著《兵法家傳書》。以後，不問武藝流派，大家都認為禪的蘊奧和武藝的蘊奧是一體的。江戶時代末期，將軍家兵法主要流派——小野派一刀流的繼承者山岡鐵舟（1836-1888），體現了「劍禪一如」的思想，為江戶城的無血開城做出了貢獻。明治初期，鐵舟創始了無刀流

---

[8]　《傳習錄》卷上，《王陽明全集》（上海：上海古籍出版社，1992 年），上冊，頁 2。

[9]　同前注，頁 15。

[10]　〈與王純甫二〉，《王陽明全集》，上冊，頁 156。

[11]　〈紫陽書院集序〉，同前注，頁 239。

[12]　澤庵禪師：《不動智神妙錄》原文，參看佐藤鍊太郎：〈澤庵宗彭：《不動智神妙錄》古寫本三種、《太阿記》古寫本一種〉，《北海道大學文學研究科紀要》第 103 號（2001 年 3 月），頁 24-139。

而提倡「心外無刀」，確立了劍術修行的最高境界即是心之修行的思想。

可以說，禪宗與陽明學及劍術之間有互相關聯的思想系譜。

禪宗、陽明學與劍術之修行有兩個共通的概念：「漸修」與「頓悟」，《明儒學案》的作者黃宗羲（1610-1695）重視「漸修」。[13]在本論中，我們要釐清這兩個概念的內涵與其間的關係。本人認為：根據兩個概念的分析來看，可以找出一條重新考察陽明學史（即一段基於《明儒學案》的思想史）的線索。

二、漸修與頓悟

禪宗之始祖達摩之後第六位正統繼承者，是提倡南宗禪的六祖慧能。由於所謂五家七宗（包含傳入日本的臨濟宗與曹洞宗）都屬於南禪宗之系，因此在禪宗史上，慧能是非常重要的人物。

基於《六祖壇經》[14]的禪宗史來看，北宗禪所重視的是「漸修」，即通過坐禪來一步一步地修行；南宗禪所重視的則是「頓悟」，即一下子領悟佛性。

「北宗禪」、「南宗禪」的名稱來自於神秀、慧能傳教的地方。前者以長安、洛陽為中心教化北方，因此稱之為北宗禪。後

---

13 參看拙著：〈明末清初的三學案與王學左派〉，《儒學與當代文明 Confucius and modern civilization（紀念孔子誕生 2555 周年國際學術研討會論文集）》（北京：九州出版社，2005 年），第 4 冊，頁 1792-1798。

14 參看《大正藏》第 48 冊所載《六祖大師法寶壇經》一卷與《南宗頓教最上大乘摩訶般若波羅蜜經六祖慧能大師於韶州大梵寺施法壇經》一卷（大英博物館藏敦煌古寫本）。

者以華南、江西為中心教化南方，因此稱之為南宗禪。

　　據唐代人張說所著的碑文記載，北宗禪之祖神秀出身於河南開封。其眉目秀麗，自幼學儒，博覽經史，兼通老莊。武德八年（625）在洛陽天宮寺出家。至五十歲時，他入五祖弘忍門下，後來擢升為上座。據說神秀深受弘忍器重。

　　唐高宗上元二年（675）五祖去世之後，神秀在當陽山（湖北省荊州江陵）玉泉寺做住持，四海僧俗聞風而至，聲譽甚高。武則天聞其盛名，在久視元年（700）遣使將神秀迎至宮中，讓其講佛法。之後，中宗、睿宗對他更加禮重。中書令張說也向他執弟子禮。當時，神秀真可謂名符其實的高僧。

　　由於神秀的弟子們重視《楞伽經》[15]（元嘉二十年〔442〕求那跋陀羅所譯的四卷本），因此《楞伽師資記》[16]中將神秀歸為楞伽宗之系。

　　神秀比慧能大三十歲。據說，神秀曾勸武則天遣使召慧能入京。據此，我們可推斷神秀與慧能之間本無矛盾。但是慧能門下的荷澤神會在其著《菩提達摩南宗定是非論》裡卻把北宗禪抨擊為「漸修禪」，主張慧能的「頓悟禪」才是達摩所傳的正宗禪宗。神會確立了南宗禪的優勢之後，北宗禪開始衰微，不久便湮沒無聞了。

　　據說《六祖壇經》是南宗禪之祖慧能的語錄，但是 1930 年時，胡適博士對有關《六祖壇經》的作者做了劃時代的發表，文

---

[15]　《楞伽阿跋多羅寶經》四卷，《大正藏》，第 16 冊，頁 479-514。

[16]　《楞伽師資記》一卷，《大正藏》，第 85 冊，頁 1283-1290。

中指出：《六祖壇經》不是慧能本人的著作，是其弟子神會的偽作。胡適博士對千年來禪宗史的通說提出了疑義。有關這個問題，當今最有力的學說認為：神會重新提出重視「見性」思想，而《六祖壇經》則是神會或其門下之所作。

「見性」是省悟自己的佛性。神會排斥重視「漸修」的北宗禪，主張重視「頓悟」的南宗禪是正宗禪宗。荷澤神會是最早將「漸修」與「頓悟」做對比的人。柳田聖山教授說：

> 日本高僧道元認為：由於《六祖壇經》中有「見性」二字，因此該書是偽作而並非六祖真說。道元之外，臨濟也未提及「見性」。「見性」，是神會特有的思想。[17]

當今學界認為，神會創造了這樣的禪宗史觀：禪宗曾分裂為重視「漸修」的北宗禪與重視「頓悟」的南宗禪，但是南宗禪才是正統。

據此，可以推斷《六祖壇經》並非慧能的著作，但是該書千年來一直被認為是慧能所著。《六祖壇經》的版本很多，目前最早的版本是大英博物館所藏的敦煌本。敦煌本收於《大正藏》第48冊。

《六祖壇經》說：慧能是五祖弘忍的正統繼承人。但是據胡適博士的考證，《六祖壇經》所說的並非史實，該書是神會所作。[18]胡適博士這一連串的考證，在禪宗史的研究上有著光輝不朽的功績。

---

17 《禪思想》（東京：中央公論社，1975年），頁66，翻譯文。
18 參見柳田聖山主編：《胡適禪學案》（臺北：正中出版社，1975年）。

荷澤神會的語錄《神會語錄》[19]收入胡適用敦煌唐寫本校勘的《神會和尚遺集》。[20]根據《神會語錄》的記載，神會將北宗禪的特點總括為：

> 「凝心入定、住心看淨、起心外照、攝心內證」者，此障菩提，未與菩提相應，何由可得解脫。[21]

神會批評北宗禪的漸修方法，即集中精神，入禪定（冥想），不動心而保持靜淨心，起分別心來對應外界，控制心以心內悟道。神會將北宗禪批評為愚者之教，主張從達摩傳下來的真宗如來禪是無念。關於「頓悟」，神會解釋如下：

> 不由階漸而解，自然故，是頓悟義。自心從本已來空寂者是頓悟。即心無所住為頓悟。……唯存一念相應，實更非由階漸。相應義者，謂見無念者，謂了自性者，謂無所得。[22]

「漸修」的修行方法好似上階梯一般：為了達到最高境界，修行者須一步一步地前進。修行者不可能不經由中間的過程而一下子達到最高階段，但神會認為：不經由「漸修」而自然地得到無念無想的最高境界，即是「頓悟」。

　　一般認為，不經由「漸修」的「頓悟」，就好似畫中餅，如果誰都能頓悟的話，那釋迦牟尼的苦行與慧能的修行，就皆為徒勞了。以武道為例：修行者必然要下很多苦功，否則不可能一下子就達到無心使出招數的境界。

19　胡適校寫：《神會語錄》，《大正藏》第 85 冊附錄。
20　胡適編：《神會和尚遺集》（臺北：胡適紀念館，1968 年）。
21　胡適校寫：《神會語錄》第一殘卷（《大正藏》第 85 冊附錄），頁 133-134。
22　同前注，頁 130-132。

　　神會成功地貶低了重視「漸修」的北宗禪的地位，而提高了重視「頓悟」的南宗禪的地位。但是本人認為：將北宗禪、南宗禪分為旁流、主流，是不合理的見解。因為我們根本無須將修行的階段與修行的最高境界分開。

三、朱子學與陽明學

　　朱子學重視社會全體秩序，重視道德與禮法，教人應遵守道德理念，要求人人提高自己的德性。如果人人都道德高尚，那麼政治就會好，世道就得以治理。朱子學繼承了儒教德治主義傳統思想，有助於社會的穩定，而被元朝、明朝、清朝、李氏朝鮮、日本的江戶幕府等採用為官方儒學。

　　通過禮法的實踐來涵養德性，是朱子學的修養方法。以劍道的修行為例來講，其相當於反覆練習大刀套路或各流派所特有的「組太刀」（兩個人一起做的套路）或單人套路。

　　朱子學對穩定政治體制非常有效，其禮法是規定人們社會行動的規範手冊，但是當政治體制和社會不穩定時，朱子學卻會阻礙人們臨機應變的行動。因為朱子學過分重視個人的倫理規範，所以往往會阻礙人們靈活的政治思考和隨機應變地行動。

　　陽明學與朱子學不同。陽明學倡導：當人遇到危機時，不須遵守朱子學的禮法，而要盡自己的責任去應對危機，拯救民眾。以禪宗為例來講：朱子學就相當於重視坐禪修行的漸修禪，而陽明學則相當於重視隨機應變的頓悟禪。

　　陽明學基本上和朱子學相同，都是重視「修己治人」的學問，

但是和朱子學不同的一點是：陽明學比朱子學更重視實踐。若以劍道為例，朱子學是基本技術，而陽明學則是應用技術。

在明朝中期，王陽明所提倡的陽明學被朱子學者批判為「儒學禪宗化」的異端思想。但是日本的情況卻與中國不同。武士階層對禪宗抱有親近感，因而本人認為：日本沒有出現過批評陽明學的思潮。雖然信奉朱子學的保科正之（1611-1672）將山鹿素行（1622-1685，批判朱子學的儒者）流放到赤穗藩，但此事件實屬罕見。在江戶時代，眾多學者接受陽明學。德川幕府的大學頭佐藤一齋（1772-1859）、大鹽中齋（1793-1837）、山田方谷（1805-1877）、吉田松陰（1830-1859）等都學習了陽明學。

四、王陽明「心外無理」

王陽明，出生於浙江省餘姚，父親王華是南京吏部的尚書大臣。二十一歲考取了鄉試，二十八歲考取了會試成為秀才。其性情激烈，才華橫溢，大膽奔放，相傳其十五歲左右開始就被稱為義俠。沉溺於騎射、辭章、神仙以及佛教之中。

王陽明於正德元年（1506）三十五歲的時候，由於其要求釋放告發宦官劉瑾而被下獄的官僚，反被劉瑾抓進監獄，將其革職並流放到貴州的龍場。從正德三年春到正德四年末，王陽明一直生活在龍場。龍場，是苗族和彝族等少數民族居住的偏僻地區。陽明在龍場靜坐深思。正德三年，三十七歲的時候大悟，提出「聖人之道有自己的性就可以自足，以前從事物上來求理是錯誤的」，自覺「心即理」，開始提倡「知行合一」的主張。

　　王陽明三十九歲重返中央，四十五歲就任監察官吏的都察院要職，歷任江西省、福建省、廣東省、湖廣省的巡撫，平定流賊。

　　正德十三年（1518）七月，王陽明四十七歲時，出版了《古本大學》，一方面批評《四書集注》之類的書是朱子（1130-1200）「中年未定之說」，另一方面又為了求得與朱子的協調，撰寫了《朱子晚年定論》。四十八歲時，只用十四天就平定了明朝王族寧王宸濠的造反。

　　正德十五年六月，官僚羅欽順（1465-1547）批評王陽明的《大學》解釋與朱子學相違背。同時他還指出《朱子晚年定論》中也包含有朱子青年時的見解。

　　王陽明決心與朱子學訣別，宣言「夫道，天下之公道也；學，天下之公學也，非朱子可得而私也」，[23]開始表彰朱子論敵陸九淵的心學。

（一）王陽明的「心即理」說

　　南宋的陸九淵說：「心皆具理，心即理也。」陸九淵的高足楊簡也說：「天地萬物通為一體，非吾心外事。」

　　王陽明稱讚陸九淵的學問是聖人的學問。陸九淵和王陽明的學問被合稱為宋明心學、陸王心學。他們把唐代以後的成了禪宗常規句的「心外無法」稱為「心即理」。所謂「心即理」，就是心具有忠信孝悌的天理（倫理、正義）的意思。

　　王陽明指出「心外無理」、「心外無物」、「心外無事」、

23　〈答羅整庵少宰書〉，《傳習錄》卷中，頁 78。

「心外無義，心外無善」、「心外無學」，但是他認為禪為了尋求精神的解脫（頓悟）而拋棄了人倫，所以不能平定天下。

「心即理」說，和禪宗所講述的「無心」意義不同。不過，比起心外的認識對象，更重視心本來所有樣子的這種想法，是受到了禪的影響。和重視外在形式（禮）與一般客觀認識的朱子學相比，陽明學更重視個人的主觀。

（二）王陽明的「致良知」說

和朱子學訣別後的王陽明，四十九歲開始提倡有名的「致良知」說。五十歲被任命為南京吏部的大臣兼都察院的長官，直到五十七歲病死，他都在為平定叛亂而奔走。王陽明不是武官，而是因朱子學而被選拔出來的文官，但是他的軍事才能和功績是極為出眾的。

關於儒教經書《大學》中「格物致知」一句，朱子學解釋為：從重視客觀認識的立場出發，讀「格」為「至」，「物」為「物之理」，意在徹底鑽研外界事物所具有的「理」，而陽明學卻讀「格」為「正」，「物」為「心之物」，「致知」為「致良知」，解釋為糾正心理而實現良知。

朱子學者羅欽順支持朱子的解釋，批評王陽明的解釋為：「如必以學不資於外求，但當反觀內省以為務，則正心誠意的四字，亦何不盡之有。」[24]如果只追求糾正自我的心中，不需要追求源於學問的客觀認識，那麼只要「正心誠意」就足夠，而「格物致

---

[24] 羅欽順：〈與王陽明書〉，《困知記·附錄》（北京：中華書局，1990 年），頁 108-109。

知」就會成為無用之句。

王陽明的「致良知」說，通過反省自我內心的方法，磨鍊正確應對實事的判斷力，在遇到危機時，應該以行動救濟窮苦的民眾，此是陽明學的根本學說。

若要像朱子學那樣客觀地認識了理之後才行動，就完全無法應付實際情況，所以王陽明提倡知行合一的見解，指出認識和實踐要同時進行。如果知識優先於行動，那麼就會有侷限於書本學問而終的危險。王陽明從一邊實踐一邊加深認識的見地出發，重視在事上磨鍊。

王陽明把佛教的「悉有佛性」說納入良知說，他說：

> 人的良知，就是草木瓦石的良知。若草木瓦石無人的良知，不可以為草木瓦石矣。豈惟草木瓦石為然，天地無人的良知，亦不可為天地矣。蓋天地萬物與人原是一體。[25]

他認為：聖人和凡人都有著完全的良知，只是聖人保全天生的良知，戒心惶恐，不斷努力並十分謙虛謹慎，相比之下，凡人因為良知被遮蔽了，所以需要鑽研學問，克服人欲。

王陽明把人人都有佛性的思想，換骨奪胎，改作人人都可通過做學問，有成為聖人的可能性的良知說。

王陽明吟作：

> 個個人心有仲尼，自將聞見若遮迷。……
>
> 人人自有定盤針，萬化根源總在心。卻笑從前顛倒見，枝

---

25 《傳習錄》卷下，《王陽明全集》，頁 107。

枝葉葉外頭尋。[26]

他站在「心即理」的立場，覺得自己尊重事事物物都有理的朱子「格物」說，從心外去尋求理，是本末顛倒的錯誤。

王陽明認為：只有良知才是生成世界的基礎。他沿用了唐朝的雲巖禪師的有關佛性的發言：「從門入者不是家珍」，[27]而告誡丟掉自家固有的良知而去外面尋求是錯誤的。

王陽明說：「良知是造化的精靈。這些精靈，生天生地，成鬼成帝。」[28]良知，意味著創造世界的神妙之氣的作用。天地之間流動的神妙之氣的作用，都可看作是良知。

王陽明把自己的心有良知吟詠為「吾心自有光明月」，[29]如果把良知說用在修行劍術來說，那麼就是說：誰都有成為高手的素質，只是受到通過見聞從外邊而得到的知識的妨礙，無法充分地發揮本來所持有的優秀素質而已。

（三）王陽明的四句教

王陽明在最晚年時，提倡了「無善無惡心之體，有善有惡意之動，知善知惡是良知，為善去惡是格物」[30]的四句教。

他的高足王龍溪（1498-1583），把這個四句教看作是方便性的教法，解釋說「心」和「意」與「知」和「物」都為一，全為

26　〈詠良知四首示諸生〉，《王陽明全集‧外集二》，頁790。

27　《佛果圜悟禪師碧巖錄》第五則，《大正藏》，第48冊，頁145a。

28　《傳習錄》卷下，頁104。

29　〈中秋〉，《王陽明全集‧外集二》，頁793。

30　《傳習錄》卷下，頁117。

「無善無惡」。[31]

　　他的另一位高足錢緒山（1496-1574）把它看作是絕對的教法，因為是為了正確運用「意」與「良知」，首先要把「有善有惡」作為前提，他主張「有善有惡」才是四句教的主旨。[32]

　　王陽明回答說：王龍溪的無善無惡說是對上根的人的教導，錢緒山的有善有惡說是對中根以下之人的教導，兩者是互補的。但是，在王陽明死後，陽明學派分裂為支持有善有惡說的右派與支持無善無惡說的左派，這是從來的陽明學史的一般說法。

　　右派的思想家，可舉錢緒山、鄒東郭、羅念庵。右派在重視修養這一點上與朱子學相近，清朝黃宗羲的《明儒學案》，把右派看作是陽明學的正統。[33]

　　左派的思想家，可舉王龍溪、王心齋、羅近溪、李卓吾、周海門等。如果根據周海門的《聖學宗傳》，那麼陽明學派的主流是左派。[34]在日本，大鹽中齋敬仰王龍溪，吉田松陰敬仰李卓吾。

（四）有善有惡說與無善無惡說

　　支持有善有惡說的右派，主張心的本體為善，但由於心的作用有流向惡的可能性，所以必須尊重經書，經常意識善惡進行修

---

[31] 王畿：〈天泉證道紀〉，《王畿集》卷1，收入《陽明後學文獻叢書》（南京：鳳凰出版社，2007年），頁1-2。

[32] 《傳習錄》卷下，頁117。

[33] 《明儒學案・江右王門學案》黃宗羲序曰：「姚江之學，惟江右為得其傳，東廓、念庵、兩峰、雙江其選也。」參《明儒學案》（北京：中華書局，1985年），上冊，頁331。

[34] 參看拙稿：〈明末清初的三學案與王學左派〉，頁1792-1798。

養。右派的主張，在重視修養這一點上，類似於漸修禪。

　　支持無善無惡說的左派，主張心的作用是純粹至善的，信賴自然的心的作用而行動，比見聞知識更好。左派把「沒有自覺為善而為善，沒有自覺去惡而去惡」的無意識狀態稱為至善。

　　無善無惡說，絕對不是不用修養的教說。為善去惡只有通過在事上磨鍊的修養，才能在判斷善惡時，站在不受迷惑的無善無惡的境地。與頓悟禪的「無心」同樣，絕對沒有輕視道德倫理之見。

　　把漸修和頓悟二者分開來，可以說重視漸修的是「有善有惡說」，不區別漸修與頓悟的是「無善無惡說」。

　　右派關於「良知因為持有通過修行才能完成」的見解，被稱為修證派；而左派認為良知的作用，誰都可以就地就此完全具有，所以被稱為現成派。因為王陽明以禪的佛性說為基礎，提倡誰都具有完全的良知，所以可以說良知現成說是由來於王陽明也不算誇張。

（五）對於右派（良知修證派）與左派（良知現成派）的評價

　　根據左派的陽明學者周海門在明末萬曆三十三年（1605）編成的《聖學宗傳》，陽明學派的主流是信奉無善無惡說的左派。[35]

　　然而到了明朝滅亡，清朝支配已確立的時期，右派和左派的

---

[35]　同前注。

評價產生了逆轉。黃宗羲在清康熙十五年（1676）完成的《明儒學案》中，把右派看做是陽明學的正統，而把左派看做是異端派，譴責左派就是變陽明學為禪宗之派。黃宗羲認為：左派的思想就是隨心所欲，破壞君臣秩序的有害思想。

黃宗羲支持有善有惡說，沿襲了他的老師劉宗周的學說，把無善無惡說看作是修養無用論，主張無善無惡說不是王陽明的教說。

在清代，總的來說，有尊重朱子學而批評陽明學的潮流。那是因為尊重社會規範和秩序的朱子學，是能支撐清朝的支配體制的思想；相反地，陽明學在尊重個人的判斷這一點上，可能有對異族統治漢族的體制進行反抗的危險性。

王陽明批判禪學輕視實踐的修養（漸修）而重視精神的解脫（頓悟），尋求精神的解脫而拋棄人倫，尋求精神的解脫就是自私自利的私心。王陽明和王龍溪屢次利用禪語展開了良知說，但是對於禪是持批判態度的。他們認為：禪的無念無想的修養方法，是把心置於昏睡狀態中，禪是遺棄人倫的，不能治理天下。並說：如果不是儒學，就不能治理天下。

王陽明和左派的思想看不出有根本的不同，接下去試著考察一下黃宗羲為何意圖地把王陽明和其門下的左派進行區別的理由。

（六）陽明學左派被視為異端的理由

黃宗羲一方面對近於朱子學的陽明學修證派，作為正統派進行表彰，而對於左派的無善無惡說，說此是染上了禪的邪說而加

以批判。黃宗羲是明朝末年信奉朱子學的東林學派之人，他站在朱子學的立場上，重視修養。清初，有把明末的君臣道德的頹廢及導致明朝的滅亡，看作是由於左派思想所招致的看法。

譬如，就明末清初的三大學者來說，王夫之作了如下的嚴厲批評：

> 王氏之學，一傳而為王畿（龍溪），再傳而為李贄（卓吾）。無忌憚之教立，而廉恥喪，盜賊興，皆惟恣於明倫察物而求逸獲，故君父可以不恤，名義可以不顧。陸子靜出而宋亡，其流禍一也。[36]

黃宗羲在《明儒學案》中也嚴厲批評李卓吾（1527-1602）而不立傳。顧炎武也作了如下的嚴厲批評：

> 自古以來，小人之無忌憚而敢於叛聖人者，莫甚於李贄。[37]

就黃宗羲而言，他把人倫頹廢的責任歸於陽明學左派，其實他有擁護王陽明及陽明學的意圖。黃宗羲對無善無惡說的嚴厲批評，也正好反映了他重視道德規範和修養的立場。正如漸修派嚴厲批評頓悟派一樣。如果從漸修和頓悟都是修行階段之表現的見地來看，主張無善無惡說的左派，就顯示了陽明學的最高境界。但是黃宗羲和王夫之等加以批判之後，也因為清朝表彰朱子學的關係，在清朝，把左派視為異端的看法就固定了下來，陽明學漸趨衰微。

在獄中自殺的李卓吾，他的遺著在清代被看作是破壞儒教道

---

[36] 王夫之：《張氏正蒙注・乾稱篇下》（臺北：世界書局，1980年），頁282。

[37] 顧炎武：《原抄本日知錄》（臺北：明倫出版社，1971年），「李贄」條，頁540。

德的有害圖書，列為禁書。儘管如此，李卓吾著作的大部分，還是在民間流傳，在江戶時代初期已經傳到了日本。譬如，擔任德川幕府政治顧問的僧侶天海收集了李卓吾的遺著，江戶時代末期的吉田松陰，在獄中就愛讀李卓吾的著作，表明了私淑心情。在明治時代，陸羯南給三宅雪嶺著《王陽明》（1893）寄跋文，稱讚李卓吾是「王學之忠臣」。[38]

（七）重新評價陽明學左派

在中國，陽明學得以重新評價，是在西元 1894 年中日甲午戰爭，清朝敗後時期。戰敗之後，在中國的思想家、革命家之間，湧現出謙虛學習日本近代化的聲浪，對明治維新十分關心的康有為（1858-1927）、梁啟超（1873-1929）等知識分子，他們注意到自己國家的陽明學給明治的元勳們帶來了很大的思想影響。

譬如，梁啟超說：「吉田諸先輩造其因而明治諸元勳收其果。」[39]並出版了攜帶方便的《節本明儒學案》。關於日本的武士道，楊度也稱讚道：「獨宗陽明，更以知行合一之說，策其以身殉道之情。」[40]

黃宗羲的《明儒學案》或許是為了滿足知識人學習陽明學的需求，從清光緒年間到中華民國初期一直很流行。摸索中國近代化的知識人們，重新評價了陽明學，在《明儒學案》流行的同時，

---

38 陸羯南：〈王陽明の後に題す〉，三宅雪嶺：《王陽明》（東京：政教社，1893年）。

39 梁啟超：〈自由書〉，收入張品興主編：《梁啟超全集》（北京：北京出版社，1999 年），第 1 冊，頁 337。

40 梁啟超：《中國之武士道》，《梁啟超全集》，第 3 冊，頁 1379。

很有意思的是，李卓吾也被重新評價。

　　李卓吾的主要著作《李氏焚書》，[41]於西元 1908 年在中國出版，是在日俄戰爭以後。西元 1919 年，以日本對華二十一條要求為契機而發起的「五四文化」運動時期，也就是視儒教為阻礙中國現代化的封建思想而加以批判時，此時所謂「儒教叛逆者」李卓吾卻被視為近代思想的先驅，逐漸受到注目。在文化大革命時期的儒教批判運動中，李卓吾也受到了關注，文化大革命結束後仍被視為進步思想家，至今一直得到高度的評價。最後介紹關於李卓吾的思想。

（八）陽明學的「狂者」——李卓吾

　　李卓吾尊重王陽明和王龍溪的良知說，是叛逆朱子學之人物，是陽明學左派最後的思想家。李卓吾從政治的觀點出發，承認萬民都有相同的欲望，對於為政者固定禮儀而壓制民眾欲望作了如下的批評：

> 夫天下之民，各遂其生，各獲其所願有，不格心歸化者，未之有也。世儒既不知禮為人心之所同然，本是一個千變萬化的活潑潑之理，而執之以為一定不可易之物。[42]

李卓吾在他的主要著作《藏書》中，對於歷史上的君主和臣下，從重視政治軍事的功績觀點出發，否定基於朱子學的優先個人道德節義的評價。如李卓吾所說的「治貴適時，學必經世」[43]一樣，

---

[41] 李贄：《李氏焚書》（國學保存會排印本，1908 年）。

[42] 李贄：《道古錄》，收入《李溫陵集》卷 18，頁 1060。

[43] 〈趙汝愚傳〉附〈韓侂胄傳〉李贄評語，《藏書》（北京：中華書局，1959年），卷 35，第 3 冊，頁 603。

他批判朱子學的理由是：朱子學獨善的道德至上主義，會阻礙實際能幹的人材起用，激化派系抗爭。《藏書》因批判朱子學，被判成「惟此書排擊孔子，別立褒貶，凡千古相傳之善惡，無不顛倒易位，尤為罪不容誅。」[44]李贄被視為儒教的叛逆者。

李卓吾批判了朱子學的讀書窮理，說：「夫學者既已多讀書識義理障其童心矣。」[45]並且，對於大肆宣揚孔子權威的高級官僚，他說：「夫天生一人，自有一人之用，不待取給於孔子而後足也。」[46]

王陽明在作好了脫離朱子學而被譴責的精神準備之後，把自己比作救濟窮困同胞的「狂者」。因為李卓吾過激的批判朱子學，批判官僚，所以被視為異端者。他也把自己比作「狂者」。所謂「狂人」，指的是「不避惡名以救同類之急」[47]的人物。

在吉田松陰的「士規七則」的末尾中，有「死而後已之四字言，簡而義廣。堅忍果決，確乎不可拔者，舍是無術也」。[48]關於「死而後已」四字的典故，吉田松陰舉曾子和諸葛孔明的言詞，同時，也舉孔子：「志士仁人，無求生以害仁，有殺身以成仁。」[49]和孟子：「生，我所欲也。義，亦我所欲也。二者不可得兼，

---

[44] 《四庫全書總目·史部·別史類存目》，《四庫全書總目》（臺北：臺灣商務印書館，1983 年），第 2 冊，頁 133-134。

[45] 李贄：〈童心說〉，《焚書》（北京：中華書局，1975 年），卷 3，頁 98。

[46] 李贄：〈答耿中丞〉，《焚書》卷 1，頁 16。

[47] 同前注，頁 33。

[48] 吉田松陰：〈士規七則〉，《吉田松陰全集》（東京：岩波書店，1934 年），第 2 冊，頁 13。

[49] 《論語·衛靈公》，參看朱熹：《四書章句集注》（北京：中華書局，1983 年），頁 163。

舍生而取義者也。」[50]

　　有名的江戶時代陽明學者大鹽中齋，為了救濟難民發起了暴亂，我認為他作為「狂者」實踐了「死而後已」。吉田松陰的辭世的一句中有「かくすればかくなるものと知りながら、やむにやまれぬ大和魂（雖然自覺這樣自己行動，一定招致悲慘的結果，但是無法罷休的就是日本靈魂）」，[51]也像似「狂者」的精神。

五、禪與日本劍術

　　日本鎌倉時代初期以後，武士階級信奉禪宗。鎌倉幕府五代執權北条時賴（1227-1263）拜蘭溪道隆（1213-1278）為師，並讓他作鎌倉五山之臨濟宗建長寺的第一代住持。時賴的兒子鎌倉幕府八代執權北条時宗（1251-1284），在南宋滅亡之際，邀請無學祖元（1226-1286）來日本，並拜其為師。無學祖元成為鎌倉建長寺的住持，後來作了圓覺寺的第一代住持。北條時宗兩次擊退元軍來襲。

（一）劍禪一如

　　根據〈無學禪師行狀〉的記載：西元 1276 年元兵闖入溫州能仁寺，眾僧陷入恐慌，元兵欲將無學祖元斬首。被斬之際，無學祖元毫無懼色，吟詠了以下偈語：

　　　　乾坤無地桌孤筇，喜得人空法亦空，珍重大元三尺劍，電

50　《孟子・告子上》，同前注，頁 332。
51　德富蘇峰：《吉田松陰》（東京：岩波文庫，1981 年），頁 200。

光影裡斬春風。

> （天地間沒有容納一個禪僧之地，現實如此嚴峻，可喜的
> 是人的軀體是空，真實理法也是空。元兵的三尺之劍斬我
> 的頭，好似閃電瞬間斬春天的風一樣。）

聽到此偈，元兵非常佩服無學祖元不執著自己生命的泰然之勢，
為自己的無禮致歉並撤退了。

在江戶時代，澤庵宗彭（1573-1645）為德川幕府三代將軍家
光所敬佩。澤庵禪師有名的著作《不動智神妙錄》被將軍家兵法
指導者柳生宗矩奉為經典。澤庵宗彭在此著書中關於無學祖元的
心境這樣寫到：

> 元兵拿起大刀之時，好像是閃電一般，電光閃耀的瞬間，
> 無學的心境是無心無念。大刀也無心，揮刀之人也無心，
> 被斬的我也無心。斬我的人是空，大刀是空，被斬的我也
> 是空。因此，沒有揮刀之人，也沒有大刀。被斬的我也好
> 像在閃電閃耀的瞬間斬春天的風，就是對一切都不停留的
> 心，連斬了風的大刀本身也沒有自覺吧！如此，忘掉心，
> 去做任何事，才是高人。[52]

南宋儒者朱熹之大成朱子學，在中國的元、明、清三代被採用為
官學。朱子學忠君愛國、尊王攘夷的思想，不僅對中國，對儒教
文化圈各國的倫理觀，均產生了很大的影響。朱熹死後，大概在
四百年之後，日本也在江戶時代把朱子學作為官學，把朱熹所著

---

52 澤庵禪師：《不動智神妙錄》，參佐藤鍊太郎：〈澤庵宗彭：《不動智神妙錄》
古寫本三種、《太阿記》古寫本一種〉，頁 125。

《四書集注》作為朱子學的教材。朱熹在此書中註釋「敬」字為「主一無適」。朱子學的「主一」意味著將精力集中在一件事上，「無適」意味著沒有雜念。因此可以說，朱子學重視漸修。澤庵宗彭對當時成為武士常識的「敬」說明如下：

> （朱熹《論語章句集注》）註釋「敬」字為「主一無適」。武士應該把心放在一處，不應該讓心散漫。最重要的是即使背後有人抽刀砍來，也不要怕抽刀之人。特別是在承主君命令之時，「敬」字很重要。佛法也有「敬」字的心境。敲響敬白之鐘的時候，鳴響三聲，合手，敬白。首先念佛名。敬白的心是與「主一無適」與「一心不亂」同義。可是在佛法中，「敬」不是最高的心境，是控制自己的心，讓心不亂的修行階段。如果長期如此修行的話，我們便可達到自由自在的心境。「敬」字的心，是控制心不去他處。若不控制，就會散漫心亂。這勒緊心的階段，只是一時的狀態，不能長期持續。

宋羅大經所著《鶴林玉露》[53]卷一「放心」中，引用了孟子的「求放心」與北宋邵康節的「心要能放」的言詞。他比較兩者的言詞而說：孟子說的「放心」是凡人丟失本心的意思；邵康節說「放心」的意思是聖賢能解放自己的心，就像馴鷹者在訓練鷹和隼時，讓其在天空自由飛翔一樣。澤庵宗彭也說到：

> 所謂放心正是孟子所說，是尋求離開自己的心而還給自己的意思。譬如，跑往別處的狗、貓、雞等，找到它們帶回

---

[53] 羅大經：《鶴林玉露》卷 1「放心」條，收入《唐宋筆記叢刊》（北京：中華書局，2005 年）。

家。心原本是自己的主人，但是為什麼不尋求逃往歧途的心，並將其還給自己呢。可是，邵康節又說：「心要能放」，這是完全不同的主張。他這樣說的意思是一直捕捉心的話，心會很累，好像被綁住的貓一樣，身不能動，所以不應讓心停留於事物，不應讓心污染而用心，置之不理而放掉心。……心被外界事物污染，心則會立刻停止。別污染心而停止心。尋求心而將其還與己身是修煉的初期階段。蓮雖處泥中，但不為泥所染，因此不介意在泥中。把自己的心鍛鍊成好像打磨過的水晶玉石一般，即使掉到泥中也不會被染。讓心隨意去，停留心則不自由，勒緊心也只是對初學者的訓練。如一生這樣的話，就不會達到最高的境界，反而會退步。練習之時，應注意孟子說的「求放心」。至高之時，應是邵康節說的「心要能放」。（據日文翻譯文。以下同。）

澤庵宗彭說，修行之時，應該集中精神。不過，修行到最終階段，須達到讓心自由解放的無心境界。

澤庵宗彭所著《不動智神妙錄》是將自由活動身心的禪的境地，與劍術結合而讓劍術昇華為劍道的理論書，也是解說劍禪一如的奧義之書。自江戶時代至今，立志習武的人們私下都將此書奉為經典。受到此書影響的柳生流的傳書「云無心之心事」這樣解說無心境界：

雖然做平常之事、但是我本心並非想做，是無心，無自覺，自然而為之。因為身體自然而為，所以做了事也無過錯。心中無念，可謂無心。

經過長期刻苦的身心鍛鍊之後，身體可以達到無意識的自然。朱子學的「敬」是修行練習的階段，相當於禪的漸修。禪的「心外無法」即是「無心」，相當於頓悟，是最高的心境。但是頓悟不能不經由漸修而成立，頓悟位於漸修的最終階段。柳生宗矩信奉澤庵之教而著《兵法家傳書》。其中說道：

> 兵法與佛教一致，跟禪宗相同的地方很多。特別重要的是反對讓心執著停留於外物的看法。心不停留於外物是最重要的。……不僅對於敵人的行動，對於自己的行動也不停心，敵人的行動，自己的行動，砍也好，刺也好，任何時候都必須做心不停留的修鍊。[54]

澤庵和尚教柳生宗矩追求「理事一致」而說道：

> 既知道心理（理），又應該體會應用技術（事）。反之，即使你會作對付敵人的姿勢與拿刀的動作。可是，如果不通曉最高的心境（無心），則不可。心理與技術應該是一致的，好像是馬車的兩輪一樣。[55]

澤庵所說的「理之修行」，是對於敵人砍來的刀以及所有的一切，絲毫也不停留心。放棄執著的心，做讓心自由的修行，「理之修行」就是探究無心的工夫而不是研究理論。「事之修行」是修得技術的工夫。若只修行心，則不能隨意運用身體與手腳，我們應該修養心理與技術兩方面。

臨濟宗大德寺派的澤庵宗彭著《不動智神妙錄》而提倡劍禪

---

[54] 柳生宗矩：《兵法家傳書》（東京：岩波文庫，1985 年），頁 111-112。

[55] 佐藤鍊太郎：〈澤庵宗彭《不動智神妙錄》古寫本三種、《太阿記》古寫本一種〉，頁 101。

一如，將軍家劍術指導者柳生宗矩受澤庵宗彭的指導而著《兵法家傳書》。以後，不問武藝的流派，大家都認為禪的蘊奧和武藝的蘊奧是一致的。

（二）山岡鐵舟的「心外無刀」

　　江戶時代末期，將軍家兵法主要流派的小野派一刀流繼承者山岡鐵舟（1836-1888）贊同澤庵宗彭的劍禪一如的思想。山岡鐵舟作為德川幕府十五代將軍慶喜的使者，會見官軍的指揮官西鄉隆盛。要求中止官軍攻擊江戶城，立下了戰火中救德川家和江戶市民的大功。後來西鄉請山岡鐵舟作明治天皇的侍從，山岡獲得了天皇的信賴。據說對天皇的人格形成，也發揮了正面作用。山岡不僅實踐了武士道，也解說武士道，為日本人的精神教育做了貢獻。在劍術方面，山岡用明治天皇賜給他的資金創建劍道場「春風館」而創始無刀流，提倡「心外無刀」，最終確立了劍術修行的要點即是修養精神的思想。

　　山岡鐵舟特別欣賞無學祖元所寫的「電光影裡斬春風」一句。他在明治十三年（1880）四月作詩中即引用此句：「要識劍家精妙處，電光影裡斬春風。」山岡鐵舟在安政五年（1859）所著《修心要領》中說：「世人修劍法，主要是為了斬敵人。我修劍法卻不同，我是用此法的呼吸來徹悟神妙的理。」[56]山岡鐵舟提倡「心外無刀」的目的是：通過劍術的練習來體會神妙之理（無心的呼吸），絕不是練殺人之技。他宣言：練習劍術的目的不是

---

[56] 山岡鐵舟：《修心要領》，收入高野澄編譯：《山岡鐵舟劍禪話》（東京：たちばな出版，2003年）。

為了危害他人，是為了磨鍊自己的心膽而徹悟真理。山岡鐵舟一生未斬一人。用現代的劍道說，練習的目的是為了達到無心的境界，而非在比賽中獲勝。山岡所提的「心外無法」一詞，含有規誡現代劍道勝利至上主義的意思。

全日本劍道聯盟，在西元 1975 年 3 月 20 日制定了「劍道理念」與「劍道修鍊須知」。

「劍道理念」規定「劍道是由於練劍而形成人性的道」。「劍道修鍊須知」規定了「認真學習劍道，磨鍊身心，培養旺盛的精神，領會劍道的特性，尊重禮節，重視信義，盡誠，常致力於自己的修養，愛國家社會，對人類的和平與繁榮盡最大貢獻」。山岡鐵舟的「心外無刀」精神，被繼承在現代的劍道中。

山岡鐵舟在明治十八年（1885）五月十八日寫下〈以劍術流派名稱為無刀流的理由〉。對於他命名無刀流的由來，如下所述：

> 無刀者，云心外無刀之事，三界唯一心也。一心內外本來無一物（六祖慧能），故對於敵時，前無敵，後無我，妙應無方，不留朕跡。是余所以稱無刀流之故。[57]

山岡鐵舟的「心外無刀」思想來源於禪宗的「心外無法」。但是，山岡鐵舟尊敬的楠正成（1294-1336）則好用散見於宋代禪語錄的「依天長劍逼人寒」一詞。傳說楠正成在湊川戰死的前夜，請教廣嚴寺極俊禪師，承「共截斷兩頭，一劍依天寒」之教而了解死生一如的心境。

---

[57] 山岡鐵舟：〈劍術の流名を無刀流と稱する譯書〉，《日本武道大系》（京都：同朋社，1982 年），第 2 冊，頁 381。

山岡鐵舟又寫〈無刀流劍術大意〉，明示三個要點：

> 一、無刀流劍術者，不爭勝負，澄心鍊膽，要得自然之勝。

> 二、在修業事理兩面。事是技也，理是心也。到事理一致之妙處。

> 三、無刀何耶？心外無刀也。與敵相對時，不依刀而以心擊打心，是謂無刀。

澤庵禪師所著《太阿記》裡面有教示：日常生活不怠工夫，積累修行年月，則自然達到至高境地，可以發揮無心之技。鐵舟追求事理一致，繼承澤庵禪師之教。

六、結語

禪宗、陽明學與劍道之修行共有兩個概念：「漸修」與「頓悟」。在本文裡，我們已經釐清其內涵以及相互之間的關係。根據上面的分析來看，我們可以做以下結論：只有通過一步一步地長期修行（即「漸修」），才能達到無心的境界（即「頓悟」）。「漸修」與「頓悟」不是二律背反的兩個概念。因為「漸修」是修行過程，「頓悟」是通過修行而達到的最高階段，所以「漸修」與「頓悟」是密不可分的。荷澤神會認為：北宗神秀的漸修禪不如南宗慧能的頓悟禪，神會的看法沒有確鑿的證據。

與此相反，對於陽明學史，黃宗羲認為：支持有善有惡說的右派（良知修證派）是正統，支持無善無惡說的左派（良知現成派）是異端。不過，黃宗羲的這種看法並不合理。因為左派的思想家裡，沒有一個人否定傳統的倫理觀。左派只不過是把「漸修」

與「頓悟」看做一體，重視道德修養而達到最高境界而已。

　　黃宗羲的看法基於朱子學的價值觀：重視「漸修」。對左派的批判其實是清代就出現的思想史觀。根據周海門《聖學宗傳》的記載，可以說：在明末萬曆年代，陽明學派的主流就是以王龍溪為代表的左派，連右派的思想家們也贊同左派。

　　我們分析了王陽明與王龍溪的思想以及陳建、黃宗羲與王夫之等人對陽明學的批判。根據本文的分析，可以看出：王陽明等雖然用禪語來展開自己的學說，但是他們只是表面上使用禪語而已，其實他們所用的禪語的內涵跟禪宗是不同的。

　　王陽明批評：禪宗忽視修養實踐（漸修）而重視精神上的解脫（頓悟）。他又批評：禪宗讓人為了解脫而放棄人倫以成就一個自私自利之心。對於禪宗的修養方法，王陽明認為：禪宗所重視的無念無想之境界會讓人心陷入昏睡狀態。由於禪宗放棄人倫，因而無法用禪來治天下。王陽明、王龍溪與李卓吾都將「經世濟民」看做儒學的目的。而且他們都認為：只有用儒學，才能統治天下。如此可見，陽明學派的思想，基本上都是一樣的。那麼，為什麼黃宗羲認為王陽明與其門下左派的思想有差別，而左派將王陽明的思想歪曲為禪宗呢？也許黃宗羲認為：左派的思想引起了明末君臣道德的頹廢以及明朝的滅亡。由於王陽明與黃宗羲都出生在餘姚，因而黃氏私淑王氏。從而可再推斷：在朱子學盛行的康熙年間，黃宗羲為了擁護王陽明與陽明學，而將左派當作代罪羔羊了。

國家圖書館出版品預行編目資料

臺日學者論經典詮釋中的語文分析

鄭吉雄、佐藤鍊太郎主編. ‑ 初版. ‑ 臺北市：臺灣學生，
2010.08
面；公分

ISBN 978-957-15-1496-3(平裝)

1. 語文 2. 漢學 3. 詮釋學 4. 文集

800.7   99012611

臺日學者論經典詮釋中的語文分析

主　　　編：鄭　吉　雄　•　佐　藤　鍊　太　郎
出　版　者：臺　灣　學　生　書　局　有　限　公　司
發　行　人：楊　　　　　雲　　　　　龍
發　行　所：臺　灣　學　生　書　局　有　限　公　司
　　　　　　臺北市和平東路一段七十五巷十一號
　　　　　　郵 政 劃 撥 帳 號 ： 0 0 0 2 4 6 6 8
　　　　　　電　話　：（ 0 2 ） 2 3 9 2 8 1 8 5
　　　　　　傳　眞　：（ 0 2 ） 2 3 9 2 8 1 0 5
　　　　　　E-mail：student.book@msa.hinet.net
　　　　　　http://www.studentbooks.com.tw
本書局登
記證字號　：行政院新聞局局版北市業字第玖捌壹號
印　刷　所：長　欣　印　刷　企　業　社
　　　　　　中 和 市 永 和 路 三 六 三 巷 四 二 號
　　　　　　電　話　：（ 0 2 ） 2 2 2 6 8 8 5 3

定價：平裝新臺幣五六〇元

西　元　二　〇　一　〇　年　八　月　初　版